历朝通俗演义（插图版）——南北朝演义 II

血腥政权

蔡东藩　著

北方联合出版传媒（集团）股份有限公司
万卷出版公司

© 蔡东藩 2015

图书在版编目（CIP）数据

南北朝演义 . 2, 血腥政权 / 蔡东藩著 . — 沈阳：
万卷出版公司，2015.1（2021.7 重印）
　（历朝通俗演义）
　ISBN 978-7-5470-3100-1

　Ⅰ . ①南… Ⅱ . ①蔡… Ⅲ . ①章回小说—中国—现代
Ⅳ . ① I246.4

中国版本图书馆 CIP 数据核字（2014）第 154387 号

出　品　人：王维良
出版发行：北方联合出版传媒（集团）股份有限公司
　　　　　万卷出版公司
　　　　　（地址：沈阳市和平区十一纬路 25 号　邮编：110003）
印　刷　者：河北盛世彩捷印刷有限公司
经　销　者：全国新华书店
幅面尺寸：168mm×233mm
字　　数：257 千字
印　　张：15.5
出版时间：2015 年 1 月第 1 版
印刷时间：2021 年 7 月第 4 次印刷
责任编辑：胡　利
责任校对：张兰华
封面设计：向阳文化　吕智超
版式设计：范思越
ISBN 978-7-5470-3100-1
定　　价：36.00 元
联系电话：024-23284090
传　　真：024-23284448

目　录

第一回

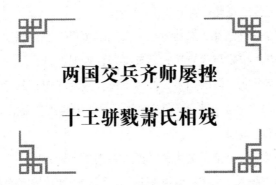

两国交兵齐师屡挫
十王骈戮萧氏相残

却说齐主鸾篡位时，第一个佐命功臣，要算中领军萧谌，鸾曾许他迁镇扬州，及事后食言，但命他兼刺南徐，别授萧遥光为扬州刺史。谌怏怏失望，尝语友人道："炊饭已熟，便给别人。"尚书令王晏，得闻谌言，却暗中冷笑道："何人再为谌作瓯箸！大家得过且过罢了。"鸾性本好猜，即位后更密遣亲幸，随处侦察。应是贼胆心虚。凡谌平时言动，多经侦役报明，遂致疑忌。可巧魏主侵齐，谌兄诞力守司州，与魏相拒，诞弟诔更从军援诞，昆季二人，为国效劳，鸾只好暂从含忍，迁延未发。谌不管死活，尚且恃功干政，遇有选用，窃援引私党，嘱使尚书录奏，因此益遭主忌，酿祸尤深。会魏兵已退，鸾召大臣入宴华林园，谌亦与坐，畅饮尽欢，至夜才撤席散去。谌亦退居尚书省。忽由御前亲吏莫智明，赍敕到来，向谌宣读道："隆昌时事，非卿原不得今日，今一门二州，兄弟三封，朝廷相报，不为不优，卿乃屡生怨望，乃云炊饭已熟，合瓯与人，究是何意？今特赐卿死！"谌听毕敕语，当然惶骇，转思事已至此，无法求免，遂顾语智明道："天人相去不远，我与至尊杀高、武诸王，都由君传达往来，今令我死，君未尝出言相救，我将申诉天廷，冤冤相报，莫谓地下无灵呢！"郁林、海陵干卿甚事，何故助桀为虐？此次赐死，难道不是天道么？语至此，即服毒自杀。

智明入内报鸾，鸾更遣使至司州，诛诞及谌，复将西阳王子明，世祖第十子。南海王子罕，世祖第十一子。邵陵王子贞，世祖第十四子。亦一并牵连进去，概赐自尽。子明、子罕，年仅十七，子贞年仅十五，少不更事，有何谋虑？此次为萧谌一案，缘同连坐，显见得是冤诬致死哩。揭破鸾谋，不肯滑过。

尚书令王晏，因萧谌已死，乘势专权，又为嗣主鸾所忌。始安王萧遥光，前已劝鸾诛晏，鸾曾迟疑道："晏与我有功，且未得罪，如何就诛？"遥光道："晏尝蒙武帝宠任，手敕至三百余纸，与商国事，彼尚不肯为武帝尽忠，怎肯为陛下效力呢！"一语足死王晏。鸾不禁变色。已而亲吏陈世范，报称晏尝屏人私语，恐有异谋。鸾愈加戒备，更命世范悉心侦伺。

好容易至建武四年，世范又复告密，谓晏将俟主上南郊，纠集世祖亲旧，窃发道中。鸾闻言益惧，竟召晏入华林省，敕令诛死，并杀晏弟广州刺史诩及晏子德元、德和。

鸾两次废立，晏皆与谋，从弟思远谏晏道："兄荷世祖厚恩，今一旦叛德助逆，后来将如何自立！若及此引决，还可保全门户，不失后名。"晏微笑道："我方啖粥，未暇此事。"及超拜骠骑将军，顾语子弟道："隆昌末年，阿戎思远小字。尝劝保自裁，我若依他，何有今日！"思远遽应声道："如阿戎所见，今尚为未晚哩。"晏仍然未悟，濒死前十日，思远又语晏道："时事可虑，兄亦自觉不凡，但当局易昧，旁观乃清，请兄早自为计！"晏默然不答，思远乃出。晏且叹且笑道："世上有劝人觅死，真是出人意外！"哪知过了旬日，便即遭诛。

晏外弟阮孝绪，亦知晏必罹祸，辄避不见面。晏赠酱甚美，孝绪未觉，食酱时亦称为异味。嗣闻由晏家送来，立即吐出，倾覆水中。至晏既受诛，孝绪亲友，恐他连坐，代为加忧，孝绪怡然道："亲而不党，何畏何疑！"果然王晏狱起，孝绪不闻连累，就是思远亦得免罪。趋炎附势者其听之！不过萧谌死后，莫智明果遇祟暴亡。王晏为陈世范所害，世范却安然如故，幽明路隔，无从查悉原因。小子但依事演述罢了。补出莫智明死状，回应萧谌遗言。

齐主鸾授萧坦之为领军将军，徐孝嗣为尚书令，宣抚中外，粗定人心。那魏主宏谓有隙可乘，大发冀、定、瀛、相、济五州丁壮，得二十万，亲自督领，出发洛阳。留吏部尚书任城王澄居守，中尉李彪、仆射李冲为辅。授彭城王勰为中军大将军，都督行营事宜，勰面辞道："亲疏并用，方合古道，臣叨附懿亲，不应屡邀宠授。"魏主不从，命魃调军后随，自引兵径诣襄阳。

先是镇南将军薛真度，劝魏主先取樊邓，魏主命他往攻南阳，竟被齐太守房伯玉击退。至是为报复计，先向南阳进发。众号百万，各用齿吹唇，作鹰隼声，响彻远近。

既至南阳城下，一鼓作气，攻克外郭，房伯玉入守内城，誓众抵御。魏主遣中书舍人孙延景，传语伯玉道："我今欲荡平六合，不似前次南征，冬来春去，如或未克，终不还北。卿此城当我首冲，不容不取，远期一载，近止一月，封侯枭首，就在此举！且卿有三罪，今特一一晓示：卿先事武帝，不能效忠，反靦颜助逆，这就是第一大罪。近年薛真度来，卿乃伤我偏师，这就是第二大罪。今銮辂亲临，尚不闻面缚出降，这就是第三大罪。若再怙恶不悛，恐死在目前，我虽好生，不能轻贷！"三大罪中，只有第一条还算中肯。伯玉亦遣副将乐稚柔答语道："大驾南侵，期在必克，外臣职守卑微，得抗君威，与城存亡，死且得所！从前蒙武帝采拔，怎敢妄思？只因嗣主失德，今上光绍大宗，不特远近惬望，就是武皇遗灵，亦所深慰，所以区区尽节，不敢二心！即如前次北师深入，寇扰边民，外臣职守所关，唯力是视；难道北朝政府，反导人不忠么？"语颇近理，可惜不能坚持！延景返白魏主，魏主自逼城外吊桥，跃马径上。不意桥下却突出壮士，戴虎头帽，身服斑衣，来击魏主，魏主人马皆惊，幸有魏将原灵度随着，拈弓搭箭，发无不中，连毙南阳壮士数人，方将魏主救脱。魏主乃留咸阳王禧攻南阳，自引军趋新野。

新野太守刘思忌凭城守御，魏主屡攻不克，四筑长围，并遣人呼守卒道："房伯玉已降，汝何为独取糜碎？"思忌亦遣人应声道："城中兵食尚多，未暇从汝小虏命令。彼此各努力便了！"魏主倒也没法，但命将围攻，连日不休。

齐主鸾闻魏兵压境，曾遣直阁将军胡松，助北襄城太守成公期，保守赭阳，义阳太守黄瑶起保守舞阴。又因雍州关系重要，遣豫州刺史裴叔业往援，叔业谓北人不乐远行，专喜抄掠，若侵入虏境，虏主自然回顾，司、雍便可无虞。齐主鸾以为奇计，许他便宜行事，叔业遂引兵攻魏虹城，俘得男女四千余人。一面令别将鲁康祚、赵公政等，率兵万人，往攻太仓口。

魏豫州刺史王肃，使长史傅永，率甲士三千人，堵塞太仓，与齐军夹淮列阵。永语左右道："南人专喜斫营，夜间必来劫我寨，近日乃是下弦，夜色苍茫，我料他越淮前来，当在淮中置火，记明浅处，以便还涉。我正可将计就计，歼敌立功，就在今日了！"遂分部兵为二队，埋伏营外，又使人用瓠贮火，密渡南岸，至水深处置火，嘱待夜间火起，悉数燃着，不得有误。各士卒依言去讫，永设着空营，厉兵以待。到了夜静更深，果有齐兵杀到。鲁康祚、赵公政，并马入营，见营中虚设灯火，不留一人，料知中计，急忙麾兵退还。蓦闻一声胡哨，伏兵从左右杀出，夹击齐军。鲁、赵两将，拼命冲突，也顾不得行列步伐，霎时间人马散乱，弄得七零八落。赵公政策马飞奔，兜头遇着一将，正是傅永，一时不及措手，被永伸手过来，活活擒去。鲁康祚见公政就擒，慌忙脱去甲胄，从斜刺里奔至水滨，跃马急渡，偏偏南岸信火，散作数处，辨不出什么浅深，那时情急乱涉，失足灭顶，竟致溺死。部下兵士，一半为魏人所杀，还有一半渡淮南奔，也因深浅难辨，溺毙无数。只有几个寿命延长的，奔报叔业。

永械住赵公政，复捞得鲁康祚尸首，奏凯而归。王肃大喜，遣使向魏主处报述永功。嗣闻叔业进薄楚王戍，仍令永率三千人赴援。永先遣心腹将弁，倍道驰告戍军，令急填塞外堑，就城外埋伏千人，俟援军驰至，鸣炮为号，两路夹攻，戍军当然遵行。既而叔业进兵戍所，正拟部分将士，下令猛攻，不防号炮一响，前有伏兵杀出，后有永兵掩至，害得叔业心慌意乱，夺路奔逃，连一切伞扇鼓幕，一并弃去，兵士甲仗，丧失无算。也是鲁、赵一流人物。永也不蹑击，但收拾所得兵械，整军欲归。左右尚劝永急进，永喟然道："吾弱卒不过三千人，彼精甲犹盛，并非力屈，不过堕我计中，仓猝遁去。我但俘获此数，已足使彼丧胆，还要追他做什么？"乃驰还报捷。

肃更为奏闻，魏主即拜永为安远将军，兼汝南太守，封贝邱县男。永有勇力，好学能文，魏主尝叹道："上马击贼，下马作露布，唯傅修期一人。"修期便是永字。魏主呼字不呼名，正是器重傅永的意思。原是能手。

一面命统军李佐，急攻新野，刘思忌堵守不住，竟被攻入，且因巷战力竭，为佐所缚。献至魏主驾前，魏主笑问道："今可降否？"思忌朗声道："宁作南朝鬼，不为北虏臣！"可为硬汉。乃推出斩首。魏主遂南循沔水，沔北大震。赭阳戍将成公期，舞阳戍将黄瑶起，相继南遁。瑶起曾害死王奂，魏主欲为王肃报仇，饬兵追捕，竟得擒住。当下缚送与肃，肃见是杀父仇人，便摆起香案，破瑶起心，哭祭父灵。再将瑶起脔割烹食，聊泄旧恨。王奂被杀，王肃投魏事，见前文二十九回中。魏主又移攻南阳，房伯玉势孤援绝，不得已面缚出降。有愧刘思忌。伯玉见从弟思安，曾仕魏为中统军，屡为伯玉泣请，魏主乃特命贷死，留居营中。

齐主鸾闻新野南阳，相继陷没，复遣太子中庶子萧衍，度支尚书崔慧业，带领军将刘山阳、傅法宪等，共将士五千余人，出救襄阳。进诣彭城，忽见魏兵数万骑，蹀躞前来，气势甚盛，慧景忙敛众入城，为守御计。萧衍检阅城中，无粮无械，禁不住一把冷汗，便顾语慧景道："我军远来，蓐食轻行，已有饥色；若见城中粮备空虚，势必溃变，如何保守得住！不若仗着锐气，冲击一阵，倘能杀退虏兵，士气尚可振作，不致为变呢。"慧景支吾道："我看虏众多是游骑，日暮自当退去，尽可无虑。"既而天色将晚，魏兵越来越多，势且凭城。慧景竟潜开南门，带着自己部曲，向南遁去，余众当然大哗，相继皆遁。萧衍亦不能禁遏，只好令山阳、法宪二将，率兵断后，且战且行。

魏兵自北门杀入，见齐军已经尽遁，便长驱追赶。齐军闻有追兵，都想急奔，适前面有一阔沟，上架木桥，被崔慧景前队过去，急不暇择，已将桥梁踏断。那后队无桥可渡，挤做一堆，惊惶得了不得。魏兵煞是厉害，用着强弓硬箭，夹道射来，傅法宪中箭落马，一呼而亡。士卒拼死逾沟，多半坠没。亏得刘山阳遇急生智，忙令军士舍去甲仗，填塞沟中，逃兵始得半沉半浮，褰裳过去。山阳亦越沟南还，趋至沔城，已值黄昏，后面鼓声大震，魏主自率大兵驰至，山阳急入城闭门。幸城中备有矢石，陆续运至城上，或射或掷，伤毙魏兵前队数十人，魏主乃退。转趋樊城，城上守御颇严，雍州刺史曹虎，正在此堵截魏军。魏主料知难下，转向悬瓠城去了。*魏又一胜，齐又一挫。*独镇南将军王肃，进攻义阳。

齐豫州刺史裴叔业，自楚王戍败归，搜卒补乘，得五万人，闻义阳被攻，又用了一条围魏救赵的计策，不救义阳，直攻涡阳。*仍然是老法儿。*魏南兖州刺史孟表，为涡阳城守，无粮可因，但食草木皮叶，飞使至悬瓠乞援。魏主使安远将军傅永，征虏将军刘藻，辅国将军高聪等，并救涡阳，统归王肃节制。高聪为前锋，刘藻继进，被裴叔业迎头痛击，杀得人仰马翻，东逃西散。傅永从后接应，也为前军所冲，不能成列，没奈何收军徐退。*傅将军也没法了。*叔业驱军再进，聪与藻都弃师逃窜。单剩傅永一军，抵当叔业。部下都无斗志，勉强战了几合，便即溃走。永亦只得奔还，这次算是齐军大捷，斩首万级，活捉三千余人，所得器械杂畜财物，不可胜计。

魏主闻败，命锁三将至悬瓠，聪与藻流戍平州，永亦夺官，连王肃亦坐降为平南将军。肃请再遣军救涡阳，魏主复谕道："卿何不自救涡阳，乃徒向朕絮聒，更乞派兵？朕处若分兵太少，不足制敌；太多转不足扈踮，卿当为朕熟筹！义阳可取乃取，不可取即舍，若失去涡阳，卿不得为无罪哩！"肃得了此谕，乃撤义阳围，转救涡阳，步骑共十余万，叔业见魏兵势盛，不敢抵敌，肴夜退兵。翌晨被魏兵追及，杀伤甚众，匆匆的走保义阳。王肃亦收军而回。齐兵又败。

齐主鸾连得败耗，颇怀忧惧，渐渐积忧成疾，不能视朝。宗室诸王，都入内问安。鸾叹道："我及司徒诸儿，多未长成，司徒指安陆王缅，独高、武子孙，日见壮盛，将来终恐为我患呢！"既而太尉陈显达进谒，鸾述及己意，显达道："这等小王，何足介意！"鸾闭目不答。及显达退出，遥光入见，鸾复与议及，正中遥光下怀，便竭力撺掇，劝鸾尽歼高、武子孙。原来遥光素有躄疾，每乘肩舆入殿，辄与鸾屏人密谈，鸾即向左右索取香火，供爇案上，自己呜咽流涕。到了次日，必杀戮同宗，遥光非常快意。他的存心，并非为萧鸾子孙计，实欲借鸾逞凶，灭尽高、武后裔。等到鸾死，却好把鸾子鸾孙，再加剪灭，将来的齐室江山，容易占住，也得安然为帝。鸾未曾察觉，还道是遥光爱己，唯言是从，遥光遂乘鸾有疾，矫制收捕高、武子孙，共得十王，一律杀死。欲知十王为谁，由小子表明如下：

河东王铉。高帝第十九子，时年十九。临贺王子岳。武帝第十六子，时年十四。西阳王子文。武帝第十七子，年亦十四。衡阳王子峻。武帝第十八子，年亦十四。南康王琳。武帝第十九子，年亦十四。永阳王子岷。武帝第二十子，出继衡阳王道度为孙，时年亦十四。湘东王子建。武帝第二十一子，时年十三。南郡王子夏。武帝第二十三子，年仅七岁。巴陵王昭秀。由临海王改封，系文惠太子第三子，时年十六。桂阳王昭粲。文惠太子第四子，年才八岁。

自这十王被杀后，高、武子孙，得封王爵诸人，无一留遗，煞是可叹！从前齐世祖武帝在日，尝梦见一金翅鸟，突下殿廷，搏食小龙无数，始飞上天空。文惠太子长懋，亦尝语竟陵王子良道："我每见鸾，辄怀恶心，若非彼福德太薄，必与我子孙不利！"至是皆验。遥光既杀死诸王，乃使公卿诬构十王罪状，请正典刑。鸾尚有诏不许，俟再奏后，方才允议，且进遥光为大将军，并改建武五年为永泰元年。

大司马王敬则，出任会稽太守，因见萧谌、王晏，依次受诛，未免动了兔死狐悲的观感。至此复闻高、武子孙，悉数尽歼，又加了一层疑惧。自思为高、武旧将，终且被嫌，日夜筹画，尚苦无自全计策。齐主鸾却也相疑，不过因他年已七十，并居内地，所以稍稍放心，未曾诛夷。敬则长子仲雄，留侍殿廷，雅善弹琴，宫中留有蔡邕汉人。焦尾琴一具，由鸾给仲雄鼓弹，仲雄操懊侬曲，曲中有歌词云："常叹负情侬，郎今果行许。"又有语云："君行不净心，哪得恶人题！"鸾闻琴声，愈加猜愧。及寝疾日笃，特命张瓌为平东将军兼吴郡太守，防备敬则。敬则大惊道："东无寇患，用什么平东将军？大约是欲平我呢。我岂甘心受鸩么？"

徐州行事谢朓，系敬则女婿，敬则第五子幼隆，曾为太子洗马，与朓密书往来，约同举事。朓竟执住来使徐岳，奏报朝廷，于是鸾决计加讨，指日遣兵。消息传到会稽，敬则从子公林，曾为五官掾，劝敬则急速上表，请诛幼隆，自乘单舸还都谢罪。敬则不应，竟举兵造反，扬言奉南康侯子恪为主，将入都废鸾。子恪系豫章王嶷次子。为这一番传闻，遂令大将军始安王遥光，驰入白鸾，请将高、武余裔，无论长幼，悉召入宫，一体就诛。鸾已病剧，模糊答应，遥光遂召集高、武诸孙，置诸西省，所有襁褓婴儿，亦令与乳母并入，令太医速煮椒二斛，都水监办棺材数十具，俟至三更天气，好将高、武诸孙，尽行毒毙。小子有诗叹道：

> 忍心竟欲灭同宗，狼子咆哮亦太凶；
> 待到东城匐伏日，问他曾否得乘龙！事见下文。

毕竟高、武诸孙，是否同尽？容至下回说明。

魏主宏二次出师，再攻襄邓，实是忿兵，忿兵必败。其所以幸胜者，由齐君臣之互相猜忌，所遣将吏，未肯为主尽力耳。萧谌诛矣，王晏死矣，两人有佐命大功，结果如此，彼如裴叔业、崔慧景、萧衍诸人，能不寒心！心一寒而气即馁，欲其杀敌致果，谈何容易！然魏兵且有涡阳之败，以屡胜之傅永，亦致狼狈奔还，忿兵必败之言，非其明证欤？齐主鸾不能外攘，专事内残，遥光得乘间而入，屠戮十王。前用鸾者为萧道成，后用遥光者为萧鸾，卒之皆授人以柄，自取覆亡。遥光后虽诛死，而东昏已成孤立，齐祚之不永也有以夫！

第二回

齐嗣主临丧笑秃鹙
魏淫后流涕陈巫蛊

却说南康侯子恪，本不与敬则通谋。他曾为吴郡太守，因朝廷改任张瑰，卸职还都。蓦闻都下有此谣传，不禁大骇。起初是避匿郊外，嗣得宫中消息，谓将尽杀高、武诸孙，乃拼死还阙，徒跣自陈。到了建阳门，时已二更三点了，中书舍人沈徽孚，与内廷直阁单景俊，正密谈遥光残忍，无法救解。适萧鸾睡熟，拟将三更时刻，暂从缓报。可巧子恪叩门，递入诉状，景俊大喜，忙至寝殿中白鸾。鸾亦醒寤，令景俊照读状词，待至读毕，不禁抚床长叹道："遥光几误人事！"乃命景俊传谕，不准妄杀一人，并赐高、武子孙供馔，诘旦悉遣还第，授子恪为太子中庶子。

嗣闻敬则出发浙江，张瑰遁去，叛众多至十万人，已达武进陵口，高、武诸陵，俱在武进。乃亟诏前军司马左兴盛，后军将军崔恭祖，辅国将军刘山阳，龙骧将军胡松等，共赴曲阿，筑垒长冈。又命右仆射沈文季都督各军，出屯湖头，备京口路。敬则驱众直进，猛扑兴盛、山阳二垒。兴盛、山阳，竭力抵御，尚不能敌，意欲弃垒退师，又苦四面被围，无隙可钻，不得已督兵死战。胡松引着骑兵，来救二垒，从敬则后面杀入。敬则部众虽多，大都乌合，顿时骇散。兴盛、山阳趁势杀出，与胡松并力合攻，敬则大败。崔恭祖又倾寨前来，正值敬则返奔，便挺枪乱刺，适中敬则马首，敬则忙跃落马下，大呼左右易马，怎奈左右俱已溃乱，仓猝不及改乘，那崔恭祖的枪尖，又刺入敬则左胁。敬则忍痛不住，竟致仆地，兴盛部将袁文旷，刚刚杀到，顺手一刀，结果性命。余众或死或逃，一个不留。当下传首建康，报称叛党扫平。

时齐主鸾已经病笃，太子宝卷，急装欲走，都下人士，惶急异常。至捷报传到，方得安定。所有敬则诸子，悉数捕诛，家产籍没，宅舍为墟。敬则母尝为女巫，生敬则时，胞衣色紫，母语人道："此儿有鼓角相。"及年龄稍长，两腋下生乳，各长数寸，又梦骑五色狮子，侈然自负。善骑射，习拳术，萧氏得国，实出彼力，因此官居极品，父子显荣。只是天道昭彰，善恶有报，似敬则的逼死苍梧，助成篡逆，若令他富贵终身，子孙长守，岂不是惠迪反凶，从逆反吉吗！*至理名言。*

左兴盛、崔恭祖、刘山阳、胡松四人，平敬则有功，并得封男。谢朓先期告变，亦得擢迁吏部郎，朓三让不许。唯朓妻王氏，常怀刃衣中，欲刺朓谢父，朓不敢相见。同僚沈昭略尝嘲朓道："君为主灭亲，应该超擢，但恨今日刑于寡妻！"朓无言可答，唯赧颜相对罢了。*为当日计，却亦难乎为朓！*

是年七月，齐主鸾病殁正福殿，年四十七。遗诏命徐孝嗣为尚书令，沈文季、江祏为仆射，江祀为侍中，刘暄为卫尉；军事委陈太尉显达，内外庶务，委徐孝嗣、萧遥光、萧坦之、江祏；遇有要议，使江祀、刘暄协商；至若腹心重任，委刘悛、萧惠休、崔惠景三人。此外无甚要言，但面嘱太子宝卷道："做事不可落人后，汝宜谨记勿忘！"看官听着！为了这句遗嘱，遂令宝卷委任群小，任情诛戮，搅乱得了不得，终弄得身亡国灭呢。*是谓天道。*

宝卷即位，谥鸾为明皇帝，庙号高宗。鸾在位只五年，改元二次，残刻寡恩，事多过虑，平时深居简出，连郊天大典，都屡次延约，始终不行。又尝迷信巫觋，每出必先占利害，东出云西，西出云北，及疾已大渐，尚不许左右传闻。*无非推己及人，防他变乱，但如此为帝，有何趣味！*且因巫觋进言，谓后湖水经过宫内，不利主上，乃欲堵塞后湖，作为厌胜。其实宫中取饮，全仗此湖。鸾为疗疾起见，至欲因噎废食，亏得早死数日，事乃得寝。史家称他起居俭约，宫禁肃清，罢新林苑，废钟山楼馆，斥卖东田园囿，舆辇舟乘，剔去金银，后宫服饰，概尚朴素，御食时有裹蒸一大枚，尝令剖作四块，食半留半，充作晚餐，从前高、武俭德，亦不过如是。哪知圣帝明王，德量宽广，不在区区小节；若徒从俭省一事，传作美谈，岂非是不虞之誉，未足凭信么？*评论精严。*

这且不必絮谈，且说太子宝卷，素性好弄，不喜书学，乃父亦未尝斥责，但命尽家人礼。宝卷求每日入朝，有诏不许，但使三日一朝。夜间无事，辄捕鼠达旦，恣情笑乐。至入承大统，不愿咨询国事，但与宦官宫妾等，终日嬉戏，彻夜流连。梓宫殡太极殿中，才经数日，即欲速葬。徐孝嗣入内固争，始延宕了一月，出葬兴安陵。宝卷临丧不哀，每哭辄托云喉痛。大中大夫羊阐入临，号恸俯仰，脱帻坠地，露首无发，好似秃头一般。宝卷瞧着，忍不住狂笑起来，且笑且语道："秃鹙啼来了！"左右闻言，亦笑不可抑，统做了掩口葫芦。到了奉灵安葬，宝卷越无哀思，从此欢天喜地，纵乐不休。左右嬖幸，捉刀随侍，俱得希旨下敕，时人遂有刀敕的称呼。扬州刺史始安王萧遥光，尚书令徐孝嗣，右仆射江涢，右将军萧坦之，侍中江祀，卫尉刘暄，更番入直，分日帖敕，朝三暮四，无所适从。眼见是纪纲日紊，为祸不远了。暂作一结。

魏主宏闻齐主病殂，却下了一道诏敕，证经引礼，不伐邻丧，说得有条有脊，居然似仁至义尽，效法前贤。哪知他却有三种隐情，不得不归，乐得卖个好名，引兵北去。极写魏主心术。看官听我叙来，便可知晓。魏主南下，留任城王澄，及李彪、李冲居守。见上回。彪家世孤微，赖冲汲引，超拜太尉，此次共掌留务，偏与冲两不相容，事多专恣。冲气愤填胸，历举彪过，请置重辟。魏主但令除名。冲余恨未平，竟病肝裂，旬日毙命。好去重会文明太后了。洛阳留守，三人中少了二人，魏主不免担忧，遂动归志。这是第一层。还有高车国在魏北方，服魏多年，此次魏主南侵，调发高车兵从行，高车兵不愿远役，推奉袁纥树者为主，抗拒魏命。魏主遣将军宇文福往讨，大败奔还。更命将军江阳王元继，再出北征，继主张招抚，一时不能平乱。魏主未免心焦，拟自往北伐，所以不能不归。这是第二层。最可恨的是宫闱失德，贻丑中冓，累得魏主躁忿异常，不得不驰还洛都，详讯一切。魏主好名，偏遇艳妻出丑，哪得不恨！

原来冯昭仪谗谋得逞，正位中宫，本来是鱼水谐欢，无夕不共，偏偏魏主连岁南下，害得这位冯皇后，凄凉寂寞，闷守孤帏。适有中官高菩萨，名为阉宦，实是顶替进来，仍与常人无二，而且容貌颀皙，资性聪明，每日入侍宫帏，善解人意。冯皇后很加爱宠。他竟巧为挑逗，引起冯后欲火，把他侍寝，权充一对假鸳鸯。谁知他阳道依然，发硎一试，久战不疲，冯后是久旱逢甘，得此奇缘，喜出望外。真是一个救苦救难的大菩萨。嗣是朝欢暮乐，我我卿卿，又得阉竖双蒙等，作为腹心，内外瞒蔽，真个是洞天花月，暗地春宵。但天下事若要不知，除非莫为，冯皇后虽买通侍役，代为掩饰，终不免漏泄出去，使人闻知。会魏主女彭城公主，曾为刘昶子妇，年少孀居，冯后欲令她改嫁，即为亲弟北平公冯夙求婚，请命魏主，魏主却也允许。偏是公主不愿，将近婚期，竟潜挈婢仆十数人，乘轻车，冒霖雨，直达悬瓠，进谒魏主，跪陈本意，且言后与高菩萨私乱情形。魏主将信将疑，又惊又愕，只好暂守秘密，还鞫实情。这是第三层。途次忧愤交并，竟致成疾。

　　彭城王勰筑坛汝滨，祷告天地祖宗，自乞身代，果然神祖有灵，勰仍无恙，魏主却渐渐告痊。行至邺城，接得江阳王继来表，招抚高车，已有成效，树者虽亡入柔然，但也有出降意，尽可无忧。魏主稍稍放心，休养旬月，就在邺城过冬。越年为魏主太和二十三年，就是齐主宝卷永元元年，年序不便常混，故本编屡次点清。正月初旬，魏主即自邺还洛，一入宫廷，便拿下高菩萨、双蒙，当面审问。二人初尚狡赖，一经刑讯，才觉熬受不住，据实招供，并说出冯后厌禳情事。

　　先是彭城公主南赴悬瓠，冯后恐公主讦发阴私，渐生忧虑，召母常氏入宫，求托女巫禳厌，使魏主速死，自得援文明太后故例，另立少主，临朝称制。又尝取三牲入宫，托词祈福，阴实为厌禳计。常氏或自诣宫中，或遣婢入宫，与相报答。偏迅雷不及掩耳，那高菩萨、双蒙等，已被魏主讯得确供，水落石出。冯皇后原是惊惶，魏主亦气得发昏，旧疾复作，入卧含温室中。

　　到了夜间，令菩萨等械系室外，召后问状，后不敢不来，入室有遽色。魏主令宫女搜检后身，得一小匕首，长三寸许，便喝令斩后。后慌忙跪伏，叩头无数，涕泣谢罪。魏主乃命她起来，赐坐东楹，隔御寝约二丈余，先令菩萨等陈状，菩萨等不敢翻供，仍照前言陈明。魏主瞋目视后道："汝听见否？汝有妖术，可一一道来。"后欲言不言，经魏主一再催迫，方乞屏去左右，自愿密陈。魏主使中宫侍女，一概出室，唯留长秋卿白整在侧，且起取佩刀，指示后面，令她速言。后尚不肯语，但含着一双泪眼，注视白整。魏主会意，用棉塞整两耳，再呼整名，整已无所闻，寂然不应，乃叱后从实供来。后无可抵赖，只得呜呜咽咽，略述大概。亏她老脸自陈。

　　魏主大愤，直唾后面。且召彭城王勰、北海王祥入室，嘱令旁坐。二人请过了安，见后亦在座，未免局促不安。魏主指语道："前是汝嫂，今是他人，汝等尽管坐下。"二人方才谢坐。魏主又语道："这老妪欲挟刃刺我，可恶已极，汝等可穷问本末，不必畏难！"二人见魏主盛怒，只好略略劝解，魏主道："汝等谓冯家女不应再废么？彼既如此不法，且令寂处中宫，总有就死的一日，汝等勿谓我尚有余情呢！"二王趋退，魏主即命中官等送后入宫，后再拜而出。

过了数日，魏主有事问后，令中官转询，后又摆起架子，向中官叱骂道："我是天子妇，应该面对，怎得令汝传述呢？"中官转白魏主，魏主大怒，即召后母常氏入宫，详述后罪，并责常氏教女不严，纵使淫妒。常氏未免心虚，恐为厌禳事连坐致刑，不得已挞后百下，佯示无私。魏主尚顾念文明太后旧恩，不忍将后废死，但敕诛高菩萨、双蒙二人，并嘱内侍等不得纵后，略加管束，就是废后敕书，亦迟久不下。所有六宫嫔妾，仍令照常敬奉，唯太子恪不得朝谒，示与后绝，这真算是特别加恩了。*未免有情。*

会闻齐太尉陈显达，督领将军崔慧景，规复雍州诸郡，魏将军元英迎战，屡为所败，被齐军夺去马圈、南乡两城，魏主病已少瘥，力疾赴敌，并命广阳王拓跋嘉，从间道绕出均口，邀截齐军归路。齐军前后受敌，杀得大败亏输，显达南走，慧景亦还。魏主虽然欣慰，但跋涉奔波，终不免有一番劳顿，病骨支离，禁受不起，又复病上加病，奄卧行辕。彭城王勰，旁侍医药，昼夜不离，饮食必先尝后进，甚至蓬首垢面，衣不解带。*好兄弟，好君臣。*魏主命勰都督中外诸军事，勰面辞道："臣侍疾无暇，怎可治军？愿另派一王，使总军务。"魏主道："我正恐不起，所以命汝主持，安六军，保社稷，除汝外尚有何人？幸勿再辞！"勰乃勉强受命。

既而魏主疾亟，乘卧舆北归，行次谷塘原，病势益甚，顾语彭城王勰道："我已不济事了，天下未平，嗣子幼弱，倚托亲贤，所望唯汝！"勰泣答道："布衣下士，尚为知己尽力，况臣托灵先皇，理应效命股肱，竭力将事。但臣出入喉膂，久参机要，若进任首辅，益足震主，圣如周旦，尚且遁逃，贤如成王，尚且疑惑，臣非矫情乞免，实恐将来取罪，上累陛下圣明，下令愚臣辱戮呢！"*勰非不知远虑！后来仍难免祸，功高震主之嫌，非上智其能免乎！*魏主沉吟半晌，方徐答道："汝言亦颇有理，可取过纸笔来。"勰依言取奉纸笔，由魏主强起倚案，握笔疾书，但见上面写着：

汝第六叔父勰，清规懋赏，与白云俱洁，厌荣舍绂，以松竹为心。吾少与绸缪，

提携道趣，每请朝缨，恬真邱壑。吾以长兄之重，未忍离远，何容仍屈素业，长婴世网？吾百年之后，其听勰辞蝉舍冕，遂其冲挹之性也！

书至此，手已连颤，不能再写，乃掷笔语勰道："汝可将此谕付与太子，惬汝素怀。"勰见魏主困惫，扶令安卧。魏主喘吁多时，又命勰草诏，进授侍中北海王详为司空，平南将军王肃为尚书令，镇南大将军广阳王嘉，为尚书左仆射，尚书宋弁为吏部尚书，令与太尉咸阳王禧，尚书右仆射任城王澄，并受遗命，协同辅政，随即口述己意，命勰另书道：

谕尔太尉、司空、尚书令、左右仆射、吏部尚书：唯我太祖丕丕之业，与四象齐茂，累圣重明，属鸣历于寡昧，兢兢业业，思纂乃圣之遗踪，迁都嵩极，定鼎河瀍，庶南荡瓯吴，复礼万国，以仰光七庙，俯济苍生，天未假年，不永乃志。公卿其善毗继子，隆我魏室，不亦善欤！可不勉之！

勰俱书就，呈与魏主阅过，魏主始点首无言。是时唯任城王澄、广阳王嘉从军，嘉为太武帝焘孙，澄为景穆太子晃孙，年序最长，齿爵并崇，当由魏主召入，略述数语。二王奉命退出，勰仍留侍。越二日，魏主弥留，复语彭城王勰道："后宫久乖阴德，自寻死路，我死后可赐她自尽，葬用后礼，庶足掩冯门大过，卿可为我书敕罢！"勰复依言书敕，书毕呈阅，魏主已不省人事，顷刻告终。年三十有三。

魏主宏雅好读书，手不释卷，所有经史百家，无不赅览，善谈庄老，尤精释义，才藻富赡，好为文章诗赋铭颂。自太和十年以后诏册，俱亲加口授，不劳属草。平居爱奇好士，礼贤任能，尝谓人君能推诚接物，胡越亦可相亲，如同兄弟。又尝诫史官道："直书时事，无讳国恶，人主威福自擅，若史复不书，尚复何惧！"至若郊庙祭祀，未有不亲，宫室必待敝始修，衣冠迭经浣濯，犹然被服。在位二十三年，称为一时令主。唯宠幸冯昭仪，以致废后易储，有乖伦纪，渐且酿成宫闱丑事，饮恨而终，这可见色为祸原，常人且不宜好色，况系一国的主子呢。*大声疾呼。*

彭城王勰，与任城王澄等计议，因齐兵尚未去远，且恐麾下有变，只得秘不发丧，仍用安车载着魏主，趱程前进。沿途视疾问安，仍如常时，一面飞使赍敕，征太子恪至鲁阳，及两下会晤，才将魏主棺殓，发丧成服，奉恪即位。咸阳王禧，是魏主宏长弟，自洛阳奔丧，疑勰为变，至鲁阳城外，先探消息，良久乃入。与勰相语道："汝非但辛勤，亦危险至极！"勰答道："兄识高年长，故防危险，弟握蛇骑虎，不觉艰难。"禧微笑道："想汝恨我后至哩。"此外东宫官属，亦多疑勰有异志，密加戒备。勰推诚尽礼，无纤芥嫌。俟恪即位，即跪奉遗敕数纸。恪起座接受，一一遵行。当下令北海王详，及长秋卿白整等，赍着遗敕，并持药入宫，赐冯后死。冯后尚不肯引决，骇走悲号，整指挥内侍，把后牵住，强令灌下。小子有诗叹道：

尤物从来是祸苗，一经专宠便成骄。

别宫赐死犹嫌晚，秽史留贻恫北朝！

欲知冯后曾否服毒，且俟下回再表。

萧鸾一生凶诈，而独有狂愚之嗣子；拓跋宏一生英敏，而独有淫恶之艳妻。先贤有言，身不行道，不行于妻子，鸾之不德，宜有是儿。魏主好文稽古，兼长武事，顾乃不能制一妇人，菩萨为祟，厌禳继兴，巫蛊不足，甚且挟刃图逞天下。好妒之妇人，未有不淫；好淫之妇人，未有不悍。魏主宏为色所迷，已乖伦纪，身为元绪公，险做刀头鬼，犹沾沾于文明太后之私恩，不声罪以诛之。夫文明太后，有杀父之大仇，尚不知报，何怪淫后之胆大妄为，效尤益甚！其得安殂谷塘原，保全首领以殁，亦幸矣哉！然后知凶诈者固不足诒谋，英敏者亦非真能制治也。

第三回

泄密谋二江授首
遭主忌六贵洊诛

　　却说魏冯后见了毒药，尚不肯饮，且走且呼道："官家哪有此事？无非由诸王恨我，乃欲杀我呢！"嗣经内侍把她扯住，无法脱身，没奈何饮毒自尽。白整等驰报嗣主，咸阳王禧等，欢颜相语道："若无遗诏，我兄弟亦当设法除去，怎得令失行妇人，宰制天下，擅杀我辈呢！"魏主恪遵照遗言，尚用后礼丧葬，谥为幽皇后。仍命彭城王勰为司徒，摄行冢宰，委任国事，一面奉梓宫还洛阳。守制月余，乃出葬长陵，追谥皇考为孝文皇帝，庙号高祖，并尊皇妣高氏为文昭皇后，配飨高庙。封后兄肇为平原公，显为澄城公。从前冯氏盛时，冯熙为文明太后兄，尚公主，官太师，生有三女，二女相继为后，还有一女亦纳入掖廷，得封昭仪。子诞为司徒，修为侍中，聿为黄门郎。侍中崔光尝语聿道："君家富贵太盛，终必衰败。"聿变色道："君何为无故诅我？"光答道："物盛必衰，天地常理，我非敢诅君家，实欲君家预先戒慎，方保无虞。"聿转白父熙，熙不能从。过了年余，修获罪黜，熙与诞先后谢世，幽后废死，聿亦摈弃，冯氏遂衰。*述此以讽豪门。*高氏遂得继起，一门二公，富贵赫奕，几与冯氏显盛时，相去不远了。这且待后再表。

　　且说齐主萧宝卷，嗣位以前，曾简萧懿为益州刺史，萧衍为雍州刺史。衍闻宝卷入嗣，萧遥光等六人辅政，遂语从舅参军张弘策道："一国三公，尚且不可，今六贵同朝，势必相图。乱将作了。避祸图福，无如此州，所虑诸弟在都，未免遭祸，只好与益州共图良策呢！"弘策亦以为然。懿为衍兄，衍所说益州二字，便是指懿。嗣是密修武备，多伐竹木，招聚骁勇，数约万计。中兵参军吕僧珍，阴承衍旨，亦私具橹数千张。

已而懿罢刺益州，改行郢州事，衍即使弘策说懿道："今六贵比肩，人自画敕，争权夺势，必致相残。嗣主素无令誉，狎比群小，慓轻忍虚，怎肯委政诸公，虚坐主诺？嫌疑久积，必且大行诛戮。始安欲为赵王伦。晋八王之一。形迹已露，但性褊量狭，徒作祸阶，萧坦之忌克陵人，徐孝嗣听人穿鼻，江祏无断，刘暄暗弱，一朝祸发，中外土崩。吾兄弟幸守外藩，宜为身计。及今猜嫌未启，当悉召诸弟西来，过了此时，恐即拔足无路了。况郢州控带荆湘，雍州士马精强，世治乃竭忠本朝，世乱可自行匡济，因时制宜，方保万全；若不早图，后悔将无及呢！"懿默然不应，唯摇首示意。弘策又自劝懿道："如君兄弟，英武无敌，今据郢、雍二州，为百姓请命，废昏立明，易如反掌，愿勿为竖子所欺，贻笑身后！雍州揣摩已熟，所以特来陈请，君奈何不亟为身计！"懿勃然道："我只知忠君，不知有他！"语非不是，但未免迂愚。弘策返报，衍很为叹息。自遣属吏入都，迎骠骑外兵参军萧伟及西中郎外兵萧憺，并至襄阳，静待朝廷消息。

果然永元改元，甫阅半年，即有二江被诛事。江祏、江祀，是同胞兄弟，系景皇后从子，与齐主鸾为中表亲。景皇后系鸾生母，鸾篡帝祚，祏与祀并皆佐命。所以格外信任，顾命时亦特别注意。卫尉刘暄，乃是敬皇后弟，敬皇后系鸾故妃，与二江同受遗敕，夹辅嗣君。当时宝卷不道，屡欲妄行，徐孝嗣不敢谏阻，萧坦之依违两可，独祏常有谏诤，坚持到底，致为宝卷所恨。宝卷平日，最宠任茹法珍、梅虫儿二人，祏又屡加裁抑，法珍等亦视若仇雠。徐孝嗣常语祏道："主上稍有异同，可依则依，不宜一律反对。"祏答道："但教事事见委，定可无忧。"专欲难成。

宝卷失德益甚，祏欲废去宝卷，改立江夏王宝玄，独刘暄与他异议，拟推戴建安王宝夤。宝玄、宝夤并系鸾子，原来暄前为郢州行事，佐助宝玄，有人献马，宝玄意欲取观，暄答道："马是常物，看他什么？"宝玄妃徐氏，命厨下燔炙豚肉，暄又不许，且语厨人道："朝已煮鹅，奈何再欲燔豚？"为此二事，宝玄尝恚恨道："舅太无渭阳情。"暄闻言亦滋不悦。至是入秉政权，当然不愿立宝玄。祏因暄异议，乃转商诸萧遥光。看官阅过上文，应知遥光本意，早图自取。此时正想下手，怎肯赞同祐意，推立宝玄？唯又不便与祐明言，只好旁敲侧击，托言为社稷计，应立长君。祐知他言中寓意，出白弟祀，祀亦谓少主难保，不如竟立遥光，累得祐惶惑不定，大费踌躇。如此大事，怎得胸无主宰！

萧坦之正丁母忧，起复为领军将军，祐乘便与商，谓将拥立遥光。坦之怫然道："明帝起自旁支，入正帝位，天下至今不服，若复为此举，恐四方瓦解，我却不敢与闻呢！"祐乃趋退。坦之恐为祐所累，仍还宅守丧。

吏部郎谢朓，素有才望，祐与祀引为臂助。召朓入语道："嗣主不德，我等拟改立江夏王，但江夏年少，倘再不堪负荷，难道再废立不成！始安王年长资深，乘时推立，当不致大乖物望。我等为国家计，因有此意，并非欲要求富贵呢！"朓未以为然，不过支吾对答。说了数语，便即辞归。可巧丹阳丞刘沨，奉遥光密遣，致意与朓，嘱使为助。朓又随口敷衍，似允非允。沨返报遥光，遥光竟命朓兼知卫尉事。朓骤得显要，反有惧心，即转将沨、祀密谋，转告太子右卫率左兴盛。兴盛却不敢多言。朓又说刘暄道："始安王一旦南面，恐刘沨等将入参重要，公将无从托足呢！"暄佯作惊惶，俟朓去后，即驰报遥光及祐。遥光道："他既不愿相从，便可令他出外，现在东阳郡守，正当出缺，令他继任便了！"祐独力阻道："朓若外出，适足煽惑众人，必于我辈不利，请早日剪除为是！"比遥光更凶。遥光乃矫制召朓，收付廷尉，然后与徐孝嗣、江祐、刘暄三人，联名具奏，诬朓妄贬乘舆，窃论宫禁，私谤亲贤，轻议朝宰，种种不法，宜与臣等参议，肃正刑书等语。宝卷游狎不遑，无心查究，便令他数人定谳，当即论死，勒令狱中自尽。朓入狱后，还想告讦遥光等阴谋，意图自脱，偏狱吏不容传书，无从讦发，乃流涕叹息道："我虽不杀王公，王公由我而死！指前回王敬则事。今日罹祸，不足为冤，我死罢了！"遂解带自经。

遥光即欲发难，不料刘暄又复变计。看官道是何因？他想遥光得位，自己把元舅资望，凭空失去，转求荣反辱，所以变易初心。萧衍谓刘暄暗弱，尚非定评，暄实一反复小人，不止暗弱而已。祐与祀见暄有异，也不敢从速举事。遥光察悉情状，恨暄切齿，潜遣家将黄昙庆刺暄。暄正出过青溪桥，护队颇多，昙庆惮不敢出，留匿桥下。偏暄马惊跃而过，惹动暄疑，仔细侦察，方知由遥光暗算，幸得免刺。由惊生惧，由惧生怒，竟想出一条釜底抽薪的计策，密呈一本，报称江祐兄弟罪状。宝卷仰承遗训，不肯落后，即传敕召祐，并即收祀。祀正入值内殿，略得风声，忙遣使报祐道："刘暄似有异谋，应如何防备？"祐尚不以为意，但说出"镇静"二字。有顷由敕使驰至，召祐入见，暂憩中书省候宣。忽有一人持刀入省，用刀环击祐心胸，张目叱祐道："汝尚能夺我封赏么？"祐仓皇辨认，乃是直阁袁文旷，不由得颤动起来。文旷前斩王敬则，论功当封，祐坚执不与。文旷因此挟嫌，乘势报复，先将祐击伤，然后用械锁祐。俄而又来敕使，传敕处斩，文旷即将祐牵出，交与刑官。祐至市曹，祀亦被人牵至，两人相对下泪，喉噎难言。只听得一声号令，魂灵儿已驰入重泉，连杀头的痛苦，也无从知觉了。兄弟同死，却免鸰原遗恨。

宝卷既除江祐，无人强谏，好似拔去眼中钉，乐得逍遥自在，日夜与左右嬖幸，鼓吹戏马。每至五更始寝，日晡乃起，台阁案奏，阅数十日乃得报闻，或且被宦官包裹鱼肉，持还家中，连奏牍都不见着落。一日乘马出游，顾语左右道："江祐常禁我乘马，此奴尚在，我怎得有此快活呢！"左右统是面谀，盛称陛下英明，乃得除害。宝卷又问江祐亲属，有无留存，左右答道："尚有族人江祥，拘系东冶，未曾处决。"宝卷道："快取纸笔来。"左右奉呈纸笔，就从马上书敕，赐祥自尽，令人传往东冶。东冶乃是狱名，祥本以疏亲论免，至此被诛。此外江祐家属，不问可知，小子也毋庸细述了。

萧遥光虽未连坐，心下很是不安。季弟遥昌，领豫州刺史，已病终任所，只有次弟遥欣，尚镇荆州。他遂与遥欣通书，密谋起事，据住东府，使遥欣自江陵东下，作为外援。事尚未发，遥欣偏又病亡，弟兄三人，死了一双，弄得遥光孤立无助，懊怅异常。宝卷亦阴加防备，尝召遥光入议，提及江祐兄弟罪案，遥光益惧，佯狂称疾，不问朝事。

会遥欣丧还，停留东府前渚，荆州士卒，送葬甚多，宝卷恐他为变，拟撤他扬州刺史职衔，还任司徒，令他就第。当下召令入朝，面谕意旨，遥光恐蹈祐覆辙，不敢应召。一面收集二弟旧部，用了丹阳丞刘沨，及参军刘晏计议，托词讨刘暄罪，夜遣数百人，破东冶出囚，入尚方取仗，并召骁骑将军垣历生，统领兵马，往劫萧坦之、沈文季二人。坦之、文季，已闻变入台，免被劫去。历生遂劝遥光夜攻台城，遥光狐疑不决，待至黎明，始戎服出厅，令部曲登城自卫。历生复劝他出兵，遥光道："台中自将内溃，不必劳我兵役。"历生出叹道："先声乃能夺人，今迟疑若此，怎能成事呢！"

　　萧坦之、沈文季两人入台告变，众情恟惧。俟至天晓，方有诏敕传出，召徐孝嗣入卫，人心少定。左将军沈约，也驰入西掖门，于是宫廷内外，稍得部署。_{遥光若从历生计议，早可入台，然如遥光所为，若使成事，是无天理了。}徐孝嗣屯卫宫城，萧坦之率台军讨遥光，出屯湘宫寺，右卫率左兴盛屯东篱门，镇军司马曹虎屯青溪桥，三路兵马，进围东府。遥光遣垣历生出战，屡败台军，阵斩军将桑天受。坦之等未免心慌。忽由东府参军萧畅，及长史沈昭略，自拔来归，报称东府空虚，力攻必克。坦之大喜，便督诸军猛攻。东府中失去萧、沈两人，当然气沮，萧畅系豫州刺史萧衍弟，沈昭略系仆射沈文季从子，两人俱系贵阀，所以有关人望。垣历生见两人已去，益起二心，遥光命他出击曹虎，他一出南门，便弃槊奔降虎军。虎责他临危求免，心术不忠，竟喝令枭首。遥光闻历生叛命，从床上跃起，使人杀历生二子，父子三人，统死得无名无望，恰也不必细说。

　　坦之等攻城至暮，用火箭射上，毁去东北角城楼，城中大哗，守兵尽溃。遥光走还小斋，秉烛危坐，令左右闭住斋阁，在内拒守。左右皆逾垣遁去，外军杀入城中，收捕遥光。破斋阁门，遥光吹灭烛焰，匍伏床下。外军暗地索寻，就床下用槊刺入。遥光受伤，禁不住有呼痛声，当被军人一把拖出，牵至阁外，禀明萧坦之等，便即饮刀。_{死有余辜。}军人复纵火烧屋，斋阁俱尽，遥光眷属，多死火中。刘沨、刘晏，亦遭骈戮。一场乱事，化作烟消。

　　坦之等还朝复命，有诏擢徐孝嗣为司空，加沈文季为镇南将军，进萧坦之为尚书右仆射，刘暄为领将军，曹虎为散骑常侍右卫将军。坦之恃功骄恣，又为茹法珍等所嫌，日夕进谗。宝卷亟遣卫帅黄文济，率兵围坦之宅，逼令自杀。

　　坦之有从兄翼宗，方简授海陵太守，未曾出都，坦之呼语文济道："我奉君命，不妨就死，只从兄素来廉静，家无余资，还望代为奏闻，乞恩加宥！"文济问翼宗宅在何处，坦之以告，经文济允诺，乃仰药毕命。文济返报宝卷，并述及翼宗事，宝卷仍遣文济往捕，查抄翼宗家资，一贫如洗，只有质帖钱数百。_{想即钱券之类。}持还复命，宝卷乃贷他死罪，仍系尚方。坦之子秘书郎萧赏，坐罪遭诛。茹法珍等尚未满意，复入谮刘暄。宝卷道："暄是我舅，怎有异心！"_{彼也有一隙之明耶？}直阁徐世标道："明帝为武帝犹子，备受恩遇，尚灭武帝子孙，元舅岂即可恃么？"_{谗口可畏。}

宝卷被他一激，便命将暄拿下，杀死了事。嗣后因曹虎多财，积钱五千万，他物值钱，亦与相等，一道密敕，把虎收斩，所有家产，悉数搬入内库。萧翼宗因贫免死，曹虎因富遭诛，世人何苦要钱，自速其死！统计三人处死，距遥光死期，不到一月。就是新除官爵，俱未及拜，已落得身家诛灭，门阀为墟！富贵如浮云。

唯徐孝嗣以文士起家，与人无忤，所以名位虽重，尚得久存。中郎将许准，为孝嗣陈说事机，劝行废立。孝嗣谓以乱止乱，决无是理，必不得已行废立事，亦须俟少主出游，闭城集议，方可取决。准虑非良策，再加苦劝，无如孝嗣不从。沈文季自托老疾，不预朝权，从子昭略，已升任侍中，尝语文季道："叔父行年六十，官居仆射，欲以老疾求免，恐不可必得呢！"文季但付诸微笑，不答一词。

过了月余，有敕召文季叔侄，入华林省议事。文季登车，顾语家人道："我此行恐不复返了！"及趋入华林省，见孝嗣亦奉召到来，两人相见，正在疑议，未知所召何因。忽由茹法珍趋至，手持药酒，宣敕赐三人死。昭略愤起，痛詈孝嗣道："废昏立明，古今令典，宰相无才，致有今日！"说至此，取酒饮讫，用瓯掷孝嗣面道："使做破面鬼！"言讫便僵卧地上，奄然就毙。文季亦饮药而尽。孝嗣善饮，服至斗余，方得绝命。子演尚武康公主，况尚山阴公主，统皆坐诛。女为江夏王宝玄妃，亦勒令离婚。昭略弟昭光，闻难欲逃，因不忍别母，持母悲号，被收见杀。昭光兄子昙亮，已经逃脱，闻昭光死，且恸且叹道："家门屠灭，留我何为！"也绝吭自尽。未免太迂。

嗣是同朝六贵，只剩太尉陈显达一人。显达为高、武旧将，当明帝鸾在位时，已恐得罪，深自贬抑，每出必乘敝车，随从只十数人，非老即弱。尝蒙明帝赐宴，酒酣起奏道："臣年衰老，富贵已足，唯欠一枕，还乞陛下赐臣，令臣得安枕而死！"明帝失色道："公已醉了，奈何出此语！"既而显达又上书告老，仍不见许，及预受遗敕，出师攻魏，为魏所败，狼狈奔还。见前回。御史中丞范岫，劾他丧师失律，应即免官，显达亦请解职，宝卷独优诏慰答，不肯罢免。寻且命显达都督江州军事，领江州刺史，仍守本官。显达得了此诏，好似跳出陷坑，非常快慰。至朝中屡诛权贵，且有谣言传出，谓将遣兵袭江州，显达遂与长史庾弘远、司马徐虎龙计议，拟奉建安王宝寅为主，即日起兵。小子有诗叹道：

寻阳一鼓起三军，主德昏时乱自纷。

我有紫阳书法在，半归臣子半归君。

师期已定，又令庚弘远等出名，致书朝贵，颇写得淋漓痛快，可泣可歌。欲知书中详情，容待下回录叙。

六贵同朝，人自画敕，此最足以致乱，萧衍之说题矣。但平心论之，六人优劣，亦有不同。萧遥光怂恿萧鸾，残害骨肉，其心最毒，其策最狡。江祏、江祀，密图废立，乃欲奉戴遥光，党恶助虐，绳以国法，遥光固为罪首，二江其次焉者也。刘暄反复靡常，亦不得为无罪。萧坦之、徐孝嗣、沈文季三人，讨平遥光，非特无辜，抑且有功。就令坦之恃功骄恣，而罪状未明，乌得妄杀！孝嗣、文季，更无罪之可言。故遥光可诛，江祏、江祀可诛，刘暄亦可诛，坦之、孝嗣、文季，实无可诛之罪，诛之适见其诬枉耳！人徒谓宝卷滥杀大臣，因致亡乱，不知无罪者固不应诛，有罪者亦非真不可诛也。彼宝卷之亡国，犹在彼不在此焉。

第四回

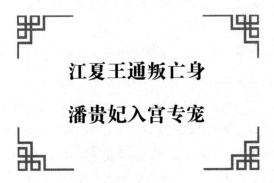

江夏王通叛亡身
潘贵妃入宫专宠

却说陈显达决计起兵，将攻建康，先令长史庾弘远、司马徐虎龙，致书朝贵，大略说是：

诸公足下：我太祖高皇帝，睿哲自天，超人作圣，属彼宋季，纲纪自紊，应禅从民，构此基业。世祖武皇帝，昭略通远，克纂洪嗣，四关罢险，三河静尘。郁林、海陵，顿孤负荷。明帝英圣，绍建中兴。至乎后主，行悖三才，琴横由席，绣积麻筵，淫犯先宫，秽兴闱阃，皇陛为市廛之所，雕房起战争之门，任非华尚，宠必寒厮。江仆射兄弟，忠言屡进，正谏繁兴，覆族之诛，于斯而至。故乃犴噬之刑，四剿于海路，家门之衅，一起于中都。萧、刘二领军，拥升御座，共秉遗诏，宗戚之苦，谅不足谈，渭阳之悲，何辜至此！徐司空累叶忠荣，清简流世，匡翼之功未著，倾宗之罚已彰。沈仆射年在悬车，将念几杖，欢歌园蔌，绝影朝门，忽招陵上之罚，何万古之伤哉！遂使紫台之路，绝搢绅之俦，缨组之阁，罢金张之胤。悲起蝉冕，为贱宠之服；呜呼皇陛，列劫竖之坐。且天人同怨，乾象变错，往者三州流血，今者五地自动，咎征迭著，昏德未悛，此而未废，孰不可兴！诸公多先朝遗旧，志在名节，并列丹书，要同义举。建安殿下，秀德冲远，实允神器。昏明之举，往圣留言，今恭役戎驱，亟请乞路，须京尘一静，西迎大驾，歌舞太平，不亦佳哉！我太尉体道合圣，仗德修文，神武横于七伐，雄略震于九纲，是乃仗义兴师，还抗社稷。本欲鸣笳振铎，无劳戈刃，但忠谠有心，节义难遣，信次之间，森然十万，飞舻咽于九派，列舰迷于三川，此盖捧海浇萤，列火消冻耳。吾子其择善而从之！毋令竹帛无名，空为后人笑也！

朝臣得了此书，当即报知宝卷。宝卷令护军崔慧景为平南将军，督兵往击显达，后军将军胡松，骁军将军李叔献，率水军屯梁山，左卫将军左兴盛，督前锋屯杜姥宅。陈显达出发寻阳，沿流东下，道出采石，适遇胡松截住，两下交锋，约历半日有余，胡松败走。再进兵至新林，左兴盛麾军堵御，彼此未经大战，显达却虚设屯火，绊住兴盛，自率轻舸夜渡，潜袭都城。偏偏遇着逆风，至晓方达，舍舟登落星冈。守卫诸军，不意显达猝至，急忙闭城设守。显达手横长槊，匹马当先，随后有勇士数百人，鼓噪攻城。城中出兵与战，挡不住显达长槊。显达年已七十三，尚是精神矍铄，奋勇无前。战至数十回合，十荡十决，刺死守卫军百余人。俄而槊竟折断，一时掉不出顺手兵器，只好仗剑督战。会左兴盛各军，回救都门，显达寡不敌众，没奈何退至西州。后骑官赵潭注，率兵力追，抢步至显达马后，用槊猛刺。显达不及预防，竟被刺落马下，再加一槊，已是血流满地，不能动弹了。诸子皆被执伏诛。庾弘远亦为所获。临刑索帽，顾语刑官道："子路结缨，吾不可以不冠。"及帽既取戴，复慨然道："我非乱贼，乃是义兵，来此为诸君请命。陈公太觉轻事，我曾谏他持重，若用我言，人民当免致涂炭呢。"也恐未必。弘远有子子曜，年才十四，抱父乞代，并为所杀。父愚子亦愚。各军将入城报功，当又有一番封赏，不消琐述。

豫州刺史裴叔业闻朝廷屡诛大臣，很是危惧，朝廷亦防他有变，调镇南兖州，令他内徙。叔业愈觉不愿，未肯启行，他有兄子裴植，曾为殿中直阁，至是亦惧奔寿阳，谓朝廷必相掩袭，宜早为计。叔业遣亲人马文范，潜赴襄阳，问萧衍道："天下大势，已是可知；但我辈不能自存，现拟回面向北，尚不失为河南公，公意以为何如？"衍使文范返报道："群小用事，怎能虑远？若果疑公，暂宜送家还都，作为质信，万一意外相迫，可勒马步军，直出横江，断他后路，天下事一举可定。今欲北向，恐彼必遣人相代，别以河北一州处公，河南公尚可复得么？"智虑却是过人。

叔业乃遣子芬之入质建康。芬之已去，又欲北向投魏，特向魏豫州刺史薛真度处，致书探问，略表已意。真度劝令早降，复书有云：若至事迫始来，反致功微赏薄，事贵从速，不必多疑。叔业意终未决，不过与真度屡通书信，往来不绝。都中人士，已渐有风闻，咸传叔业外叛，芬之恐被收捕，溜出都门，竟返寿阳。叔业竟遣芬之奉表降魏，魏主宏令彭城王勰出镇寿阳，封叔业为兰陵郡公，仍领豫州刺史。齐廷闻报，不得不发兵加讨，特遣平西将军崔慧景，带领水军，出讨叔业。宝卷亲出送行，戎服坐琅琊城上，召慧景单骑入城，略问数语，慧景即拜辞而去。宝卷还宫，复下诏命萧懿为豫州刺史，助慧景西讨寿阳。

慧景此次出行，已蓄异图，曾与子觉密约，令他隔宿出都，驰赴军前。觉曾为直阁将军，得了父命，即于次日单骑出走，行抵广陵，始与慧景相会。慧景过广陵十余里，召会各军将弁，涕泣晓谕道："我受三帝厚恩，愧无以报，今幼主昏狂，朝廷浊乱，持危扶倾，莫如今日，愿与诸君还立大功，共立社稷，未知众意若何？"众皆应声听令。慧景遂还向广陵，司马崔恭祖守广陵城，开门迎入。慧景停广陵二日，将集众渡江，因遣人驰见江夏王宝玄，愿奉他为主。宝玄喝斩来使，发兵守城，并飞报诸中。宝卷亟派马军将戚平，外监黄林夫，出助宝玄，镇守京口。总道他是长城可靠，不生变端，哪知宝玄是阳绝慧景，阴实勾通。他与妃子徐氏，本来伉俪情深，只因孝嗣被杀，迫令离婚，心中好生不乐。此次斩使请命，实欲引诱台军，自增势力。

戚平、黄林夫，到了京口，宝玄即引与密商，探他意见。二人语多未合，恼动宝玄，呼令左右，剮二人首。司马孔矜，典签吕承绪，不禁大呼道："殿下造反了！"宝玄更怒不可遏，杀死二人。_{好杀不祥。}更派长史沈佚之，谘议柳澄，分统部众，专待慧景到来。

慧景自广陵东返，顺抵京口，由宝玄开城纳入，即令慧景为先驱，自乘翠舆，手执绛麾幡，督军继进。都中大震，亟遣骁骑将军张佛护，直阁将军徐元称等，出屯竹里，堵截叛军。慧景前锋将崔恭祖，带着百战不疲的壮士，与佛护等一场鏖斗，佛护等败入城中。恭祖乘胜攻入，斩佛护，降元称，进迫查硎。中领军王莹，奉宝卷命，都督水陆各军，据住湖头，筑垒蒋山西岩，屯甲数万，恭祖不能前进。及慧景继至，亦无法可施，悬赏求计。

竹塘人万副儿献议道："今平路皆有重兵堵住，不可议进，最好从蒋山背后，蹑登山顶，从上临下，出其不意，方可得志。"慧景依计而行，遂分遣壮士千名，绕出山后，鱼贯而上。俟至夜半，突起鼓角，由西岩驰下，各戍垒闻声大骇，不知所为，一齐弃垒遁去。慧景得追至都下，攻扑各门，右卫将军左兴盛，率台军三万人，就北篱门扼守，军中望风溃散，兴盛亦遁。东府、石头、白下、新亭诸城，统皆骇走，兴盛无路可奔，逃匿淮渚获舫中，被慧景部兵搜获，立即杀毙。慧景突入外城，驻乐游苑，崔恭祖率骑兵千余，攻北掖门，将要陷入，为宫中卫兵所拒，仍复折回，宫门皆闭。慧景引众围攻，又毁去兰陵府署，作为战场。宫中危急万分，幸得卫尉萧畅，屯守南掖门，处分城内，多方应拒，众心稍定。

慧景捏传宣德太后命令，废齐主宝卷为吴王，却把推立宝玄的问题，反搁置起来，未曾提及。**又生变计。**原来竟陵王子良子昭胄，曾封巴陵王，永泰元年，十王被戮，昭胄与弟昭款，避难出奔，至江西溷迹为道人。慧景举兵入都，昭胄兄弟，又奔投慧景，慧景与谈甚欢，更欲拥立昭胄，心如辘轳，未能遽定。子觉又与恭祖争功，竹里一捷，功出恭祖，觉但主粮运，偏说是功与相侔。慧景舐犊情深，不免祖觉，遂致恭祖失望。恭祖又进献一计，请用火箭攻北掖楼，慧景道："大事垂定，何必多毁？免得将来更造，多费财力。"恭祖怏怏而退。慧景素好佛学，善谈释义，自乐游苑移居法轮寺，整日闲坐，对客高谈。恭祖窃叹道："今日何日，难道是参禅时么！"**想是要求往西方去了。**

蓦闻豫州刺史萧懿，自采石渡江，来援都城，恭祖忙至法轮寺中，自请击懿。慧景道："汝且留此，不如叫我子前去罢。"恭祖趋出，大为怫意，还顾寺门道："看汝父子能成事么？萧豫州岂是好惹的人！"慧景全然未悟，竟遣觉率精兵数千，往拒萧懿去了。

懿本奉命西讨，出屯小岘，闻得裴叔业病死，正拟乘虚往击，忽由都中遣到密使，促令勤王。懿方就食，投箸起座，即率军将胡松、李居士等数千人，从采石渡江东行，举火示城中。台城居人，欢呼称庆。懿军已达南岸，崔觉才领军趋至，与懿接仗。懿下令军中，前进有赏，后退即斩。于是人人致死，个个拼生。

崔觉本非战将，骤遇劲敌，教他如何抵当！战不多时，即大败奔还，部下伤毙至二千余人。觉率败众逃还都中，正值恭祖抄掠东宫，取得女使数人，饶有姿色。觉不禁垂涎，竟把他拦住，将女妓劫为己有。**强盗碰着强盗。**恭祖已怨恨慧景，又经此一激，不由得忿火中烧，竟与骁将刘灵运，夜降台军。慧景部下，见崔觉败还，恭祖引去，料知不能成事，多半离散。慧景亦立足不住，潜引心腹数人，自往北渡。余众尚未曾闻知，留住城下。那萧畅却麾兵杀出，击毙数百人，众始散走。

慧景留都历十二日，一败涂地，匆匆奔至江滨，被萧懿麾下的巡兵，驱逐一程，随从都不知去向。只有慧景一人一骑，逃至蟹浦，浦口有渔人会集，见他形迹可疑，仔细盘问，知是崔慧景。渔人已闻他是叛首，乐得杀叛徼赏，呼众奋斫，立将慧景砍死，枭了首级，纳入鱼篮，担送建康。觉亡命为道人，嗣被捕诛。崔恭祖虽然投顺，朝议以他穷蹙始降，不能贷罪，仍拘系尚方，未几亦处斩如律。宝玄逃匿数日，因都中大索，无人容纳，没奈何自出投首。宝卷召入后堂，四面用幛围裹，令群小数十人，鸣鼓而攻。且使人传语道：“汝近日围我，与此相类，我亦令汝一尝此味呢！”仿佛儿戏。已而牵出，赐药勒毙。

军将搜得叛人党册，内列姓氏甚多，朝士亦或参入，宝卷并不察阅，但令左右取毁，且慨然道：“江夏尚且如此，还问别人做甚？”寻又颁诏大赦，所有叛徒余孽，悉令自新，不复穷治。这却是宝卷即位以后，绝无仅有的美政！却是难得。偏一班金任宵小，不依诏书，查有家道殷实的人民，概诬为贼党，屠门借资，充入私囊。若本系贫穷，就使前时从贼，也置诸不问。或语中书舍人王咺之道：“赦书无信，物议沸腾。”咺之道：“会当复有赦书。”已而赦书又下，群小横行如故。宝卷日事嬉游，无心顾问，但任他所为罢了。统计宫中嬖幸左右侍从，凡三十一人，黄门十人。

直阁骁骑将军徐世𢷋，得委重权，一切刑戮，都由他一人主持。世𢷋亦知宝卷昏纵，密语同党茹法珍、梅虫儿道：“何世天子无要人，可惜我主太恶，恐未能长保呢！”法珍等本阴忌世𢷋，得此一言，便转告宝卷。宝卷怒起，即令法珍督领禁兵，往杀世𢷋。世𢷋拒战不胜，终遭杀毙。法珍、虫儿，得并为外监，口称诏敕。王咺之专掌文翰，朋比为奸。及慧景乱平，法珍且受封余干县男，虫儿亦得封竟陵县男。

宝卷以权贵悉除，益加骄纵，或间日一出，或一日一出，既无定时，亦无定所，东西南北，无处不游。朝夕旦暮，在所不计，所经道路，必先屏逐居民，有人犯禁，格杀勿论。自万春门至郊外，周围数十百里，皆空家尽室，巷陌悬幔为高幛，置使人防守，号为屏除，亦称长围。尝游至沈公城，有一妇临产不去，即命剖腹验胎，辨视男女。商纣遗风。又尝至定林寺，有僧老病不能行，藏匿草间，偏为宝卷所见，命左右射僧，百箭俱发，集身如猬。宝卷亦自发数矢，贯入僧脑，自夸绝技。置射雉场二百九十六处，每出射雉，必先令尉司击鼓，鼓声一传，当役诸人，立命奔走，甚至不暇衣履。尝在夜中三四更间，驾出蹋围，鼓声四起，火光烛天，幡戟横路，士民喧走，相随老小，无不震惊，啼号遍道，宝卷反自鸣得意。他本膂力过人，能挽三斛五斗的重弓，又能在齿上驾运白虎幢，高可七丈五尺，甚至折齿不倦。

他在东宫时，纳妃褚氏，即位后册为皇后。妾黄氏生子名诵，立为太子，黄氏得封淑媛。褚氏本故相褚渊侄女，姿貌平庸，宝卷不甚垂爱。黄淑媛略有姿色，不幸早亡。茹法珍、梅虫儿等格外效劳，代主采艳，选了美女数十名，充入后宫。就中翘楚，要算余、吴两姬为最美，宝卷封余氏为妃，吴氏为淑媛，后来得了一个潘家女，是王敬则营妓，流落都中，真乃天生尤物，妖冶绝伦。体态风流，如春后梨云冉冉，腰肢柔媚，似风前柳带纤纤。一双眼秋水低横，两道眉春山长画，肤成白雪，异样鲜妍，发等乌云，倍增光泽。更有一种销魂妙处，便是裙下双钩，不盈一握。*销魂处，恐尚不止此。*

宝卷得了此女，好似天女下凡，见所未见。一宵欢会，五体酥麻，越日即册封为妃，又越月余，复册为贵妃。所有潘氏服御，极选珍宝，无论如何价值，但得潘氏欢心，千万亦所不惜。相传一琥珀钏，值价百七十万。就是潘氏宫中的器皿，亦纯用金银。内库所贮，不够取用，更向民间收买，金银宝物，价昂数倍，并令京邑酒租，折钱输金。那潘氏既邀特宠，也任情挥霍，一些儿不知节省，今日索某宝，明日采某珍，供使络绎，不绝道中。每当宝卷出游，必穷极华装，与驾同出。宝卷却令她乘舆先驱，自跨骏马后随。*天子为随奴，潘妃亦大出风头。*急装缚袴，不避寒暑，驰骋至渴，辄下马解取腰边蠢器，酌茗为饮，或且亲至潘妃舆前，持茗给妃，然后还登马上，仍然驰去。日暮尚未言归，辄往亲幸家留宴。

潘父宝庆，因妃得宠，赐第都中，宝卷呼他为阿丈。就是对着茹法珍，亦以丈相呼。*茹家无女，何亦呼他为丈！*呼梅虫儿为阿兄。营兵俞灵韵，素善骑马，宝卷向他学驰，故亦呼他为兄。一淘儿游戏，即一淘儿至宝庆家，妃为调羹，躬自汲水。安排既就，便与潘妃并坐取饮，法珍、虫儿等依次列席，不分男女上下，恣为欢谑。还有阉人王宝孙，年仅十余，生得眉目清扬，不啻处女，宝卷号为伥子，非常宠爱。就是潘妃亦青眼相看，宝孙巧小玲珑，常坐潘妃膝上，一同饮酒。*伥子何幸，得亲芳泽？可惜少一东西。*至夜深还宫，得在御榻旁留寝，因此恃宠生骄，渐得干政。甚且移易诏敕，控制大臣，如梅虫儿、王咺之等，尚有惧意。有时骑马入殿，诋诃天子，宝卷不以为意，日夕留侍，备极宠怜。

从前世祖颐筑兴光楼，上施青漆，宝卷谓武帝未巧，何不纯用琉璃？谁意永光二年八月间，宝卷挈潘妃等夜游，尚未还宫，祝融氏忽入临宫禁，大肆威焰，毁去房屋三千余间。宫门夜闭，外人非奉敕令，不敢擅开，至宝卷闻火驰归，传谕开门，宫内已付诸一烬。侍女小竖，烧死无数，宝卷也不禁叹息。

当时宫中嬖幸，皆号为鬼，有赵鬼能读西京赋，向宝卷进言道："柏梁既灾，建章是营。"宝卷乃大起芳乐玉寿等殿，用麝涂壁，刻为装饰，穷工极巧。此番想可纯用瑠璃了。工匠彻夜动作，尚苦不及，因搜剔佛寺刹殿，见有玉石狮象，便运入新屋，充作点缀。且凿金为莲花，遍贴地面，命潘妃徐行而过，花随步动，步逐花娇。宝卷从旁称羡道："这真是步步生莲花呢！"小子有诗叹道：

纤足风开自六朝，莲花生步不胜娇。
美人未必能倾国，祸水都从暗主招。

古人有言，乐不可极，极乐必亡，似宝卷这种淫乐，怎得不自速危亡！欲知后事，试看下回。

陈显达一举即败。崔慧景已入外都，殆将成事，乃以多疑而亦败。此由宝卷之恶贯未盈，故陈、崔皆无所成耳。纲目于二人起事，未尝书叛，及其死也，又不书诛，非为二人怨，嫉宝卷不得不怨二人。江夏王宝玄，无拳无勇，徒欲依慧景以觊天位，多见其不知量耳。裴叔业之叛齐降魏，其居心之卑鄙，更出陈、崔二人下，宜其为萧衍所齿冷也。宝卷不道，恶不胜纪，而独归咎于潘贵妃，非一妇人即足亡国。盖蛊惑主聪，乱必及之。桀、纣之亡，史家必兼咎妹、妲，盖亦此物此志也夫。

金莲布地

第五回

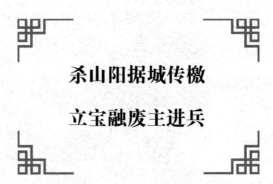

杀山阳据城传檄
立宝融废主进兵

却说萧懿入援，得平崔慧景，宝卷留懿在都，超拜尚书令。懿弟畅为卫尉，职掌管籥。雍州刺史萧衍，系懿次弟，即遣亲吏虞安福，入都语懿道："兄一举平贼，功高震主，就使遭际清时，尚或难免，况在乱世，怎能自全！计不如勒兵入宫，行伊、霍故事，却是万世一时的机会。否则仍表请还镇，托名拒虏，内畏外怀，谁敢不从！若放弃兵权，徒縻厚爵，高而无民，必生后悔！"懿摇首不答，长史徐曜甫从旁苦劝，又不见从。茹法珍、王咺之等，惮懿威权，密语宝卷道："懿将行隆昌故事，恐陛下命在旦夕。"宝卷矍然起座，即命法珍等设法除懿。

徐曜甫得知消息，慌忙具舟江渚，劝懿出奔襄阳。懿慨然道："自古皆有死，岂有叛走尚书令么？"懿有弟九人，除衍、畅外，长为萧敷，余为融、宏、伟、秀、咺、恢。伟与憺已入襄阳。敷、融等统尚在都，预备逃匿。法珍等恐懿为变，伺懿在尚书省，即持敕赐药。懿毫不流连，唯向中使慨语道："家弟在雍，很为朝廷担忧哩。"既有衍将为变，不如先立贤君，尚得保全齐祚。说毕，即饮药自尽。懿弟侄统皆亡去，唯融为所捕，亦被处死。一面遣直后将军郑植，往刺萧衍。

植弟绍叔曾为衍宁蛮长史，法珍等遣植往刺，嘱令联络绍叔，乘间行事。绍叔既与植会谈，即将乃兄来意，据实告衍。衍特备办酒宴，令担至绍叔家，为植接风。

自己亦备驾前往。宾主会席，饮至半酣，衍笑语道："朝廷遣卿图我，今日闲宴，我特戴头前来，何勿急取！"植亦大笑道："且待明日取公，今且饮酒罢。"及酒阑席散，衍又令植遍阅城隍府库，与士马器械舟舰。植既阅毕，退语绍叔道："雍州实力，确是坚强，未易规取。"绍叔道："兄还都后，不妨实告天子，若欲取雍州，绍叔愿率众力战，一决雌雄。"植住了两日，便告辞而行。绍叔送至南岘，握手流涕，唏嘘别去。

植出都时，懿尚未死，所以植未提及。至是耗问已至，衍东向恸哭，到了夜间，便召参军张弘策、吕僧珍，长史王茂，别驾刘庆远，功曹吉士瞻等，入宅定议。翌晨出厅视事，召集僚佐与语道："昏主暴虐，恶逾桀纣，当与卿等入都，废昏立明，共扶社稷！"众皆许诺。当下建牙集众，得甲士万余人，马千余匹，船三千艘，出从前所贮竹木，补葺船只，事皆立办。诸将又复索橹，吕僧珍有橹数百张，搬将出来，每船付与二橹，适足敷用。

正拟整军出发，闻朝廷遣辅国将军刘山阳，到了荆州，会合荆州长史萧颖胄，将袭襄阳。衍遂遣参军王天虎驰赴江陵，沿途与州府书，声言山阳西上，并袭荆、雍。又与颖胄兄弟各一函，约他同时起义，共入建康。颖胄是齐祖萧道成族侄，父名赤斧，曾为太子詹事，殁后由颖胄袭荫，累佐诸王出镇。此时南康王宝融，明帝第八子。都督荆州，命颖胄为冠军将军西中郎长史，行荆州府州事。既得衍书，怀疑未决。颖胄弟颖达，亦在南康王幕中，览书后与兄密议，也一时不能定谋。

山阳行至巴陵，逗留十余日，徘徊不进。颖胄已遣还天虎，天虎复奉萧衍命，传书颖胄，指示方略。颖胄乃呼参军席阐文，及谘议柳忱，闭斋密议。阐文道："萧雍州蓄养士马，非复一日，江陵人素畏襄阳，又众寡不敌，万难相制。就使幸能制服，朝廷反多疑忌，不肯包容。今若诱杀山阳，与雍州共事，改立天子，号令诸侯，未始非一时霸业呢！"忱亦接入道："朝廷狂悖已甚，京师贵人，莫不重足屏息。君等幸在远镇，尚能自安。今乃命山阳前来，假我图雍，这明明是卞庄刺虎的计策。君独不闻萧令君么？率精兵数千，破崔氏十万众，尚为群邪所陷，竟至杀身。况萧雍州雄略盖世，必非山阳所能敌。山阳被破，朝廷转归罪荆州，谓我不能相助，进退两难，何不早从席参军言，别筹良计。"萧颖达闻二人言，亦奋然道："二君言是，阿兄不可不依！"颖胄道："席参军劝我诱杀山阳，计将安出？"阐文道："山阳迟疑不进，明是疑我；我只好斩天虎首，送与山阳，山阳必欢然前来，我得乘便下手了。"颖胄道："如杀天虎，萧雍州能不疑我么？"阐文道："这也不难！可先复书与他，说明诱杀山阳，不得不尔。以一天虎易山阳，想萧雍州亦必谅我呢！" 计固甚善，可惜太毒！

颖胄依议，遂遣使报达萧衍，自召天虎入室，愀然与语道："卿与刘辅国相识，今只得权借卿头。" 头可借得么？ 天虎骇极，方欲答言，已由颖达趋入，从背后拔出佩剑，劈死天虎。当即枭首送与山阳，一面征发车牛，扬言将起兵讨雍。山阳得天虎首，即单车白服，只带左右数十人，来见颖胄。颖胄使前汶阳太守刘孝庆等，伏兵城内，自率数人出迎。待山阳入城，一声暗号，伏兵齐出，就使山阳三头六臂，至此也不能抵敌，立即毙命。山阳副将李元履，闻山阳被杀，不得已挈众请降。

颖胄恐司马夏侯详，未肯从议，商诸柳忱。忱答道："这也容易，近日详子求婚，尚未允诺，今欲举大事，何惜一女呢！"遂以女字详子夑，约同起事。详当然允洽。乃即奉南康王宝融为主，下教戒严。 宝融年只十三，有何大略？ 凡事俱由颖胄主张，不过假他为名。令萧衍都督前锋诸军事，自为都督行留诸军事，加夏侯详为征房将军，遣宁朔将军王法度，出徇巴陵。一面使人送山阳首至雍州，约期来年二月，进兵建康。

衍遣王天虎赍书时，曾语张弘策道："兵法以攻心为上，天虎往荆州，人皆有书，独于南康部下，只有两函，与行事兄弟，外人必谓行事另有隐谋，行事无以自明，不得不姿心就我，是两空函足定一州了。" 萧衍隐谋，借他口中自述。 及颖胄计诱山阳，驰书说明杀天虎事，衍不加可否，无词答复。 便是默许。 至山阳首传到，谓须延期进兵，衍问何因？来使言年月未利，所以延期。衍勃然道："行军全仗锐气，事事赶先，尚恐疑怠，若顿兵十旬，必生悔吝。且太白星已现西方，仗义兴师，有何不利！从前周武伐纣，行逆太岁，并未闻展年待月，终得成功。今处分已定，事难中止，还要迁延做甚！" 言之有理。 遂遣还来使，自上南康王笺，请称尊号，即日举义进兵。

南康王宝融，一时未敢称尊，但使萧颖胄、夏侯详二人出名，檄告京邑百官，及诸州郡牧守。檄云：

夫运不尝夷，有时而陂，数无恒剥，否极则亨。昔我太祖高皇帝德范生民，功极天地，仰纬彤云，俯临紫极。世祖嗣兴，增光前业，云雨之所沾被，日月之所出入，莫不举踵来王，交臂纳贡。郁林昏迷，颠覆厥序，俾我大齐之祚，剪焉将坠。高宗明皇帝建道德之盛轨，垂仁义之至踪，绍二祖之鸿基，继三五之绝业。昧旦玉显，不明求衣，故奇士盈朝，异人幅辏。嗣主不纲，穷肆陵暴，十愆毕行，三风咸袭，衰初而无哀貌，在戚而有喜容，酣酒嗜音，罔惩其侮，谗贼狂邪，是与比周，遂令亲贤婴荼毒之谋，宰辅受葅醢之戮。江仆射、萧刘领军、徐司空、沈仆射、曹右卫，或外戚懿亲，或皇室令德，或时宗民望，或国之虎臣，并勋彰中兴，功比周召，秉钧赞契，受遗先朝。咸以名重见疑，正直贻毙。害加党族，虐及婴孺。曾无渭阳追远之情，不顾本支翦落之痛，信必见疑，忠而获罪，百姓业业，罔知攸暨。崔慧景内逼淫刑，外不堪命，驱土崩之民，为免死之计，倒戈回刃，还指宫阙，城无完守，人有异图。赖萧令君勋济宗祏，业拯苍氓，四海蒙一匡之德，亿兆凭再造之功。江夏王拘迫威强，牵制巨力，迹屈当时，心犹可亮，竟不能内恕探情，显加鸩毒。萧令君自以亲唯族长，任实宗臣，至诚苦言，朝夕献入，谗丑交构，渐见疏疑，浸润成灾，奄罹冤酷。用人之功以宁社稷，刈人之身以骋淫滥，台辅既诛，奸小兢用。梅虫儿、茹法珍妖忍愚庆，穷纵丑恶，贩鬻主威，以为家势，营惑嗣主，恣其妖虐。宫女千余，裸服宣淫，嬖臣数十，袒裼相逐。帐饮阛肆之间，宵游街陌之上。刘山阳潜受凶旨，规肆狂逆，天诱其衷，既就枭剪。夫天生蒸民，树之以君，使司牧之，勿使失性。岂有尊临寓县，毒遍黔首，绝亲戚之恩，无君臣之义，功重者先诛，勋高者速毙！九族内离，四夷外叛，封境日蹙，戎马交驰，帑藏已空，百姓已竭，不恤不忧，慢游是好。民怨于下，天惩于上，故荧惑袭月，尊火烧宫，妖水表灾，震蚀告沴。七庙阽危，三才莫纪，大惧我四海之命，永沦于地。南康殿下，体自高宗，天挺英懿，食叶之征，著于弱年，当璧之祥，兆乎绮岁，亿兆颙颙，咸思戴奉。且势居上游，任总连帅，忧深责重，誓清时艰。今特命冠军将军杨公则等，振旅三万，径造秣陵，冠军将军蔡道恭等，被甲二万，直指建业。即建康。辅国将军邓元起等，铁骑一万，分趋白下，宁朔将军柳忱等，组甲五万，络绎继发。雄剑高挥，则五星从流；长戟远指，则云虹变色。天地为之焃皇，山渊以之崩沸。幕府亲贯甲胄，授律中权，董率熊罴之士十有五万，征鼓纷沓，雷动荆南。宁朔将军南康王友萧颖达，领虎旅三万，抗威后拒。萧雍州勋业盖世，谋猷渊肃，既痛家祸，兼愤国难，泣血枕戈，誓雪冤酷。精卒十万，已出汉川。张郢州并见上文。节义慷慨，悉力齐奋。江州邵陵王，即宝攸。湘州张行事，王司州并见下文。远近悬契，不谋而同，并勒骁猛，指景风驱，舟舰鱼丽，车骑云屯，平原雾塞。以同心之士，伐倒戈之众；盛德之师，救危亡之国，何征而不服，何诛而不克哉！今兵之所指，唯在梅虫儿、茹法珍二人而已。诸君德载累世，勋著先朝，属无妄之时，居道消之运，受迫群竖，念有危惧。大军近次，当各思拔迹，来赴军门。檄到之日，有能斩送虫儿、法珍首者封二千户，开国县侯！若迷惑凶党，敢拒军锋，刑兹无赦，戮及宗族！赏罚之信，有如皦日！江水在此，誓不食言！

是时宁朔将军王法度，延宕不进，勒令免官。改遣冠军将军杨公则进拔巴陵，直向湘州；又定辅国将军邓元起，进兵夏口。适夏侯详子骁骑将军亶，自建康逃至江陵，颖胄遂授以密计，教他托称"宣德太后敕令，谓南康王宜纂承皇祚，方俟清宫，未即大号，可封十郡为宣城王，相国荆州牧，加黄钺，选百官，领西中郎府南康国如故。凡遇军次，近路军主，宜详依旧典，备驾奉迎"等语。时将年暮，宝融拟俟新岁受命，但将太后敕颁示四方。

萧衍部署军马，即拟启行。竟陵太守曹景宗，劝衍迎宝融至襄阳，建都正位，然后进军。衍置诸不答。已有帝制自为之意。长史王茂语张弘策道："今使南康王置人手中，彼挟天子令诸侯，节下前进，受人指使，这岂他日的长计么？"弘策依言白衍，衍微笑道："若前途大事不捷，势且兰芝同焚；幸而得克，方且威震四海，怎敢不从！岂长是碌碌因人，听他处分么？"志意毕露。

先是陈、崔发难，人心不安，上庸太守韦睿道："陈虽旧将，非命世才，崔颇历练，庸懦不武，怎能成事？欲平天下，必在我州将呢！"乃遣二子结识萧衍。衍既起兵，睿率精兵二千，倍道诣襄阳。华山太守康绚，亦率三千人往会，沩均口戍弁冯道根，方居母丧，亦率乡人子弟依衍。梁南、秦二州刺史柳惔，即柳忱兄，亦起兵相应。

衍在沔南立新野郡，安置新附，候令调遣。都中已备闻消息，下诏讨荆、雍二州。命冠军长史刘浍为雍州刺史，遣骁骑将军薛元嗣，制局监暨荣伯，带领兵士，并运粮百四十余艘，送交郢州刺史张冲，使拒西师。元嗣等得江陵檄文，有张郢州悉力齐奋一语，未免生疑，且惩刘山阳覆辙，益有惧心。乃停住夏口浦，不敢入郢。嗣闻西师将至，张冲亦未通江陵，乃输粮入郢城。前竟陵太守房僧寄，卸职还都，途次接得朝敕，令留守鲁山，除拜骁骑将军。张冲与他结盟，更遣军将孙乐祖，率数千人助守。萧颖胄与邓元起，寄书张冲，劝令归附，冲竟不从。杨公则兵至湘州，湘州行事张宝积迎降，公则驰入长沙，揭示安民。湘州遂定。

越年为永光三年，南康王宝融，始称相国，颁令大赦，唯梅虫儿、茹法珍不在赦例。命萧颖胄为左长史，号镇军将军，萧衍为征东将军，杨公则为湘州刺史。衍自襄阳出兵，积雪开霁，众皆欢跃，留弟伟总府州事，憺守垒城。魏兴太守裴师仁，齐兴太守颜僧都，不受衍命，反举兵袭襄阳，幸伟、憺发兵邀击，大破二军。裴、颜等遁去，雍州乃安，衍得无后顾忧。

行次竟陵，命长史王茂、太守曹景宗为前军，留中兵参军张法安守城。诸将共白萧衍，请用正军围郢，偏军袭西阳、武昌，衍摇首道："房僧寄固守鲁山，与郢城为掎角，我若悉众前进，僧寄必来绝我后，悔无可及！今遣王曹诸军渡江，与荆州军合，共逼郢城，我自围鲁山，通道沔汉，使郢城、竟陵济粟，江陵、湘中济兵，兵多食足，何忧两城不拔！天下事正可坐定呢。"成算在胸。乃使王茂等率众济江。

进次九里，正值郢州参军陈光静，前来搦战。由茂等一鼓杀退，光静身受重伤，还城即死。张冲闭城自守，茂与景宗，遂进拔石桥浦。荆州将邓元起、王世兴、田安之，率数千人来会雍州兵，湘州刺史杨公则，亦悉众至夏口，萧颖胄命荆州诸军，皆受公则节度，另派参军刘坦为长沙太守，行湘州事。坦先尝任职湘州，素得民心，至是下车，民多欢迎。坦遂发民运粮，得三十余万斛，助荆雍军，兵食才免匮乏。衍筑汉口城阻住鲁山，且命水军将张惠绍游弋江中，断绝郢、鲁二城往来。张冲恚愤成疾，便即逝世。骁骑将军薛元嗣，与冲子孜，及征虏长史程茂共守郢城。

两军尚相持未下，南康王宝融，已由萧颖胄等劝进，即位江陵，改元中兴。就南北郊设立宗庙，宫府悉依建康旧制。立皇后王氏，授萧颖胄为尚书令，兼守本官，萧衍为左仆射，都督征讨诸军，夏侯详为中领军，晋安王宝义明帝长子。为司空，庐陵王宝源明帝第五子。为车骑将军，开府仪同三司，建安王宝寅明帝第六子。为徐州刺史，将军萧伟为雍州刺史，废主宝卷为涪陵王，大赦天下。梅虫儿、茹法珍仍不准赦。且遣御史中丞宗夬至夏口，慰劳衍军。宁朔将军庾域，隶衍部下，为衍语夬道："黄钺未加，不便总率侯伯，君何不代为请命？"夬应诺而还。未几即由冠军将军萧颖达，来助衍军，乘便传敕，假衍黄钺。衍欣然领命。小子有诗叹道：

> 未经建绩已怀奸，黄钺秉承始上坛。
> 千古枭雄同一例，果然名器假人难！

衍既受黄钺，即道出沔江，命王茂、萧颖达进逼郢城。欲知郢城攻守如何，容待下回再叙。

萧颖胄之起事江陵，实由萧衍诱成之，是颖胄之才智，已非衍敌。宝融固一傀儡耳，颖胄亦一萧衍之傀儡也。曹景宗反劝衍奉迎宝融，安知衍之本意？衍岂甘居人下者！彼为衍效力诸军将，皆傀儡中之傀儡耳。观其初出夏口，即欲假黄钺，其居心已可概见。宋、齐开国之主，何一不自假钺始耶！檄文一篇，却写得声容并壮，是南朝时代一篇好文字，故特录之。

第六回

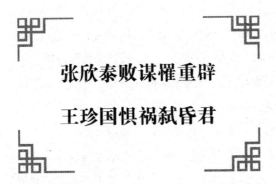

张欣泰败谋罹重辟
王珍国惧祸弑昏君

却说萧衍出沔，命王茂、萧颖达等进逼郢城，薛元嗣不敢出战，但闭城严守，并遣使至建康乞援。宝卷已命豫州刺史陈伯之，移镇江州，西击荆、雍，至是复令军将吴子阳、陈虎牙等，率十三军往救郢州，进屯巴口。

萧颖胄令席阐文至军前语萧衍道："今顿兵两岸，不并军围郢，定西阳、武昌，转取江州，似已失计，不如向魏通好，乞师为助，尚是上策。"衍笑语道："汉口路通荆、雍，控引秦、梁，粮运资储，四面可达，所以兵压汉口，连结数州。今若并军围郢，又分兵前进，鲁山必截我后路，粮道不通，如何持久？西阳、武昌，非不可取，但取得二城，应该分兵把守，最少须有万人，粮饷相等，倘使东军西来，用万人攻两城，我若再分军应援，首尾俱弱，否则孤城必陷，一城失守，全局土崩，天下事从此去了！今若得拔郢城，西阳、武昌，自然风靡，何必先分兵散众，自取祸患呢！大丈夫举事，欲清天步，拥数州兵入诛群小，譬如悬河注火，一扑即灭，怎得北面事虏，求援戎狄？彼未信我，我已足羞，这是下计，何谓上策？卿为我还白镇军，即指颖胄。前途攻取，不妨悉委，事在目中，无虑不捷，但仗镇军静镇便了！"料得着，说得透。阐文唯唯而去。衍命军将梁天惠等屯渔湖城，唐修期等屯白阳垒，夹岸相对，专待东军到来。

吴子阳进至加湖，距郢城约三十里，见西师沿路设屯，不敢前敌，但倚山带水，筑寨自固。会值春水暴涨，衍使王茂等率领自师，夜袭加湖。子阳未曾预备，骤闻西军大至，战鼓喧天，急得心慌意乱，不遑部署。那王茂等已登岸攻寨，杀进帐中，子阳上马急奔，仓皇走脱，将士溺死杀死，不可胜计。茂等俘得余众，回营报功。郢、鲁二城，闻子阳败去，相率夺气。鲁山守将房僧寄，又遭病死，众推助防将孙乐祖为主，仍复拒守。无如粮食已罄，所有军士，只在矶头捕鱼供食。

衍探悉情形，恐他出走，特遣偏军截住去路，一面致书劝降。孙乐祖窘迫无计，只好依了衍书，举城归顺。

郢城被围已经数月，士卒十死七八，守将薛元嗣、邓茂，日坐围城，惶急万状。衍令孙乐祖作书招降，元嗣等以鲁山失守，孤城万难保全，不得已令张孜复书，情愿投诚。张冲故吏房长瑜语孜道："前使君忠贯昊天，郎君亦当坐守画一，负荷析薪；若天命已去，唯有幅巾待命，下从使君，奈何觍颜出降呢！"孜不能从，与薛、邓等迎纳衍军。衍即令韦睿为江夏太守，行郢府事，恤死抚生，郢人大安。

诸将欲休兵夏口，缓日进行，衍叱道："此时不乘胜长驱，直捣建康，尚待何时！"张弘策、庾域等亦以为然，乃整军出发，陆续东行。

可笑那齐主宝卷，尚在都中撤阅武堂，改造芳乐苑，恣意奢淫。苑中山石，概涂五采，闻民家有好树美石，概毁墙撤屋，徙置苑间。傍池筑榭，叠石成楼，复壁邃房，俱绘着裸体男女，作猥亵状。又就苑中设立店肆，使宦官宫妾，共为稗贩，命潘妃为市令，自为市吏录事。遇有争斗等情，概就潘妃判断，应罚应笞，一由妃意。宝卷自有小过，妃辄上座审讯，或罚宝卷长跪，甚且加杖，宝卷乐受如饴。后世之跪踏板者，想是受教东昏。复开渠立埭，躬自引船，埭上设店，入坐屠肉。都下有歌谣云："阅武堂，种杨柳，至尊屠肉，潘妃酤酒。"宝卷闻歌，愈觉得意，待遇潘妃，不啻孝子。潘妃生女，百日夭殇，他却自服衰绖，内衣亦悉着粗布，积旬不听音乐。群小来吊，盘旋坐地，举手受执蔬膳。后经伥子王宝孙等，并营肴馔，云为天子解菜，方食荤腥。潘妃无福，不能早死，若此时病殁，倒有一个大孝子，应比潘妃女哀毁十倍。

潘妃父宝庆，与诸小共逞奸毒，富人悉诬为罪犯，籍资归己，又辗转牵连，一家被陷，祸及亲邻，宝卷概不过问。唯素性好淫，虽然畏惮潘妃，尚引诸姊妹游苑，觑隙交欢。或为潘妃所闻，辄召入杖责，乃敕侍臣不得进荆荻，期免凌辱。古今无此恩主。又偏信蒋侯神，即蒋子文。迎入宫中，尊为灵帝，昼夜祈祷。嬖臣朱光尚，自言能见鬼神，日引巫觋，哄诱宝卷。宝卷迷信益深，博士范云语光尚道："君是天子要人，当思为万全计。"光尚道："至尊不可谏正，当托鬼神达意便了。"既而宝卷出游，人马忽惊，便顾问光尚，光尚诡词道："向见先帝大瞋，不许屡出。"宝卷大怒道："鬼在何处？汝快导我前去，杀死了他！"遂拔刀促行。光尚无法，只得领他寻鬼，盘旋了好几次，方言鬼已遁去，因缚菰为明帝形，北向枭首，悬诸苑门。可恨可笑。

先是昭胄兄弟，奔投崔慧景，慧景败死，昭胄等幸免株连，仍得以王侯还第，唯心中总不自安。前为竟陵王防阁将军桑偃，至是入宫，为梅虫儿军副，因感子良旧恩，谋立昭胄。子良即昭胄父，故巴西太守萧寅，与桑偃友善，亦与同谋。昭胄预许寅为尚书左仆射护军，复遣人诱说新亭戍将胡松，约言"宝卷出游，即闭城行废立事。若宝卷奔至新亭，幸勿纳入"，松亦许诺。适宝卷新造芳乐苑，经月不出，偃等拟募健儿百余人，从万春门入刺宝卷，昭胄谓非良策，偃党山沙虑事久无成，转告御刀徐僧重，谋遂被泄。昭胄兄弟，与桑偃等皆为所捕，同时伏诛。

胡松闻昭胄事败，隐怀危惧。会新除雍州刺史张欣泰，与弟欣时，递给密书，将与前南谯太守王灵秀、直阁将军鸿选等，奉立建安王宝寅，废去宝卷，诛诸嬖幸，乞松为助。松当然复书赞成。宝卷方遣中书舍人冯元嗣，往援郢州，茹法珍、梅虫儿，及太子右卫率李居士、制局监杨明泰，送元嗣至新亭。欣泰使人怀刃，随着元嗣，俟法珍等入座饯别，突起斫元嗣头，坠入盘中。明泰慌忙救护，也被刺倒，剖腹流肠，虫儿亦受伤数处，手指皆堕，忍痛逃出。法珍、居士，抢先急走，驰还台城，王灵秀趋至石头，迎入建安王宝寅，百姓数千人，皆空手相随，欣泰亦驰马入宫。

说时迟，那时快，法珍等知有变祸，飞马奔还，先至禁中，闭门上仗，禁止出入。欣泰不得进去，鸿选亦不敢发。宝寅入憩杜姥宅，待至日暮，并没有喜信传到，从人渐渐溃散。宝寅再欲出城，城门已闭，城上有人守着，用箭射下，自知不能脱走，仍然折回，向隐僻处躲避三日。城中大索罪人，欣泰等次第见收，统遭死罪，连胡松亦俱收诛。宝寅索性出来，戎服诣草市尉，自请处分。还是此着。尉报宝卷，宝卷召宝寅入宫，问明原委，宝寅泣答道："臣在石头，不知内情，偏有人逼使上车，令入台城，左右皆有人监制，不许自由。今左右皆去，臣始得出诣廷尉，自行请罪。"亏他善诳，暂得保全性命。宝卷不禁冷笑，再经宝夤哀请，始令仍复爵位。宝卷还能顾全兄弟，不似乃父残忍。

嗣又命宝夤为荆州刺史，冠军将军王珍国为雍州刺史，辅国将军申胄监郢州事，龙骧将军马仙琕监豫州事，骁骑将军徐元称监徐州事，特简太子右卫率李居士，总督西讨诸军事，屯新亭城。旋闻江州刺史陈伯之降附衍军，乃更令居士兼领江州刺史。

伯之初镇江州，为吴子扬等声援，子扬败去，郢、鲁二城，俱为衍有。衍语诸将道："用兵非必需实力，但教威声夺人，已足使远近丧胆。寻阳不必劳兵，一经传檄，自可立定了。"乃命查检俘囚，得伯之旧部苏隆之，厚加赏赐，令招伯之，且仍许伯之为江州刺史。过了数日，隆之返报，果得伯之降书，但云大军不应遽下。衍笑道："伯之虽云归附，还是首鼠两端，我军今宜往逼，使他计无所出，方肯诚心来降。"乃命邓元起引兵先驱，自率杨公则等从后继进。伯之退保湖口，留陈虎牙守溢城，虎牙即伯之子，至衍军进薄寻阳，伯之只好迎降。

新蔡太守席谦，从伯之镇寻阳，乃父恭祖，曾为镇西司马，被鱼复侯子响杀死。谦闻衍东下，语伯之道："我家世忠贞，有死无二。"伯之遂拔刀杀谦，出城迎衍，束甲待罪。衍托宝融命令，授伯之为江州刺史。虎牙为徐州刺史。汝南民胡文超，亦起兵遥应。司州刺史王僧景，遣子贞孙请降。衍遂留骁骑将军郑绍叔守寻阳，与伯之引兵东下。临行语绍叔道："卿是我萧何、寇恂呢！隐以汉高、光武自居，怎肯受制宝融？事若不捷，我应任咎，粮运不继，责专在卿。"绍叔流涕应命，衍得无后顾忧，专向建康。

忽由江陵驰到急使，报称巴西太守鲁休烈，巴东太守萧惠子瑱，出兵峡口，东击江陵，将军刘孝庆败走，任漾之战死，江陵危急，请即遣还杨公则，顾救根本。衍复答道："公则已经东向，若令他折回江陵，就使兼程趋至，亦恐不及。休烈等系是乌合，不能久持，但教镇军少须持重，便足退敌。必欲急需兵力，两弟在雍，尽可调遣，较易入援，请镇军酌夺！"来使还报颖胄，颖胄自遣军将蔡道恭，出屯上明，抵御巴军。

衍驱兵东进，直指江宁，宝卷以前次乱事，不久即平，此次亦视若寻常，仅备百日刍粮，且顾语茹法珍道："待叛众来至白门，当与一决！"嗣闻衍军已抵近郊，乃聚兵议守，特赦二尚方二冶囚徒，充配军役，唯已经论死，不得再活，即牵至朱雀门外，斩决了案。总督军士李居士，自新亭出屯江宁，西军先锋曹景宗，率兵至江宁城下，未曾列营，居士即出兵邀击，鼓噪而前，景宗麾军迎战，劲气直进，大破居士。居士遁还新亭，景宗乘胜进逼，王茂、邓元起、吕僧珍，依次继进。新亭城主江道林，引兵出战，被各军左右夹攻，悉数擒归。于是景宗据皂桥，王茂据越城，邓元起据道士墩，陈伯之据篱门。李居士侦得僧珍兵少，复率锐卒万人，薄僧珍垒。僧珍道："我兵不多，未可逆战，须俟他入堑，并力向前，方可获胜。"俄而居士兵皆越堑拔栅，僧珍分兵上城，矢石俱发，自率马、步三百人，绕出居士后面，城上人复下城出击，号炮一声，内外齐奋，杀得居士胆战心寒，拨马奔回，又丧失了许多甲械。宝卷再遣征虏将军王珍国，及军将胡虎牙，率精兵十余万，列阵朱雀航南。宦官王宝孙，持白虎幡督战，开航背水，自绝归路，示与西军拼命。两军初交，东军却是厉害，并力冲击，西军稍稍却退。王茂奋然下马，单刀直前，茂甥韦欣庆，手执铁缠矟，翼茂继进，曹景宗复麾兵直上，专向东军中坚，冒死突入，东军也抵死招架。鼓声咚咚，杀气腾腾，几乎天昏地暗，寒日无光。适遇西风骤起，飞石扬沙，吕僧珍乘风纵火，焚扑东营，珍国等不禁骇乱，纷纷退走。王宝孙持幡大骂，斥辱诸将。直阁将军席豪，发愤西向，突入西军阵内，西军已经得势，就使生龙活虎，也要食肉寝皮，何况是区区一个席豪，当下将豪围住，你刀我槊，把豪槊成几个窟窿，眼见是不能活了。豪系著名骁将，一经战殁，全军瓦解，赴淮溺死，数不胜计，积尸与航等。宝孙亦弃幡逃回。**只有这般胆力，何必信口骂人！**

　　衍军追至宣阳门，都中恟惧，宁朔将军徐元瑜，举东府城出降。青、冀二州刺史恒和，奉召入援，见衍军势盛，也率众请降。光禄大夫张瓌，弃去石头，奔还宫中。李居士孤守新亭，也穷蹙乞降。衍入石头城，令诸军围攻六门。宝卷命烧门内营署，驱兵民尽入宫城，闭门自守。外军筑起长围，把他困住，都人谓宝卷出游，随处障幔，叫作长围，便是预谶。衍家弟侄，前遭懿难，逃匿各处，至此俱出赴军前，衍令他晓谕各戍，劝令从顺。于是京口屯将左僧庆，广陵屯将常僧景，瓜步屯将李叔献，破墩屯将申胄，相继奉书，愿归麾下。衍遣弟秀镇京口，恢镇破墩，各权授辅国将军，从弟景镇广陵，权授宁朔将军。

　　嗣接中领军夏侯详密函，报称颖胄病殁，因恐巴东西两军，乘隙进逼，所以秘不发丧。衍作书答详，令亟向雍州征兵，自在军中，亦绝口不谈颖胄死事。详遂向雍征兵，留守萧伟，遣弟憺赴援。巴东西军，闻建康已危，且有援军来攻，相率骇散。萧璝、鲁休烈，不得已投降宝融。江陵乃为颖胄发丧，追赠丞相，封巴东公，予谥献武。速死为幸，否则和帝废死，颖胄亦恐难幸免了。

自颖胄死后，众望尽属萧衍。衍已得宝融诏敕，便宜从事，此时中外归心，更觉大权在握，可以任所欲为了。

宝卷为衍所困，城中军事，悉委王珍国，兖州刺史张稷入卫，受命为珍国副手，兵甲尚有七万人。宝卷与黄门刀敕，及后宫健妇，习斗华光殿，佯作败状，仆地僵卧，令宫人用板舁去，号为厌胜。又尝跨马出入，用金银为铠胄，饰以孔翠，昼眠夜起，仍如平时。倒也亏他镇定。或闻外面鼓噪声，便自被大红袍，登景楼屋上，遥望外兵，流矢几及足胫，却也不甚畏惧，从容下楼，但遣朱光尚祷蒋侯神，求福禳灾。茹法珍发兵出战，一再败还，乃请诸宝卷，乞发库银犒军，振作士心。宝卷道："贼来岂独取我么？何故向我求物！"愚鄙可笑。后堂贮数百具大木，法珍等欲移作城防，宝卷谓留此造殿，不得妄移，并饬工匠雕镂杂物，务求速成。岂已自知要死，速成玩物，以图一快耶？抑恃有蒋侯神默祷耶？众情无不怨怼，唯待早亡，但无人敢为首难。

梅虫儿又邀同法珍，入白宝卷道："大臣不忠，使长围不解，陛下宜诛罪伸威，方得军人效命！"宝卷迟疑未决，那消息已传达军中。王珍国、张稷，当然忧惧，即密遣亲吏出城，赍一明镜，献与萧衍，衍亦断金为报。各寓隐情。珍国遂与稷定谋，令兖州参军冯翌、张齐，入弑宝卷，并约后阁舍人钱强、御刀丰勇之为内应。

时已残冬，宝卷在含德殿中，与潘妃等夜饮，仍然是笙歌杂奏，环珮成围。只此半夕了。钱强潜开云龙门，放入张齐、冯翌等人，自为前导，直趋含德殿。宝卷已经撤宴，潘妃等均返后宫。只宝卷饶有醉意，暂就殿中寝榻，为休息计。突闻兵入，即趋出北户，欲还后宫，宫门已闭，宦官黄泰平用刀刺宝卷膝，痛极仆地，外兵已经驰入，张齐执刀先驱，见宝卷仆地呼号，便手起刀落，劈作两段。宝卷年才十九，在位三年。

珍国与稷，也引兵入殿，召尚书右仆射王亮等，列坐殿前，令百僚署笺，并用黄绅裹宝卷首，遣博士范云等，送诣石头。右卫将军王志叹道："冠虽敝不能加足，奈何倒行逆施呢！"遂佯作痴呆，不肯署名。云等既至石头城，萧衍大喜。且因与云有旧，留参帷幄，使张弘策等先入清宫，封府库及图籍。城中珍宝委积，由弘策禁勒部曲，秋毫无犯。杨公则率兵入东掖门，卫送公卿士民出城，俱使安归，毫不侵掠。唯拿下茹法珍、梅虫儿、王宝孙、王咺之等四十一人，及妖艳淫靡的潘贵妃，拘系狱中，听候萧衍发落。衍乃入屯阅武堂，用宣德太后令，追废涪陵王宝卷为东昏侯，褚后及太子诵为庶人。小子因有诗叹道：

到底淫荒足杀身，为君在位仅三春。
孽妃受戮原同罪，但累妻孥作庶人！

欲知太后令中，如何措词，请看官续阅下回。

宝卷即位三年，变乱四起，至于荆、雍举事，已失上游，非陈显达之仅恃江州，崔慧景之专依京口，所得而比。乃犹撤阅武堂，筑芳乐苑，穷奢极欲，恣意荒淫，其致亡也必矣。萧昭胄意图自立，无兵可恃，张欣泰欲拥立宝夤，其失与昭胄等。假使外应荆、雍，伏甲以待，则他日成事，亦不失王侯之赏；乃自便私图，侥幸求逞，故宝卷可亡，而二人不能亡宝卷，反致速死。及西军长驱入都，宫廷被围，王珍国等谋贰于内，不烦兵戈，而昏主授首。萧衍无弑主之名，坐收讨乱之实，虽其智力过人，亦未始非乘势待时之利也。然举兵之始，即以天子自居，彼心目中固已无宝融矣。萧鸾残害骨肉，卒不能保全子嗣，终为疏族所篡夺，猜忍者果何益哉！

第七回

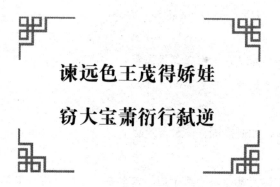

谏远色王茂得娇娃
窃大宝萧衍行弑逆

却说萧衍入屯阅武堂，即称奉宣德太后命令，晓示官民。

大略说是：

皇室受终，祖宗齐圣，太祖高皇帝肇基骏命，膺箓受图；世祖武皇帝系明下武，高宗明皇帝重隆景业，咸降年不永，宫车早晏。皇祚之重，允属储元，而禀质凶愚，发于稚齿。乂自保姆，迄至成童，忍戾昏顽，触途必著。高宗留心正嫡，立嫡唯长，辅以群才，间以贤戚，内外扶持，冀免多难。未及期稔，便逞屠戮，密戚近亲，元勋良辅，覆族歼门，旬月相系。凡所任杖，尽慝穷奸，皆营伍屠贩，容状险丑，身秉朝权，手断国命，诛戮无辜，纳其财产，睚眦之间，屠覆比屋。身居元首，好是贱事，危冠短服，坐卧以之。晨出夜返，无复已极，驱斥氓庶，巷无居人，老幼奔皇，置身无所。东迈西屏，北出南驱，负疾舆尸，填街塞陌。兴筑缮造，日夜不穷，晨构夕毁，朝穿暮塞，络以随珠，方斯已陋，饰以璧珰，曾何足道。时暑赫曦，流金铄石，移竹蓺果，匪日伊夜，根未及植，叶已先枯，畚锸纷纭，动倦无已。散费国储，专事浮饰，逼夺民财，自近及远，兆庶恟恟，流窜道路，工商稗贩，行号道法。屈此万乘，躬事角橦，昂首翘肩，逞能鬲木，观者如堵，曾无作容。芳乐华林，并立阛阓，踞肆鼓刀，手操轻重，干戈鼓操，昏晓靡息，无戎而城，岂足云警。至于居丧淫宴之愆，三年载弄之丑，反道违常之衅，牝鸡晨鸣之愆，于事已细，尚可得而略也。罄楚、越之竹，未足以言，校辛、癸之君，岂或能匹！征东将军忠武奋发，投袂万里，光奉明圣，翼成中兴，乘胜席卷，扫清京邑。而群小靡识，婴城自固，缓戮稽诛，倏逾旬月。宜速剿定，宁我邦家。乃潜遣间介，密宣此旨，忠勇齐奋，遄加荡朴，放斥昏凶，卫送外第。未亡人不幸遭此百罹，感念存殁，心焉如割。令依汉海昏侯即昌邑王贺。故事，宝卷降封为东昏侯，宝卷后褚氏及太子诵并为庶人。肃清宫掖，重见升平，未亡人亦与有幸焉。

看官！你想此时的宣德太后，出居鄱阳王故第，来管什么朝事？也轮不着管。萧衍不欲自居废立，因借太后为名，这也是古今废立的常例。又托太后命令，进衍为大司马，录尚书事，兼骠骑大将军扬州刺史，封建安郡公，承制行事，百僚致敬。王亮出见萧衍，衍与语道："颠而不扶，焉用彼相！"亮答道："若果可扶，明公亦不得有今日！"衍不禁大笑，即授亮为长史，以司徒扬州刺史晋安王宝义为太尉，仍领司徒，改封建安王宝寅为鄱阳王。衍弟宏得拜中护军。诛茹法珍、梅虫儿、王宝孙、王咺之等四十一人。潘贵妃尚在狱中，衍不忍加戮，意欲留侍巾栉，特商诸领军王茂。茂答道："亡齐乃是此物！若留居宫中，必招外议。"衍不得已勒令缢死。威福已享尽了。当下颁发敕文，蠲除敝制，放宫女二千人出宫，分赐将士。唯余妃、吴淑媛，华色未衰，衍早闻艳名，便即入镇殿中，据住二美。还有宫人阮氏，系始安王遥光妾媵，遥光败后，没入掖庭，也生得身材袅娜，体态轻盈。衍亦纳为彩女，随意谐欢。均为后文伏线。自古英雄多好色，这也不足深怪。

当时远近州郡，均望风纳款，独豫州刺史马仙琕，吴兴太守袁昂，不肯受命。衍使仙琕故人姚仲宾招降，仙琕设筵相待，至仲宾述及衍意，被仙琕叱出，枭示军门。驾部郎江革，为衍致书袁昂，书中略云："根本既倾，枝叶安附？况竭力昏主，未足为忠，家门屠戮，非所谓孝，何苦幡然改图，自招多福。"昂复书婉拒，大致谓"既食人禄，不便遽忘，请示含容，毋责后至"等语。衍乃复命李元履为豫州刺史，出抚东土，令勿以兵威从事。元履至吴兴，昂仍然不降，但开门撤备，由他拘去。及转招仙琕，仙琕泣语将士道："我受人任寄，义不容降，君等皆有父母，不应令家属坐诛，我为忠臣，君等为孝子，两无所憾了！"乃悉遣将士出降，尚剩壮士数十人，闭门独守。俄而元履兵入，仙琕令壮士持弓相待，兵不敢逼。到了日暮，仙琕始投弓道："诸君但来见取，我义不降！"兵士始执住仙琕，槛送建康。衍见马、袁两人送至，亲为释缚，且语左右道："令天下见二义士。"两人感衍厚意，始皆归降。*仍然降顺，前时何必做作！*

衍前在竟陵王西邸，曾与范云、沈约、任昉等，同处宾僚。至是怀念故交，引范云为谘议，沈约为司马，任昉为记室。又征前吴兴太守谢朓、国子祭酒何胤，二人不至。衍迎宣德太后王氏入宫，即于中兴二年正月，奉后称制，自撤承制二字，余官如故。沈约入语衍道："齐祚已终，明公当入承帝运，虽欲自守谦光，恐不可复得了。"衍沉吟道："此事可行得么？"约又道："天人相应，何不可行！"衍复嗫嚅道："且待三思。"约慨答道："公初建牙樊沔，应该三思，今王业已成，何容疑虑！若不早定大业，将来天子入都，公卿在位，君臣分定，无复异心；果使君明臣忠，难道尚有他人助公做贼么！"*极力怂恿，好个梁初走狗。*衍始点首。

约既趋出，复召范云入议。云所对亦如沈言，衍欣然道："智士所见略同，卿明早与休文更来。"云出语约，约答道："明晨须要待我，同见大司马。"云笑道："休文何必多虑，当然相待。"遂拱手别去。休文是约表字。诘旦云仍趋入，未见约至，待了多时，仍然没有到来。问明殿中卫士，方知约已早入，不禁惊诧异常。本欲闯将进去，又恐未奉传宣，不便遽入，乃徘徊寿光阁下，连呼咄咄怪事！*攀龙附凤，应走先着，云自己落后，被人愚弄，何怪之有！*既而见约出来，慌忙迎问道："何以处我？"约举手向左，云始解颐道："幸不失望！"看官道是何因？原来沈约左指，便是令云为左仆射的意思。云已经解意，所以转惊为喜，即得开颜。*热衷如此，可叹可鄙！*

未几由衍召入，取出数纸，折递与云。云接入手中，约略瞧视，一纸是加九锡文，一纸是封梁王文，还有一纸，竟是内禅诏书，不由得失声道："好快笔墨！"*从范云目中看出，笔法不平。*衍叹道："休文才智，当今无匹。我起兵至今，已历三年，诸将同心辅助，各有功劳，但造成帝业，唯卿与休文二人！"云欣然称谢。

越数日，即诏进大司马衍位相国，总百揆，领扬州牧，封十郡为梁公，备九锡礼。又越数日，复诏梁公增封十郡，进爵为王。所有梁国要职，悉依天朝成制。于是授沈约为吏部尚书，兼右仆射，范云为侍中。云前为约诳，致落人后，此时日夕留心，恨不把梁王衍即刻抬上，便好做个开国元勋。自二月间衍封梁王，迁迟旬月，尚不闻准备受禅，连衍亦未曾提及，不禁格外心焦。常思乘间进言，偏衍深居简出，除出殿视事对众裁决外，整日里在内休养。有时云入启事，且往往谢绝，不得见面。仔细探听，方知衍为女色所迷，竟将大事搁起。

衍妻郗氏为故太子舍人郗晔女，幼即明慧，善隶书，通史传，女工女容，无不娴熟。宋后废帝昱欲纳女为后，事不果行。齐初安陆王缅，又欲娶女为妃，郗家托词女疾，婚议复寝。建元末年，竟嫁衍为妻，伉俪甚谐。衍出为雍州刺史，郗氏随行，病殁襄阳官廨中，唯郗氏在日，性多妒忌，禁衍置妾。衍只有一妾丁氏，尝遭郗氏虐待，每日使舂米五斛。幸丁氏是一村女，不甚懦弱，却还吃苦得起，按日照舂，若有神助，从未违限，亦无怨言。郗氏迭生三女，不得一男，丁又遭忌，鲜得当夕。及郗氏病死，丁氏始得怀妊，产下一男，取名为统，就是后来的昭明太子。统生月余，衍起师围郢，丁氏母子，当然是不便随行，留居雍城。^{带叙萧衍妻妾，贯穿前后。}

及衍既入建康，已做了两年旷夫，骤得佘、吴两姬，趋承左右，朝拥暮偎，欢乐可知。唯吴淑媛已经有娠，未便常侍枕席，遂令佘妃专宠，日夕相亲。这位多才多智的梁王衍，也被那色魔扰住，几乎似醉似痴，沉湎不治。^{色之害人大矣哉！}

云既洞悉情由，遂屡次求见。衍不好屡却，或许进谒，云请屏去左右，衍但说左右俱是心腹，有事不妨尽言。究竟投鼠忌器，属耳须防，云恐为左右泄语，未敢直谏，只得隐约陈情，劝衍戒色。衍虽然面允，耽乐如故。云乃想出一计，特邀领军王茂，一同进谏。茂佐衍起兵，战必先驱，推为功首，初为雍州长史，超迁至领军将军，衍格外优待，言听计从。云得茂为帮手，便放胆进去，排闼入见。衍惊问何因？云朗声道："昔汉高祖居山东，贪财好色，及入关定秦，财帛无所取，妇女无所幸，范增畏他志大，后来终得成功。今明公始定建康，海内方想望风声，奈何为色所迷，取亡国女子，自累盛德呢！"衍默然不答，茂即下拜道："范云言是！公以天下为念，不宜留此亡国妇。"

衍被二人缠住，勉强答说道："我便当放她出去。"云趁势进言道："公既采纳愚言，便应速行。前时放出宫人二千名，分赏将士，独王领军尚无所得，王领军为公效力，忠勇过人，何为独令向隅？今愿将佘、吴二姬，择一为赐！"衍遽答道："吴氏已有娠了。"云复道："吴既有娠，请出佘氏赉茂罢。"说至此，以目视茂，茂即顿首拜谢。衍心实不愿，转思大事将成，不能为一女子，违忤功臣，反滋众怨，因慨然语茂道："我便将佘氏赉卿！"说着，顾令左右，召出佘氏，竟命王茂领去。佘妃不防有此一着，急得蛾眉紧蹙，珠泪欲垂，当即拜倒衍前，嘤嘤泣语。衍不待启口，便拂袖起座道："汝去罢！不必多说了。"又顾王茂道："卿须善待此妇，勿负我言！"一面说，一面走入内室去了。有此决心，故得为帝四十余年。佘氏不好再留，只得起身收泪，随茂出门，上舆赴茂私第。从此又另是一番情缘，毋庸细表。倒便宜了王茂。

且说衍既放出佘妃，复赐云、茂钱各百万。是霸王权术。于是决计篡齐，准备参禅。湘东王宝晊，系安陆王缅嗣子，素好文学，为衍所忌，诬他谋反，立即捕诛。宝晊弟宝览、宝宏，一并受戮。还有邵陵王宝攸，晋熙王宝嵩，桂阳王宝贞，年龄都不过十岁上下，都缘宝晊连坐，悉令自尽。庐陵王宝玄忧死。鄱阳王宝夤，穿墙夜出，逃匿山涧，昼伏夜行，得抵寿阳东城，投降北魏。明帝诸子，只剩了晋安王宝义及江陵嗣主宝融。衍乃奉表江陵，佯请宝融东归，入都为帝。宝融带领百官，便即启行，留萧憺为荆州刺史，都督荆、湘军事。

那边马首东瞻，这边已攀龙附凤，自行劝进。接连是上陈符瑞，迭报祯祥，或称景星见，或称甘露降，或称凤凰至，或称驺虞兴，种种奇异，不知他是真是假，统说是上天应命，百兽率仪。沈约、范云等，又贻书夏侯详，教他迫主禅位，不得迟延。夏侯详见风使帆，乐得做个人情，同佐新朝景运。及宝融到了姑孰，便遣使入都，与范云、沈约等接洽，定受禅仪。应用诏书，已由沈约草就，便即颁发出来。语云：

夫五德更始，三正迭兴，驭物资贤，登庸启圣。故帝迹所以代昌，王度所以改耀，革晦以明，由来尚矣。齐德沦微，危亡洊袭，隆昌凶虐，实违天地，永元昏暴，取紊神人。三光再沉，七庙如缀，鼎业几移，含识知泯。我高明之祚，眇焉将坠，永唯屯难，冰谷载怀。相国梁王，天诞睿哲，神纵灵武，德格玄祇，功均造物，止宗社之横流，及生民之涂炭，扶倾颓构之下，拯溺逝川之中，九区重缉，四维更组，绝礼还纪，崩乐复张，文馆盈绅，戎亭息警，浃海隅以驰风，馨轮裳而禀朔，八表呈祥，五灵效祉，岂止鳞羽祯奇，星云瑞色而已哉！勋茂于百王，道昭乎万代，固已明配上天，光华日月者也。河岳表革命之符，图谶纪代终之运，乐推之心，幽显共积，歌颂之诚，华裔同著。昔水政既微，木德升绪，天之历数，实有攸归，握镜璇枢，允集明哲。朕虽庸蔽，暗于大道，永鉴崇替，为日已久，敢忘列代之高义，神人之至愿乎！今便敬禅于梁，即安姑孰，一依唐、虞、晋、宋故事，王其毋辞！

这诏传出，那宣德太后王氏，当然是不能安居，也由沈约等代下一令道：

西诏至，帝宪章前代，敬禅神器于梁。可临轩遣使，恭授玺绶，未亡人便归别宫，如令施行。

中兴二年四月壬戌日，宣德太后遣尚书令王亮等，奉玺绶诣梁宫，又有一两篇大文章。其玺书云：

夫生者天地之大德，人者含生之通称，并首同本，未知所以异也。而禀灵造化，贤愚之情不一，托性五常，强柔之分或殊。群后靡一，争犯交兴，是故建君立长，用相司牧，非谓尊骄在上，以天下为私者也。兼以三正迭改，五运相迁，绿文赤字，征文表洛。在昔勋华，深达兹义，眷求明哲，授以蒸人。迁虞事夏，本因心于百姓；化殷为周，实受命于苍昊。义自汉、魏，罔不率由；降及晋、宋，亦遵斯典。我高皇所以格文祖而抚归运，畏上天而恭宝历者也。至于季世，祸乱游臻，王度纷纠，奸回炽积。亿兆夷人，刀俎为命，已然之逼，若线之危，蹋天蹐地，逃形无所，群凶挟煽，志逞残戮，将欲先殄衣冠，次移龟鼎，衡保周召，并列宵人，巢幕累卵，方此非切。自非英圣远图，仁为己任，则鸱枭厉吻，剪焉已及。唯王崇高则天，博厚仪地，熔铸六合，陶甄万有。锋旗交驰，振灵武以遐略，云雷方扇，鞠义旅以勤王。扬袨旆于远路，戮奸宄于魏阙，德冠往初，功无与二，弘济艰难，缉熙敬止。待旦同乎殷后，日昃过于周文，风化肃穆，礼乐交畅。加以赦过宥罪，神武不杀，盛德昭于景纬，至义感于鬼神。若夫纳彼大麓，膺此归运，烈风不迷，乐推攸在，治五题于已乱，重九鼎于既轻，自声教所及，车书所至，革面回首，讴吟德泽。九山灭襫，四渎安流，祥风扇起，淫雨静息，玄甲游于芳荃，素文驯于郊苑，跃九川于清溪，鸣六象于高岗，灵瑞杂沓，玄符昭著。《书》云：天监厥德，用集大命。《诗》云：文王在上，于昭于天。所以二仪乃眷，幽明永叶，岂唯宅是万邦，缉兹讴讼而已哉！朕用是拥璇沈首，属怀圣哲。昔水行告厌，我太祖既受命，代终在日，天禄永谢，亦以木德而传于梁。远寻前典，降唯近代，百辟遐迹，莫违朕心。今遣使兼太保侍中中书监尚书令王亮，兼太尉散骑常侍中书令王志，奉皇帝玺绂，受终之礼，一依唐、虞故事，王其陟兹元后，君临万方，式传洪烈，以答上天之休命！

衍既得玺书，踌躇满志，只形式上未便遽受，不得不抗表陈让，佯作谦恭。又要抄老文章了。齐百官豫章王元琳等八百十九人，及梁侍中范云等一百十七人。此次由范云列首，也算如愿以偿。再上书称臣，乞请践阼，衍尚谦让不受。太史令蒋道秀陈天文符谶六十四条，事皆明著，亏他搜拾。范云等又复固请，乃择期丙寅日，即位南郊，祭告天地，登坛受百官朝贺。改齐中兴二年为梁天监元年，大赦天下。废齐主宝融为巴陵王，暂居姑孰，宣德太后为齐文帝妃，迁住别宫。皇后王氏为巴陵王妃，齐世王侯封爵，悉从降省。唯宋汝阴王不在降例，追尊父顺之为文皇帝，庙号太祖，母张氏为献皇后，追谥故妃郗氏为德皇后，追赠兄太傅懿为长沙王，予谥曰宣，弟融为桂阳王，予谥曰简。又因弟敷、畅并殁，赠敷为永阳王，予谥曰昭；畅为衡阳王，予谥曰宣。封拜文武夏侯详为公侯，食邑有差。

还宫以后，复召入沈约、范云等密商，拟改南海郡为巴陵国，徙居宝融。云未及答，约忙说道："不可慕虚名，受实祸。"梁主颔首，过了一日，即遣亲吏郑伯禽，驰赴姑孰，用生金进巴陵王。巴陵王宝融叹道："我死不须金，醇醪亦足了。"乃取酒令饮，饮至沉醉，就将他拉毙榻上，年才十五。伯禽返报。衍却托称暴亡，伪为哀恸，且追尊为齐和帝，葬恭安陵。先是文惠太子与才人共赋七言诗句，辄云愁和帝，至此方验。总计齐自太祖萧道成篡宋，至和帝亡国，凡七主，共二十三年。当时独有一个齐末忠臣，不食数日，为齐殉节。小子有诗赞道：

新朝佐命尽弹冠，独有孤臣大节完。

劲草疾风知不改，首阳遗石好重刊。

毕竟何人殉节，且至下回叙明。

沈约、范云，同赞逆谋，而约尤为狡黠。与云同约，即负云先入，但慕荣利，不顾小信，其心迹尤为可鄙。且云尚知谏衍，请出佘妃，一节可取，而约独无闻。约第知劝衍受禅，迫宝融传位。即如宝眰等之受戮，亦安知非由约之参谋？不过史未之详耳。且衍废宝融，尚欲全其生命，而约独唆使加弑，为衍弭祸，即为己固宠。范云之所不敢为者，约皆悍然为之，是衍之篡逆，实约一人首导之也。不然，衍因范云、王茂之直谏，能举佘妃而急出之，未始非可与有为之主，假令辅佐得人，亦宁不能为唐高、宋太耶！篡即未免，弑或不为，略迹论心，不能不深恶痛嫉于沈休文矣！

第八回

萧宝夤乞师伏虏阙
魏邢峦遣将夺梁州

却说齐和帝被弑，有一位殉节忠臣，绝粒而死。看官欲问他姓名，乃是琅琊人颜见远。他本为荆州参军，及宝融称帝，进官御史中丞，至是独为齐死节。**备书爵里，法本紫阳。**梁主衍闻报，慨然说道："我自应天顺人，何预天下士大夫事？不意颜见远乃竟至此！"因命萧宝义为巴陵王，使奉齐祀。宝义幼有废疾，喑不能言，独不中时忌，得终天年。宣德太后逊居外宫，本来是个庸妪，任人拨弄，故亦得寿终。后来祔葬崇安陵，由梁廷谥为安皇后。这也不必琐叙。**了过齐朝。**

梁主衍南面垂裳，大封勋戚，命弟宏为临川王，领扬州刺史；秀为安成王，领南徐州刺史；伟为建安王，领雍州刺史；恢为鄱阳王，授左卫将军；憺为始兴王，领荆州刺史。加领军中军王茂为镇军将军，中书监王亮为尚书令，左长史王莹为中书监，吏部尚书沈约为尚书右仆射，侍中范云为尚书左仆射。立子统为皇太子。置谤木，设肺石，各附一函。凡布衣处士，欲陈清议，可投谤木函中。功臣材士，欲伸屈抑，可投肺石函中。御用衣饰，概从朴素，常膳只备菜蔬。每简长史，务选廉平，皆召见前殿，勖以政道。小县令有能，迁大县；大县令有能，迁二千石。廉能知劝，吏治少清。唯尚有东昏余孽，隐怀反侧，推孙文明为首，密谋作乱。

五月初旬，天适阴雨，夜昏如墨。孙文明竟纠众起事，毁神虎门入总章观。卫尉张弘策，直宿观中，被他杀毙。复烧尚书省及云龙门，军司马吕僧珍，亟召集卫兵，出御乱党。因天昏不辨咫尺，虽有火炬，总难用力奋斗。没奈何保住殿省，分堵各门。那乱党呼喊连天，声彻宫禁。梁主衍身着戎服，出御殿前，镇定众心，且语左右道："贼从夜间作乱，人必不多，待晓便散走了。汝等可传谕巡士，速击五鼓！"毕竟有智。左右领命出去，不到片刻，即闻更鼓五下，音响且清。这更声传达门外，乱党疑是将晓，果然散去。偏遇镇军王茂，引兵入卫，把乱党拦住，或杀或捉，所有孙文明以下诸悍目，悉数擒住。诘旦骈诛，宫禁乃安。

才阅数日，接得豫章太守郑伯伦急报，内称江州刺史陈伯之造反，侵及豫章，请速发兵讨逆云云。原来伯之从梁主入都，受禅事定，令复原镇。伯之目不识书，一切予夺，俱取决幕僚。别驾邓缮，参军褚绪、朱龙符，乐得乘间舞弊，恣为奸利。梁主闻知弊窦，乃请人代缮，伯之不肯受命。缮且劝伯之造反，绪亦一律赞成，便诈为齐建安王宝夤书，使伯之取示僚佐。伯之更对众泣语道："我受明帝厚恩，应誓死报德！"当下部勒兵士，移檄州郡。豫章太守郑伯伦，整军为备，一面飞报朝廷。梁主览奏，便命镇军将军王茂兼领江州刺史，率兵讨叛。伯之正进攻豫章，与伯伦相持不下，偏王茂引军趋至，来攻伯之。城中守兵，又由伯伦督领，杀将出来。伯之内外受敌，不能招架，只好挈了亲属，夺路北走，绕出间道，渡江奔魏。

魏任城王澄，方受任为镇南大将军，迎纳齐建安王宝夤，宝夤奔魏见前回。优礼相待。宝夤为故主持丧，自服衰绖，居处一庐，澄率官僚赴吊，宝夤拜伏地上，泣请复仇。澄乃令自谒魏主，护送入洛。可巧伯之亦至，也拟请兵伐梁，遂由澄一并送行，随宝夤同赴洛都。

先是齐和帝即位江陵，魏镇南将军元英，曾上书魏主，乞乘隙南侵。车骑大将军源怀，也与元英同意，相继请命。魏主乃命任城王澄，为镇南大将军，领扬州刺史，经略江东。澄既受命，将欲出师，偏又接到魏主敕命，令他慎重，不应轻进。魏主不乘隙南下，实是失机。

此次齐宝夤到了魏廷，终日伏阙，定要乞师南伐，虽遇暴风大雨，终不暂移。好似一个申包胥。陈伯之亦请兵自效，诚恳异常，魏主恪乃召入宝夤，赐令旁坐。宝夤年只十七，与魏主相问答，语语呜咽，字字凄凉，说得魏主也为动容，遂允请发兵。过了两日，即授宝夤为镇东将军，加封齐王，都督东阳等三州军事，给兵万人屯东城。伯之为平南将军，仍任江州刺史，都督淮南诸军事，率旧部出屯阳石，俟秋冬交季，大举伐梁。宝夤闻命，尚通宵恸哭，达旦即诣阙拜命。真耶假耶！魏主见他惨形悴色，愈觉垂怜，又听宝夤自募四方壮勇，补充队伍。

宝夤叩首辞行，沿途募得壮士数千人，拔颜文智、华文荣等六人为军将，使统新军，且屡致书任城王澄，乞他上书提早师期。澄乃表闻魏主，略言："萧衍堵塞东关，欲令巢湖泛滥，灌我淮南诸戍，且灌且掠，淮南地恐非我有。寿阳去江五百余里，众庶惶惶，并惧水害，若因民愿望，攻敌空虚，预集诸州士马，首秋大举，应机经略，就使不能混一，江西定可无虞了。"魏主乃发冀、定、瀛、相、并、济六州兵马，得兵二万人，马千五百匹，令至仲秋中浣，毕会淮南。并寿阳屯兵三万，俱归任城王澄调度。就是萧宝夤、陈伯之两军，亦皆受澄节制。嗣复令镇南将军元英，督征义阳诸军事，与任城王澄同时举兵。

梁同州刺史蔡道恭，闻魏军将至，亟遣将军杨由，收集城外居民，屯保贤首山，列为三栅。梁天监二年秋季，元英麾军至贤首山，围攻三栅，杨由督厉兵民，且战且守。约历旬月，兵民伤亡不少。由用法过峻，为民所怨，土豪任马驹斩由出降。

任城王澄，命统军党法宗、傅竖眼、王神念等，分攻东关、大岘、淮陵、九山，高祖珍率三千骑为游军，澄自为后应。魏军连拔关要、颍川、大岘三城，白塔、牵城、清溪诸梁戍，望风奔溃。梁徐州司马明素，率兵三千救九山，徐州长史潘法邻率兵二千救淮陵，宁朔将军王燮保焦城。魏将党法宗等，长驱直进，锐自不可当。一战拔焦城，王燮败溃；再战破九山，明素受擒；三战入淮陵，潘法邻被杀。势如破竹，直趋阜陵。

阜陵由南梁太守冯道根居守，道根先期月余，已修城隍，严斥堠，俨临大敌。僚佐笑为多事，道根道："诸君不闻怯防勇战么？若俟寇逼城下，何暇及此！"是谓有备无虞。已而城工粗竣，党法宗等有众二万，果然掩至，众皆失色，道根命大开城门，缓服登城，但遣精骑二百人，出城冲阵，东荡西突，撞倒魏军前队数百人，杀毙数十，从容退还。魏兵见所未见，又仰望城上高坐的冯道根，笑容可掬，毫无惧色，总道是城中设伏，不敢进去，便引兵却退。仿佛空城计。道根复遣百骑掩击高祖珍，亦得胜仗，且扬言将袭魏粮，党法宗等正恐粮运不继，慌忙引还。阜陵解严，道根因功超擢，得拜豫州刺史。

越年二月，任城王澄，复举兵攻钟离，梁将军姜庆真，乘虚袭寿阳。魏长史韦缵，仓皇失措，急忙调兵抵御，已是不及，被梁兵攻入外郭。任城王太妃孟氏，素有干才，勒众据守内城，激厉文武，抚慰新旧，又亲披戎服，昼夜巡城，不避矢石，严定赏罚，因此人人争奋，守备遂坚。萧宝夤引兵来援，与州将合击庆真，庆真败走。孟太妃乃遣使报澄，令他安心进攻，澄遂把钟离围住。梁遣将军张惠绍等，输粮至钟离，为澄将刘思祖所邀，大战邵阳，梁兵败绩，杀虏几尽，惠绍等俱被擒去。思祖因功论赏，应封千户侯。侍中元晖，向思祖索求二婢，思祖不与，元晖遂从中抑制，不令封侯，由是军心未服，不免懈体。

既而霪雨连旬，淮水暴涨，澄乃引还寿阳。一经退军，行伍自乱，由梁军追蹑数里，俘斩至四千余人。澄坐降三阶。梁主命将所俘将士，向魏易还张惠绍等，得澄允许，彼此俘虏，各得生还。

魏镇南将军元英，闻澄无功还镇，不禁愤懑起来，遂投袂奋起，督兵围攻义阳。义阳城中，守兵不满五千人，粮食仅支半载，魏兵昼夜猛扑，声势甚锐。幸司州刺史蔡道恭，随方抗拒，相持至百余日，魏兵无从攻入，反丧亡了许多人马，竟欲卷甲退还。

会道恭积劳成疾，竟致不起，呼从弟骁骑将军灵恩，兄子尚书郎僧勰，及部下将佐，至榻前面嘱道："我受国厚恩，不能杀退虏众，愧愤交并！今疾苦缠身，万不可支，但望汝等效死守节，勿使我殁有遗恨！"灵恩等涕泣受命，道恭不久即殁。

灵恩摄掌州事，代守城池。梁主遣平西将军曹景宗，及后军将军王僧炳，分领步骑三万，往救义阳。僧炳率二万人先进，行次凿岘，适魏冠军将军元逞等，奉元英军令，趋至樊城，来截僧炳。僧炳上前搦战，见来兵不多，未免藐视，哪知鼓声一响，敌骑踊跃前来，冲突入阵，前队各军，统皆披靡，后队亦被牵动。僧炳弹压不住，只得返奔，失去四千余人。曹景宗趋至凿岘，正值僧炳奔还，不觉大惊，遂顿兵不进。统是酒囊饭袋。

义阳因丧了道恭，将士夺气。魏兵本欲引退，得此消息，反麾兵急攻。灵恩飞使求救，梁廷再遣宁朔将军马仙琕，统兵赴急。仙琕转战而前，兵势颇锐，元英派将堵截，俱被击退。乃自至士雅山，结寨立栅，分命诸将埋伏四隅，掩旗示弱。仙琕恃胜生骄，直迫英营。英亲出挑战，才斗数合，即回马佯奔，诱至伏中，纵令伏兵四出，合攻仙琕。仙琕已知中计，但事已至此，不得不驱兵鏖斗。猛见敌军中有一老将，擐甲执槊，冲将过来，便命军士放箭，一箭正中老将左股。那老将不慌不忙，拔去箭镞，流血及趾，仍然猛力驰入，握槊四刺，槊毙梁兵多人，连仙琕子亦死槊下。仙琕不胜悲愕，引兵亟走。这老将便是魏统军傅永。永见仙琕败去，尚跃马前追，元英急向前拦阻道："公已受伤了，请还营休养，待我督兵追击罢！"永答道："昔汉祖受伤扪足，不令人知，下官虽微，也是国家一将，伤未及死，怎得畏缩呢！"说毕，仍然力追，俘获梁兵多名，及暮始返。永时年已七十三，全军皆为敬服。老当益壮。

仙琕输了一阵，再收集余众，尚得万人，复与元英决战。三战三败，阵亡大将陈秀之，余军不能再振，狼狈奔还。义阳城内的蔡灵恩，势穷援绝，只为了贪生怕死四字，竟违背兄言，举城降魏。千古艰难唯一死。平靖、武阳、黄岘三关，所有梁朝戍将，亦弃关南遁。魏封元英为中山王，傅永以下，俱得加赏，士马欢腾，不消细说。

唯梁廷连接败报，当然惊惶，御史中丞任，奏弹曹景宗拥兵不救，应即加谴。梁主因他佐命有功，置诸不问，但令就南义阳建置司州，移镇关南，用卫尉郑绍叔为刺史。绍叔立城隍，缮器械，广田积谷，招集流亡，兵民安堵，复成重镇。魏人却也不敢进逼，唯据住义阳，扼要设戍罢了。

已而梁汉中太守夏侯道迁，复举汉中降魏。魏令邢峦为镇西将军，西略梁州，所向摧破。白马戍将尹天宝，景寿太守王景胤，都向益州告急。益州刺史邓元起，观望不前。天宝战死，景胤败走，巴西太守庞景民，又为郡民严玄思所杀，举地附魏。梁遣将军孔陵等，率兵西援，一面招诱仇池军将，令他叛魏归梁，夹击魏军。

仇池自杨文德归宋，杨难当降魏后，彼此分事南北。见前文。文德弟文度，据有葭芦，自立为武兴王，被魏击死。文度弟文弘，奉表魏廷，谢罪称藩，魏乃除文弘为南秦州刺史，授武兴王封爵，兼拜征西将军西戎校尉。文弘传侄后起，后起传子集始，集始又传子绍先，并受魏封。绍先年幼，委事二叔集起、集义。两人闻汉中入魏，恐仇池不免剪夷，又经梁人招诱，遂鼓动群氐，推绍先为帝，出截魏人粮道。

魏镇西将军邢峦，拨兵邀击，得将氐众杀退。叙仇池事，简而不漏。又遣统军王足，带领万骑，抵敌梁将孔陵，连战皆捷。陵退保梓潼。足攻入剑阁，趁势略地，凡梁州十四郡，尽为魏有，益州大震。梁假邓元起都督征讨诸军事，出援梁州，另授西昌侯萧渊藻代为刺史。

渊藻莅镇，见粮储器械，悉被元起取去，免不得愤恨交乘，遂入元起营，乞拨还良马百匹。元起勃然道："年少郎君，要良马做甚？"渊藻愈愤，忍气而出。越宿邀元起过宴，托词饯行，更迭行觞，灌使烂醉。渊藻拔剑遽起，把他杀死。且指挥左右，尽戮元起随员，然后闭城自固。元起部曲，立营城外，闻元起被戮，便即围城，呼问元起罪状。渊藻登城朗声道："天子有诏，命诛元起，汝等无罪，速宜敛甲归营，毋得取咎！"众乃散归。唯元起故吏罗研，诣阙讼冤，梁主以渊藻为兄懿次子，不忍加谴，但遣使责让，贬渊藻为冠军将军，恤赠元起，赐谥曰忠。未免失刑。

渊藻年未弱冠，颇有胆识，会益州乱民焦僧护，纠众起事，渊藻共乘肩舆，巡行贼垒，乱党聚弓乱射，箭如飞蝗，渊藻左右，忙举楯为蔽，渊藻叱令撤去，大呼道："汝等多是良民，奈何从贼！能射速射，不能射速降！"贼众闻言，俱为咋舌。又见所发各箭，统从渊藻身旁飞过，毫不受伤，更疑为神助。不是神助，实由乱党乌合，未能射着。渊藻从容退归，贼竟夜遁，由渊藻发兵进剿，斩首数千级，僧护窜死，余党荡平。渊藻得进号信威将军。

魏将王足，进围涪城，邢峦且一再上表，请即大举入蜀，魏主独敕令从缓，但令王足行益州刺史，相机进兵。不识何意？不到数日，又命梁州军司羊祉代足，足很是怏怏。时魏主恪委政权幸，疏忌亲属，足恐遭谗被祸，即背魏归案。

邢峦失一骁将，叹息不置。自在梁州驻节，恩威并著，原是抚驭有方，大得众心。但一身不能分镇，所得巴西郡城，只好遣军将李仲迁往守。仲迁好酒渔色，既莅任后，广采美姬，得了一个张法养女，妖淫善媚，宠爱异常，郡中公事，悉任属吏办理。就是邢峦有事，遣人往商，亦不得见他一面。使人返报邢峦，峦当然痛恨，正拟把他撤调，偏巴西已经变乱，仲迁被戕，首级献与梁人，一座城池，得而复失，又为梁人占据去了。

峦且恨且悔，更闻杨集义等围攻阳平关，因使建武将军傅竖眼，领兵往讨，兼程前进。到了关下，大破氐众，集义遁走。竖眼乘胜逐北，掩入仇池，执住杨绍先，送入洛阳。集起、集义，奔匿数日，穷无所归，也只得出降魏军。仇池自晋惠帝时，氐王杨茂搜始据此地，至是乃灭。改称武兴镇，寻又改为东益州，这是梁天监五年，魏正始三年间事。

那时梁主衍因失去司梁，无从泄恨，既得王足等投降，报称魏廷内容，才知魏政腐败，如咸阳王禧、北海王详等，均已受诛，外戚高肇，宠臣茹皓，内外弄权，谗害勋旧，正是有隙可乘的时候，遂命扬州刺史临川王萧宏，都督北讨诸军事，尚书右仆射柳惔为副，出次洛口，调兵北进。宏系皇室介弟，位虽隆重，才实平庸，骤然间手握兵符，身为统帅，看官试想，能胜任不胜任呢！小子有诗叹道：

> 兵为凶器战尤危，庸竖何堪使帅师！
> 梁室初年纲已紊，输人一著是萦私。

宏既出师，魏人怎肯退缩？当然遣兵派将，来抗梁师。但魏主恪委政权幸，上文未曾详叙，须待下回说明，看官少安毋躁，请阅下回便知。

萧宝夤避难奔魏，乞师魏阙，效申包胥秦庭之哭，似乎忠臣孝子之所为；然观后来之叛魏称帝，则无非借忠孝之名，觊一时之富贵耳。史称其伏阙终日，风雨不移，拜命前夕，恸哭达旦，过期尚悴色麂衣，未尝嬉笑者，皆伪态也。自宝夤乞师南下，而魏任城王澄，及镇南将军元英，分兵内扰，据有司州，镇西将军邢峦，又遣王足等夺据巴西，兵锋直达涪城。梁人东西奔命，应接不遑。虽萧衍以篡弑得国，不足深惜；然百姓何辜，遭此蹂躏，是岂非由宝夤之挟私图逞，贻害生灵乎？后人犹有以逡巡观望，为魏主咎者。夫欲咎魏主，即归美宝夤，一孔之见，实属大谬。论人者当就其终身行事，以下定评，岂可徒以一节称之？况第为声音笑貌云乎哉！

第九回

弟子舆尸溃师洛口
将帅协力战胜钟离

却说魏主恪即位时，改元景明，年仅十六，未能亲决大政，曾授皇叔彭城王勰为司徒，录尚书事。勰志在恬退，未几辞职归第，太尉咸阳王禧，进位太保司空，北海王详进位大将军，两王俱系魏主叔父，所以倚畀俱隆。魏主尊生母高贵人为太后，_高氏为冯幽后毒毙，兄肇在朝，由魏主推类锡恩，特封为平原公，也得专政。还有太尉于烈，兼充领军，烈弟劲有女端好，得册为后，因此烈、劲并预朝权。政出多门，已成乱兆，再加幸臣茹皓、王仲兴、赵修、赵邕、寇猛等，居中用事，更觉庶政丛脞，泯泯棼棼。

咸阳王禧因权为所夺，致蓄异图，竟欲废帝自立，谋泄被诛。诸子削籍，家产分给高肇、赵修二家，及内外百官。禧家财帛，不可胜计，百官所得分赐，每人得帛百匹，或数十匹，最少亦有十匹。宫人常作歌道："可怜咸阳王，奈何作事误！金床玉几不能眠，夜踣霜与露；洛水湛湛弥岸长，行人哪得度！"歌辞惋切，流传江表。

北海王详，尝讦禧阴谋，至是得进位太傅，兼领司徒。高肇得官尚书令，茹皓任冠军将军。皓娶高肇从妹为妻，妻姊为安定王元燮妃。燮为详从父，详常出入燮家，见燮妃容貌妖冶，未免垂涎。燮妃高氏，亦见详丰姿秀美，远出燮上，两人眉去眼来，也不顾姊侄名分，竟做成了苟且的事情。嗣是与茹皓益相亲狎。皓虽闻详奸通妻姊，但因详权势方隆，亦乐得依附，引作党援。皓独不怕做元绪公么？直阁将军刘胄，系详所引荐，与殿中将军常季贤、陈扫静等，皆党同详、皓，招权纳贿，无所不至。

高肇系出高丽，为详、皓等所轻视，偏魏主恪为母尊舅，格外优礼，事必与商。肇遂欲与详、皓争权，辄相谗构。肇兄偃生有一女，貌美色娇，得入为贵嫔，他即暗受肇嘱，与肇表里为奸，诬称详、皓有谋逆情事。魏主恪方宠高贵嫔，当然信为真言，遂于正始元年四月，魏景明五年，改元正始。召中尉崔亮入禁中，使劾详贪淫骄纵，及茹皓、刘胄、常季贤、陈扫静四人，专恣不法，谋为不轨等情。亮依旨上奏，当夜收捕皓等，拘系南台。更遣虎贲百人，围守详第。诘旦赐皓等死，废详为庶人，锢居太府寺。详母高太妃，妻刘氏，仍居旧第，令五日得一视详。

高太妃家法素严，详有微罪，辄用絮裹杖，亲加笞罚，所以详平日贪淫，不敢白母。至此高太妃始悉淫烝事，向详怒叱道："汝自有妻妾侍婢，皆年少如花，何故与高丽婢犯奸？今致此罪，我若见高丽婢，当生啖彼肉！"说着，携杖去絮，挞详百下。详不胜痛楚，杖痕累累，皆至创脓。高太妃又指详妻刘氏道："汝亦大家女，门户匹敌，何畏何疑，乃不规谏夫婿？"刘微笑不答，跪伏姑前，亦被杖数十。刘氏即宋王刘昶女，姿色寻常，为详所憎，她独不谈夫恶，情愿受杖，却是一位贤妇。

未几详即暴死，想是由魏主遣使暗害，但佯下诏敕，令得还丧故宅。所有诸王宗室，仍使奔赗，母妻等依然给饩，当时以详虽贪淫，罪不至死，共为惊叹不置。魏主复起彭城王勰为太师，勰固辞不获，乃遵敕就职。但高肇益得弄权，且劝魏主分拨卫队，监守诸王宅第。勰切谏不从，从此外戚有权，宗室反无权了。隐伏下文。

且说魏主闻梁师大举，已出洛口，乃授中山王元英为征南将军，都督扬、徐诸军事，率众十万，抵敌梁军。又使镇西将军邢峦，都督东讨诸军事，发定、冀、瀛、相、并、肆六州人马，约十余万，接济元英。魏兵尚未到齐，梁军已经先出。江州刺史王茂，侵魏荆州，诱魏边民及诸蛮，更立宛州，随遣所署宛州刺史雷豹狼等，袭取河南城。太子右卫率张惠绍，侵魏徐州，攻入宿预城，擒住守将马成龙。北徐州刺史昌义之，也得拔魏梁城。迭写梁军胜仗，反衬下文。

豫州刺史韦睿，遣长史王超等攻小岘，日久未下。睿亲往行营，巡阅围栅，魏兵亦出数百人，列阵门外。睿即欲下令攻击，部将叩马进谏道："今日随驾来此，未具战备，请还镇授甲，方可进战。"睿驳说道："魏城中有二三千人，尚能固守，今无故出城列阵，必自恃骁勇，藐视我军，我若败他一阵，使他知惧，然后守卒寒心，此城可不攻自破了！"众尚面面相觑，各有难色，睿张目四顾，握节出示道："朝廷授我此节，并非徒饰外观，诸君相从有年，难道还未知韦睿军法么？"大众见他动恼，方才应令，乃并力向前，猛击魏兵。魏兵果自恃骁悍，齐来争锋，哪禁得睿军拼死，一当十，十当百，竟把魏兵击退。便乘势攻城，果然城中内溃，经宿即下。遂乘胜进薄合肥，就淝水设了一堰，令水汇集城旁，使通舟舰。

魏将杨灵胤率众五万，来救合肥，梁将恐众寡不敌，请睿奏请添兵。睿笑道："强虏当前，再求添兵，还来得及么？况我求添兵，彼亦添兵，何时得了？兵贵出奇，虽多何益！"说着，即列阵以待。至灵胤驱军过来，便冲杀前去。灵胤未曾防着，恰被睿驰突一场，折损了许多人马，退至数里下寨。睿本遣军将王怀静，筑垒堰旁，令他守堰。灵胤夜遣锐卒，攻破怀静营垒，复掩至堤下，兵容甚盛。睿众又欲退守巢湖，或拟还保三汊，睿变色道："哪有此理！"遂命取大纛旗矗立堤下，并下令道："堤存与存，堤亡与亡，妄动即斩！"既而魏人俱来凿堤，睿督众与争，挽弓攒射，箭伤魏兵多名，魏兵怯走。睿即沿堤筑垒，约高数仞，并将斗舰架起垒上，与城相齐，然后鸣鼓督攻。城中人失去凭借，个个慌张，骇极而哭。守将杜元伦登城督战，中箭倒毙，蛇无头不行，兵无主自乱，就在夜间开城遁去。睿一面入城，一面发兵追逐，斩俘万余级，获牛马亦万数。

睿素来体弱，未尝跨马，每战辄乘白板舆，督厉将士，勇气无敌。平时与士卒同甘苦，极意拊循，所以令出必行，无战不胜。*平时待下有恩，战时始可用威，否则士不用命，威亦何益？这是本段着眼处。*灵胤亦闻风退走。睿率将士至东陵，有诏令他班师，乃悉遣辎重前行，自乘小舆殿后，从容还至合肥。魏人服睿威名，不敢追蹑。睿就把豫州官府，俱迁入合肥城，即以合肥为豫州治所。庐江太守裴邃，也有能名，连拔魏羊石、霍邱二城，青、冀二州刺史桓和又克魏胊山及固城。

梁廷屡得捷书，盈廷相庆，哪知胜负靡常，得失无定！王茂到了河南城，被魏平南将军杨大眼，一鼓杀败，茂弃甲遁还，杨豹狼亦弃城逃走，河南城复为魏有了。张惠绍自宿预进发，北攻彭城，遣署徐州刺史宋黑，往围高塚，又被魏武魏将军奚康生，率兵来援，黑竟战死。惠绍继战亦败，仍退保宿预城。魏中山王元英，及将军邢峦，先后继进，连战皆捷。再加魏平南将军安乐王元诠，亦督后军随赴淮南，梁军都望风生畏，节节退还。桓和保不住固城，张惠绍保不住宿预，俱隳弃前功，仓猝南奔。前叙胜，后叙败，兔起鹘落，笔势不平。

那时临川王宏尚逗留洛口，拥兵不进。闻魏军进逼梁城，不禁生惧，亟召诸将会议，意欲旋师。吕僧珍首先开口道："知难而退，也是行军要诀。"宏即答道："我意也作是想。"柳惔接入道："我军出境，连克名城，怎得谓难？何必遽退！"裴邃亦说道："此次出师，原为杀敌而来，明知非易，奈何畏难？"马仙琕朗声道："王奈何自堕志节，甘取败亡！试想天子举全国将士，悉数付王，有前死一尺，无却生一寸！"昌义之更怒气勃勃，须发尽张，面唾僧珍道："吕僧珍直可斩首，岂有百万大兵，出未遇敌，便望风遽退！似此庸奴，尚有面目还见圣主么？"朱僧勇、胡辛生拔剑趋出道："欲退自退，下官当前向取死！"诸将亦含怒欲出，僧珍乃谢诸将道："殿下昨来风动，意不在军，深恐大致沮丧，故欲全军速返。"裴邃尚欲有言，见僧珍以目示意，乃含忍不发。俟大众尽退，宏亦入内，因复问僧珍道："公系佐命元勋，今为何自怯若此？"僧珍即附耳低语道："王不但全无谋略，且很是胆怯，我与王屡言军事，俱格不相入，看此情势，怎能成功！故不如见机退兵，还得保全大众。"邃始叹息而出。

宏因众情违沮，未便遽退，却亦未敢遽进。魏人知他不武，以巾帼相遗，宏虽不免怀惭，始终畏缩不前。当时魏人有歌谣云："不畏萧娘与吕姥，但畏合肥有韦虎！"韦虎是指韦睿，萧娘指宏，吕姥指僧珍。僧珍听得此谣，越加愧叹，请遣裴邃分军取寿阳，宏终不从。

魏将奚康生，遣杨大眼请命元英，略言"梁军屯留不进，畏我无疑，王若进军洛口，彼自奔败"云云。英答说道："萧临川虽然庸呆，部下却有良将，韦、裴诸人，皆未可轻视，汝等且静观形势，勿与交锋！"元英亦未免自沮，然用兵不可无良将，于此益见。

未几已值深秋，洛口暴风大作，继以骤雨，梁军相率惊哗。临川王宏，竟潜率数骑夜遁，将士求宏不得，顿时四散，弃甲抛戈，填满水陆。宏乘小船渡江，趋至白石垒，天尚未明，便叩城求入。临汝侯萧渊猷系衡阳王萧懿第三子，据守垒城，便登城问为何人？宏以实对。渊猷答道："百万雄师，一朝鸟散，国家前途，可危孰甚！倘或奸人乘间图变，如何支持？此城地当冲要，不便夜开，且俟至天明罢。"宏亦无法，唯向渊猷求食，渊猷乃缒食馈宏，待旦方才纳入。渊猷颇不愧官守。

昌义之尚驻守梁城，闻洛口军溃，与张惠绍引兵退还。此次梁廷出师，倾国大举，器械统是精利，甲仗亦很整齐，出次半年，只招降了一个反复无常的陈伯之，与梁廷没甚利益。伯之亦旋即病殁。此外劳师糜饷，损失甚多，兵士溃散，及老弱死亡，差不多有五万人，这都由任将非人，徇私废公，所以遭此一跌呢。*语意谨严。*

魏主恪传诏各军，乘胜平南。中山王英，进陷马头城，夺得城中积粟，悉数运去。梁主闻宏溃归，急命添戍钟离。或谓魏兵运粮北归，当不致南下，梁主衍道："这真是狡虏诈计，怎得不防！"*此时还算明白。*遂饬昌义之速入钟离城，缮垣浚濠，严兵守着。不到数日，魏兵前队，已到钟离城下，亏得昌义之先已防备，毫不仓皇，一攻一守，相持多日。

魏主复令邢峦引兵会攻，峦上疏道："南军虽不善野战，却善城守，今尽锐往攻钟离，实为失策。钟离远处淮南，就使束手归顺，尚恐无粮可守，况顿兵城下，血薄与争呢！国家有事南方，转瞬经年，士卒劳敝，不问可知。愚意谓不如敛兵北返，修复旧戍，抚循诸州，徐图后举。"魏主不从，反促令进兵。峦复申奏道："今中山王进军钟离，臣实未解。若专图南略，不顾万全，亦不如直袭广陵，或可掩他不备。乃徒载八十日刍粮，欲取钟离城，谈何容易！钟离天险，城堑水深，非可填塞，彼坚守不战，我师当然坐老；若遣臣接应，从何致粮？臣部下只带袷衣，未赍冬服，倘遇冰雪，又从何取济？臣宁受责逗挠，不愿同遭败损。陛下果信臣言，乞赐臣免职；若谓臣惮行求还，臣愿将所率部曲，尽付中山王，任他处分！臣不妨只身单骑，听令驱策。倘知难不言，非但负将士，并且负陛下了！"*颇有远识。*魏主乃召峦还，另遣镇东将军萧宝夤助攻钟离。

钟离守将昌义之，守备有余，因恐魏兵日增，不得不奉表求援。梁主因遣右卫将军曹景宗，督兵二十万，往救钟离，且令暂留道人洲，候诸军到齐，然后进发。景宗请先据邵阳洲尾，奉诏不许，他却违诏前进。途次适遇暴风，淹死数百人，乃还守先顿。梁主衍闻报，反有喜色道："景宗不能独进，是天意教我破贼了！若孤军得行，猝遇大敌，必至狼狈，大将溃走，他有何望呢？"景宗静待各军，过了残冬，尚未能启行。

越年为梁天监六年，魏中山王英，与平东将军杨大眼等，率众数十万，进围钟离。城北沮住淮水，不便合围，英特就邵阳洲上，筑桥跨淮，树栅为垒，屯兵攻城。英据南岸，大眼据北岸，督众猛扑，不舍昼夜。城中守卒才三千人，昌义之激励将士，随方抵御。魏人负土填堑，复用严骑迫蹙，人未及返，土又随压，连人带泥，叠入堑中。俄而堑满，即用冲车撞城，城土屡堕。义之用泥补城，随坏随补，终得堵住。魏人缘梯登城，更番相代，前仆后继，不少退却，经义之率领守兵，用着长刀大戟，刈人如草，但见魏兵随升随堕，始终不得登城。一日战数十合，前后杀伤万计，尸与城平，城仍未下。魏主因顿兵日久，召英使还，英不肯退兵，但请宽假时日。魏主又遣步兵校尉范绍，驰抵英营，相视形势。绍见钟离城坚固难下，亦劝英还，英仍不从。非败不归。

那时梁统帅曹景宗已经启行。豫州刺史韦睿，亦受命会师，归曹景宗节度。睿自合肥出发，取便道赴钟离，所过阴陵大泽，道多涧谷，随驾飞桥，立即济师。或虑魏兵势盛，请睿缓行，睿毅然道："钟离兵民，凿穴而处，负户而汲，不胜困惫，我等急往赴难，还恐不及，难道尚可延宕么？魏人已堕我腹中，愿卿等勿忧！"于是星夜前进。到了邵阳洲，才阅旬日，曹景宗亦即驰至。两下相见，似漆投胶，很是欢洽。景宗本来好胜，动辄陵人，唯韦睿年高望重，颇为景宗所敬礼，故毫无嫌疑，和衷办理。梁主衍也恐景宗使气，先给密敕道："韦睿老成，与卿有关乡望，卿宜厚待为是！"及闻景宗见睿，持礼甚谨，便欣然道："二将和衷，无不济事了！"想亦惩宏覆辙，故格外小心。

睿自率部众，夜逼魏营，堑洲设垒，通宵赶筑。南梁太守冯道根，为睿前驱，能走马步地，按步计功，才至天明，垒已成立。魏中山王英，总道他无此迅速，所以夜间不加防备。天明出望，梁营已经屹立，距本寨仅百余步，不禁大惊，用杖击地道："是何神速至此！"魏将见梁营联接，横亘洲旁，旗帜器械，焕然一新，也相顾夺气。

杨大眼系杨难当孙，勇冠诸军，径率万余骑攻睿。睿结车为阵，按兵不动，俟大眼麾骑围绕，乃发出梆声。一声怪响，万弩齐发，洞甲穿胸，射得魏兵个个倒毙，连大眼右臂，也中数矢，只好退去。可惜只射中右臂，不能射他两目。

翌晨，英自督众来战，睿乘木舆，执白角如意，麾军对敌。杀了数十回合，英不能胜，怅然回营。过了两日，魏人复猛攻睿垒，飞矢如雨，睿登垒督守，绝不畏避。睿子黯请下垒避箭，及将士有怯噪声，统由睿厉声呵止，静镇不乱，仍然得安。

杨大眼臂创少愈，复遣兵四出，断截梁兵刍牧。曹景宗募得勇士千余人，竟至大眼营前，筑垒堵住，不令出掠。大眼一再来争，均被梁兵杀退，及垒既筑就，使别将

古代城制

赵卓扼守，草内护外拒，刍牧无忧，因呼为赵草城。可谓劲草。

已而有朝敕到来，授他方略，乃是火攻计，令景宗与睿，各攻一桥。两将依敕待行。光阴易过，又是春暮，淮水暴涨六七尺，睿遣前锋冯道根，与庐江太守裴邃，秦郡太守李文钊等，各乘斗舰，奋击洲上魏兵，一战尽殪。别用小船载草，沃以膏油，纵火焚桥，风烈火炽，烟尘缭乱。道根等皆亲自搏战，麾动锐卒，拔栅斫桥。桥梁栅木，半被毁去，半入淮流，顷刻俱尽。曹景宗因使众军鼓噪，奋突魏营，仿佛似川鸣谷应，海啸山崩。魏中山王英，弃营亟走，杨大眼亦毁营窜去，诸垒依次土崩，抛戈弃甲，争投淮水中，多半溺毙，淮水为之不流。睿遣报昌义之，义之且悲且喜，不暇答语，但呼道："更生！更生！"当下部署残军，也出城追虏。景宗与睿，遣各军并力逐北，至洨水上。沿途尽情杀掠，伏尸四十里，生擒五万人，收获军粮器械，牛马驴骡，不可胜计。

景宗与诸将争先告捷，睿独居后。及义之邀诸军入城，置酒犒宴，请景宗与睿共席。酒酣兴至，掷骰为戏，设二十万钱为博注。景宗一掷得雉，睿徐掷得卢，他却忙取一子，翻将转来，情愿作塞，且连称异事。景宗一笑而罢。小子有诗咏韦睿道：

> 不贪名利不争功，德愈谦时望愈隆。
>
> 为问萧梁诸将士，阿谁能学韦公风？

景宗等既献捷报功，当由梁主下诏，命班师还朝。欲知凯旋后事，且看下回分解。

梁室诸将，莫如韦睿，次为裴邃。当时欲出师北伐，何不用睿为帅，邃为将？专阃得人，奏功自易事耳。不此之审，乃独用一无才无勇之临川王宏，宏虽介弟，未足统军，不战而逃，原意中事。假令当日无韦、裴二将，为敌所忌，魏中山王英等，直迫洛口，吾恐宏且南走之不暇，而全军且尽覆没矣！异哉萧衍，明知韦睿之为时望，而不能重用，几陷乃弟于死地。乃弟可死，如全军何！及钟离一役，又未尝专任韦睿，而独任曹景宗，令睿归景宗节制。幸睿素负重名，为景宗所敬礼，始得和衷共济，大破魏军。否则，景宗尝违诏进军矣。虽有密敕，令彼敬睿，亦乌足恃！然后知萧衍之智，不过寻常，无怪其老且益愚也！

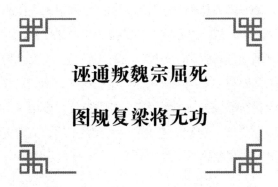

第十回

诬通叛魏宗屈死

图规复梁将无功

却说曹景宗奉诏班师，还朝饮至，盈廷大臣，统皆列席。当时左仆射范云已早病逝，另用尚书左丞徐勉，及右卫将军周舍，同参国政。左仆射沈约有志台司，终不见用。唯才华富瞻，兼长诗文，梁主衍有所制作，必令约属草，倚马万言。至是与宴华光殿中，遵敕赋诗，夸张战绩。曹景宗亦擅诗才，不得与赋，意甚不平，遂起求赋诗。梁主衍道："卿技能甚多，何必吟咏？"景宗求作不已，梁主衍见约所作，赋韵将尽，只剩得"竞、病"二字，便笑语景宗道："卿能赋此二字否？"景宗索笔成书，立就四语，呈与梁主。但见纸上写着：

> 去时儿女悲，归来笳鼓竞。借问路旁人，何如霍去病！

梁主瞧毕，击节叹赏道："卿文武兼全，陈思王<u>即魏曹植。</u>不能专美了！"景宗顿首谢奖。及宴毕散座，梁主还宫，即颁发诏敕，进景宗为领军将军，加封竟陵公。韦睿为右卫将军，加封永昌侯。昌义之为征虏将军，移督青、冀二州军事，兼领刺史。余如冯道根以下，各受赏有差。越年出景宗为江州刺史，病殁道中，追赠征北将军开府仪同三司，予谥曰壮。是年尚书右仆射夏侯详，亦老病谢世。这且慢表。

　　且说魏中山王英，及镇东将军萧宝夤，败奔梁城，魏廷言官，当然上章弹劾，请诛英及宝夤。魏主恪减等议罪，夺去二人官爵，除名为民。杨大眼亦坐徙营州。别简中护军李崇为征南将军，兼扬州刺史。崇深沉宽厚，颇得士心，出镇寿阳，远近畏服，所以钟离虽挫，淮右尚安堵如常。独魏主恪外宠高肇，内惑高贵嫔，疏忌宗室，迷信桑门，一切军国大事，未尝亲理。彭城王勰，虽起任太师，有位无权。勰兄广陵王羽，受职司空，好酒渔色，尝与员外郎冯俊兴妻私通。俊兴恚恨，伺羽夜游，骤出狙击，致受重伤，未几即死。羽弟高阳王雍，继任司空，学识短浅，无善可称。还有广陵王嘉，系太武帝拓跋焘庶孙，齿爵并尊，但好容饰。雍由司空擢太尉，嘉得进位司空，旅进旅退，备员全身。就是魏主四弟，如京兆王愉，清河王怿，广平王怀，汝南王悦等，资望皆轻，未足参政，所以北朝政令，几全出高氏手中。总叙魏主宗室，俱为后文伏案。

　　皇后于氏，本为魏主所宠爱，自纳高贵嫔后，宠遇渐衰。正始四年，后忽暴疾，半日即殂。宫禁内外，明知由高氏加毒，但怕她势大，不敢显言。魏主已移情高氏，也没甚悲悼，唯依礼丧葬，谥为顺皇后，算作了事。于后有子名昌，年只二岁，越年三月，昌复得病，侍御师王显，不加疗治，由他啼号，才阅两日，一命呜呼。魏主仅得此子，忽然夭逝，当然比于后殁时，较为哀痛。嗣因高贵嫔从旁劝慰，仗着三寸慧舌，挽回一片哀肠，遂令魏主境过情迁，竟将于后母子二人，撇诸脑后。就是王显失医等情，亦绝不问及。看官不必疑猜，便可知是高氏阴谋，巧为蒙蔽了。

　　于后世父于烈，出镇恒州，父于劲，虽留仕魏都，究竟孤掌难鸣，未敢奏讦。高氏得逍遥法外，任所欲为。

　　过了数月，高贵嫔即受册为后，太师彭城王勰，上书谏阻，那魏主已堕入迷团，任他如何苦口忠言，统已逆耳不受，反令勰得罪高氏，视若仇家。高肇恃势益骄，权倾中外，妄改先朝成制，削封秩，黜勋臣，怨声盈路，朝野侧目。度支尚书元匡，独与肇抗衡，先自造棺，置诸厅间，拟舆棺诣阙，详劾肇罪，然后自杀，隐寓尸谏的意思。忠而近愚。事尚未行，适奉诏议权量事，与太常卿刘芳互有龃龉。高肇主张芳议，匡不直肇，便据理力争，且表称肇指鹿为马，必为国害。魏主尚未批答，偏奏斥元匡的弹章，相继呈入，署名为谁？就是前充侍御师，后升中尉的王显。可见前次失医皇子，明是高氏授意。当下将两奏尽行颁出，命有司论奏，有司皆趋承高肇，统复称元匡诬谤宰相，应处死刑。还算魏主加恩宽免，但降匡为光禄大夫。

权豪跋扈，祸变猝来，魏主弟京兆王愉，忽自信都起兵构乱，也居然称帝改元，托言高肇谋逆，魏主被弑，不得不从权继立，入讨乱臣。看官听着！高肇虽然专横，究竟尚未弑逆，如何京兆王凭空捏造，骤敢作乱？说将起来，也有一段隐情。

先是魏主恪颇知友爱，尝令诸弟出入宫掖，寝处与共，不异家人。愉由护军将军迁授中书监，入直殿阁，更成常事。魏主为娶于后妹为妃，于氏貌不动人，未得愉欢。愉另纳妾杨氏，能歌善媚，宠擅专房。只因杨氏出身微贱，特令拜中郎将李恃显为养父，冒姓为李。产下一子，取名宝月。于妃未免妒恨，屡入宫诉告乃姊，于后因召李入宫，亲加斥责，且勒令为尼，把宝月归妃抚养，愉虽不能抗命，心中总系念宠妾，日夕不忘，乃托人请求后父，乞为转圜。时于后尚未产男，后父于劲，也劝后格外包容，使魏主得广纳嫔御。又因愉屡次请托，乐得替他说情，仍将李氏归愉。于后本来柔淑，遂勉承父命，遣还李氏。碧玉重归，情好益笃。自高肇用事，高贵嫔得立为继后，魏主信任外戚，摈斥宗亲，待遇诸弟，迥异从前。愉又喜引宾客，崇奉佛道，用度浩繁，常患不足，渐渐纳贿营私，致有不法情事。高肇害死于后，常恐于氏报复。愉为于婿，适中肇忌，所以日陈愉短，谮毁多端。魏主恪召愉入宫，面数罪恶，杖愉五十，出为冀州刺史。

愉既莅任，愤无所泄，乃欲乘间构难，冒险求逞，长史羊灵，抗词谏诤，竟为所杀。司马李遵，畏死相从，遂诈称得清河王怿密函，说是高肇弑逆，应该继统讨罪。当下筑坛城南，自称皇帝，改元建平，伪诏大赦。又把这娇娇滴滴的爱妾，抬举起来，立为皇后。*以妾为妻，第一着便铸成大错，怎得济事？*法曹参军崔伯骥，不肯从命，又为所杀。且逼令长乐太守潘僧固一同起事。僧固系彭城王勰母舅，为此一隙，遂令一代贤王，也陷入案中，平白地做了一个枉死鬼魂。

高贵嫔得为继后，勰尝谏阻，高氏恨勰甚深，只苦无隙可乘，不能置诸死地。可巧僧固附逆，被高肇吹毛求疵，抵隙下石。一面请遣尚书李平，督军讨愉，一面诬奏彭城王勰，说他与愉通谋，纵舅助逆，应速除内应，才戢外奸。魏主恪尚称明白，把遣发李平一奏，立即允议，独将彭城王一案，暂从搁置。

高肇怎肯罢手，嗾使侍中元晖，申疏论勰，晖不肯从。乃更嘱郎中令魏偃，前防阁高祖珍，交章谗构，证成勰罪。魏主方才动疑，召问元晖，晖力白冤诬。晖亦一小人，此时独持正论，故特揭之。魏主乃更问高肇，肇又引魏偃、高祖珍，共陈愉有通谋实情，说得魏主不能不信。再加那艳后从中煽惑，遂决计杀愉，竟与高肇等定谋，征令入宴，秘密行诛。

越宿即遣出中使，召愉及高阳王雍、广阳王嘉、清河王怿、广平王怀，入宴禁中，肇亦与宴。愉妃李氏方产，固辞不赴，中使一再敦促，不得已与妃诀别，乘牛车入东掖门。将度小桥，牛不肯进，*牛果能则知耶！* 由中使解去牛缆，挽车驰入。彼此列席宴饮，直至黄昏，尚无他变。大家都有酒意，各起至别室休息。

才阅须臾，忽由卫军元珍，引着武士，赍鸩前来，逼愉使饮。愉瞿然道：“我有何罪？愿一见至尊，虽死无恨！”元珍道：“至尊不能再见！”愉复道：“至尊圣明，不应无罪杀我，诬告何人？愿与一对曲直！”元珍不应，但目视武士。武士用刀环击愉三下，愉抗声道：“冤哉皇天！忠乃见杀。”武士再用刀击愉，愉乃取鸩饮讫。毒尚未发，又被武士刺死。翌晨用褥裹尸，载归故第，诈云因醉致死。李妃闻报，向天大号道：“高肇枉理杀人，天道有灵，怎得善终！”魏主佯为举哀，赗赠从厚，赐谥武宣。及举柩出葬，行路士女，统望柩流涕道：“高肇小人，枉杀如此贤王！”嗣是中外舆情，益恨肇不休。*莫谓直道无存！*

那李平督领各军，进攻信都，愉出城拒战，屡战屡败，乃闭门静守。李平分兵围城，连日攻扑，闹得城中昼夜不安，各生二心。再加河北各州，已由定州刺史安乐王诠，檄称魏主无恙，休信叛王诡言，遂致鬼蜮伎俩，俱被瞧破，没一人信从伪主。愉情势两穷，没法摆布，只好挈了伪后，及爱子四人，并左右数十骑，溜出后门，命伪冀州牧韦超，居守信都。李平闻愉出走，亟遣统军叔孙头追捕，自督将士登城，即日攻入，杀死韦超，揭榜安民，全城复定。叔孙头也将愉等拿到，不漏一人，便由平奉表告捷。

高肇等请就地诛愉，魏主不许，但命械送洛阳，责以家法。平乃派将送愉，及愉妾李氏子四人，乘驿解往。愉每止宿亭，必与李氏握手言情，备极私昵，一切饮食，悉如平日，毫无作容。行至野王，由高肇传到密令，迫愉自杀。愉服毒待尽，且语人道：“我虽不死，亦无面目见至尊。”又与李氏永诀，悲不自胜，俄而气绝，年只二十一。李氏与四子至洛，魏主赦免四子，唯拟置李氏极刑。中书令崔光谏道：“李氏方娠，刑至刳胎，乃桀、纣所为，严酷非法，须俟产毕，然后行刑。”魏主依议，按功行赏，加李平散骑常侍，即令还朝。平入信都，从参军高颢言，宥胁从，禁杀掠，子女玉帛，一无所取，还都以后，中尉王显，索赂不得，遂劾平隐没官口，乱党子女，应没入宫廷，叫作官口。显有情弊。高肇亦恨他毫无馈遗，奏除平名。有功反罪，国事更可知了。不乱不止。

梁天监七年，魏郢州司马彭珍等，叛魏降梁，潜引梁兵趋义阳。三关即平靖、武阳、武胜三关，并见前文。戍将侯登，亦向梁请降。魏悬瓠军将白早生，又杀死豫州刺史司马悦，自号平北将军，致书梁司州刺史马仙琕，乞发援师。仙琕上书奏闻，梁主衍令仙琕往援早生，且授早生司州刺史。仙琕进屯楚王城，但遣副将齐苟儿，率兵二千，助守悬瓠，魏复起中山王英，都督南征诸军事，出援郢州。再命尚书邢峦，行豫州事，领兵击白早生。峦尚未发，先遣中书舍人董绍，抚慰悬瓠，早生执绍送建康。峦闻绍被执，忙率骑士八百，倍道兼行。五日至鲍口，早生遣将胡孝智，领兵七千，出城二百里逆战，为峦所破，遁还悬瓠。峦进至汝水，早生自往截击，又复败还。峦遂渡水围城。魏宿预守将严仲贤，因邻境被兵，正拟戒严，参军成景隽，刺死仲贤，竟举城降梁。于是魏郢、豫二州属境，自悬瓠以南，直至安陆，均为梁有。唯义阳一城，为魏坚守。

中山王英，虑兵不敷用，求请添兵。魏主但遣安东将军杨椿，率兵四万，进攻宿预。命英就邢峦军，同攻悬瓠。悬瓠城已经危急，复见英军助攻，越加恂惧。白早生尚欲死守，偏自司州遣来的齐苟儿，遽开城出降。苟儿应改名狗儿，故愿乞怜外族。魏兵一拥入城，擒斩早生，及余党数十人。英乃引兵赴义阳。

义阳太守辛祥，与郢州刺史娄悦，婴城共守。梁将军胡武城、陶平虏，引兵进逼，祥与悦共议战守事宜。悦但主守，俟英来援，祥独主战，夜率壮士掩袭梁营。梁人果然中计，胡武城仓猝逃还，陶平虏略慢一步，被辛祥活捉了去。义阳得安。悦耻功出祥下，奉书高肇，掩没祥功，赏竟不行。

中山王英，到了义阳，梁兵早已败去，乃欲规取三关。先与众将计议道："三关相须，如左右手，若攻克一关，两关可不战自下。攻难不如攻易，应先攻东关为宜。"东关即武阳关。众将自无异言。英又使长史李华，引兵赴西关，即平靖关。牵制梁军，自督诸军向东关。六日而下，虏得守将马广、彭瓮生、徐元季，再移兵攻广岘。守将李元履遁去，又攻西关，梁将马仙琕亦遁。

梁主亟遣韦睿往援仙琕，行至安陆，闻三关已经失守，忙入城为备，增筑城垣二丈余，更开大堑，起高楼，收集溃卒，严加防堵。部将或以怯敌为疑，睿笑道："为将当有怯时，怎可徒恃勇气！"马仙琕等陆续退还，魏中山王英，乘胜急追，欲复邵阳旧耻，及闻睿复出守安陆，不免生畏，便即退师。

梁主以连岁用兵，师劳力竭，特释魏中书舍人董绍，召入面谕道："两国战争，连年不息，民物涂炭，彼此同忧，吾今释卿归国，愿修和好，卿宜备申朕意。若果罢战息民，我愿将宿预还魏，魏亦当还我汉中。"绍唯唯遵谕，辞还洛都，即将梁主意旨，详报魏主。魏主不从，南北失好如故。

已而魏荆州刺史元志，率兵七万攻潺沟，驱迫群蛮。群蛮皆渡过汉水，乞降雍州。梁雍州刺史侯易，收纳群蛮，使司马朱思远部勒蛮众，往击魏军。蛮众积忿竞斗，大破元志，斩首万余级，元志走还。

过了两年，天监十年。琅琊土豪王万寿，纠众戕官，据住朐山，密召魏兵。魏徐州刺史卢昶，遣戍将傅文骥赴援，青、冀二州刺史张稷，发兵往剿，与战失利。文骥入据朐山，梁廷遣马仙琕往攻，把朐山城围住，困得水泄不通。朐山无粮可因，樵汲复断，文骥无法可施，没奈何开城出降。卢昶不谙军事，仓猝往援，途次接得朐山败报，回马就逃，部众皆溃。时值大雪，冻毙甚多，又经仙琕追击，十死七八，粮畜器械，丧失无数。

唯张稷还兵郁洲，青、冀二州，宋时已被魏陷没，南朝借郁洲地侨置青、冀州治，事见前文。自愧无功，心益郁闷。他尝仕齐为侍中，东昏被废，稷曾与谋。梁主衍因他有功，迁任左卫将军。稷自谓功大赏薄，每当侍宴，辞色怏怏。梁主衍瞧透情形，便向他嘲笑道："卿与杀君主，有何名称？"稷答道："臣原无美名，不过对着陛下，未为无功。况东昏暴虐，义师一起，天下归心，岂止臣一人响应么？"梁主掀髯微哂道："张公真足畏人！"语带忌刻。乃命他为安北将军，领青、冀二州刺史。稷仍未惬望，莅镇后懒治政事，宽弛失防。朐山一役，无功而归，僚吏益多轻视，乐得暗地营私。

好容易过了二年，郁洲人徐道角，招集亡命，及许多怨民，黄夜袭入州城，闯进官廨，怀刃害稷。稷长女楚瑗，为会稽孔氏妇，无子归宗，随稷在任。至此挺然出来，以身蔽父。乱党见人便斫，管什么孝女烈妇，第一刀杀死楚瑗，第二刀将稷剁毙。**不没楚瑗，意在阉幽。**索性枭稷头颅，函送北朝，作为赞献礼物。魏主调兵收降，偏被梁北兖州刺史康绚走了先着，引兵掩入郁洲，捕诛乱党。及魏兵东下，徐道角早已伏辜，郁洲平定如恒。那魏兵也只得敛甲告归。

梁主本不满张稷，追论稷病民致乱，削夺官爵。**稷固无状，稷女何不雄扬！**嗣复与沈约谈及，尚觉不平。约答道："已往事不必复论。"梁主陡然忆起，知约与稷尝联婚谊，不由得愤愤道："卿作此语，好算得忠臣么？"语毕入内。约骤遭诘责，不觉惊惶，连梁主入室时，都似未见，仍然呆坐。经左右呼令趋退，方惘惘还第。未曾至床，却悬空睡将下去，跌了一跤，几乎中风。家人忙扶他入寝，延医服药，稍得免痛。到了夜间，忽大叫道："阿哟！不好了！不好了！舌被割去了！"小子有诗叹道：

> 为慕虚荣不顾名，与谋篡弑得公卿。
>
> 可知夜气销难尽，妖梦都从胆怯生。

究竟何人割舌，待至下回报明。

先圣有言，女子小人为难养，养且不可，况宠信乎！高肇小人也，高贵嫔为女子，更无庸言。魏主恰委任高肇，使握朝纲，嬖宠高贵嫔，使攘后位，内有艳妻，外有豪戚，女子小人，表里用事，毒于后，害皇子昌，谮京兆王愉，诬彭城王勰，阴贼险狠，莫此为甚。愉迫于私怨，遽敢称戈，野王之戮，尚其自取。勰为中外属望之贤王，乃冤诬致死，妨贤病国，高氏宁能长存乎？顾魏政不纲，朝野解体，降梁者日益众，梁出师图复郢、豫，旋得旋失，终归败挫，非魏将之勇略过人，实梁无良将之所致也。梁有一韦睿而不能重用，何怪其屡出无功乎！朐山、郁洲之平乱，其犹为幸事哉。

第十一回

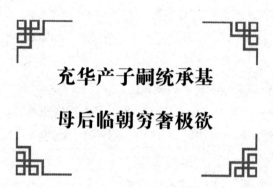

充华产子嗣统承基
母后临朝穷奢极欲

却说沈约夜卧床中，精神恍惚，似觉舌被割去，痛不可耐，乃拼命呼救。待家人把他唤醒，尚觉舌有余痛。细忆起来，乃是南柯一梦。梦中见齐和帝入室，手执一剑，把自己舌根截去。于是越想越慌，嘱家人召入一巫，令他详梦。巫不待说明，便道是齐和帝作祟，乃即挽巫祷禳，日夕忏醮。并自撰赤章，焚诉天廷，内称禅代情事，统是梁主衍一人所为，与己无涉。**人且不可欺，天可欺乎？** 凑巧梁主遣御医徐奘，往视约疾，得见赤章，问明原由，才知梦状。当下还宫复命，据实具陈。梁主不禁怒起，立遣中使责约，略言禅让草诏，皆约所为，怎得诿诸朕躬！约愈加惶急，既畏主谴，又惧冥诛，两忧相迫，便即毙命，寿已七十三岁了。**不死何为？**

梁主还算有情，仍赠本官，赙钱五万，布百匹。朝议请赐谥为文，梁主烛改一隐字。**颇合沈约行谊。** 约以文名著世，所撰《晋书》百一十卷，《宋书》百卷，《齐纪》二十卷，宋文章志三十卷，文集百卷。又制四声谱，自谓穷神入妙。梁主衍不以为奇，且问参政周舍道："何谓四声？"舍举"天子圣哲"四字，表明平上去入的四声。梁主淡淡答道："这也有什么奇怪呢？"遂将韵谱搁起，不复遵用。后来却流传人世，推为巨制。

当时与约齐名，尚有江淹、任昉等人。淹字文通，仕齐为秘书监，梁主起兵，却微服往投。嗣迁金紫光禄大夫，封醴陵侯。天监四年逝世，予谥曰宪。淹少年好学，尝梦神人授以五色笔，遂擅文才。晚年又梦神人将笔索还，从此遂无妙句，时人叹为江郎才尽。平生著作百余篇，及齐史十志，并传后世。

昉字彦升，雅善属文，尤长载笔，起草即成，不加点窜。母裴氏尝昼寝，梦见一彩旗盖，四角悬铃，从天坠下，一铃落入怀中，惊动有娠，遂得生昉。在齐末，亦官司徒右长史。梁主入都，召为骠骑记室参军，寻拜黄门侍郎，迁吏部郎中。天监六年，出为宁朔将军，领新安太守，为政清约，辄曳杖徒行，为民决讼视事。期年病殁官舍，百姓怀德不忘，就城南设一祠堂，岁时祭奠。梁主亦闻讣举哀，追赠太常卿，予谥曰敬。留有杂传二百四十七卷，地记二百五十二卷，文章三十三卷，亦传诵士林，历久不磨。

此外尚有前侍中谢朏，亦素有文名，齐季归隐田里，屡征不起。梁初又征朏为侍中，朏仍不至。嗣忽自乘轻舟，诣阙陈词，有诏命为侍中司徒尚书令，朏表称足疾，不堪拜谒，但戴角巾，坐肩舆，诣云龙门谢诏。梁主召见华林园，又乘小车就席，翌日梁主又亲至朏宅，宴语尽欢，朏固陈本志，未邀俞允，因请还里迎母，为梁主所允准，赋诗送别。寻奉母至京师，虽奉诏受职，不治官事，未几即丁母忧，仍令摄职。服阕后改授中书监司徒，旋即病死。追赠侍中司徒，谥曰靖孝。著有文章书籍，亦广流传，不过晚节不终，迹近矫诈，免不得贻讥公论呢。*类举文士，亦寓重才之意。*这且不必细表。

且说魏主恪宠信高贵嫔，立为继后。后貌美性妒，所有后宫嫔御，不令当夕。生下一子一女，子偏早殇。魏主年已将壮，尚未有嗣，不免心焦。可巧宫中有一胡充华，为司徒胡国珍女，容色殊丽，秀外慧中。相传胡女生日，红光四绕，术士赵胡，尝由国珍召问，谓此女后必大贵，当为天地母。*实是一个祸水。*魏主恪略有所闻，特召入掖庭，册封充华。高后见她纤丽动人，当然加忌，偏胡充华巧言令色，靥笑皆妍，能使这位貌美性妒的高皇后，也觉得楚楚可怜，另眼相待。魏主恪乘间召入，与胡充华演了一出鸾凤缘，天子多情，美人有幸，竟暗结珠胎，怀成六甲。

先是六宫嫔御，相与祈祷，但愿生诸王公主，不愿生太子，独胡充华慨然道："国家旧制，子为储君，母应赐死，这原是特别的苛条；但妾却不怕一死，宁可令皇家育一家嗣，不愿为贪生计，贻误宗祧！"*语似有理，志已不凡。*

梦笔生花

及怀妊后，同列或劝她服药堕胎，胡充华不从，夜间焚香，仰天私誓道："但得产下男儿，排行居长，就使子生身死，亦所不辞！"已而分娩，竟生一男，魏主取名为诩，且恐皇后妒忌，致生不测，特另择乳保，取育别宫，不但皇后不得过问，就是胡充华也不使抚视。

过了三年，诩已三龄，魏主欲立诩为太子，下诏改元，号永平五年为延昌元年，加尚书令高肇为司徒，清河王怿为司空，广平王怀为骠骑大将军，开府仪同三司。到了孟冬，便立皇子诩为太子，此次册立皇储，竟变易旧制，不令胡充华自尽。高后与高肇，很是不服，劝魏主仍遵故事，魏主始终不从，反进胡充华为贵嫔。高后越加愤恚，欲暗下毒手，置胡死地。胡向中给事刘腾求救，腾转告左庶子侯刚，刚又转告侍中领军将军于忠。忠系领军于烈子，嗣父袭爵，因于后暴亡事，憾及高后，当下借公报私，即向太子少傅崔光处问计。光与忠附耳数语，忠大喜照行，仅阅两日，即由魏主下一内敕，命将胡贵嫔迁居别宫，饬令亲军严加守卫，不得妄通一人。为这一策，竟使高氏无从施毒，胡贵嫔得安居无恐，保养天年。**死期未至，故得救星。**

清河王怿惩彭城覆辙，常有戒心。一夕与高肇等侍宴禁中，酒酣语肇道："天子兄弟，尚有几人，公何故剪灭殆尽？从前王莽头秃，借渭阳势力，遂篡汉室；今君身曲，恐终成乱阶，不可不慎！"肇不禁惊愕，扫兴趋出。会天遇大旱，肇擅录囚徒，宥死颇多。怿复入白魏主道："臣闻名器不可以假人，昔李氏旅泰山，孔子引为深戒，这无非为天尊地卑，君臣有别，事贵防微，不应加渎呢！今欲减膳录囚，应归陛下所为，司徒究是人臣，奈何擅敢僭越，下陵上替，祸且不远了！"魏主恪向他微笑，不发一言。**已是会意。**

越年，魏恒、肆二州，地震山鸣，人民压死甚众。魏主忧心天变，益防高氏。又越年冬季，梁涪人李苗，及校尉淳于诞奔魏，上书魏阙，请即取蜀。魏主乃即命高肇为大将军，率步骑十万，攻益州。侍中游肇进谏道："今国家连年水旱，不宜劳役。蜀地险隘，镇戍无隙，怎可轻信浮言，遽动大众！事不慎始，恐后悔转无及了。"魏主又默然不应。

倏忽间已是岁阑，度过残冬，便是魏延昌四年正月。高肇西去，尚无捷音，那魏主恪却生成重疾，医药无灵，才经三日，便已归天。侍中领军将军于忠，侍中中书监崔光，詹事王显，庶子侯刚，即至东宫迎太子诩，趋入内殿，夤夜嗣位。王显系高氏心腹，谓翌日登基，也不为迟。崔光道："天位不可暂旷，何可待至明日？"显又道："太子即位，亦须奏达中宫。"光又道："皇帝驾崩，太子继立，这乃是国家常典，何须中宫命令！"进请太子入立东序，由于忠扶住太子，西向举哀。哭至十余声，便令止哭。光摄太尉，奉册进玺绶，太子跪受册玺，被服衮冕，御太极殿，即皇帝位。光等与夜直群臣，伏殿朝贺，稽首呼万岁。翌日大赦天下，征还西讨东防诸军，尊谥先帝恪为宣武皇帝，庙号世宗。皇后高氏为皇太后，胡贵嫔为皇太妃。

于忠与门下省侍中等官，会议国事，大略以嗣主冲幼，未能亲政，宜使高阳王雍裁决庶事。又因任城王澄，为肇所忌，久居闲散，此时肇西出未归，正好起用老成，使总国事。当下奏白太后，请即教授。王显意欲弄权，不愿二王秉政，独矫太后命，令高肇录尚书事，自与肇兄子猛，同为侍中。于忠等先发制人，即乘显入殿，喝令拿下，责他侍疗无效，传旨削职。显临执呼冤，被直阁将军用刀环击伤腋下，牵送右卫府，一宿即死。遂下诏令太保高阳王雍入居西柏堂，任城王澄录尚书事。百官总已听命二王，中外却也悦服。

高肇西至函谷关，所乘戎车，忽然折轴，已是隐怀疑虑。至此接到嗣主哀书，且召令入朝，益恐内廷有变，于已不利，急得朝夕哭泣，神槁形枯。贼胆心虚。匆匆东归，途次由家人相迎，亦不与见，即星夜跑至阙下，格外小心，已是无及。满身穿着衰服，入临太极殿，恸哭尽哀。高阳王雍，与领军于忠密议，拟即诛死高肇，断绝后患。当下令卫士邢豹等，潜伏中书省中，俟肇哭毕，由于忠引他入省，托名议事。甫经入门，忠忽大呼道："卫士何在？"邢豹等应声突出，把肇执住。肇欲开口鸣冤，偏被豹用手叉喉，不令出声。两手又为卫士所缚，不得动弹。才过片时，喉噎气塞，再由豹用力一扼，但见他目出舌伸，立即毙命。威焰到何处去了？当有一道敕书，数肇过恶，说他畏罪自尽。此外亲党悉无所问，但褫肇官爵，葬用士礼。到了黄昏，从厕门出尸，送归肇家。

肇既伏诛，高太后当然不安，再加这位胡太妃乘势报怨，竟与于忠等商议，勒令高太后为尼，徙居瑶光寺，非大节庆，不得入宫。这叫作打落水狗。嗣是于忠内结宫闱，外总宿卫，又为门下省领袖，专揽朝政，权倾一时。尚书裴植，仆射郭祚，恨忠专横，密白高阳王，劝令黜忠。雍尚未发，忠已先闻，即令有司诬构二人，证成罪状，矫诏赐他自尽。甚至欲杀高阳王，还是侍中崔光，从旁力阻，乃出雍归第，不令执政。寻且尊胡太妃为皇太后，居崇训宫，进于忠为尚书令，崔光为车骑大将军，刘腾为太仆，侯刚为侍中。这四人都有功胡氏，所以加官进爵，同日酬勋。

太后父胡国珍得封安定公，兼职侍中，还有太后妹胡氏，适江阳王继子乂为妻。江阳王继，系道武帝珪曾孙，袭封江阳王，宣武时为青州刺史，取良家女为奴婢，坐罪夺爵。胡太后为妹加恩，复继本封，进位太保，授乂为通直散骑侍郎，乂妻为新平君，拜女侍中。于忠、崔光等，且奏请太后临政，太后当即允议，垂帘称制。她本是个聪明伶俐的女钗裙，喜读书，善属文，内外政事，均亲自裁决，随手批答。又素娴骑射，发矢能中针孔，有此种种技艺，故指挥如意，游刃有余。哲妇倾城。听政经句，即引门下侍官，入问于忠声望。群臣揣摩迎合，料太后不慊于忠，因俱言未能称职。太后颔首，遂出忠为征北大将军，领冀州刺史。忠既外出，雍乃上表自劾，谓"臣初入柏堂，每见于忠专恣，欲加裁抑，忠反欲矫诏杀臣，幸由同僚坚拒，始得免死。自思忝官尸禄，辜负恩私，愿返私门，伏听司败"等语。胡太后不忍罪忠，但优诏慰雍，起为太师，领司州牧。加清河王怿为太傅，兼官太尉；广平王怀为太保，兼官司徒；任城王澄为司空，兼官骠骑大将军。澄希承意旨，奏请安定公宜出入禁中，参谘大务，胡太后当然乐从。

太后初临朝时，尚称令行事，群臣上书称殿下，旋即改令为诏，居然称朕，群臣亦改称陛下。到了冬季十二月，大禘宗庙，太后因嗣主年幼，未能亲祭，拟仿周礼君与夫人交献古制，代行祭礼，礼官均以为未可，乃转问侍中崔光。光独曲意逢迎，竟引据汉和熹邓后汉和帝皇后。荐祭故事，陈将上去，适中胡太后心坎，便将光语援作铁证，饬侍卫备齐全副仪仗，亲至宗庙，摄行祭祀。又饬造申讼车，随时驾御，出云龙门，进千秋门，遇有吏民诉讼，当即审判，有所未决，乃付有司。凡州郡荐举孝廉秀才，及一切计吏，也由胡太后亲御朝堂，临轩发策，且自览试卷，评定甲乙，颇洽舆情。

一日与幼主幸华林园，就都亭曲水旁，宴集群臣，令王公以下各赋七言诗。太后自为首唱，随口说道："化光造物含气贞。"次语令幼主诩续下，诩年方七岁，却也有些聪慧，思索半响，乃续咏道："恭己无为仰慈英。"太后面有喜容，又合心坎。即叹赏道："七龄幼主，有此续句，也好算是难得了。"群臣齐呼万岁。太后乃令群臣赓续，你一语，我一句，凑成一片古风，无非是颂扬母德，敷奏升平。太后大喜，命左右取出贮帛，颁赏有差。

越年改元熙平。是梁天监十五年。侍中侯刚，掠杀羽林军，为中尉元匡所劾，诏付廷尉议处。廷尉谓杀人抵死，应处大辟，胡太后记念前功，偏说刚因公掠人，邂逅致死，不得坐罪。嗣经少卿袁翻，力为辩驳，始削刚封邑三百户，撤去尝食典御职使。刚以善烹调得幸，尝主御食，充使垂三十年，至此始被撤销，但仍得出入宫禁，与闻朝政。有时且随从太后，游幸宗戚勋旧各家，往往宴至夜半，方才还宫。侍中崔光，援经据史，谏止游宴。**太后可主祭祀，为何不可游幸！**

看官，你想胡太后到了此时，已是荡逸飞扬，从心所欲，哪里还肯听信崔光，深居简出呢？而且历朝妇女，多信佛事，胡太后有一姑母，曾做女冠子，好谈释教，太后自幼相依，耳熟能详，至此特命在崇训宫侧，建造一永宁寺，又在伊阙口建石窟寺。两寺皆备极华丽，永宁寺尤觉辉煌，内设九层浮图，高九十丈，浮图上柱，复高十丈，四面悬着铃铎。每当夜静，铃铎为风所激，清音泠泠，声闻十里。此外佛殿僧房，尽是珠玉锦绣，炫饰而成，真个是五光十色，骇人心目。自从佛法传入中国，寺刹巍峨，得未曾有。落成时候，太后率领王公夫妇等，自往拈香，凡京内外僧尼士女，俱得入寺瞻仰，络绎奔赴，不下十万人。扬州刺史李崇，谓宜裁省寺塔糜费，移葺明堂太学，一再上表，好似石沉大海，毫无转音。到了熙平三年，有人献一异龟，当作神奇看待，遂改称神龟元年，**恐怕是个死乌龟，要应在宣武身上。**颁诏大赦，庆宴群臣。

忽报称征北大将军灵寿公于忠身死，大众颇称快意，独太后优诏褒荣，赐谥武敬，并赠厚赙。又越数日，司徒安定公胡国珍又死。国珍系胡太后父，饰终典礼，格外从隆，追赠相国太师，兼假黄钺，加号太上秦公，并迎太后母皇甫氏灵柩，同墓合葬，称为太上秦孝穆君。当时有一个谏议大夫张普惠，还想斟情酌理，竭力奏谏，说是太上名称，不能施诸人臣。同朝统说他不识时务，从旁讥笑，普惠却应机辩析，驳得朝臣哑口无言。但终是空费唇舌，不闻收回成命，徒博得一个直臣名目罢了。

过了数月，天象告变，月食几尽，胡太后恐自己当祸，特想出一件替身符来，密令心腹内侍，赍毒至瑶光寺中，药死故太后高氏，佯说是得病暴亡，棺殓俱用尼礼，草草治丧，即令舁柩至北邙山，埋葬了事。**高氏该有此结局，胡氏狠毒尤甚，怪不得后来沉河。**内外百官，毫无异议。胡太后越无顾忌，索性任情纵欲，引入一位皇叔，自荐枕席，作成了一段叔嫂奇缘。小子有诗叹道：

> 雄鸣求牡已增羞，叔嫂何堪结凤俦！
> 才识妇人须尚德，飞扬荡逸总贻忧。

欲问皇叔为谁，待小子下回申叙。

北魏故例，后宫生男，立为太子，即赐母自尽，此为夷狄之敝俗，不足为训。但胡氏不死，后竟临朝称制。恣为威福，穷极奢淫。论者或归咎魏主恪，谓其不遵古制，致贻后患，实则未然。北魏之宫闱不正，非自胡氏始；就使胡氏已死，而貌美心狠之高皇后，安知其不与胡氏相等耶！高氏专横已甚，天特假手胡氏，令其剪灭。胡氏不惩前辙，尤而效之，罪又甚焉；故其后日之结果，亦较高氏为尤甚。盖天下未有骄淫荡佚之妇人，而能长此不亡者也。故圣王起化，始自闺门，刑于之大本先端，自可无忧女祸。彼留子杀母之故事，岂真足为治平之道乎！

第十二回

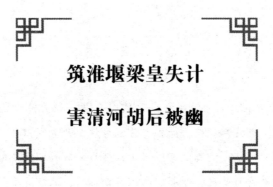

筑淮堰梁皇失计
害清河胡后被幽

却说胡太后引入皇叔，自荐枕席。这位皇叔为谁？就是清河王怿。怿为孝文诸子中，最美丰仪，胡太后看上了他，授以重位，事必与商。且尝至怿第夜宴，目逗眉挑，已非一日。怿却不愿盗嫂，虚与周旋，未尝沾染。偏胡太后欲火上炎，忍耐不住。一夕召入寝宫，托名议事，怿只好奉诏进去，哪知她与怿相见，开口叙谈，便是床头兵法。怿始知中计，但已无法脱身，不得不通变达权，将顺了事。嗣是出入宫闱，几成惯习，渐渐地秽声腾播，贻谤都中。只因怿素有才望，好贤下士，辅政后亦多所裨益，所以毁不掩誉，一时尚能免害。但日长时久，总不免为人所乘，翩翩佳公子，恐跳不出后来一着呢。色上有刀。小子因胡后听政时，有梁、魏争夺淮堰一事，不得不将魏廷内政，暂从缓表，且将淮堰事叙明。

梁天监十二年，魏寿阳城为水所淹，漂没庐舍。镇帅李崇，勒兵泊城上，天雨不止，水涨未已，城垣仅露二版。将佐皆劝崇弃去寿阳，往保北山，崇喟然道："我忝守藩岳，德薄致灾，淮南万里，系诸我身，我一动足，百姓瓦解，此城恐非我有了！但士民无辜，不忍令他同死，可结筏随高，各使自脱，决与此城俱没，幸勿多言！"治中裴绚，率城南民数千家，泛舟南走，避水高原。因水势迭涨，还道崇必北归，乃自称豫州刺史，送款梁将马仙琕，情愿投诚。崇闻绚叛，未测虚实，特遣僚吏韩方兴

82

单舸召绚，绚且惊且悔，转思势成骑虎，已是难下，乃遣方兴返报道："适因大水迷漫，为众所推，不得已便宜从事。今民非公民，吏非公吏，愿公早行，无犯将士！"崇得报始愤，即遣从弟李神等，率领舟师讨绚。绚战败窜匿，被村民执住，械送寿阳。绚至中途，对湖长叹道："我有何面目再见李公！"因投水自尽。马仙琕调兵救绚，不及而还。

寿阳水势渐退，居民复安。为这一番水溢，遂由梁降将王足，献策梁廷，请堰淮水以灌寿阳。梁主衍，称为良策，便遣材官将军祖暅，水工陈承伯等，相地筑堰，大发淮、扬兵民，充当工役。命太子右卫率康绚，权督淮上各军，看护堰作。这次筑堰，为梁廷特别巨工，南起浮山，北抵巉石，依岸培土，合脊中流，役夫需二十万众。兵士不足，取派人民，每二十户令出五丁，并力合作，自天监十三年仲冬为始，直至次年孟夏，草草告成。不料一宵风雨，水势暴涨，澎湃奔腾，竟将辛苦筑成的堤堰，冲散几尽。当时舆论纷纭，早有人谓淮岸聚沙，地质未固，恐难成功，梁主不以为然，决拟兴作，及经此一溃，仍然不肯中阻，再接再厉。**实是多事。**或谓蛟龙为祟，能乘风雨破堰，唯性最畏铁，可用铁冶入水中，免致冲损，于是采运东西冶铁，得数千万斤，沉诸水滨，仍不能合。**蛟龙畏铁，不知出自何典？**乃改用他法，伐树为井干，填以巨石，上加厚土，沿淮百里内，木石无论巨细，悉数取至。兵民朝夕负担，肩上皆穿，更且夏日薰蒸，蝇蚋攒集，酿成一股疫气，不堪触鼻。可怜充当巨役的苦工，迭受驱迫，无法求免，没奈何拼去性命，与天时相搏战。究竟人不胜天，死亡相踵。好容易到了秋天，暑气已退，乘流增筑，尚堪耐劳，奈转眼间又是寒冬，淮、泗尽冻，朔风凛冽，劳役诸人，手足俱僵。天公也故意肆虐，雨雪连宵，比往年更增冷度，浮山堰中的兵民，十死七八，真可谓一大巨劫了。**为谁致之？孰令听之？**

天下本无事，庸人自扰之。那淮堰尚未竣工，魏已复起杨大眼为平南将军，督诸军屯荆山，来争淮堰。梁主衍意图先发，亟派左游击将军赵祖悦，袭据魏境西硖石，进逼寿阳。魏假定州刺史崔亮旄节，命充镇南将军，出攻硖石。又起萧宝夤为镇东将军，进次淮堰。梁将赵祖悦闻崔亮到来，出城迎击，为亮所败，退归拒守。亮竟率兵围城，并约寿阳镇帅李崇，水陆并进。崇屡次愆约，遂致亮围攻硖石，隔年未下。

魏胡太后闻崔亮无功，料知诸将不一，特简吏部尚书李平，任镇军大将军，兼

杨大眼

尚书右仆射，率步骑二千，驰抵寿阳，别为行台，节度诸军，准令军法从事。平至寿阳，督谕李崇，令即调发水陆各军，助攻硖石，一面促萧宝夤进攻淮堰。宝夤遣部将刘智文等，渡淮攻破三垒，又在淮北击败梁将垣孟孙。梁使左卫将军昌义之，率兵救浮山。义之未至，护淮军使康绚，已麾兵杀退萧宝夤军。义之在途奉敕，与直阁将军王神念，溯淮往救硖石。魏将崔亮，遣将军崔延伯守下蔡，延伯与别将伊瓮生，夹淮为营，取车轮去辋，削锐轮辐，两两接对，揉竹为絙，互相连贯，穿成十余道，横木为桥，两头施火辘轳，随意收放，不使烧斫。既断赵祖悦走路，又得堵截梁援。义之、神念，不能前进，只得暂驻梁城。李平自至硖石，督令水陆各军，奋力猛扑，攻克外城。赵祖悦势穷出降，为平所斩，余众尽为魏俘。平复进攻浮山堰。崔亮以前日李崇愆期，隐怀宿憾，平又为崇从弟，更不愿受他节制，遂托疾请归，带领部曲，竟自返洛。平奏请处亮死刑，胡太后意在袒亮，但诏许立功补过，平不免怏怏，索性全军退还。崇前守寿阳，颇见忠诚，不知他何故愆期？平不责从兄，专咎崔亮，亦属未是。

魏廷论功加封，进李崇为骠骑将军，加开府仪同三司，李平为尚书右仆射，崔亮亦进号镇北将军。平在殿前争论亮罪，亮亦斥平挟私排异，由胡太后曲为调解，改亮为殿中尚书。萧宝夤尚在淮北，梁主衍致书招降，令袭彭城。宝夤将来书陈报魏廷，胡太后下诏嘉奖，令他静守边防。杨大眼亦敛兵不出，但在荆山驻守。

梁人得专力筑堰。至天监十五年四月，淮堰始成，长约九里，上阔四十五丈，下阔一百四十丈，高二十丈，杂种杞柳，间设军垒。有人献议康绚道："淮列四渎，天所以节宣水气，不宜久塞；若凿渠同漱。东注，使它波流纡缓，这堰可长久不坏了。"说近无稽。绚又开渠东注，又使人纵反间计，往语萧宝夤道："梁人但惧开渠，不畏野战。"宝夤正患水涨，遂为所诳，乃开渠北注，水势日夜分流，尚不少减。李崇就硖石戍间，筑桥通水，又在八公山即北山。东南，筑魏昌城，作为寿阳城保障。居民多散处冈垄，旧有庐舍塚墓，多被浸没，此嗟彼怨，不得宁居。李崇随处抚慰，大众益仇恨梁人，誓死守境，各无叛心。

梁徐州刺史张豹子，自谓筑堰监工，必归己任。偏梁廷简派康绚，并饬豹子受绚节制。豹子惭愤交迫，多方谗构，诬绚与魏有交通情事。梁主衍虽然未信，但因筑堰事毕，召绚还朝，绚既奉诏入都，淮堰归豹子管辖。豹子不复加修，堰受水激，不免松动。唯魏廷以寿阳被水，引为大患，更授任城王澄为上将军，都督南讨诸军事，将东下徐州，大举攻堰。仆射李平进言道："淮堰不久必坏，何须兵力！"乃敕任城王暂从缓进，静待秋汛。

忽由东益州刺史元法僧，呈入警报，乃是"葭萌乱民任令宗，擅杀晋寿太守，举城降梁。梁益州刺史鄱阳王恢，遣太守张齐迎纳令宗，据住葭萌。法僧遣子景隆拒齐，连战皆败，齐更进围武兴，全境岌岌，速请济师"等语。魏遂授傅竖眼为益州刺史，引兵赴援，倍道入益州境。转战三日，行二百余里，连获胜仗，解武兴围。张齐退保白水，嗣复出兵侵葭萌关。关城守将，为梓潼太守苟金龙，时适患疾，不能督战，妻刘氏率厉兵民，登关守御。副戍高景谋叛，由刘氏察觉，拿下斩首。嗣因水道为梁兵所据，守卒乏饮，幸值天雨，刘氏出公私布绢，及所有衣服，悬诸空中，绞取雨水，储以杂器，于是饮水不竭，人心乃固。**特叙刘氏为巾帼劝。**竖眼复移师往救，击退张齐，齐乃引还，葭萌复为魏有。魏封金龙子为平昌县子，旌刘氏功。**应该加旌。**

已而时值季秋，淮水盛涨，梁堰崩溃，声如雷吼，震动三百里左右。沿淮城戍及村落兵民约十余万口，一古脑儿漂入海中，连尸骸都无着落。胡太后闻报大喜，优赏李平，停止任城王进兵。唯梁主衍懊怅终日，空耗了许多财帛，死了若干生命，终弄到前功尽弃，毫无效益，渐渐自怨自艾，迷信佛教。诏罢宗庙牲牢，荐祭只用蔬果，朝野诧为奇闻，统说宗庙去牲，乃是不复血食。再由廷臣参议，拟用大脯代牛。偏梁主决意舍牲，但命用面捏成牲像，以饼代脯，这真叫作舍大就小，轻人重畜哩。**越弄越错。**

临川王宏自洛逃归，未尝加罚，仍令为扬州刺史，加官司徒。宏好内爱酒，沉湎声色，侍女数百人，皆极绮丽，妾吴氏更擅国色，宠冠后庭。有弟法寿，性躁且悍，恃势杀人，尸家指名申诉，怎奈法寿匿宏府中，有司不能搜捕。旋为梁主所闻，始令宏缴出法寿，即日伏法。南台御史，请并罪宏，罢免官爵。梁主挥涕批答道："爱宏是兄弟私情，免宏是朝廷王法，准如所议！"罢宏归第。未几复以宏为司徒，宏淫侈如故。

天监十七年，梁主将幸光宅寺，忽闻都下有谋变情事，乃从各航中搜索，得一刺客，讯知为宏所使。乃召宏入，涕泣与语道："我人才胜汝百倍，幸居天位，时恐颠坠，汝奈何尚作妄想？我非不能为周公、汉文，**周公诛管蔡，汉文废死济北、淮南二王。**为汝愚昧，特加怜悯，汝反不知感，真太无人心了！"宏顿首道："无是！无是！"

梁主因再免宏官，勒令回第。嗣又有人密报梁主，谓宏私藏铠仗，包藏祸心。梁主乃送盛馔与宏，且亲往就饮。酒至半酣，径入宏后堂检视。列屋约三十余间，各有色纸标封。旁顾及宏，面色沮丧，益疑是所报非虚，便命随从校尉邱佗卿，启封查阅。每屋多贮制钱，百万为一聚，标用黄签；千万为一库，标用紫签。梁主与佗卿屈指计算，凡三十余间屋内，约得现钱三亿余万；尚有旁屋数所，各贮布绢丝棉、漆蜜纻蜡、朱沙黄屑杂货等，满室堆砌，不知多少。宏恐梁主见斥，越加慌张，哪知梁主反露笑容，温颜与语道："阿六，宏排行第六。汝生计大佳！"民膏民脂，岂容敛积，如何梁主反为得意！遂返座畅饮，至夜方还。自经此次检查，料宏徒知私积，当无大志，乃更使复原职。

梁主次子豫章王综，仿晋王褒《钱神论》，戏作《钱愚论》讥宏，梁主犹命综速毁，但已流传都中。宏引为愧恨，稍自敛束，不久复萌故态，更闯出一桩逆伦伤化的重案。这也由梁主姑息养奸，为私忘公，一误再误，贻患实不浅呢。事且慢表。

且说魏胡太后称制五年，奢淫无度，一掷千万，毫不吝惜，赏赐左右，不可胜计。又命内外添筑寺塔，竞尚崇闳，特派使臣宋云，与比邱僧徒别称。慧生等，往西域求佛经，西行约四千里，度过赤巅，乃出魏境。再西行历二年，至乾罗国，始得佛书百七十部而还。其时交通不便，所以有此困难。胡太后分供佛寺，设会施僧，又糜费了无数金银。诸王贵人，宦官羽林军，迎合意旨，各在洛阳建寺，所费不资。且因奢风传播，习成豪侈。高阳王雍，富甲全国。河间王琛，系文成帝浚孙。与他斗富，厩畜骏马十余匹，俱用银为槽，窗户上装璜精美，相传为金龙吐旆，玉凤衔铃。宴会酒器，有水精峰、玛瑙碗、赤玉卮等，统是绝无仅有的珍品。尝夸语僚友道："我不恨不见石崇，晋人。但恨石崇不见我。"当时传为异谈。

看官，试想宇宙间所出财产，地方上所供赋税，本有一定数目，不能凭空增添，亏得北魏历朝皇帝，按时节省，代有余积，熙平、神龟年间，府库颇称盈溢。偏经这位胡太后临朝，视若粪土，浪用一空。他如宗室权幸，虽由祖宗积蓄，朝廷赏赉，博得若干财帛，但为数也属不多，要想争奢斗靡，免不得贪赃纳贿，横取吏民。一班热衷干进的下僚，蝇营狗苟，恨不得指日高升，荣膺爵禄，所以仕途愈杂，流品益淆。小说中有此大议论，益增光采。

征西将军张彝子仲瑀，独上封事，请量削选格，排抑武人。羽林虎贲各军士，得此消息，立集千人，至尚书省诟骂。省门急闭，乱众抛瓦掷石，闹了片时，便趋诣张宅，把张彝父子拖出，拳打脚踢，几无完肤。一面纵火焚宅，仲瑀兄始均叩头乞恕，被乱党提掷火中，烧得乌焦巴弓。仲瑀奄卧地上，贼疑为已死，不加防守，他得忍痛走免。彝气息仅属，再宿即死。胡太后闻变，慌忙派官宣抚，但收捕乱首八人，斩首伏辜，余皆不问。且下诏大赦，并令武人得依资入选。

适怀朔镇函使高欢至洛阳，*函使谓函奏往来之使。*见张彝死状，还家散财，结交宾佐，或问为何意？欢答道："宿卫军将，焚杀大臣，朝廷不敢穷究，政事可知，私产怎能守呢？"*乱世枭雄，类具特识。*欢系渤海蓨县人，字贺六浑，曾祖湖为燕郡太守，奔投魏国。祖谧为魏御史，坐法徙怀朔镇，因世居北边。欢执役平城，有富人娄氏女，见他状貌魁梧，愿嫁为妇，乃得资购马，报效镇将，充作函使。后来便是北齐始祖，事见下文。*志北齐之所自始。*

魏尚书崔亮迁掌吏部，因官不胜选，特创立停年格，不问贤否，只论年限，虽为杜绝幸进起见，未始非权宜计策；但贤能或因此负屈，庸才反循例超升，选举失人，实自此始。洛阳令薛琡，一再辨谬，终不见从，就是亮甥刘景安，贻书劝阻，亮亦不从。寻且以国用不足，减损百官俸禄，四成中短少一成。任城王澄，谓不如节省浮费，较全大体，胡太后置诸不理，恣肆依然。

宦官刘腾恃功怙宠，由太仆迁官侍中，兼右光禄大夫，干预朝政，卖官鬻爵。胡太后不加禁止，反擢腾为卫将军，加开府仪同三司。唯清河王怿，用法相绳，不肯容情。吏部请授腾弟为郡守，怿搁置不提。还有散骑侍郎元义，超擢至侍中领军将军，骄恣不法，亦为怿所裁抑。义与腾共嫉怿如仇，阴图报复。

龙骧府长史宋维，由怿荐为通直郎，浮薄无行，怿常加戒饬。义乘隙召维，用利相啖，使告怿有谋反情事。胡太后与怿通奸，更兼怿实无反情，一经案验，全出冤诬。怿当然无罪，维照例反坐。义亟入白太后道："今若诛维，他日果有人真反，何人敢告！"胡太后听了义言，也觉有理，乃止黜维为昌平郡守。义与腾更日夜密谋，料知怿为太后所幸，非用釜底抽薪的计策，断不能独除一怿。一不做，二不休，索性把太后幽禁，方好任所欲为。当下使主食胡定，进白魏主，伪言怿将进毒，贿臣下手，臣不敢为逆，故即自首。魏主年方十一，究是儿童性质，容易被欺，遂嘱定转告元义，速图去害。

　　是年为魏神龟三年，序值新秋，义奉主御显阳殿，腾闭住永巷门，杜绝太后出路，义独召怿入见。怿至含章殿后，又为义所阻，不令怿入。怿大声道："汝欲造反么？"义亦怒叱道："义不敢反，特欲缚汝反贼。"怿再欲抗辩，已由义指挥宗士，牵住衣袖，迫入含章东省，令人监守。腾称诏召集公卿，论怿大逆，拟置死刑。群臣畏他势力，莫敢抗议，独仆射游肇，出言相阻。义、腾毫不理睬，竟入白魏主，谓公卿同议诛怿。魏主有何主见，含糊许可，当即将怿处死，并诈为太后诏敕，自称有疾，归政嗣君。遂将太后幽锢北宫，宫门昼夜长闭，内外断绝。腾自执管钥，连魏主都不得入省，只许按时进餐。太后不免饥寒，私自泣叹道："养虎遭噬，便是我今日所处了！"*此时尚非真苦。*

　　是时任城王澄已殁，义与太师高阳王雍等，同掌朝政，改元正光，义为外御，腾作内防，魏主呼义为姨父，政由义出。高阳王雍等亦只能随声附和，不敢相违。游肇愤悒而终。朝野闻怿被杀，统皆丧气，胡人为怿髡面，计数百人。小子独有诗讥怿道：

　　　　含章受刃似冤诬，笔伐难逃古董狐。
　　　　自古人生终有死，为何被胁作淫夫？

　　已而由相州递入急奏，请诛元义、刘腾，且将起兵讨罪。究竟相州是何人主持，待至下回表明。

　　梁主用降人王足计，命筑淮堰，无论其劳民费财，实为厉阶，即令淮堰易成，成且经久，亦岂遽足夺寿阳！果使寿阳归梁，于魏亦无一损，仁者杀一不辜而得天下，犹且不为，况丧民无数，以邻为壑，必欲争此一城，果何为者？甚矣哉梁武之不仁也！夫欲筑淮堰，不惜民命，荐祭宗庙，乃欲废牲，甚至如宏之一再谋乱，一再姑息，子弟可爱，百姓独不必爱乎？牺牲可惜，人民独不足惜乎？愚谬若此，真出意外。若夫胡太后之骄奢淫佚，原足致乱，即无元义、刘腾，亦岂能长治久安？清河王怿之罹害，不无冤累，但未能预为防闲，反甘受牝后之淫逼，宫闱之乐事未终，而釜锁已临于颈上，畏死者仍归一死，亦何若拒淫死义之为愈乎！吾于怿无所取焉。

第十三回

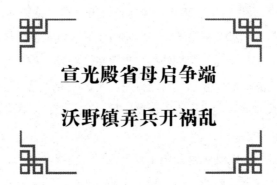

宣光殿省母启争端

沃野镇弄兵开祸乱

却说魏相州刺史元熙，系中山王元英长子，英自攻克三关后，还朝病故，由熙袭封。熙颇好学，具有文才，唯轻躁浮动，常为英忧。英欲立熙弟略为世子，略固辞乃止。熙妻为于忠女，借忠威权，骤擢为相州刺史，又与清河王怿素称友善，通问不绝。

熙莅任时，时方初秋，忽遇狂风骤雨，酿成奇寒，冻死驴马数十匹，随卒数人。嗣复有蛆生庭中。熙尝夜寝，见有一人与语道："任城王当死，死后三日外，君亦不免；如或不信，但看任城王家。"熙恍惚相随，趋至任城王家前，果见四面墙圮，不遗一堵。正在惊叹，蓦被鸡声唤醒，方知是梦。回忆梦境，恐兆不祥，告诸亲友，大都从旁劝解，说是梦不足凭。及闻怿被诬受戮，不禁怒从中来，便欲起兵讨罪。熙妃于氏，援梦谏阻，熙已忿不可遏，不从妻言，遽称兵邺上，声讨义、腾。

黄门侍郎元略，司徒祭酒元纂，俱系熙弟，由洛阳奔至邺城，助兄举兵。长史柳元章等佯为从命，暗中却嗾动部众，鼓噪入府，杀熙左右，即将熙、纂二人拿住，锢置高楼。一面飞报都中，元义立派尚书左丞卢同，赍诏至邺，监斩熙、纂及熙诸子。熙将死时，贻僚友书道："我与弟并蒙太后知遇，兄据大州，弟得入侍，垂训殷勤，恩同慈母。今太后见废北宫，清河王横遭屠酷，主上幼年，不能自主，君亲若此，臣子奚安？所以督厉兵民，誓建大义，不幸智力浅短，遽见囚执，上惭朝廷，下愧知交，流肠碎首，亦复何言！凡百君子，各敬尔身，为国为家，善勖名节！"*元熙发难，虽若可原，但始谋不慎，徒死何裨？*至熙首传至洛阳，亲旧莫敢过视，唯前骁骑将军刁整，竟为收埋，时共称为义友。

熙弟元略独得幸脱，走匿西河太守刁双家，约历年余。因内外索捕甚急，别双奔梁，梁封为中山王，领宣城太守。魏元义闻略受梁封，特遣使至建康，与梁通好。梁亦知魏深意，虚与应酬，即日遣归罢了。

魏主诩久疏定省，意欲朝母，向义陈明，义乃允诺。太后在西林园，由魏主带领文武百官，朝见太后。并即开宴，魏主与群臣侍饮。饮至半酣，武臣起舞为欢。右卫将军奚康生独为力士舞，阶下盘旋，每顾视太后，举手蹈足，作执杀罪人形状。太后窥透微意，暗暗心喜，但一时未敢遽言。看官听着！康生与义，本是转弯亲戚，康生子难当，娶侯刚女为妻，刚子为元义妹婿，所以义幽太后，康生亦曾与谋。但康生素性粗武，与义同值禁中，往往因词气高下，致有龃龉，积久遂成嫌隙。*也是一个小人。*此时借着舞势，示杀义意。胡太后毕竟聪明，默视良久，待至日色将暮，即命魏主留宿北宫。侯刚在旁道："至尊已经朝讫，何必在此留宿？"康生道："至尊为太后陛下亲儿，太后有命，至尊不可不遵。"胡太后乘势起座，即携住魏主臂，下堂径去。

既入宣光殿，在北宫中。太后挈魏主上坐，左右侍臣，分立阶下。康生仗着酒胆，即欲传诏执义，不意义已防着急变，指令军士，闯入殿中，七手八脚，把康生牵去。两阶侍臣当然哗乱，胡太后见此情形，也觉慌张。光禄勋贾粲，入白太后道："侍臣惶恐不安，请陛下出殿抚慰。"胡太后便即起身，甫出殿阶，粲即扶魏主下座，就东序趋出，至显阳殿。太后回顾，已失魏主所在，自知为粲所绐，复入殿徘徊。*聪明人，又着了道儿。*那贾粲又偕刘腾等人，进胁太后，仍居北宫。所有宫殿各门，照旧关锁去了。

奚康生被牵至门下省，由侍中、黄门、仆射、尚书等十余人，私承义嘱，当夜审讯，模糊定谳，康生拟斩，子难当拟绞。草案呈入，义在内矫诏处决，康生死罪，如群臣议，难当恕死，坐流安州。时已昏暮，刑官即驱康生赴市，依谳处斩。难当哭辞乃父，康生独慨然道："我无反状，乃为贼臣陷害，一死何辞！汝亦不必多哭了！"

遂伸颈就刑。前时何故附义？难当收尸埋葬，又得留家百余日，始往流所。这是元义顾全侯刚面目，暂时买情。及难当去后，密遣人致书行台，叫他刺死难当。难当仍不得生，一道羁魂往冥府中去寻死父，自不消说。

刘腾得进任司空，刑余腐竖，位列三公，实为北魏创例。八座九卿，尝旦造腾宅，伺候颜色，既得腾命，然后各赴省府，依言办事。公私请托，专视货贿多少，决定可否。岁入以巨万计，寡廉鲜耻的下吏，辄投拜门下，愿为义儿，权焰熏天，远近侧目。车骑大将军崔光，随班进退，无所补救，时人比为汉张禹、胡广，至此得升授司徒。江阳王继，为元义父，已徙封京兆王，本领司徒重职。继恐父子权位太盛，愿以司徒让崔光。元义听从父意，请命魏主，魏主虽将司徒授光，仍改官继为太保，名异实同，不过掩饰耳目罢了。

未几又有元义贪金，用兵柔然事。柔然前为魏所逐，逃居漠北，后来复屡入寇边，终被魏戍兵击退，魏宣武帝正始元年，柔然库者可汗复遣兵寇魏沃野，及怀朔镇，魏遣车骑大将军源怀，出巡北边，增筑九城，设兵防守，柔然始不敢入窥。库者可汗死，子佗汗可汗嗣。佗汗可汗屡向魏乞和，魏廷勿许。既而佗汗为高车所杀，子伏跋可汗继立，勇悍有武略，为父复仇，击破高车，擒杀酋长弥俄突，漆头为溺器，复扫灭叛国，转弱为强。伏跋有幼子祖惠，忽然亡去，四觅勿得。适有女巫地万，入见伏跋，谓祖惠现在天上，我能召还。乃即就大泽中量地张幄，祷祀天神，地万喃喃诵咒，约历昼夜，果见祖惠自帐中出来，自言为天神所摄，今始遣归。伏跋大喜，号地万为圣女。地万出入帐中，姿态妖淫，善蛊人主。伏跋初颇尊敬，继与狎亵，竟得地万顺从，枕席风光，远过妾妇，喜得伏跋似遇天仙，当即册为可敦，地万所望在此，胡人称主为可汗，后为可敦。大加爱宠。

已而祖惠寝长，与母私语道："我系人身，怎得上天？地万留我在家，教我诳言。"母闻祖惠言，便转告伏跋，伏跋已为地万所迷，摇首答说道："地万能前知未然，汝等何必谗妒呢！"地万且喜且惧，潜杀祖惠。祖惠母怎肯干休，泣诉伏跋母侯吕陵氏。侯吕陵氏乘伏跋出畋，竟把地万拘住，遣大臣具列等，绞死地万。及伏跋闻变驰归，地万已死，他不胜悲愤，欲诛具列等人。适值邻国阿至罗入寇，由伏跋率兵邀击，失利奔还。侯吕陵氏竟会同群臣，杀死伏跋，立伏跋弟阿那瓌为可汗。

甫经匝旬，伏跋族兄示发举兵击阿那瓌。阿那瓌战败，与弟乙居伐奔魏。魏使京兆王继等迎入，赐劳甚厚，引见置宴，封为朔方公蠕蠕王。阿那瓌乞请援师，回国讨叛，朝议经久未决。阿那瓌居洛数月，得知元义用事，赂金百斤，元义乃调发近郡兵万五千人，使怀朔镇将杨钧为将，送阿那瓌返国。尚书右丞张普惠上书谏阻，谓蠕蠕久为边患，今天亡丑虏，使彼自乱，阿那瓌束身归命，正好令为内属，戢彼野心，奈何发兵送还，自增劳扰？这一书奏将进去，那元义全然不睬。但令杨钧从速部署，指日北行。**无非为了百斤黄金。**阿那瓌入辞北堂，特赐给军器衣被杂米粮畜，悉从优厚，阿那瓌拜谢而去。

时柔然为示发所破，杀死阿那瓌祖母侯吕陵氏及他亲弟二人。偏又有从兄婆罗门，纠众逐示发，示发奔往地豆干。地豆干把他杀毙，国人推立婆罗门为可汗。杨钧入柔然境，恐柔然出兵抗拒，再乞济师。魏遣使臣谍云具仁，先往宣谕。婆罗门骄倨不逊，经具仁与他抗辩，始令大臣邱升头等，随具仁迎阿那瓌。具仁轻骑还报，阿那瓌又惧不敢进，情愿还洛。会高车王弥俄突弟伊匐，乞师哒哒，收拾余众，来击柔然，报复兄仇，大破婆罗门。婆罗门窘急，也率十部落诣凉州，向魏乞降。

柔然无主，国人愿迎奉阿那瓌，阿那瓌又复请归。魏凉州刺史袁翻，上言蠕蠕二主，并宜抚存，可令东西各居，分驭部落，也是一条安边保塞的至计。朝议颇以为然，乃命阿那瓌居怀朔北方，地名吐若奚泉，婆罗门居凉州北境，就是西海故郡。

哪知戎狄豺狼，野性难测。婆罗门却阴怀异志，侨居逾年，走归哒哒，幸由魏平西长史费穆，引兵往讨，用埋伏计诱婆罗门，一鼓掩获，送至洛阳，好容易瘦死狱中。阿那瓌先求粟种，魏输给万石，继复因年谷不登，突入魏境，表求赈给，魏令尚书右丞元孚，持节抚劳，反被阿那瓌拘留，引众南侵，所过剽掠，直至平城附近。闻魏遣尚书令李崇等大举北征，始将元孚释回，驱民北遁。李崇追蹑三千里，不及乃还。这都由元义贪赂纵奸，酿成戎祸，渐渐尾大不掉，反为夷狄所制呢。**暗伏后文。**

元义为恶不悛，取民无度。乃父京兆王继性亦贪纵，专受赂遗。平时请属有司，无敢违慢，牧令守长，哪个肯毁家报效？当然是竭泽而渔，上供欲壑，于是朔方叛乱，相继迭起。**又开生面。**

先是魏都平城，曾在四邻置设六镇，一武川，二抚冥，三怀朔，四怀荒，五柔玄，六御夷，皆在长城北面，用备藩卫，素来资给从厚。至孝文南迁，漠然相待，将士渐有怨言。尚书令李崇，出击阿那瓌，长史魏兰根语崇道："从前沿边置镇，地广人稀，所遣将士，或系强宗子弟，或系国家爪牙。晚近以来，有司号为府户，役同厮养。厚内薄外，适足滋怨，怨久必乱，不可不防。今宜改镇立州，分置郡县，凡属府户，悉免为民，入官次叙，一准旧制，文武兼用，威爱并施，庶几人心归向，可无北顾忧了。"此语若行，何致生乱？崇颇以为然，依议奏闻。权贵只识金钱，晓得什么后虑？便将崇奏搁起不提。

怀荒镇将于景，系故尚书令于忠弟，为元义所忌，出就外镇。阿那瓌入寇时，镇民求饷，景不肯给，激动众怒，竟将于景杀死。乱尚未了，那六镇以外的沃野镇，复有豪民破六韩拔陵，聚众造反，攻杀镇将，据境称王。遣党徒卫可孤，围武川镇，又分兵攻怀朔镇。怀朔镇将杨钧，擢尖山人贺拔度拔为统军。度拔有三子，长名允，次名胜，幼名岳，皆有材力，随父从军，分任队长。据守经年，外援不至，杨钧遣贺拔胜突围而出，至临淮王元或处告急，且语或道："怀朔一陷，武川亦危，虽有良、平，张良、陈平皆汉人。不能为计了。"或许为出师，并即表闻。魏命或都督北讨军事，往征破六韩拔陵。或遣胜先归，会武川失守，杨钧弃城南遁，留胜父子居守，卫可孤乘隙攻入，胜父子巷战力屈，俱为所擒。及或至五原，两镇早陷，破六韩拔陵，麾众邀击，尽锐冲突，或不能抵敌，大败退归。

魏主闻耗，亟召群臣问计，吏部尚书元修义，请遣重臣督军，出镇恒朔，捍御叛寇。魏主欲任用李崇，崇已早还朝，时亦在列，便自陈衰老，请另择贤才。魏主不许，即加崇开府仪同三司，领北讨大都督事，所有抚军将军崔暹，及镇军将军广阳王元渊以下，渊或作深，系太武帝曾孙。皆受崇节度，陆续北行。

是时西北一带，寇盗蜂起，响应拔陵。敕勒酋长胡琛，凉州幢帅于菩提，营州民就德舆等，群起为乱。还有朔方汾州诸胡，亦乘时蜂起，骚扰边境。各州刺史，就近征剿，倏出倏没，未得荡平。秦州刺史李彦，政刑残虐，群下生怨，部将薛珍等突入杀彦，推党人莫折大提为秦王。南秦州民张长命、韩祖香、孙掩等，亦戕刺史崔游，举城应大提。大提袭入高平，杀害镇将赫连略及行台高元荣。既而大提病死，子念生居然称帝，自号天建元年。魏命雍州刺史元志为征西都督，往讨念生。念生弟天生，率众下陇，志连战连败，退保岐州。天生乘胜进逼，四面登城，志竟被杀，岐州陷没。

　　说也奇怪，元志方战殁岐州，李崇也败退云中。崇本遣崔暹出北道，教他不得浪战，但牵制拔陵兵力，自从东道进兵，直捣沃野。暹违崇将令，竟转斗而前，被拔陵诱入伏中，杀得全军覆没，只剩了一人一骑，狼狈走还。拔陵得并力攻崇，崇抵挡不住，没奈何退守云中，与寇相持。魏正遣尚书元修义为西道行台，规复岐州，偏又接得李崇败报，宫廷相率惊惶。广阳王渊申崇前说，仍请改镇为州。魏主不省，唯召还崔暹，命系廷尉。暹忙将良田美妓，献纳元义，又替他解免，竟得宥罪。

　　未几东西铁敕部，统皆叛命，归附破六韩拔陵，魏主乃思李崇及元渊言，下诏改镇为州，遣黄门侍郎郦道元为大使，抚慰六镇兵民。哪知六镇已皆叛魏，道元去亦无益，仍折回都中。南秀容人乞伏莫于，又复起反，总算出了一个酋长尔朱荣，集众讨平。当下奉表魏廷，详报平贼情事，魏封荣为博陵郡公。荣高祖羽健，初封秀容川，父名新兴，善事畜牧，牛羊马驼，辨色为群，尝弥漫山谷间。魏有事北方，新兴辄献牲畜助军。至荣讨平叛乱，进爵为公，方阴蓄大志，拟乘四方变乱的时候，发愤为雄。所有畜牧资财，悉数取出，散给勇士，结交豪杰。于是侯景、司马子如、贾显、段荣、窦泰等，先后趋附，整日里练兵储械，待时出发。这乃是北魏一大隐患，不比那四方草寇，剽掠无定，尚容易处置呢。俱为下文写照。

　　且说梁主萧衍，闻魏乱方盛，欲趁势经略中原。当时南朝良将，为韦睿、裴邃二人，睿于普通元年病逝，随笔带过韦睿。只裴邃尚存。乃授邃为信武将军，领豫州刺史，出镇合肥。适临川王宏第三子正德，背梁奔魏，魏已起萧宝夤为尚书仆射，谓正德无故来投，情不可测，不若拘戮为是。魏主虽然不从，但亦未尝礼待，正德因复逃归。前时梁主无子，曾取正德为养儿。及太子统生，仍使正德还本，赐爵西丰侯。正德以不得立储，衔恨多年，乃觑隙奔魏。既不得志，南行还梁，恐遭梁主诘责，不得不捏造诳言。当诣阙谢罪，托言北侦虏情，确是有乱可乘，请速出师等语。梁主亦瞧透三分，诘问数语，正德具陈魏乱，似觉详明，乃仍复本封，并促裴邃出兵北略。

　　邃因率骑袭寿阳，掩入外郭。魏扬州刺史长孙稚，奋力抵御，一日九战，杀伤相当。邃因后军不至，引军暂归。嗣复取魏建陵、曲木，及狄城、甓城、司吾城。徐州刺史成景俊拔睢陵，将军彭宝孙拔琅琊，曹世宗拔曲阳、秦墟，李国兴且进拔三关。魏徐州刺史元法僧，又遣子景仲至梁，奉表输诚。梁即授降王元略为大都督，与将军陈庆之等，率兵接应，为魏安乐王元鉴击败。法僧却乘鉴骄怠，杀将过去，得了一个大胜仗。梁授法僧为司空，封始安郡公，复命西昌侯萧渊藻及豫章王萧综等，相继进兵，接济裴邃。

邃攻下新蔡郡，进克郑城、汝颍一带，所在响应，魏河间王元琛及寿阳守将长孙稚，率众五万，前来截击，邃暗设四伏，诱稚入阱，四面相迫，好似网中捕鱼，瓮中捉鳖。还算长孙稚有些勇力，拼命冲突，夺路奔逃。再加元琛从后援应，方得将长孙稚救回寿阳，但已丧毙了一二万人。邃威名大振，将乘胜荡平淮甸，再图河洛，偏偏天不假年，竟尔一病不起，告殁军中。身后赠典，比韦睿更优。睿得赠侍中，给谥曰严；邃亦得赠侍中，且进爵为侯，予谥曰烈。淮、沘军民，感念邃恩，莫不流涕。再与韦睿相较，是不忘良将之意。小子有诗叹道：

> 北征大将肃军威，万众全凭只手挥；
> 功业未成身已殒，萧梁气运兆衰微。

邃既死事，后任为中护军夏侯亶。亶虽有才名，究竟不及韦、裴两人，因此敛兵不进，南北粗安，那魏人得专力北方。欲知后事，且看下回叙明。

元义、刘腾，为北魏之祸首，而胡后实纵成之。奚康生久预军机，始不能诛锄权戚，乃反甘作爪牙，与谋幽后。后固自取，而康生之党恶济奸，未始非义、腾之流亚也。及西林省母，渐有转机。康生如有悔心，亦唯导后以慈，勖主以孝，内联母子，外正君臣，则苦志弥缝，安身即以安国。计不出此，乃徒以舞势示意，挑拨胡后，宣光殿之被执，门下省之受诛，虽死何补？适见其好乱取祸耳！沃野之乱，不特为六镇之引线，并且为亡魏之祸阶，一蚁溃穴，全堤皆动，乱之不可以使长也，有如此者。然不有内乱，安有外乱？胡后导于先，义、腾踵于后，读史者可以知所鉴矣。

第十四回

诛元义再逞牝威
拒葛荣轻罹贼网

却说魏尚书元修义，出讨莫折念生，中途遇着风疾，不能治军，乃命萧宝夤代任，并命崔延伯为岐州刺史，兼西道都督，与宝夤俱出屯马嵬。莫折天生方列营黑水，由延伯前往挑战，天生开营追逐，延伯徐徐引还，行伍整齐，步伐不乱，反将贼众惊退。越日复勒兵出战，延伯当先突进，将士尽锐长驱，大破天生，俘斩十余万，追奔小陇山，岐、雍及陇东皆平。魏京兆王继正受命为大都督，出统西道各军。既得岐、雍捷报，乃诏令班师。

时宦官刘腾已死，司徒崔光亦卒，元义耽酒好色，淫宴自如，无论姑姊妇女，稍有姿色，即与宣淫。嗣是常留家不出，或出游忘返，无暇防卫宫廷。

胡太后察悉情形，转忧为喜，乘义他出，即召魏主与群臣入见，当面宣谕道："元义隔绝我母子，不听往来，还复留我何用？我当削发出家，修道嵩山，闲居寺院，聊尽余生罢了。"说着，泪下不止。一派伪态。魏主见太后容色，免不得天良发现，即叩头劝阻，群臣亦跪伏哀求。胡太后置之不理，反令侍女觅取快剪，立即削发。魏主越加惶急，禁住侍女，再三苦劝，太后尚未肯依。越装越像。群臣乃请魏主伴宿，夜间母子叙情，谈至夜半，无非说元义不法，必将为乱。左右且从旁报密，谓义尝遣从弟洪业与武州人姬库根，潜买马匹，预备起事。魏主年已十六，已有知觉，也恐帝位被夺，顿起疑心，遂与太后密谋黜义。及义还朝入直，魏主但与言太后意见，将往嵩山修道。义巴不得太后出家，便劝魏主顺承母旨，魏主含糊应允。

看官！试想这胡太后年将四十，尚是华装艳服，盛鬓丰容，哪里肯出家为尼，除绝六欲？她不过借此为名，计愚元义。义却竟为所愚，还道太后无颜问政，不必防闲。太后遂得屡御外殿，不似从前幽锢。有时且偕魏主出游，无人阻碍。义举元法僧为徐州刺史，法僧叛魏奔梁，太后屡以为言，义颇自愧悔。高阳王雍虽位居义上，权力不能及义，所以暗加畏忌。会魏主奉太后出游，往幸洛水，雍邀两宫至私第中，开宴畅饮。饮至日晡，太后与魏主起座，偕雍同入内室，谈了许多时刻，方才出来。从官皆不得与闻，唯由太后传令还驾，始皆奉跸还宫。

过了数日，雍从魏主入朝太后，奏称元义父子，权位太重，致多疑谤，太后乃召义入语道："元郎若果效忠朝廷，何故不辞去领军，以他官辅政？"义乃免冠拜伏，求解领军职衔。当由两宫允准，授义为骠骑大将军，开府仪同三司，兼尚书令，仍守侍中等官。改用侯刚为领军将军，暂安义意。义因刚为同党，果然不疑。

魏主立太后侄女胡氏为后，不甚爱宠。想是姿貌平庸。寻纳一潘氏女为充华，名叫外怜，色擅倾城，容能媚主，最得魏主欢心。南有潘贵妃，北有潘充华，何潘家多美女乎？阉竖张景嵩、刘思逸等与义未协，屡白潘充华，谓义有害潘意。潘充华乃泣诉魏主道："元义心存叵测，尝欲杀妾，并将不利陛下，请陛下早为留意！"魏主既受教慈闱，又牵情帷闳，遂视元义为眼中钉，恨不把他即日捽去。侍中穆绍，又劝胡太后即速除义。太后以义党尚盛，未便遽发，先出侯刚为冀州刺史，去了元义一条左臂；又迁贾粲为济州刺史，把元义右臂亦复除去，然后安排黜义。

正光六年四月朔，胡太后复临朝摄政，下诏罪元义、刘腾，黜元义为庶人，追削刘腾官爵。清河国郎中令韩子熙，乘间上书，为清河王怿讼冤，乞诛元义，并戮刘腾尸。太后乃命发刘腾墓，劈棺散骨，尽杀腾养子，籍没家资。遣使追杀贾粲，降侯刚为征虏将军，夺刺史官。刚还家病死。石子熙为中书舍人，又征齐州刺史元顺还朝，授职侍中。顺为任城王澄子，前为黄门侍郎，直言忤义，因致外迁。此次还都受职，颇邀宠眷。他本与义未协，因见义尚未伏诛，不免怀忧。

一日入朝内殿，由太后赐令旁坐，顺拜谢毕，顾视太后右侧，坐一中年妇人，乃是太后亲妹，即元义妻房。当下用手指示道："陛下奈何眷念一妹，不正元义罪名，使天下不得大伸冤愤！"太后默然不答。乂妻已潸然泪下，顺乃趋出。先是咸阳王禧，谋逆见诛，诸子多南奔入梁。**咸阳王事见前文。**一子名树，受梁封为邺王。树贻魏公卿书，暴乂罪恶，大略说是：

乂本名夜叉，弟罗实名罗刹，两鬼食人，非遇黑风，事同飘堕。呜呼魏境！罹此二灾。恶木盗泉，不息不饮，胜名枭称，不入不为；况昆季此名，表能噬物，暴露久矣，今始信之。

魏公卿得了此书，也即进呈，胡太后因妹乞恩，尚不忍诛乂。至此顾语侍臣道："刘腾、元乂，前向朕索求铁券，冀得不死，朕幸未照给。"舍人韩子熙接入道："事关生杀，不计赐券，况陛下前尚未给，今何故知罪不诛？"太后怃然无言。**是谓妇人之仁。**

已而有人讦乂阴谋，将与弟瓜招诱六镇降户，谋变定州，太后尚迟疑未决。群臣固请诛乂，魏主亦以为然，乃赐乂及弟瓜自尽。乂既伏诛，犹赠乂原官。京兆王继亦被废归家，未几即死。独乂妻居家守丧，寂寂寡欢。乂弟罗未曾连坐，有心盗嫂，日夕勾引，竟得上手，即与乂妻结不解缘，情同伉俪。胡氏姊妹淫行相同，这乃不脱夷狄旧俗哩。**中国亦未必不尔。**

胡太后两次临朝，改元孝昌，把前日被幽苦况，撇诸脑后，依然是放纵无度，饱暖思淫。乃父胡国珍有参军郑俨，容仪秀美，不亚清河，当即引为中书舍人，与同枕席。俨又引入徐纥、李神轨，皆为舍人，轮流侍寝，彻夜交欢。太后愈老愈淫，多多益善，唯心目中最爱郑俨，俨有时归家，太后必令内侍随去，只许俨与妻同言，不准留宿。俨亦无法，只好勉从慈命。**淫妇必妒，盍观胡氏。**太后又屡出游幸，装束甚丽，侍中元顺面谏道："古礼有言，妇人无夫，自称未亡人，首去珠玉，衣不文饰。陛下母仪天下，年垂不惑，修饰过甚，如何能仪型后世呢？"太后惭不能答。及还宫后，召顺诘责道："千里相征，岂欲众中见辱？"顺又抗声道："陛下不畏天下耻笑，乃独恨臣一言，臣亦未解！"**却是个硬头子。**太后驳他不倒，一笑而罢，但心中也未免怨顺。城阳王元徽与中书舍人徐纥，窥承意旨，屡加谗毁，太后始尚含容，后竟徙顺为太常卿。顺拜命时，见徐纥侍侧，戟指诟詈道："此人便是魏国的宰嚭，魏国不亡，此人不死，想也是气数使然呢！"纥面有愧容，胁肩而去。顺复叱语道："尔系刀笔小才，只应充当书吏，奈何污辱门下，坏我彝伦！"实不止污辱门下，顺尚言之未尽。纥踉跄避去，太后佯作不闻，顺亦自出。

忽闻豫章王综自徐州来归，胡太后喜他投诚，嘱令魏主优礼相待。魏主乃召综入殿，温言接见，特授职侍中，封丹阳王。综系梁主衍次子，母为吴淑媛，本系齐东昏侯宠妃，衍入建康，据为己有。七月生综，宫中多说是东昏遗胎。吴淑媛事见前文。既而吴氏年暮色衰，渐次失宠。综已寝长，年约十余。尝梦见一肥壮少年，抚摩综首，综私自惊讶，密语生母吴淑媛。淑媛问及梦中少年，如何形状，由综约略陈述，正与东昏侯相似，便不禁泣下道："我本齐宫嫔御，为今上所迫，七月生汝，汝怎得比诸皇子？但汝为太子次弟，幸保富贵，切勿泄言。"综听了此语，抱母而泣。嗣复将信将疑，暗思人间俗语，用生人血滴死人骨，渗入乃为父子，此次正可仿行，试验真伪。遂密引心腹数人，微行至东昏侯墓前，私下发掘，剖棺出骨。沥血试验，果然渗入。返至家中，有次子才生月余，竟将他一把搤死。槀葬数日，日夜遣人发取儿骨，再行滴血，渗入如初。遂自信为东昏遗子。每日在静室中，私祭齐氏祖宗，一面求经略边境。

梁主始尚未许，会魏元法僧降梁，元略、陈庆之接应法僧，为魏所败，见前回。乃命综出督诸军，镇守彭城，并摄徐州府事。召法僧入都授职，法僧应召诣建康，魏调临淮王彧为东道行台，率兵逼彭城，梁主又恐综未惯战，促令引还，出尔反尔，究属何因？综竟输款魏营，夜投彧军。城中失了主帅，隔宿大溃，魏人陷入彭城，掳去长史江革，及司马祖暅，令随综入洛阳。综得受魏封，遂为东昏侯举哀，服斩衰三年，改名为赞。一作缵。

梁主闻报，大为骇愕，有司奏削综爵土，撤除属籍。有诏准议，并废吴淑媛为庶人，寻且赐死。已而魏遣还江革、祖暅，交换元略，梁主乃礼遣略归。略还魏阙，魏已给复乃父中山王熙官爵，并拜略为侍中，赐爵东平王，迁尚书令，格外宠任。但徐、郑用事，略亦不能有为，只好随俗浮沉罢了。

梁主衍既遣归元略，召问江革、祖暅，问明综奔魏情形，江革、祖暅，据实奏陈。梁主以综顾本支，颇有孝思，且追忆吴淑媛旧情，又复生悔。萧衍晚年误事，便由胸无主宰。乃赐复综爵，仍令入籍，并复吴淑媛品秩，予谥曰敬。封综子直为永新侯，令主吴淑媛丧葬事宜。

还有一件暧昧的事情，说将起来，尤觉可丑可笑。梁主衍有数女，临安、安吉、长城三公主，并有文才，独永兴公主，顽而且淫，竟与叔父临川王宏通奸。宏与谋篡逆，约事成后立为皇后。梁主尝为三日斋，与诸公主并入斋室。永兴公主使二童行刺，乔扮女装，随入室中。童阁阈失履，为直阁将军所疑，密白丁贵嫔。贵嫔欲转告梁主，因恐梁主未信，特使直阁加防。直阁令舆卫八人，整装立幕下。及斋座将散，永兴公主果上前面陈，请叙机密。梁主屏去左右，令主密谈，那二童竟趋至梁主背后，拟从怀中取刃。舆卫八人，立即突出，擒住二童。梁主惊坠地上，幸由卫士扶起，坐讯二童逆迹。二童初尚抵赖，一经搜检，取出利刃二柄，且系假充女婢，水落石出，无从讳言，只得供明逆情，说是为宏所使。梁主不欲详诘，但命将二童斩讫，用漆车载着公主，撵逐出外。公主也觉无颜，便即暴卒。临川王宏忧惧成疾，梁主犹七次临视，未几告终，尚追赠侍中大将军扬州牧，并假黄钺，给羽葆鼓吹一部，增班剑六十人，赐谥曰靖。傲弟逆女，如此不法，尚欲多方掩饰，不忍行诛，甚且特别优待，这真叫作当断不断，反受其乱了。

那北魏的祸乱也是日盛一日，不可收拾。莫折天生虽然败去，敕勒酋长胡琛，却自称高平王，遣部将万俟丑奴，寇魏泾州。萧宝夤、崔延伯移师往援，与丑奴会战安定。丑奴狡猾得很，屡次诈败，引诱延伯。延伯恃胜轻进，至为丑奴所乘，杀伤至二万人。宝夤入城自保，延伯再战再败，中矢而亡。贼势益盛，魏廷大震。

时北道都督李崇病殁，广阳王渊进兵五原，贺拔度拔父子，正袭杀拔陵将卫可孤，西拒铁勒。度拔战死，子胜等奔至五原，投入广阳王渊麾下。渊爱他骁勇，引为亲将，适破六韩拔陵，纠众大至，把五原城四面围住。胜募健卒二百人，开东门出战，斩贼百余人，贼渐引却。渊乃拔军赴朔州。**即怀朔镇。**参军于谨，能通诸番言语，招降西铁勒部酋长乜列河，并结合蠕蠕主阿那瓌，大破拔陵，收降叛众二十万。拔陵穷蹙，奔还沃野，阿那瓌出兵进击，连战皆捷，擒斩拔陵，献捷魏廷。**拔陵了。**魏主遣中书舍人冯隽，前往宣劳，犒赏从优。阿那瓌送归冯使，遂自称头兵可汗，蟠踞塞外，拥众称雄。这且待后再表。

且说沃野告平，魏已去一乱首，只有莫折念生、胡琛两路，尚未扑灭，不能不分头征剿，静俟澄清。哪知二寇未歼，复又生出二寇，遂致乱祸益炽，势等燎原。看官听说！一路是柔玄镇乱民社洛周，起反上谷，改元真王；一路是五原降户鲜于修礼，起反定州，改元鲁兴。警报与雪片相似，传达魏廷，魏命幽州刺史常景，为行台征虏将军，与幽州都督元谭，往讨洛周。扬州刺史长孙稚，为骠骑将军，都督北讨军事，与都督河间王琛，往讨鲜于修礼。**两两写来，有条不紊。** 彼此战争数月，元谭军溃，用别将李琚相代，琚复战死，更换了一个于荣。荣颇善战，军务始有起色。河间王琛与长孙稚未协，稚兵至滹沱河，被修礼伏兵邀击，伤亡甚多。琛观望不救，稚大败南奔，两人互相奏讦，俱坐罪除名。改用广阳王渊为大都督，以章武王元融，及将军裴衍为副，出击修礼。渊为太武帝曾孙，与城阳王元徽，系是从祖兄弟。徽妻于氏，与渊相奸，徽不能防闲于氏，唯恨渊甚深。渊既出征，徽上白胡太后，谓渊心不可测，恐有异图。胡太后乃密敕章武王融，令他潜加防备，融却持密敕示渊。渊乃上表讦徽，论徽过恶，说他谗害功臣，并及己身，请调徽出外，然后得免牵掣，方可效死击贼。胡太后搁置不理。徽时为尚书令，与郑俨等朋比为奸，外似柔谨，内实忌克，赏罚任情，魏政益乱。渊闻朝廷不用己言，越加疑惧，事无大小，不敢自决，因此沿途逗挠。会贼将元洪业，杀毙鲜于修礼，向渊请降。**鲜于修礼了。** 渊正拟遣将招抚，偏修礼部下葛荣，替主复仇，刺死洪业，自为贼帅。旋且僭称皇帝，立国号齐，居然下诏改元，称为广安元年，率众趋瀛州。魏廷促渊进讨，渊遣章武王融，前往击荣，兵败战死。渊外畏贼势，内虑谗言，越弄得进退彷徨，自悲歧路。**你要奸通人妻，应该受此折磨。** 城阳王徽，乐得下阱投石，嘱令侍中元晏，劾渊盘桓不进，坐图不轨。参军于谨，实主渊谋，胡太后因诏牓省门，悬赏缉谨。谨既有所闻，乘使语渊道："今女主临朝，信用谗佞，殿下迹被嫌疑。若无人代为表明，恐遭奇祸！谨愿束身归罪，宁可诬谨，不可诬殿下！"渊乃与谨泣别，谨星夜入都，自投牓下。有司以闻，胡太后立即召入，厉声责谨。谨从容奏对，为渊辩诬，且备陈按兵情由，说得胡太后亦为动容，不由得怒气潜消，释谨不问。

徽计不得逞，又致书定州刺史杨津，嘱使图渊。渊因葛荣势盛，退保定州，津遣都督毛谧等，夜袭渊舍，渊只率左右数人，仓皇走脱。行至博陵郡界，正值葛荣游骑，把他截住，劫往见荣。贼党欲奉渊为主，荣已自称天子，势不两立，便将渊杀死了事。城阳王徽，即诬渊降贼，拘渊妻孥。**莫非欲污辱渊妻么？** 还是广阳府佐宋游道，替渊诉理，具报渊遇害实情，乃赦渊家属，不复论罪。即授杨津为北道都督，使拒葛荣。并因朔方扰乱，特授博陵郡公尔朱荣为安北将军，都督恒、朔二州军事。荣过肆州，刺史尉庆宾闭城不纳，惹动荣怒，引众登城，执庆宾还秀容，擅署从叔羽生为刺史。嗣是兵威渐盛，魏不能制。小子有诗叹道：

> 一麾出督便称雄，枭桀何曾肯效忠？
> 试看肆州轻易吏，咆哮已自蔑皇风。

贺拔胜兄弟，也投奔尔朱荣。荣得胜大喜，署为军将。欲知后事如何，待至下回再叙。

元义可诛，而牝后不宜再出，胡氏之重复临朝，魏之乱亡也必矣。高阳王雍等，卑鄙无能，原不足道，元顺刚直敢言，何不力请胡后，归政魏主？乃徒谏毕饰，斥幸臣，不揣其本而齐其末，讵得谓之社稷臣乎？元略奔梁，萧综奔魏，当时南北二朝，喜纳亡人，几成习惯，略之逃亡也有名，综之叛亡也亦未始无名，但为梁主计，则综实乱贼，似难曲恕。彼既削综籍，旋即赐复，朝令暮改，憧憧往来，无非由内省多疚耳！淫弟逆女犹可恕，于综果何尤耶？魏既召还元略，赐爵东平，而略仍不能匡救时艰，犹之一高阳王雍也。盗贼麇于外，嬖幸蟠于内，庸臣旅进旅退，毫无干济。广阳王渊，虽遭谗罹祸，饮刀贼巢，然常则思淫，变则思避，天下有如是之取巧乎？甚致死也，谁曰不宜！

第十五回

萧宝夤称尊叛命

尔朱荣抗表兴师

却说尔朱荣在肆州，得了贺拔胜兄弟，不禁大喜，抚胜背道："卿兄弟肯来从我，天下便容易平靖了。"遂署为军将，行止进退，随时与议。胜等亦乐为效力。看官阅荣词色，已可知他跋扈飞扬，名为魏廷御乱，实是后来一大厉阶。那魏廷正乱势纷纷，只忧兵将不足，想靠荣做北方长城，眼前事且不暇顾，怎能顾到日后呢！

古人有言：外宁必有内忧。这魏国是内忧交迫，外亦未宁，正是内外摇动的时候，梁豫州刺史夏侯亶，趁着淮水盛涨，攻魏寿阳。魏扬州刺史李宪，待援不至，只好举城降梁。亶令将军陈庆之入城安民，收降男女七万五千人，复称寿阳为豫州，改合肥为南豫州，二州俱归亶管辖。嗣复由梁将湛僧智，及司州刺史夏侯夔，会师武阳关，围魏广陵。魏尝称广陵为东豫州，刺史元庆和，保守不住，外城被陷。魏将陈显伯，率兵赴援，又为僧智所破。庆和无法可施，不得已投降梁军，显伯夜遁。梁军追击至十里外，斩获万计。僧智受命镇广陵，夏侯夔镇安阳。

已而梁主复遣将军陈庆之，与领军曹仲宗等，攻魏涡阳，寻阳太守韦放，亦引军往会。途次与魏将元昭等相遇，不及列营，部下皆有惧色。元昭麾下，步骑共五万人，分队夹进，声势锐甚。放系睿子，凤受家传，至此仍不慌不忙，免胄下马，自坐胡床，誓众迎战。于是士卒皆奋，踊跃直前，一当十，十当百，竟得杀退魏兵。不略韦放，仍为韦睿生色。乃徐徐收军，趋晤庆之。庆之不肯落后，也率麾下二百骑，驰往奋击，斫死魏兵前队百余人，因勒骑还营，与诸军并进。元昭分设十三垒，抵御梁军，两下相持，互有杀伤。差不多过了一年，仲宗因欲班师，庆之独杖节军门，誓死不退，遂简选锐卒，衔枚夜出，直捣魏营，魏人积劳致倦，仓猝不能抵敌，溃去四垒。庆之俘馘多名，陈列涡阳城下，指示守将王纬，纬乃乞降。魏兵尚有九垒，又由庆之移示俘馘，鼓噪进攻，吓得魏兵四散奔逃。元昭亦顾命要紧，弃垒遁去。庆之上前追蹑，杀毙无数，涡阳为尸血所积，几乎胶浅不流。自宋季被魏南侵，淮北为魏所据，齐末又由魏兵渡淮，陷入淮南，至此梁乘魏乱，攻克两淮城镇。

　　魏人失地颇多，无力与争，已是懊怅得很。<small>叙入南北交涉，是按时销纳文字。</small>再加那北方乱事，日急一日，真个是寇氛遍地，烽火连天。杜洛周寇掠蓟南，转趋范阳，屡为行台常景所破。景所恃唯一于荣，荣忽病殁，景遂失势。幽州民甘心从乱，竟开门迎纳洛周，景被掳去，幽州当然陷没了。葛荣守瀛州南趋，进逼殷州。殷州由定、相二州分出，领有四郡，刺史崔楷，甫经到任，城内无备，由楷召集兵民，谕以忠义，与贼党徒手相搏。连战半旬，终因力竭城崩，被贼杀入，楷不屈遇害。荣复转围冀州，刺史元孚，督厉将士，昼夜拒守，自春及冬，粮储告罄，外无救兵，尚且据城死战。及城已被陷，孚与兄祐俱为所擒，兄弟各自引咎，愿为国死。都督潘绍等，亦向荣叩请，愿代死以活使君，荣叹为忠臣义士，统皆赦免。<small>强盗发善心。连叙崔楷、元孚，意在教忠。</small>

　　但殷、冀二州，俱为贼有，还有西道行台大都督萧宝夤，出兵累年，糜饷添兵，不知凡几，始终没有成效。<small>特提萧宝夤，为本回前半截主脑。</small>莫折念生，与胡琛不和，两贼自相攻杀。念生屡挫，乃输款宝夤。宝夤使行台左丞崔士和，往收秦州。不意念生复反，擒杀士和，秦州再陷。宝夤出师泾阳，亲讨念生，一场交战，全军败绩，退屯逍遥园东。汧城岐州，相继降贼，豳州刺史毕祖晖，又复战没。西道都督北海王元颢，亦被杀败，关中大扰。雍州刺史杨椿，急忙募兵拒守，得士卒七千余人，登陴力御，才获保全。魏加椿为侍中，领行台统帅，节制关西诸将。念生遣弟天生，大举攻雍州，萧宝夤令部将羊侃，往助杨椿。侃隐身堑中，伺天生近城，一箭射去，应弦而毙。椿乘势杀出，贼众大溃，斩首数千级，雍州解严。念生方进据潼关，闻天生已死，乃弃关西去。

魏主因宝夤败退，褫夺官爵，免为庶人。一面下诏西征，整备兵马。既得潼关捷音，复说将北讨葛荣。诏书中很是夸张，仿佛有銮辂亲临，灭此朝食的气象，其实统是纸上谈兵，唯日在销金帐中，与潘嫔等练习肉战，有什么行军思想？那胡太后亦纵情行乐。宫闱里面，通宵狎亵，笑语时闻，任他警报频来，且管目前肉欲，毫不加忧。死在目前，乐得纵欢。一切军事，都委城阳王徽及二三嬖臣，随便处置。

可奈贼势未靖，宿将渐凋，雍州行台杨椿，又复上书报病，请人相代。魏廷无将可遣，只得复任萧宝夤，都督淮、泾等四州军事，兼领雍州刺史。椿交卸还乡，因子显将适洛阳，特嘱昱转奏两宫，谓宝夤非不胜任，但恐有异志，须慎选心膂为辅，方可戢彼野心。昱奉命至洛，面启魏主母子，两宫已是晨昏颠倒，神志迷离，哪里肯如言施行？

会闻葛荣进围信都，乃命金紫光禄大夫源子邕，为北讨大都督，率兵赴援。子邕方发，又接相州急报，刺史乐安王元鉴，文成帝孙。据邺叛魏，通款葛荣。因再命舍人李神轨，出会子邕，并召同将军裴衍，先讨邺城。才算一举得手，入邺诛鉴，传首洛阳。神轨还都，诏除子邕为冀州刺史，使讨葛荣。裴衍亦表请同行，奉敕允议。子邕独上书自陈，谓两人不宜同往，衍行臣请留，臣行请留衍，若逼使同行，必致败衄。有诏不许，子邕不得已偕衍北进。行至漳水，突遇贼十万众，蜂拥前来。两将本不同心，号令不一，猝遭大敌，兵士骇散，子邕及衍，相继阵亡。葛荣尽锐攻相州，还亏刺史李神，悉众固守，协力致死，才得不陷。可见用兵之道，全恃一心。偏雍州行台萧宝夤，竟杀死关右大使郦道元，居然造起反来。果如杨椿所料。

宝夤西讨莫折念生，前次败绩遭谴，已不自安，后来虽得起复，终怀疑惧。莫折念生返至秦州，由州民杜粲纠众发难，击死念生，粲自掌州事。南秦州城民辛琛，亦自行州事，各遣使至萧宝夤处乞降。莫折念生亦了。宝夤表闻魏廷，魏主尽复宝夤旧封，仍爵齐王兼尚书令。

中尉郦道元，素号严猛，不避权戚。司州牧汝南王元悦，宠信小吏邱念，弄权不法。道元收念付狱，拟处重刑。悦亟白胡太后，请赦念罪。太后敕令赦念，偏道元不待赦至，先已杀念，复劾悦纵奸枉法诸罪状，太后不理。悦深恨道元，想出一法，请调道元为关右大使。关右为萧宝夤势力范围，遣使镇压，明明是悦的诡计，使他激怒宝夤，好借刀杀死道元。魏廷哪里知晓，即派道元西行。果然宝夤闻知，由疑生畏，由畏生忿，特商诸僚佐柳楷。楷答道："大王为齐明帝子，天下属望，何必定居人下！况近有谣言：鸾生十子，九子毈，音断，卵坏也。一子不毈，关中乱。乱训为治，大王当治关中，已无疑义。"宝夤乃决计叛魏，密遣部将郭子恢，潜伏阴盘驿，俟道元过境时，突出拦阻。把他刺死。佯言为贼所害，命人收殡，诡词奏闻。魏责宝夤捕凶正法，宝夤当然不理，即欲称帝关中。

行台郎中苏湛，人品端方，素为宝夤所重，时正抱病在家。宝夤使他姨弟姜俭与商，湛不待说毕，便放声大哭。奇哉！俭惊问何因？湛且泣且语道："我家百口，今将屠灭，怎得不哭！"又哭至数十声，乃徐语俭道："为我白齐王！王本似穷鸟投人，赖朝廷假王羽翼，荣宠至此，奈何无端背德！且魏德虽衰，天命未改，齐王恩信，未洽民情，乃欲率羸惰兵卒，守关问鼎，怎能有成？湛不能举家同尽，愿乞骸骨归还乡里，使得病死，下见先人。"俭返报宝夤，宝夤知湛不为己用，听令还里。

长史毛遐，与弟鸿宾，奔往马祇栅，召集氐羌，抗拒宝夤。宝夤遣将军卢祖迁击退，一面自称齐帝，改元隆绪，置百官都督，公然被服衮冕，出祀南郊，行即位礼。伪官呼嵩未毕，忽有败报传来，祖迁败死，禁不住神色仓皇，匆匆入城。别派部将侯终德，往击毛遐兄弟，并派重兵据守潼关。

正平民薛凤贤、薛修义等，亦聚众河东，分据盐池，围攻蒲阪，东西连结，响应宝夤。魏命尚书仆射长孙稚，为行台统帅，往讨宝夤，遣都督宗正珍孙，往讨二薛。

长孙稚驰至恒农，闻宝夤围攻冯翊，尚未陷入，乃与将佐会议所向。行台左丞杨侃献计道："贼据潼关，守御已固，未易攻入，不如北取蒲坂，渡河西行，直捣心腹。贼回顾巢穴，冯翊必当解围，就是潼关守兵，亦必却顾而走，支节既解，长安自可坐取了。若以为愚计可行，愿效前驱！"长孙稚皱眉道："汝计甚善，但薛修义方围河东，薛凤贤复据安邑，近闻宗正珍孙，军至虞坂，不能前进，我军如何可往？"侃微笑道："珍孙一行阵匹夫，怎知行军？二薛党羽，统是乌合，只能欺吓珍孙，不能欺吓别人。"虏在目中。稚乃使长男子彦，随着杨侃，带领骑兵，自恒农北渡，进据石锥壁。侃扬言道："我军今且停此，暂待步军。为念沿途村民，无知受胁，情实可怜，今先告父老百姓，速送降名，各自还村，俟我军举起三烽，也当举烽相应，我军誓不相犯；若无人应烽，定系贼党，当进屠村落，夺取子女玉帛，犒赏我军。"诳贼足矣。村民闻了此言，转相告语，多递降名。一俟官军举烽，无论已降未降，皆举烽相应，火光彻数百里。薛修义等围住河东，遥见烽火齐红，不觉大骇，当即遁还，与凤贤同约来降。潼关守兵，果然返顾，相率却走，侃即飞报长孙稚。稚见潼关空虚，已率全军入关，进至河东，与侃相会。侃更长驱直进，宝夤遣将郭子恢截击，连战皆败。那往击毛遐的侯终德，竟与遐等联络，还袭宝夤。

宝夤连忙出敌，军无斗志，未战先逃，慌得宝夤驱马奔回，挈领妻孥，自后门出奔，径投万俟丑奴，丑奴为胡琛部将，琛被拔陵余党费律，诱至高平，将他杀死。**胡琛了。**余众并归丑奴，再据高平，剪灭拔陵余党。既得宝夤投奔，引为谋主，授官太傅，自称天子，僭置官属。适波斯国献狮至魏，被丑奴截留，作为符瑞，自称神兽元年。**奴可为帝，兽足表年，扰乱时代，应该有此奇闻呢！语极冷隽。**

且说魏主诩年已寖长，知识日开，胡太后帏薄不修，时怀疑忌。通直散骑常侍谷士恢，得邀上宠，日在魏主左右，胡太后恐他传闻秽事，诬以他罪，勒令自尽。尚有密多道人，能作胡语，亦尝出入殿廷，为魏主所亲信。太后又使人伺他踪迹，刺死城南，佯为悬赏购贼。此外如魏主宠臣，多被太后迁黜。魏主当然恚恨，遂致母子生嫌。

是时葛荣、杜洛周，互相吞噬，洛周被葛荣击死，**杜洛周了。**余党降荣。荣凶焰益盛，南趋邺城。安北将军尔朱荣，因葛荣南逼，表请自发骑兵，东援相州，并不见报。唯纳女入宫，得册为嫔。**魏主诩所爱唯此。**进封尔朱荣为骠骑将军，都督并、肆、汾、广、恒、云六州军事，寻复进位右光禄大夫，开府仪同三司。怀朔镇函使高欢，初与段荣、尉景、蔡隽先等，投入杜洛周，嗣见洛周不能成事，转奔葛荣，旋复亡归尔朱荣。荣见欢形容憔悴，不以为奇，但安置帐下，作为随卒。会欢从荣入马厩，厩有悍马，专喜踶啮，荣命欢修剪马鬣。欢不加羁绊，执刀徐剪，马竟不动。剪毕，语荣道："御恶人也如是呢！"荣暗暗点首，即引欢入室，屏去左右，访问时事。欢抵掌道："今天子暗弱，太后淫乱，嬖孽擅命，朝政不行，如公雄才大略，乘时奋发，入讨郑俨、徐纥等，廓清君侧，霸业可一举即成了。"荣大喜道："得卿言，似梦初醒哩。"遂复与欢促膝密谈，自日中至夜半，欢才趋出。嗣后遇有军事，必与欢谋。

并州刺史元天穆，系元魏宗室，与尔朱荣很是投契，荣复与他密谋入洛，天穆亦甚赞成。帐下都督贺拔岳，又从旁怂恿，荣遂部署兵马，聚集义勇，北捍马邑，东塞井陉，将南向入都。适接到魏主密敕，召荣入除徐、郑，荣愈觉有名，即日出师，用高欢为前锋，浩浩荡荡，向南出发。此是高欢发轫之始。

行次上党，忽又有密敕颁到，止荣入都。荣不禁踌躇，欢又语荣道："明公今日，骑虎难下，有进无退，何必多疑！"荣乃复拟进行。越日由都中发出哀诏，说是魏主暴崩，立嗣子为皇帝。又越数日，传到太后诏令，谓嗣子非男，实系皇女，今决立临洪王世子钊，入纂正统，大赦天下。这种迷离恍惚的诏书，顿时触怒尔朱荣，当即抗表道：

伏承大行皇帝，背弃万方，奉讳号踊，五内摧剥。仰承诏旨，实用惊惋。今海内草草，异口一言，昔云大行皇帝鸩毒致祸，臣等外听讼言，内自追测，去月二十五日，圣体康怡，隔宿即奄忽升遐，即事观望，实有所惑。且天子寝疾，侍臣不离左右，亲贵名医，瞻仰患状，面奉音旨，亲承顾托，岂容不豫初，不召医，崩弃曾无亲奉，欲使天下不为怪愕，四海不为丧气，岂可得乎？是以皇女为储两，虚行庆宥，上欺天地，下惑朝野，已乃选君于孩提之中，使奸竖专朝，贼臣乱纪，唯欲指影以行权，假形而弄诏，此何异掩眼捕雀，塞耳盗钟！今秦陇尘飞，赵魏雾合，丑奴势逼幽雍，葛荣凭陵河海，楚兵吴卒，密迹在郊，古人有言：邦之不臧，邻之福也。一旦闻此，谁不窥窬？窃唯大行皇帝，圣德驭宇，断体正君，犹边烽迭举，妖寇不灭。况今从佞臣之计，随亲戚之谈，举潘嫔之女以诳百姓，奉未言之儿而临四海，欲使海内安义，实所未闻！伏愿留圣善之慈，回须臾之虑，鉴臣忠诚，录臣至款，听臣赴阙，参预大议，问侍臣帝崩之由，访禁卫不知之状，以徐、郑之徒，付之司败，雪同天之耻，谢远近之怨，然后更召宗亲，推其年号，声副遐迩，改承宝祚，则四海更苏，百姓幸甚！

看官听说！这魏主诩年才十九，素无疾病，如何忽然暴崩？原来郑俨、徐纥，因尔朱荣引兵南向，情甚惶急，阴与胡太后商议，谋鸩魏主。太后已与魏主有嫌，乐得依从，遂将魏主鸩死，立伪皇子为帝。先是潘嫔生女，托称皇子，庆赦并行，改元武泰。及魏主被鸩，权立皇女，后且据实声明，改立临洮王世子钊。从前京兆王愉，叛命削籍，胡太后却追愉为临洪王，令子宝月袭爵。魏书明帝纪作宝晖。钊即宝月子，年甫三岁，太后利他年幼，因即迎立。偏尔朱荣出来反对，抗表上闻。胡太后接览荣表，很是惊心，亟拟故主谥尊谥，称为孝明皇帝，庙号肃宗，丧葬礼仪，概从隆备。一面遣荣从弟世隆，赍敕慰荣，劝令还镇。小子有诗叹道：

> 淫牝怎得屡司晨，况复戕君灭大伦！
> 当日尔朱犹假义，出师还算魏忠臣。

究竟尔朱荣曾否依敕，且至下回再详。

萧宝夤事魏已久，封王爵，拜尚书令，魏之待宝夤也，不为不优。即一再免官，亦由宝夤之丧师致罪，非魏之过事苛求也。况旋黜旋用，宠眷不衰，彼乃妄思称尊，构兵叛魏，其视杜洛周、葛荣、万俟丑奴辈，固不可同日语矣。杜、葛等未受魏恩，揭竿为乱，史笔不得谓之非贼，况宝夤乎！本回历叙战事，独提宝夤为主脑，诛其心也。胡太后以母害子，纲目直书曰弑。君主时代，尊无二上，不得以太后恕之；况其为淫乱不法，毫无母德耶！尔朱荣抗表问罪，义正词严，假使他日入洛，清宫掖，肃纪纲，则功绩岂出伊、霍下？故以事迹论，则尔朱兴师之日，尚非肆逆之时。应贬则贬，应褒则褒，论史者固具有苦心乎！

第十六回

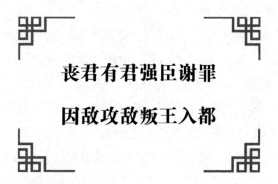

丧君有君强臣谢罪
因敌攻敌叛王入都

却说尔朱世隆，赍着魏廷诏敕，行至晋阳，适与尔朱荣相遇。兄弟叙谈，当然有一番情话。荣览敕后，语世隆道："这事我不便依从，弟亦无须回朝。"世隆道："朝廷疑兄，故遣世隆到此，今留世隆，反使朝廷得以预防，亦属非计。"荣乃遣还世隆，自与元天穆商议，谓彭城王勰夙有忠勋，名传身后，第三子子攸，近封长乐王，亦有令望，不如将他拥立，较孚众望云云。天穆亦以为然，荣因令从子天光等，往见长乐王子攸，具述荣意。子攸便即允议。**皇帝是人人喜做的。**天光等返至晋阳，向荣报命，荣又不免疑惑起来。从前魏国立后，必范铜为像，像成方得册立，否则目为不祥，应即罢议。荣援例卜吉，也将显祖献文帝*即魏主弘*。子孙，一一铸像，多半未就。唯长乐王独成，乃即起兵发晋阳。

世隆还都后，模糊复旨，及闻荣南下，潜逃出都，径投荣军。胡太后得了军报，很觉彷徨，悉召王公大臣等入议。大众都不直太后，莫肯发言。独徐纥出对道："尔朱荣乃是小胡，擅敢称兵向阙！据现在文武宿卫，出外控制，已是有余。今但分守险要，以逸待劳，臣料彼千里远来，士马疲敝，不出数月，包管能剿灭呢。"**不容你算奈何？**胡太后乃授黄门侍郎李神轨为大都督，率众拒荣。另遣他将郑先护、郑季明等往守河桥，武卫将军费穆屯小平津。

荣行至河内，遣使至洛，密迎子攸。子攸即与兄彭城王劭，弟霸城公子正，潜自高清渡河，至河阳会荣。将士见子攸到来，争呼万岁，子攸即引着荣军，复济河南行，在途称帝，筑坛受朝。也未免太急。进兄劭为无上王，子正为始平王，尔朱荣为侍中，都督中外诸军事，兼尚书令领军将军，封太原王。当即传诏远近，谕令效顺。

郑先护素善子攸，与郑季明开城相迎，费穆亦奉表通诚。李神轨狼狈夜遁。徐纥闻报，料知大势已去，也不暇顾及胡太后，竟捏称诏敕，夜开殿门，取御厩中良马十匹，挈领眷属，东奔兖州。郑俨也照样施行，逃回乡里。统是薄幸郎。胡太后失去二婆，好似没有手足一般，急得不知所措。踌躇多时，想出一着无聊的方法，尽召肃宗后妃，迫令出家，自己亦执着银剪，把头上的玲珑宝髻，一刀除去。烦恼青丝，已剪得太迟了。她以为做了道姑，总可免罪，省得尔朱氏追究。哪知尔朱荣不肯放松，一面召百官出迎新主，一面派骑士入宫，掳了太后及幼主，同至河阴。百官奉召，急急地奉了玺绶，备着法驾，至河桥恭迎新主子攸。胡太后见了尔朱荣，尚带泣带语，自言为嬖幸所误，请荣鉴原。幼主钊一味啼哭，晓得什么好歹？惹得荣拂衣起座，顾令左右，立把太后幼主驱出，沉入河中。河伯如欲娶妇，倒还可以将就。

费穆入见尔朱荣，附耳密语道：“公士马不出万人，今长驱向洛，兵不血刃，成功太速，威力无闻。京中文武官吏，不下数百，兵民更不可胜计，若知公虚实，必致轻视。今日非大行诛罚，更植亲党，恐公他日北还，未逾太行山，内变便要发作了。”导人好杀，怎得令终！荣一再点首，转告亲将慕容绍宗，绍宗道：“胡太后荒淫失道，嬖幸弄权，淆乱四海，所以公得兴兵问罪，入清宫廷，今无故歼戮多士，不分忠佞，恐天下失望，反与公有不利，请公三思！”

荣不肯从，佯请新主子攸，就陶渚引见百官，只说是即日祭天。俟百官趋集，却下了一声军令，纵骑兜围，把百官困住核心，然后申辞指斥。说是国家丧乱，肃宗暴崩，统由朝臣贪虐，未能匡弼，应该声罪行诛，不使稽戮云云。这语一传，王公大臣等，才知为荣所赚，各吓得魂驰魄散，面色仓皇。那尔朱荣确是厉害，即遣骑士入围捕戮，拿一个，杀一个，也不问有罪无罪，一古脑儿割下首级，自丞相高阳王雍，司空巨平公钦，仪同三司东平王略，以及广平王悌，常山王郡，北平王超，任城王彝，赵郡王敏，中山王叔仁，齐郡王温等，凡元氏宗室，在朝任职，悉数毕命。就是直声卓著的元顺，时已为左仆射，亦为所杀。不忘遗直。公卿以下，遇害至二千人，尚有朝士百余，迟到数刻，亦被胡骑围住。荣又下令道："有人能作禅位文，便即免死！"言未毕，即有侍御史赵元则，应声如响。*是一个好差使，哪得不上前速应？*当下释出元则，令他草诏，余多戮毙。荣复谓元氏当灭，尔朱氏当兴，嘱军士同声附和，共称万岁。乃遣将弁数十人，持刀入行宫，刬毙彭城王劭、始平王子正，迫子攸徙居河桥，锢置幕下。*比董卓、朱温还要凶狠。*

子攸忧愤交并，使人向荣达意道："帝王迭兴，盛衰无常。今四方瓦解，将军投袂起师，所向无前，这是天意，原非人力所能致此！我生不辰，遭际衰乱，本不敢妄觊天位，只因将军见逼，勉强承统。若天命已归将军，不妨早正位号。就使推让不居，存魏社稷，亦当更择亲贤，善为辅弼。我但求保全生命，不必多疑！"荣听了此言，再与将佐熟商。都督高欢，劝荣即日称帝。独将军贺拔岳进言道："将军首建义兵，志除奸逆，大勋未立，遽有此谋，恐未必邀福，反足速祸呢！"荣志忐不定，自铸铜为像，四次不成。又令功曹参军刘灵助，卜筮吉凶，灵助亦言未吉。荣沉吟良久，方语灵助道："我若不吉，天穆何如？"灵助道："天穆亦不应推立，只有长乐王方应吉征。"荣素信灵助言，不由得惭惧起来，自傍晚至夜半，不食不寝。但在室中绕行，且自言自语道："尔朱尔朱，为何这般弄错？只好一死塞责，报谢朝廷！"贺拔岳乘间入言，请杀高欢谢天下。荣亦被他激动，意欲杀欢，经左右代欢解免，方才罢议。

时已四更，荣匹马出营，直诣河阳幕下，拜谒子攸，叩头请死。*何前倨而后恭。*子攸不得已慰勉数语，扶令起身，荣即自为前导，引子攸入宿营中。诘旦即拟奉主入都，部众以滥杀朝士，积成怨愤，将来必有报复情事，不如迁都北方，可避后患。荣至此又不免起疑。*好听人言，怎能有成？*武卫将军讯礼，从旁力谏，乃将迁都计议，仍复打消。于是安排仪仗，簇拥嗣主子攸，舆驾入洛阳城，下诏大赦，改元建义。

京中官吏，已十死八九，剩了几个散员末秩，也是逃避一空，不敢出头。宿卫空虚，官守废旷，只有散骑常侍山伟，诣阙谢赦，叩首山呼。尔朱荣瞧这形状，也觉凄寂得很，便上书陈请道：

臣世荷藩寄，征讨累年，奉忠王室，志存效死。直以太后淫乱，孝明暴崩，遂率义兵，扶立社稷。陛下登祚之始，人情未安，大兵交际，难可齐一。诸王朝贵，横死者众，臣今粉躯，不足塞往责以谢亡者。然追荣褒德，谓之不朽，乞降天慈，微申私责：无上王请追尊帝号；诸王刺史，乞赠三司；其位班三品，请赠令仆；五品之官，各赠方伯；六品以下，赠以镇郡。诸死者无后听继，即授封爵，均其高下，节级别科，使恩洽存亡，有慰生死，或尚足少赎臣愆，谨拜表以闻！

　　魏主子攸当然允议，先尊皇考彭城王勰为文穆皇帝，皇妣李氏为文穆皇后，迁神主至太庙，号为肃祖。然后尊皇兄劭为孝宣皇帝，皇嫂李氏为文恭皇后。从子韶窜匿民家，遣人访获，令还朝袭封彭城王。他如皇伯父高阳王雍，皇弟始平王子正等，悉予尊谥。其余死难诸臣，亦如荣言赐恤。荣又请遣使劳问旧臣，文官加二阶，武官加三阶，百姓复租役三年，都下吏民，始得少安。旧臣亦相继赴阙，多仍原职。荣部下诸将士，因从龙有功，普加五阶。

　　诸将士尚防有后患，劝荣请魏主徙都，荣复为所动，入白魏主子攸，主张北迁，都官尚书元谌，独出来反对，与荣力争。荣怒叱道："迁都事与君无关，何必争执？且河阴一役，君曾闻知否？"谌亦抗声道："天下事当与天下公论，奈何举河阴毒虐，来吓元谌！谌系国家宗室，位居常伯，生既无益，死亦何损？就使今日碎首流肠，也不足畏呢！"元氏犹有此人，好算难得。这一席话，惹得荣气冲牛斗，即欲加谌死罪。尔朱世隆在旁力劝，谌得不死。盈廷无不震慑，谌仍神色不变，徐徐引退。

　　过了数日，魏主子攸偕荣登高，俯视宫阙壮丽，列树成行。荣叹息道："前日愚昧，有北迁意，今见皇居壮盛，方信元尚书言，确有至理，无怪他抵死不从呢。"魏主亦好言抚谕，荣乃绝口不谈迁都。唯郑俨、徐纥、李神轨三人，在逃未获，檄令地方有司，搜捕治罪。俨遁归乡里，与从兄荥阳太守仲明，谋据郡起兵，为部下所杀。纥奔至泰山郡，投依太守羊侃，嗣闻朝廷严捕，乃与侃南奔降梁。神轨不知下落，想已是窜死了。汝南王悦，临淮王彧，北海王颢，前已避难南奔，彧因魏主定位，访求宗室，乃上书梁廷，乞求放归。梁主颇惜彧才，但不便强留，准令北还。魏主授彧尚书令，兼大司马，彧遇事敢言，颇有直声。

　　已而魏主欲册立皇后，尔朱荣嘱使朝臣，拟将前时纳充嫔御的孀女，改配魏主，好乘时正位中宫。看官，试想荣女曾为肃宗嫔，肃宗诩系子攸从侄，名分攸关，怎得将侄妇充做御妻？子攸不便依荣，又未敢违荣，当然是怀疑未决。黄门侍郎祖莹进议道："从前春秋时候，晋文在秦，怀嬴入侍，事贵从权。幸陛下勿疑！"却是一条正比例，但怀嬴止为晋文妾，荣女却为子攸后，是尚不能强同。子攸不得已如祖莹言。小子上文曾叙及肃宗后妃，被胡太后迫令出家，及尔朱荣入都，荣女正在瑶光寺，由荣迎回。此时祖莹为荣申请，既得魏主允准，赶即报荣。荣不禁大喜，即令孀女释服改装，打扮得与娥姁相似，乘舆入宫。魏主子攸，见她炫服华容，倒也可爱，乐得将错便错，同赴高唐。一连三宿，订定立后礼仪，御殿受册。这位尔朱嫔丰神绰约，环珮雍容，居然被服珮衣，统掌六宫事宜，好做那北朝国母了。魏加尔朱荣为北道大行台，巡方黜陟，先行后闻。

荣乃欲还镇晋阳，入阙白主，申谢河桥罪过，誓言后无二心。魏主起座扶荣，也与他握手设誓，彼此不贰。荣很是喜慰，求酒畅饮，喝得酩酊大醉，由魏主召令左右，掖入床舆。听他鼾声大作，不由得记忆前恨，惹起杀心。当下取刀在手，拟即杀荣，左右慌忙谏阻，各说是投鼠忌器，万不可行。乃命将床舆舁入中常侍省，荣尚一睡未醒，直至夜半，方才惊寤。渐闻魏主有下刃意，心不自安，遂辞行北去。特荐元天穆为侍中，录尚书事，领京畿大都督，兼领军将军。行台郎中桑乾、朱瑞为黄门侍郎，兼中书舍人，内外勾通，腹心密布，仍然与在朝无异，不肯放宽一着。魏主亦只好得过且过，付诸缓图。

会葛荣引兵围邺，众号百万，魏主将亲往讨，命大都督上党王元天穆，总众八万为前军，大将军太原王尔朱荣，带甲十万为左军，司徒杨椿，勒兵十万为右军，司空穆绍，统卒八万为后军。荣奉到诏敕，亟自率精骑七千名，倍道兼行，用侯景为前驱，东出滏口。葛荣横行河朔，所过残破，闻尔朱荣孤军前来，侈然语众道："区区一军，怎能敌我！尔等可各办长绳，来一个，缚一个，不得有误！"如此骄盈，不败何待？便令列阵数十里，西向待着。

尔朱荣潜军山谷，分骑士为数队，每队约数百骑，扬尘鼓噪，使贼众不辨虚实，自率健骑绕出葛荣阵后，预约夹攻。葛荣只管前面，不管后面，但听得哗声大至，急忙备御。等了许久，并无来军，正拟解甲休息，又觉得喊声四起，尘头滚滚。好多时不见到来，转使葛荣且惊且疑。既而自笑道："这是尔朱荣的疑兵计，毫无实力，徒乱我心，我适受彼赚，不如大众静坐，休养锐气是！"这才中计。遂令部众静守，不必他顾。部众各散伍小憩，不意阵前阵后，胡哨迭吹，霎时突入铁骑，搅乱贼阵。

葛荣仓猝上马，尚只督众向前，为抵敌计，忽背后驰到一大将，手起槊落，竟将葛荣打倒马下，一声呼喝，已由好几个健卒，跳跃而至，立把葛荣缚住。贼众见渠魁受擒，无不胆落，那大将又复传令，降者免死，于是贼众一齐投戈，匍匐乞降。大将又宣谕道："尔等都有父母妻孥，奈何从贼寻死！我但拿问首逆，不问胁从，愿留者听，愿归者亦听。"这谕传出，大众多半愿归，泥首拜谢，欢跃而去。冀、定、沧、瀛、殷五州，自是肃清。看官欲问大将为谁？无非是个尔朱荣。

荣既遣散贼众，尚有若干贼目，无家可归，亦量能录用，不使失所。可巧贼目中有一少年，虎背猿躯，与众不同，问他姓名，叫作宇文泰。乃父名肱，随鲜于修礼战死，泰转投葛荣，至此为尔朱荣所爱，擢为军将。宇文泰始此。随将葛荣槛送入洛，枭斩都市。葛荣了。魏主加荣为大丞相，都督河北畿外诸军事，并封荣诸子为王。一面撤回元天穆各军，进司徒杨椿为太保，城阳王徽为司徒。

是时梁将军曹义宗，围魏荆州，已历三年，守将王罴，百计拒守，幸得不陷。魏廷因朔方多难，不遑南顾，至是始遣中军将军费穆，都督南征各军，往援荆州。梁军久顿城下，已经疲敝，不料费穆猝至，闯入梁营，曹义宗不及措手，竟被擒去，荆州解围。梁主衍闻义宗被掳，当然不肯干休，索性想出因敌攻敌的计策，封降王元颢为魏王，派将陈庆之引军纳颢。颢南奔梁见上文。颢遂北行，得拔荥城，擒住魏行台统帅济阴王元晖，自称魏帝，改元孝基。

魏大都督元天穆方出略河间，往讨伪汉王邢杲，杲前为幽州主薄，也想乘乱为王，招集河北流民，占踞北海，骚扰青州。天穆奉敕东征，一军不能两顾，魏主令他熟筹缓急。他决计先灭邢杲，然后讨颢。却喜东征得手，不到数月，便将杲擒送洛阳，斩首了事。乃移军南趋，在途迭闻警耗，系是元颢导着梁军，乘虚深入，取梁国，拔荥阳。当下驱军急进，直至荥阳城下，偏被陈庆之杀将出来，急切不能阻拦，竟至败北。庆之乘势追击，复陷虎牢。虎牢为洛阳要塞，一经失守，洛都当然大震。

魏主子攸急欲避难，未知所向，因召群臣会议。或劝魏主赴长安，中书舍人高道穆进言道："关中荒残，不宜再往。颢乘虚深入，将士不多，若陛下亲率卫士，背城一战，臣等亦誓尽死力，不难破颢。倘谓胜负难料，不若暂时渡河，征召大丞相尔朱荣，与大将军天穆，掎角进讨，不出旬月，定可成功。这乃是万全之计呢！"魏主子攸，遂带领数骑，夜走河内。都中无主，便即大乱。临淮王彧，安丰王延明，倡议迎颢，遂封府库，备法驾，率百僚迎颢入城。

颢入洛阳宫，改元建武，也循例施赦，授陈庆之为侍中，领车骑大将军。元天穆收集败卒，得四万人，掩入大梁，再分兵二万，使费穆为将，往攻虎牢。颢亟遣庆之击穆，穆正力攻虎牢，闻庆之将至，已有畏心。嗣又得天穆北去消息，只剩得自己孤军，越觉彷徨失措，一俟庆之到来，即望尘迎降。庆之送穆至洛，颢责他趋奉尔朱，滥杀王公，即令推出枭首。**该杀。**一面命黄门侍郎祖莹，作书贻子攸道："朕泣请梁朝，誓在复耻，但欲问罪尔朱，出卿虎口，卿与我肯同心勠力，皇魏或可再兴，否则尔朱得福，卿益得祸。卿宜三复斯言，庶富贵可共保哩。"

书去后杳无复音，唯河南州郡，陆续输诚。再遣使四出，招谕官民。齐州刺史沛郡王元欣，意欲受诏，军司崔光韶抗言道："元颢受制南朝，引寇兵覆宗国，乃是乱臣贼子，人人得诛，不但大王家事，所应切齿，就是下官等亦夙受国恩，未敢仰从！"长史崔景茂等，亦齐声道："军司言是！"欣乃斩颢使，示与决绝。还有襄州刺史贾思同，广州刺史郑先护，南兖州刺史元暹，俱不受颢命。冀州刺史元孚，自葛荣受诛后，仍复原职。颢令为东道行台，封彭城郡王，孚将颢书转献魏主子攸，表明诚意。平阳王元敬先，起兵讨颢，不克而死。

颢入洛城时，适遇暴风，缓辔至阊阖门，马忽惊跃，不肯入城，当由左右代为执辔，驱策数次，才得驰入。颢颇有戒心，所以入城申谕，禁止侵掠，内自宫掖，外及民舍，统皆安堵如恒。过了一二旬，渐渐地骄怠起来，所有宾客近习，统皆宠待，自己日夕纵酒，不恤兵民。所从南兵，陵轹市里，不复加禁，因此朝野失望，公私不安。恒农人杨昙华私语亲友道："颢必无成，假充冕不过六十日。"谏议大夫元昭业，亦窃议道："从前更始即**新莽时之刘玄**。自洛西行，初发马惊，奔触北宫铁柱，三马皆死，后卒无成。援古证今，相去亦不远呢。"高道穆兄子儒，自洛阳出从子攸，子攸问洛中事，子儒答道："颢败在旦夕，不足深虑！"子攸才得少安。小子有诗叹道：

> 休言成败属穹苍，一得生骄定不长。
> 阊阖门前惊坐马，区区未足验灾祥。

颢既骄恣，复欲叛梁。欲知后来情形，俟至下回再表。

尔朱荣入清君侧，本属有名，前回中已经评及。及观本回所叙之事实，乃知荣之心术，比莽、操为尤凶。胡后有罪，亦应上告宗庙，妥定刑名；幼主何辜？竟同赴洪流，惨遭溺毙。如此处置，已觉过甚，复误信费穆奸言，屠戮王公大臣，多至二千余人，长乐二弟，亦遭骈戮，是可忍，孰不可忍乎？天夺其魄，始迎新主入都，乃复有纳女为后一事。女为孀妇，使之改适，一不可也；以侄妇而再醮叔翁，逆伦伤化，二不可也。倒行逆施，一至于此，魏岂尚有国法乎？葛荣恶贯满盈，天然假诸荣手，非荣之果能歼贼也。彼元颢导敌覆宗，亦不足道，彭城王勰，有功枉死，其子子攸，尚为人所属望。北海王详，贪淫不法，死不足惜，颢徒借梁军以图一逞，误矣。况一得自豪，即萌骄态，此而不亡，不特无天道，并且无人道矣。贬抑之以儆效尤，所以示天下乱贼之防也。

第十七回

设伏甲定谋除恶
纵轻骑入阙行凶

却说元颢自铚县出发，转战入洛，共取三十二城，大小四十七战，无不获胜，这都出自陈庆之的功劳。哪知他忘恩负义，潜生二心，私与临淮王彧、安丰王延明，密谋背梁，因此待遇庆之，亦渐不如前。庆之已微察隐情，预为戒备，且入朝语颢道："我军不满万人，远来至此，幸得成功，人情尚未尽服。彼若知我虚实，调兵四合，如何抵御？不如速启南朝，更请济师。如北方有南人陷没，应敕诸州送入都中，兵多势厚，方可无虞。"颢支吾对付，转告安丰王延明。延明道："庆之兵不过七千，已是难制，今若更添兵力，怎肯再为我用？大权一去，事事仰人鼻息，恐元氏宗社，要自此颠覆了。"颢乃遣使上表梁廷，但言"河北河南，同时戡定，只有尔朱荣一部，尚敢跋扈，臣与庆之自能擒讨，不烦添兵劳民"云云。庆之副将马佛念，密白庆之道："将军威行河洛，声震中原，功高势重，为魏所疑，一旦变生不测，祸且及身，不如乘他无备，杀颢据洛，倒是千载一时的机会，将军幸勿错过。"为庆之计，确是良谋。庆之摇首道："此计太险，恐不可行。"

嗣来了河北急报，尔朱荣自晋阳发兵，与天穆相会，护送子攸南还，前驱已到河上了。庆之亟往见颢，颢令庆之出守北中城，自据南岸，抵遏北军。庆之引兵直前，与北军相持三月，接仗至十一次，杀伤甚众，未尝败衄。安丰王延明等，沿河固守，北军泛舟可渡，亦不能亟进。尔朱荣意欲退师，再图后举，黄门侍郎杨侃语荣道："胜负本兵家常事，裹创血战，古今屡闻，况今并未大损，怎可中道折还，自阻锐气？今四方颙颙，视公此举，遽复引归，民情失望。如虑乏舟渡河，何匆多为桴筏？参用舟楫，沿河数百里间，皆为渡势，使颢防不胜防，一或得渡，必立大功。"高道穆亦进言道："今乘舆飘荡，主忧臣辱，大王拥百万雄兵，奉主南归，若分兵造筏，沿河散渡，指掌可克，奈何无端退却，使颢复得完聚？这所谓养虺成蛇，悔将无及了。"荣已为感动，询及刘灵助，灵助亦谓不出十日，河南必平。适伏波将军杨檦族人，居住马渚，自言有小船数艘，愿为向导，荣乃命从子车骑将军尔朱兆，与都督贺拔胜，缚木为筏，自马渚夜渡，袭击颢军。

颢不及预备，仓猝应敌，至为北军所乘。领军将军冠受，系颢爱子，竟被擒去。颢大惊遁还，安丰王延明等亦皆溃退。陈庆之孤军失倚，忙收众结阵，匆匆引归。会值嵩高水涨，不便徒涉，那尔朱荣却自督大军，从后追来。庆之部众，急不择路，或投河溺毙，或缘河逃散，单剩得数十百骑，随着庆之。庆之急令从骑下马易服，自把须发薙去，溷充沙门，从间道逃至汝阴，始得奔归建康。

颢由辕辕南出临颍，从骑四窜，临颍县卒江丰，诱颢入室，取刀杀颢，传首洛阳。魏主子攸，早至北邙，由中军大都督杨津，洒扫宫禁，召集百僚，出迎子攸，涕泣谢罪。子攸慰劳已毕，遂入居华林园，颁诏大赦。加尔朱荣为天柱大将军，尔朱兆为车骑大将军，仪同三司，元天穆为太宰。凡北来军士，及随驾文武诸臣，各加五级，出宫人三百名，缯锦杂彩数万匹，班赐有差。临淮王彧，仍诣阙请罪，有诏不问。安丰王延明自觉无颜，挈妻子南奔梁朝，后来病死江南。

尔朱荣留都数日，仍辞归晋阳，遣都督贺拔胜，出镇中山，复使统军侯渊，讨灭葛荣余党韩楼。越年再使从子骠骑将军尔朱天光，与左都督贺拔岳、右都督侯莫陈悦，率兵往讨万俟丑奴。丑奴出没关中，屡为民患，时正往攻岐州，令党徒尉迟菩萨等，自武功南渡渭水，扑城攻栅。贺拔岳引着千骑，倍道赴援，菩萨已拔栅收兵。岳前往挑战，诱菩萨至渭南，依山设伏，俟菩萨轻骑追来，发伏齐起，得将菩萨捉住。名为菩萨，奈何毫无神力？收降贼众万余。

丑奴闻菩萨陷没，退保安定。岳与天光会师岐州，扬言夏令将至，不便行师，应俟秋凉再进。丑奴信为实言，散众归耕，据险立栅。天光遂与岳悦二都督，乘夜发兵，攻入大栅。所得俘囚，悉数纵还，诸栅闻风皆降。天光长驱直进，径达安定，丑奴无兵可守，弃城出走，贺拔岳等从后追蹑，赶至平凉，围住丑奴。裨将侯莫陈崇，单骑突入，与丑奴交手，不到三合，便把丑奴活捉了来，大呼出阵，贼皆披靡。乘胜进逼高平，萧宝夤为丑奴太傅，尚欲拒守，天光将丑奴推至城下，指示守卒，谕令速降。守卒立即应命，执住宝夤，送入大营，关中悉平。丑奴、宝夤，械送都中，缚至阊阖门外，示众三日，方将宝夤赐死，丑奴处斩。**丑奴了，宝夤亦了。**

宇文泰曾随军讨颢，因功封宁都子，至此复从贺拔岳入关，讨平丑奴，魏主子攸，擢泰为征西将军，行原州事。泰安抚关陇，待民有恩，民皆感悦，互相告语道："早遇宇文君，我等怎肯从乱呢！"**为北周开国张本。**

这且慢表。且说尔朱荣迭平叛乱，勋爵愈隆，威势亦愈盛，虽居外藩，遥制朝政，宫廷内外，遍布心腹，伺察魏主动静。魏主有心振作，勤政不怠，常与吏部尚书李神隽，议清治选部。荣奏补曲阳县令，资格未合，为神隽所搁置。荣当即怒起，擅自调补，神隽惶恐辞职。荣即使从弟仆射尔朱世隆，代理吏部，欲调北人镇河南诸州，魏主未许。太宰元天穆，出镇并州，竟为荣上奏道："天柱立有大功，为国宰相，若请变易全国官吏，陛下亦不得遽违，况止调数人为州吏，如何不即允许哩。"魏主复谕道："天柱若不为人臣，朕亦须听他命令；如犹存臣节，怎得黜陟百官！"天穆转告尔朱荣，荣当然生恨。尔朱后性又妒忌，稍有不平，便忿然道："天子由我家置立，怎得自专？我父原拟自为，何不早自决计呢！"**尔父若为天子，尔只能做个公主，怎能总制六宫？**世隆亦谓兄不为帝，自己未得封王，阴生觖望。唯魏主外制强臣，内迫悍后，居常怏然不乐。城阳王徽妃，系魏主舅女，侍中李彧，是魏主姊婿，魏主因她戚谊相关，格外亲信。二人欲得权宠，尝恨尔朱氏牵制，所以日夕毁荣，劝主除害。侍中杨侃，胶东侯李侃晞，仆射元罗等，亦曾与谋。魏主亦时思除荣，只一时未敢猝发。荣好游猎，寒暑不辍，辄绘缚虎图进呈，谓臣不忘武功，实欲北扫汾胡，南平江淮，为天子作统一计。又称"参军许周，劝臣取九锡礼，臣未立大功，怎得叨受殊荣？已将许周斥去"等语。魏主见他词意骄倨，益有戒心，唯玺书褒答，申奖忠诚。**无非以假应假。**

会尔朱后怀妊九月，将要分娩，荣表请入朝，欲乘便视后。城阳王徽等谓荣果诣阙，正好伏兵刺毙。李侃晞独言荣必设备，恐未可图，不如先杀荣党，发兵拒荣为是。两议俱属未妥。魏主尚是未决，都下已颇泄秘谋。中书侍郎邢子才等多畏祸东去。尔朱世隆亦有所闻，自为匿名书，粘贴门上，有"天子欲杀天柱"一语。旋即揭纸寄荣。荣自恃盛强，不以为意，且扯书掷地道："世隆胆怯，孰敢生心！看我单骑入朝，有人能挠我一毛发么？"荣妻亦劝荣不行，荣终不听。即率将士等南下，妻亦随行，直抵洛阳。

魏主本即欲杀荣，因恐天穆在并州，必为后患，乃虚与周旋，优礼相待。荣入宫待宴，醉后奏陈，谓外人屡言陛下疑臣，意欲加诛。魏主不待说毕，便接口道："人亦有言王欲害我，谣说无凭，怎可轻信！"荣欢颜称谢。嗣是入谒，从人不过数名，又皆不持兵仗，魏主见荣尚无反意，拟取消前议，城阳王徽怂恿道："就使荣果不反，亦不可耐；况未必可保呢。"魏主乃征天穆入朝，欲一并除去。荣全未察觉。再加朝士随员，向荣献谀，或说是将加九锡，或说是将下禅文，或说是长星入中台，为除旧布新的预兆，或说是并州城上有紫气，不日当有应验，哄得尔朱荣心花怒开，扬扬自得。

荣有小女，适魏主兄子陈留王宽，荣尝指宽示人道："我终当得此婿力。"这种词态，传入宫廷，越令魏主生嫌。魏主又梦中取刀，自割十指，醒后很觉惊惧。问诸徽及杨侃，徽答道："蝮蛇螫手，壮士断腕，梦中割指，亦是此类。陛下若临机立断，可保吉征。"魏主意乃决定。

可巧天穆奉召入都，由魏主邀同尔朱荣，迎入西林园，摆酒接风。荣请令群臣校射，且面奏道："近来侍臣多不习武，陛下宜率五百骑出猎，振励武功。"魏主含糊许可，但心中愈觉动疑。越日召入中书舍人温子升，问汉杀董卓事，魏主道："王允若赦凉州人，必不至死。"良久复语子升道："如朕心理，卿亦应知，死犹欲为，况未必死呢！若戮及渠魁，曲赦余党，想不至有意外祸端！"子升唯唯应命。魏主嘱他预作赦文，指日诛恶，子升受命退去。

诘旦即召荣与天穆，入宴明光殿，令杨侃等伏甲以待。荣与天穆入座，宴饮未毕，便即起出。侃等从东阶入殿，见荣等已至中庭，不便动手，乃任他自去。既而荣诣陈留王家饮酒，大醉而归，因自称病发，连日不入。

魏主恐密谋漏泄，寝馈不安，城阳王徽入白道："事不宜迟，何不托言后生太子，召荣入朝，就此毙荣？"魏主道："后怀孕只及九月，怎得即言生子？"徽又道："妇人不及产期，便是生儿，也是常事，彼必不疑。"魏主乃再伏兵明光殿，声言皇子已生，遣徽驰告荣及天穆。荣正与天穆坐博，徽即脱去荣帽，欢舞盘旋。忽又由殿中文武，传声促入，荣信以为真，遂与天穆一同入贺。两人应该同死，所以连属。

魏主闻荣等进来，不觉失色，温子升趋入道："陛下色变，速请饮酒壮胆。"魏主因索酒连饮，渐觉心胆少豪。子升袖出赦文，正要呈览，遥见荣已登殿，料知不及再阅，便取文趋出。巧巧与荣相遇，荣问是何文书？子升只说一赦字。荣见他神色自若，也不欲取视，悯然竟入。魏主在东序下西向坐着，荣与天穆，至御榻西北入席。尚未开谈，李侃晞等持刀进来。荣料知有异，起趋御座，魏主已横刀膝下，顺手取出，向荣力斫，荣即仆地。侃晞追上一刀，呜呼毙命！天穆亦被砍死。荣长子菩提等，共三十人，随荣入宫，俱为伏兵所杀。内外欢噪，声满都城。

魏主即登闾阖门，饬温子升宣诏大赦，并遣武卫将军奚毅，前燕州刺史崔渊，率兵镇北中城。尔朱世隆，闻变夜出，奉荣妻及荣部曲，走屯河阴。荣党田怡等，欲进攻宫门，贺拔胜谓内必有备，不如出城，再图他计。怡乃随世隆出走，胜独不往。黄门侍郎朱瑞，虽为荣所委，却能委曲将事，颇得主眷。故虽从世隆出城，半途逃回。金紫光禄大夫司马子如，素为尔朱氏死党，弃家奔世隆。世隆即欲北还，子如道："兵不厌诈，今天下汹汹，唯强是视，君若北走，反示人以弱，不如分兵据守河桥，还袭京师，出其不意，或可成功。"子如实是戎首。世隆依议，即夜攻河桥，擒杀将军奚毅等人，据北中城。

魏主大惧，遣前华阳太守段育慰谕，竟被世隆杀死。先是散骑常侍高乾，与弟敖曹避难奔齐，受葛荣官爵，聚民为乱。魏主招令反正，授乾为给事黄门侍郎，敖曹为通直散骑侍郎。尔朱荣奏请黜乾兄弟，谓叛人不宜再用，乃听解职还乡。敖曹复行抄掠，由荣诱拘晋阳，荣入都时，恐他生变，独令随行，禁居驼牛署。荣已诛死，魏主释令入侍，授官直阁将军。高乾亦自冀州至洛都，魏主命为河北大使，使与敖曹偕归，招集乡曲，作为外援。乾兄弟临行时，魏主亲送出城，举酒指河道："卿兄弟本冀部豪杰，能令士卒致死；倘京都有变，可为朕至河上，耀众扬尘。"乾垂涕受谕，敖曹拔剑起舞，誓以必死，待魏主回城，始相偕引去。

世隆遣族人尔朱拂律归，率胡骑千人，白衣至郭下，索太原王尸。魏主自登大夏门眺望，且令从臣牛法尚俯语道："太原王立功不终，阴图叛逆，王法无亲，已正刑书。罪止荣身，余皆不问。"拂律归应声道："臣等随太原王入朝，忽致冤酷，今不忍空归，愿得太原王尸，生死无恨！"言已大哭，群胡相率举哀，声震京邑。魏主亦觉怅然，便遣朱瑞赍着铁券，往赐世隆。世隆道："太原王尚不得生，两行铁字，何足为凭！"说着，举券投地。瑞拾券还报，魏主乃募敢死士讨世隆。三日得万人，出御拂律归，究竟士系新募，未习战阵，屡战不克。会皇子诞生，下诏大赦。庆贺既毕，复议讨叛，群臣皆面面相觑，不发一言。只能放火，不能收火，此等人有何用处？独散骑常侍李苗挺身道："小贼敢横逆如此！臣虽不武，愿率一旅出战，为陛下径毁河桥！"魏主大喜，即假平西将军职衔，率数百人出城，由马渚上流，乘船夜下，纵火焚河桥。尔朱兵顿时大乱，从南岸争桥北渡，俄而桥绝，溺毙甚众。苗还泊小渚，守待南援，哪知官兵一个不至，敌兵却陆续趋击。苗拼死力战，终因寡不敌众，部下尽歼，苗亦投水自尽。魏主闻报，很是痛惜，追封河阳侯，予谥忠烈。何不预发援兵？尔朱世隆经此一吓，却召回拂律归，向北遁去。

魏主诏行台都督源子恭出西道，杨昱出东道，各率兵万人，追讨世隆。子恭至太行丹谷，筑垒设防，控遏晋阳。时尔朱兆为汾州刺史，已发兵至晋阳城，拟即南向犯阙。适值世隆北返，两下会谈，议先奉太原太守行并州事长广王晔为主，然后进攻洛阳。晔系前中山王英从子，轻躁有力，既得尔朱氏推戴，便欣然称帝，改元建明。命世隆为尚书令，兆为大将军，皆封王爵；世隆从兄卫将军度律为太尉；天柱长史彦伯为侍中；徐州刺史仲远为车骑大将军，兼尚书左仆射，领徐州大行台。仲远遂起兵遥应，约共入洛。

骠骑大将军尔朱天光，正与贺拔岳、侯莫陈悦，西循关陇，闻荣死耗，亦下陇南行，拟向洛阳。魏主使朱瑞往抚，进天光为侍中，仪同三司，兼领雍州刺史。天光与贺拔岳谋，欲令魏主外奔，更立宗室。乃使瑞归报云："臣无异心，但欲仰奉天颜，再申宗门罪状。"又令僚属佯为奏闻，谓天光暗蓄异图，愿思胜算以防微意。狡哉天光。魏主两得奏报，不免怀疑，只好加封天光为广宗王，曲示羁縻。那长广王晔，亦封天光为陇西王。天光隐持两端，观望成败。

尔朱兆引众向洛，先召晋州刺史高欢，愿与偕行。兆素骁勇善战，独尔朱荣未死时，谓兆非欢匹，终当为彼穿鼻。至是欢接兆书，慨然叹道："兆狂愚如是，敢为悖逆，我不能长事尔朱了！"遂托言山蜀未平，不肯应召。

兆自督众南行，到了丹谷，与源子恭相持。尔朱仲远亦自徐州北向，陷西兖州，擒去刺史王衍。魏主乃命城阳王徽，兼大司马，录尚书事，总统内外，使车骑将军郑先护为大都督，与右卫将军贺拔胜共讨仲远。先护疑胜曾附尔朱，挥置营外，胜已心怀怨望。及行次滑台东境，与仲远相遇，交锋数次，先护并不出援，竟至败却。胜挟恨益深，遂潜奔仲远，返攻先护。先护狼狈奔走，后且投顺梁朝。南路失败，北路亦溃，源子恭部将崔伯凤阵亡，史仵龙开壁降兆。子恭慌忙奔回，还算幸全性命，洛阳大怖。

城阳王徽，毫无韬略，但惜财吝赏，失将士心。魏主与他商议，一味敷衍，谓小贼无虑不平。魏主亦以大河深广，兆等未能即来，谁知永安三年十一月间，河水浅涸，暴风扬尘，兆竟轻骑南来，渡河入都，守城将士，仓猝四溃，及兆纵骑叩宫，宿卫方才惊觉，立即骇散。魏主仓皇出走，步行至云龙门外，适遇城阳王徽，跨马急奔，连呼数声，并不见应。及徽已去远，却来了胡骑数十名，顺手把魏主牵住，往报尔朱兆去了。小子有诗叹道：

> 叛臣入阙始惊奔，失势何人认至尊？
> 天子穷途犹若此，才知处士贵争存。

未知魏主性命如何，容待下回再详。

　　平葛荣，灭元颢，诛万俟丑奴，擒萧宝夤，尔朱荣之功，不可谓不高。功高者本易震主，况如尔朱荣之有心篡逆，遥制朝政，而能不遭主忌耶！魏主子攸，定谋阙下，伏甲除奸，梁冀死而钟虡不惊，董卓诛而宫廷无恙，不可谓非一时快事。惜乎所用非人，满廷阘茸，城阳王徽，贪佞无能，而任为统帅；源子恭、郑先护辈，皆等诸自郐以下，不足讥焉。忠愤如李苗，挺身出战，冒险焚桥，乃不为后援，任其战死，虽欲不亡，宁可得乎？逆兆入宫，始得闻知，狼狈出走，立遭牵絷，识者有以知子攸之自取矣。

第十八回

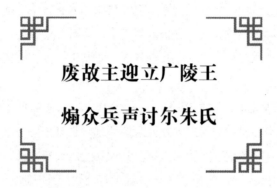

废故主迎立广陵王
煽众兵声讨尔朱氏

却说魏主子攸，被胡骑牵去，往报尔朱兆。兆不欲与见，但令牵往永宁寺中，锁禁楼上。自入宫扑杀皇子，见有嫔御妃主，一并拘住，拣得几个美貌少妇，姿情污辱。**独不提及尔朱后，想尚顾全姊妹。**余皆随给将弁，任他处置，并纵兵大掠，都市为墟。司空临淮王彧，尚书左仆射范阳王诲，青州刺史李延实等，皆为乱兵所杀。

城阳王徽走至山南，抵前洛阳令寇祖仁家。祖仁一门三刺史，皆徽所引拔，总道他记念旧情，肯为留纳，哪知祖仁佯为欢迎，请徽入室。徽有金百斤，马五十匹，皆寄交祖仁，祖仁私语子弟道："今日富贵并至，不但可得徽财，且可因徽得赏呢！"徽仅留一日，祖仁即伪言官捕将至，纵令他适。徽慌忙逃避，途次被杀。这刺客便由祖仁所使。既得徽首，便传送洛阳，兆竟不加赏。

未几兆梦中见徽，叫他往祖仁家，取贮金二百斤，马百匹。**鬼犹狡猾，生前可知。**兆即遣人掩捕祖仁，祖仁料不可匿，据实供明。兆疑与梦中未符，硬要逼索，祖仁将私蓄黄金三十斤，马三十匹，悉数输兆。兆尚未信，怒执祖仁，悬首高树，用大石系足，搒掠至死。可怜寇祖仁贪图富贵，不顾仁义，害得这般结局！孽报难逃，可作后鉴，奉劝世人，勿昧心利已哩！**苦口婆心。**

尔朱世隆闻兆已成功，也即至洛。兆按剑瞋目道："叔父在朝日久，耳目应广，如何令天柱受祸！"说至此，声色俱厉，吓得世隆胆战心惊，慌忙拜谢，方得无事。仲远亦自滑台入洛阳。会河西贼帅纥豆陵步蕃，声称奉魏主密诏，讨尔朱兆，进军秀容。兆无暇居洛，亟还晋阳，并将魏主劫去，留世隆、度律、彦伯等，镇守洛都。晋州刺史高欢，率骑兵邀截魏主，已是不及，乃作书致兆，为陈祸福，谓不应加害天子，徒受恶名，兆毁掷欢书，竟拘魏主至三级佛寺中，把他缢死，年才二十四。越二年为魏主修太昌元年，始追谥为孝庄皇帝，庙号敬宗。

陈留王宽曾随魏主北行，也为兆所杀。兆自率众御步蕃，到了秀容，连战皆败，急遣使至晋州，向刺史高欢乞援。欢虽应召，沿途逗留，直至兆再三告急，方与兆会师平乐。步蕃乘胜进逼，欢约兆为后应，自当前锋。行至石鼓山，大破河西寇众，击死步蕃。兆大喜过望，即与欢约为兄弟，连宵宴饮，相得甚欢。恐要被他穿鼻了。且因葛荣余党，出没六镇，谋乱不止，特向欢问计。欢答道："六镇叛众，不能尽歼，王何不迭用心腹，使为统帅！如有叛乱，统帅连坐，叛乱自渐少了。"兆欣然道："此计甚善！但何人可使？"旁座贺拔允接入道："莫如高公！"道言未绝，那唇间已着了一拳，流血满口，折落一齿。看官道由何人所击？原来就是高欢。出人不料。欢既击落允齿，且厉声道："天下事取舍在王，汝何得妄言！王宜速杀此人！"浑身是假。兆摇手道："允言甚是，君何必作态？今日便分兵属君，统帅六镇。"正要你说出此语。欢尚饰词谦让，兆以欢为诚，越加信任，坚嘱勿辞。

酒阑席散，兆已醉枕座上，欢恐他醒后悔言，遂出谕大众，已受委统州镇兵，可集汾东受号令。乃即建牙阳曲川，部署兆军。军士素惮兆凶狠，情愿就欢，相率投效麾下。欢又请将并、肆降户，就食山东。兆信欢方深，又复依议。长史慕容绍宗道："不可！不可！今四方纷扰，人怀异望，高公雄才盖世，若再使外握强兵，譬如蛟龙得云雨，尚肯受人约束么？"兆哂然道："我与彼有香火重誓，何必过虑！"绍宗道："亲兄弟尚不可信，何论一区区香火呢！"兆不禁动怒，便叱道："你敢离间我友情么？"遂喝令左右，把绍宗牵禁狱中。全然是一卤莽汉。一面促欢就道。

欢自晋阳出滏口，正值尔朱荣妻，自洛阳行来，有良马三百匹。他即指麾军士，截夺良马，另用赢马掉换。荣妻未敢与争，只好入城报兆，兆始觉惊疑，释出慕容绍宗，再与商议。绍宗道："欢去未远，还是掌握中物呢。"兆乃自追欢至襄垣，适漳水暴涨，桥被冲坍，欢隔水拜语道："借马非有他意，实防山东盗贼，王乃信谗来追，欢何惜一死？但恐部众便要叛离了。"兆亦自明无他，复跃马渡水，与欢并坐帐前，拔刀授欢，引颈就矻。欢大哭道："自从天柱薨逝，贺六浑何所仰望？但愿大家千万岁，勠力同心，今奈何忽出此言！"兆乃投刀地上，复命斩白马，与欢为誓，且留宿夜饮。欢部下尉景，欲乘机执兆，欢啮臂戒谕道："今欲杀兆，彼党必并力来争，势不可敌，不若且从缓议。兆徒勇无谋，将来总为我所擒呢。"尉景乃止。

诘旦兆渡河归营，复召欢会谈。欢上马欲行，长史孙腾牵住欢衣，欢乃托词不赴。兆隔水责欢，说他负约，欢不与答语。兆亦无法，不得已驰还晋阳。

那尔朱世隆等镇守洛阳，屏除盗贼，流通商旅，恰尚能勉力维持。尔朱天光入会世隆，谈及新主元晔，未洽人望，不如更立近亲。世隆也以为然，郎中薛孝通入白天光道："何不改立广陵王？既属近支，又有令望，沉晦不言，多历年所，若奉以为主，必天人允叶了！"天光因告世隆，世隆道："广陵王数年不言，莫非真有痼疾不成？"天光道："且遣人试验真伪。"乃使尔朱彦伯往告广陵王，他竟说出"天何言哉"四字，才知他并非真痼，实是"遵养时晦"的意思。彦伯返报世隆，世隆大喜，便决意改立广陵王。

究竟广陵王为谁？闻他单名是一恭字，就是孝文帝宏的侄儿，广陵王羽的嗣子。从前元义擅权，恭恐得祸，避居龙华寺，佯称义疾，谢绝交通。至永安年间，都下谣传，寺中有天子气，由魏主子攸遣人监束，并无异征，乃得免害。世隆等既议定废立，天光仍还雍州。*同谋不同行，无非取巧。*可巧长广王晔，来都定位，已至邙山南首，世隆亟遣泰山太守窦瑗，往启晔道："天意人心，俱属广陵，愿王行尧舜事，勿再迟疑。"晔不觉失色，满口支吾，瑗已怀着禅文，竟取出示晔，硬令署印。晔无法推托，只好照署，瑗即返示广陵王恭。恭尚奉表三让，及百官备驾恭迎，然后入宫即位，改建明二年为普泰元年。令黄门侍郎邢子才草撰赦文，文中叙及太原王荣枉死情状，魏主恭勃然道："永安手剪强臣，并非失德，不过因天未厌乱，所以遇着成济的遗祸呢。"*成济弑曹髦见三国魏史中。*因取笔自作赦文，节去尔朱荣死事。恭闭口八年，至是始言，中外推为明主，想望太平。改封长广王晔为东海王，余如乐平王尔朱世隆，颍川王尔朱兆，彭城王尔朱仲远，陇西王尔朱天光，常山王尔朱度律，各仍元晔时故封。车骑大将军高欢，及都督斛斯椿以下，各加六级。斛斯椿本为魏东徐州刺史，曾依附尔朱荣，荣受诛时，椿惧祸南奔，依附汝南王悦。及尔朱复盛，仍然北归，得为将军，这且待后再叙。

唯尔朱世隆等，请追赠尔朱荣，魏主恭赠荣为相国晋王，并加九锡。世隆意尚未足，再使百官议荣配飨。司直刘季明抗言道："今若配飨世宗，恪。时尚无功；配飨孝明，诩。亲害乃母；配飨先帝，攸。为臣不终，下官谓无从配飨！"不愧司直。世隆发怒道："汝不怕死么？"季明道："下官既为议首，自当依礼直陈，不合尊意，剪戮唯命！"世隆倒被他驳倒，不敢加刑。但将荣配飨高祖即孝文帝。庙廷。又至首阳山立庙，就借周公庙旧址，重加建筑。庙貌甫成，偏被祝融氏收去。不可谓元圣无灵。世隆亦只好罢休。

尔朱兆以废晔立恭，事未预闻，将发兵攻世隆。世隆令彦伯前往调停，费了无数唇舌，才平兆怒，总算按兵不发，但已未免生嫌了。尔朱之败，已露端倪。

最可笑的是幽州刺史刘灵助，好谈术数，为尔朱荣所赏拔，得刺幽州。此时自加推算，逆料尔朱将衰。竟纠众为乱，自称燕王，声言为故主子攸复仇，且妄述图谶，谓刘氏当王。幽、瀛、沧、冀四州愚民，多往奔投，灵助遂引众南下，进据博陵郡的安国城。

河北大使高乾兄弟，前曾奉遣至冀州，招募徒众，应前回。尔朱兆防他为变，特遣监军孙白鹞往冀州城，托言调发兵马，将掩捕高乾兄弟。乾瞧破机关，即与前河内太守封隆之等，袭据信都，击杀白鹞，奉隆之行州事，并为故主子攸举哀，缟素升坛，誓众讨尔朱氏。一面通书灵助，愿受节制。殷州刺史尔朱羽生，率兵袭击，及城中闻知，羽生兵已到城下。高敖曹不及擐甲，携槊上马，仅十余骑出城，冲入羽生军中，舞槊四刺，无人敢当。从骑亦皆死战，以一当百，顿时摧陷敌阵，纷纷窜散。高乾登城拒守，缒下五百人接应，那羽生已魂销胆落，逃回殷州去了。时人俱服敖曹骁勇，称为项籍再生。

偏高欢硬来出头，扬言将讨灭信都，信都人当然惊惶。高乾道："高晋州雄略盖世，岂肯长居人下！今日尔朱无道，弑君虐民，正是英雄立功的机会。他欲来此，必有深谋，我且前去谒他，定可无虞。"乃与封隆之子子绘，潜至滏口，迎见高欢。欢召入与语，乾乘机进言道："尔朱酷逆，痛结神人，凡有知识，莫不思奋。明公威德素著，天下归心，若兵以义动，无论如何倔强，不足敌公。敝州虽小，户口不下十万，赋税亦足济军资，愿公熟思，毋误事机！"欢见乾词气慷慨，语语动人，几乎相见恨晚，便促膝与谈，呼乾为叔，话至夜半，且引与同寝。

越宿先遣乾归，自引兵东向徐进。前驱遇着一人，乘露车，载素筝浊酒，投刺军前，自言愿谒见高公。当有军吏传报，欢略阅名刺，见是南赵郡太守李元忠数字。便道："这人是个酒鬼，见我何为？"说着，也不传见，又不拒绝。元忠待了片刻，不见复语，便下车独坐，酌酒擘脯，且饮且嚼。连饮了好几觥，乃复顾语军吏道："闻高公招延隽杰，故不惜来谒。今未见吐哺迎贤，慢士可知，请还我名刺，不劳再报！"军吏又复告欢，欢始命引入，尚是淡漠相遭。元忠再就车上取酒及筝，一面饮酒，一面弹筝，继以长歌。歌罢乃语欢道："天下事已可知，公尚欲事尔朱么？"欢答道："富贵皆因彼所致，怎敢不为彼尽节！"元忠喟然道："迂拘小谨，怎得称为英雄！"狂态哳语，仿佛三国时之祢衡。嗣又问及高乾兄弟，曾来过否？欢诈言未来。元忠又道："公果是真语呢，还是假语呢？"欢微哂道："赵郡醉了。"因使人扶出。元忠不肯起，长史孙腾进言道："此君系天遣至此，愿公勿违。"欢乃复与问答，元忠慨陈时事，呜咽流涕。欢亦不觉动容。元忠因进策道："河北形势，莫如冀、殷，殷州城小，又无粮仗，不足济大事，最好是往就冀州，高乾兄弟必倾心事公，殷州便可赐委元忠。冀、殷既合，沧、瀛、幽、定自然弭服了。"欢闻言起座，握元忠手，亲为道歉，留诸幕下，与谈数日，方令归图殷州，自率众至信都。

隆之与乾，开门纳欢。敖曹正在外略地，未预乾议，闻乃兄迎欢入城，嗤为妇人，即遗兄布裙。欢素知敖曹勇悍，加意笼络，特遣长子澄往见敖曹，执子孙礼，敖曹乃与澄俱来。欢格外优待，敖曹方无异言。

乾与隆之，本依附刘灵助，既迎高欢为主帅，便与灵助断绝往来。魏亦使大都督侯渊，骠骑将军叱列延庆，往讨灵助。灵助尝自占道："三月末旬，必入定州。"渊至固城，用延庆计，伪言将西入关中，暗中却简选精骑，昏夜疾驰，直入灵助垒中。掩他不备，得将灵助首级取来，函入定州，正值三月末日。灵助只算得半着，平白地丧了性命。

魏廷既讨平灵助，复欲规画冀州，阳赐高欢为渤海王，征令入朝。看官，试想此时的高欢，还肯应命入都，再受尔朱氏的暗算么？尔朱世隆升授太保，专揽朝纲。尔朱兆兼督十州军事，奄有并、汾。尔朱天光加位大将军，专制关右。尔朱仲远徙镇大梁，复加兖州刺史，性最贪暴，境为富室，往往诬他谋反，取男子投入河流，籍没妇女财产，悉入私家，所入租税，亦未尝解送洛阳。东南州郡，畏仲远似虎狼，恨不即日诛殄。只因尔朱势盛，未敢反抗，没奈何忍气吞声。**即为尔朱灭亡张本。**独高欢养士缮甲，招兵抚民，将与尔朱氏决一雌雄，蓄锐以待，所以魏廷征令入朝，当然托辞不至。魏廷亦无可如何，只好设法羁縻，授欢为大都督东道大行台，领翼州刺史。**征朝不至，反授重寄，尔朱氏未亡先馁，衰兆已见，魏主恭亦安得为英主耶！**

欢益起雄心，再加部将斛律金、库狄干，及妻弟娄昭，姊夫段荣，从旁怂恿，劝他速讨尔朱。欢乃诈为尔朱兆书，谓将遣六镇人刺配契胡，众皆忧惧。又伪示并州符檄，征兵讨步落稽。**亦胡人之一种。**因调发万人出郊，由欢亲自送行，洒泪叙别，大众号恸，声震原野。欢且泣且谕道："我与尔等均为羁客，义同一家，不意在上征发如此！今若西向，一当死；后军期，二当死；配国人，三当死。奈何奈何？"大众齐声道："只有造反一法。"**逼出一个反字。**欢皱眉道："造反二字，实非美名，必不得已，亦须推一人为主帅。"大众闻言，当然推欢。欢又叹道："尔等独不见葛荣么？有众百万，散漫无纪，终致败亡。今若推我为主帅，当听我号令，毋陵汉人，毋违军律！否则我不能为天下笑呢。"众皆叩首道："死生唯命。"欢乃椎牛飨士，起兵信都，但尚未敢显斥尔朱。

会李元忠起兵逼殷州，劝令高乾率众往应。乾佯言是赴救殷州，单骑入见尔朱羽生，与谋战守事宜。羽生即偕乾出御元忠，乾觑隙刺死羽生，与元忠会师，持羽生首胁降州民，遂留元忠守殷州，自携首级报欢。欢抚膺道："今日只好决计造反了！"乃令元忠为殷州刺史。随即表闻魏廷，历举尔朱氏罪状，抗辞声讨。

尔朱世隆匿表不通，但奏称高欢造反，于是尔朱兆、尔朱仲远、尔朱天光、尔朱度律等，皆受命讨欢，由世隆居中调度。**狼子狼孙，一齐出来，然是热闹。**欢闻尔朱氏一齐来攻，当然要部署兵马，出御各军。

忽有一人满身衰绖，踉跄至军门，求见高欢。欢一见名刺，即命召入。那人到了案前，匍匐地上，放声大哭。欢亦泪下，自起扶持，令他起坐。**与见李元忠时又是一种写法。**那人尚流涕道："一家百口，尽毙贼臣手中，闻明公起义兴师，所以奔波至此，愿效犬马，图报大仇！"欢叹息道："君家世忠孝，乃为逆贼所屠，可悲可恨，我正为此起事，天道有知，必不使逆贼漏网哩！"遂面授行台郎中，令他参议军情。

看官道此人为谁？原来是魏司空杨津子愔。津长兄名播，次兄名椿，皆仕魏有名。播性刚毅，椿、津谦恭，家世孝友，缌服同爨，男女百口，人无间言。椿、津位至三公，一门七郡太守，三十二州刺史。播先病逝，子侃曾为侍中，与杀尔朱荣。_{见前回。}尔朱兆入洛，侃逃归华阴故里，尔朱天光佯言赦侃，召令出仕，侃明知有诈，但尚望保全百口，宁糜一身。乃即出应召，果为天光所杀。时杨椿亦已致仕，与子昱同返华阴。椿弟冀州刺史顺，顺子东雍州刺史辩，正平太守仲宣，皆在洛阳，就是司空津，亦留居都中。尔朱氏恨侃切齿，甚至欲屠戮全家，乃由世隆出奏，诬言杨氏谋反，请一律捕治。魏主恭不肯依议，偏经世隆固请，乃命有司检案以闻。世隆遽遣兵围津第，屠戮无遗。原来天光亦发兵至华阴，把杨氏一门老小，杀得精光。只有杨愔在外，幸得脱逃，奔至信都谒欢。_{尚留杨愔一人，未始非孝友之报，然亦惨矣。}

愔颇有才智，为欢谋议，甚得欢心。欢因将文檄教令等件，一概委愔，但令谘议参军崔悛，作为副手。愔下笔千言，词多慨切，一经颁布，无不传诵，于是尔朱氏罪恶，遐迩共知。尔朱兆出攻殷州，李元忠独力难支，弃城奔信都。_{酒鬼究属无用。}尔朱仲远及尔朱度律，与将军斛斯椿、贺拔胜、贾显智等，亦进军高平，欢颇以为忧。

长史孙腾献议道："今朝廷隔绝，号令无所禀承，众将沮散，不如先立元氏宗亲，维系众志。"_{此策实属无谓。}欢不能无疑，腾一再固请，乃奉渤海太守鲁郡王元朗为帝。朗系景穆太子晃玄孙，父为章武王融，至是迎入信都，即皇帝位，改元中兴。命高欢为侍中丞相，都督中外诸军事，高乾为侍中司空，高敖曹为骠骑大将军，领冀州刺史，孙腾为尚书左仆射，魏兰根为右仆射。欢既受命统军，指日出征，用了一条反间计，遂令尔朱氏自相猜忌，走仲远、度律，并大破兆军。小子有诗叹尔朱氏道：

> 人生兴废本无常，一姓争荣一姓亡；
> 自古强宗无不覆，祸根多半起参商。

究竟高欢计策若何，请看下一回。

本回述高氏得势之由来，即北齐开国之动机，无尔朱氏之乱魏，则高氏不得兴；

无尔朱氏之举兵相委，则高氏亦不得兴。谚有之：乱世出英雄。高欢其果为乱世之英雄乎？彼尔朱子弟，皆非欢敌，尔朱荣固已逆料之矣。尔朱将佐只有一慕容绍宗，而不能用。贺拔兄弟反复无常，皆不足取。欢则蓄甲养士，疏狂如李元忠而优容之，悍戾如高敖曹而礼遇之。迹其所为，仿佛魏武，宜乎乘时崛起，而为一世雄也。然尔朱氏目无长上，置君如弈棋，倏废倏立，致当时目为乱贼，而高欢亦从而蹈之，为义不忠，以暴易暴，欢之与尔朱相去，得毋所谓不能以寸耶！

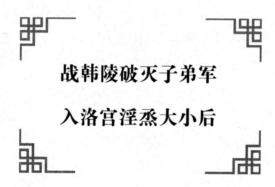

第十九回

战韩陵破灭子弟军
入洛宫淫烝大小后

却说高欢自信都发兵，出御尔朱氏各军。因闻尔朱势盛，颇费踌躇。参军窦泰劝欢用反间计，使尔朱氏自相猜疑，然后可图。欢乃密遣说客，分途造谣，或云世隆兄弟阴谋杀兆，或云兆与欢已经通谋，将杀仲远等人。兆因世隆等擅废元晔，已有二心，至是得着谣传，越发起疑，自率轻骑三百名，往侦仲远。仲远迎他入帐。他却手舞马鞭，左右窥望。仲远见他意态离奇，当然惊讶，彼此形色各异。兆不暇叙谈，匆匆出帐，上马竟去。**确是粗莽气象。** 仲远遣斛斯椿、贺拔胜追往晓谕，反为所拘。仲远大惧，即与度律引兵南奔。**狼怕虎，虎怕狼，结果是同归于尽。**

兆既执住椿、胜，怒目叱胜道："汝有二大罪，应该处死！"胜问何罪？兆厉声道："汝杀卫可孤，罪一；**卫可孤为拔陵将，与兆何与？兆乃指为胜罪，一何可笑！** 天柱薨逝，尔不与世隆等同来，反东击仲远，罪二。我早欲杀汝，汝尚有何言？"胜抗言道："可孤乃是贼党，胜父子为国诛贼，本有大功，怎得为罪？天柱被戮，是以君诛臣，胜当时知有朝廷，不暇顾王，今强寇密迩，骨肉构隙，不能安内，怎能御外？胜不畏死，畏死不来，但恐大王未免失策啰。"兆闻胜言，恰是有理，倒也不欲下手，再经斛斯椿婉言劝解，乃释二人使归，自待高欢厮杀。

欢尚恐众寡不敌，更问段荣子韶，韶答道："尔朱氏上弑天子，中屠公卿，下虐百姓，王以顺讨逆，如汤沃雪，怕他什么！"欢又道："若无天命，终难济事！"诏申说道："尔朱暴乱，人心已去，天从人愿，何畏何疑！"欢乃进至广阿，与兆一场鏖斗，果然兆军皆溃，兆亦遁走，俘得甲士五千余人，随即引兵攻邺。

相州刺史刘诞婴城固守，相持过年，欢掘通地道，纵火焚城，城乃陷没。刘诞受擒，欢授杨愔为行台右丞，即令愔表达新主元朗，迎入邺城。朗至邺后，进欢为柱国大将军，兼职太师，欢子澄为骠骑大将军。

尔朱世隆闻欢得邺城，当然忧惧，急忙卑辞厚礼，向兆通诚，与约会师攻邺；并请魏主恭纳兆女为后，兆乃心喜；更与天光、度律，申立誓约，复相亲睦。斛斯椿与贺拔胜，自兆处释归，仍入尔朱军。椿密语胜道："天下皆怨恨尔朱，我辈若再为所用，恐要与他同尽了，不如倒戈为是。"胜答道："天光与兆，各据一方，去恶不尽，必为后患，如何是好？"椿笑道："这有何难！看我设法便了。"*妙有含蓄*。遂入见世隆，劝他速邀天光等，共讨高欢。世隆自然听从，立即遣人征召天光。

天光意存观望，延不发兵，斛斯椿自愿西往，兼程入关，进见天光道："高欢作乱，非王不能平定，王难道坐视不成？高氏得志，王势必孤，唇亡齿寒，便在今日。"天光瞿然道："我亦正思东出哩。"时贺拔岳为雍州刺史，天光召与熟商，岳献议道："王家跨据三方，士马强盛，料非高欢所能敌。诚使勠力同心，往无不胜。今为王计，莫若自镇关中，固守根本，分遣锐卒，与众军合势，庶进可破敌，退可自全。"*若用岳言，天光何致遽死？*天光颇欲从岳，偏斛斯椿力请自行，乃留弟尔朱显寿守长安，自引兵赴邺城。椿即返报世隆，世隆亟檄兆与仲远两军，同会天光，又遣度律自洛往会。于是四路尔朱军，陆续到邺，众号二十万，列着洹水两岸，扎满营垒，如火如荼。*返跌下文*。

高欢尽起徒众，步兵不满三万人，骑兵不过二千，此时既遇大敌，只好一齐调出，往屯紫陌。时封隆之已升任吏部尚书，留使守邺，欢亲出督师。高敖曹进官都督，也率里人王桃汤等三千人从欢。欢见敖曹部曲，统系汉人，恐未足济事，欲分鲜卑兵千余人，接济敖曹。敖曹道："兵与将贵相熟习，鲜卑兵素不相统，若羼杂旧部，适起争端，反足碍事，不如各专责成为是。"*我亦云然*。欢乃罢议，便在韩陵山下设一圆阵，后面用牛驴连系，自塞归路，以示必死。尔朱兆出营布阵，召欢答话，问欢何故背誓？欢应声道："我与汝前曾立誓，共辅帝室，今天子何在？"兆答道：

"永安枉害天柱，我出兵报仇，何必多议！"欢又道："君要臣死，不得不死！况天柱未尝不思叛君，罪亦应诛，何足言报？今日与汝义绝了！"说着，即擂鼓开战。欢自将中军，高敖曹将左军，欢从父弟岳将右军，各奋力向前，拼死决斗。兆为前驱，天光、度律为左右翼，仲远为后应，仗着兵多将众，包抄过来，恰是厉害得很，且专向中军杀入，意欲取欢。欢虽督众死战，怎奈敌势凶猛，实在招架不住，前队多被杀伤，后队未免散步。高岳、高敖曹两军，未曾吃紧，岳遂抽出五百锐骑，直冲尔朱兆，敖曹亦率健骑千人，横击尔朱左右翼。别将斛律敦收集散卒，绕出敌军后面，攻击仲远。尔朱各军，各自受敌，便皆骇奔。欢见他阵势分崩，麾众皆进，大破尔朱军，贺拔胜与徐州刺史杜德解甲降欢。兆知不可敌，对着慕容绍宗，抚膺太息道："不用公言，乃竟至此！"说着便驱马西走。**勇而寡谋，实是无用。**还亏绍宗返旗鸣角，取拾溃兵，始得成军退去。仲远亦奔往东郡，度律、天光逃向洛阳。

都督斛斯椿语别将贾显度、显智道："尔朱尽败，势难再振，今不先执尔朱氏，我辈将无噍类了。"乃夜至桑下立盟，倍道先还，入据河桥，把尔朱氏的私党，一并捕戮。度律、天光闻变，整兵往攻，适值大雨倾盆，士卒四散，两人只率数十骑，拖泥带水，向西窜去。斛斯椿遣兵追捕，捉住度律、天光，解至河桥。再由贾显智等入袭世隆，也是马到擒来。尔朱彦伯入直禁中，闻难出走，同为所执，与世隆牵至阊阖门外，枭了首级，送往高欢。就是度律、天光两人，虽尚未死，也被械送入邺，归欢处治。欢将二人暂系邺城。

魏主恭使中书舍人卢辩，赍敕劳欢。欢使见新主元朗，辩抗辞不从。欢不能夺志，遣令还洛。尔朱部将侯景，本与欢并起朔方，辗转投入尔朱军，至是仍奔邺依次。**不略侯景，为下文伏案。**还有雍州刺史贺披岳，闻天光失败，亦生变志，商诸征西将军宇文泰。**泰为征西将军。**泰劝岳径袭长安，并为岳至泰州，诱约刺史侯莫陈悦，一同会师，直抵长安城下。长安留守尔朱显寿**见上。**猝闻敌至，一些儿没有防备，只好弃城东走。泰等追至华阴，得将显寿擒住，送与高欢。欢令岳为关西大行台，泰为行台左丞，领府司马。嗣是泰在岳麾下，事无巨细，悉归参赞。这且待后再表。

且说高欢奉主元朗，自邺城出发，将向洛阳。行至邙山，又复变计，密与右仆射魏兰根商议，谓新主元朗，究系疏族，不如仍奉戴元恭。兰根道："且使人入洛觇视，果可奉立，再决未迟。"欢即使兰根往观。及兰根返报，主张废恭。看官道是何因？原来魏主恭丰姿英挺，兰根恐他将来难制，所以不欲奉戴。欢召集百官，问所宜立，太仆綦母儁称恭贤明，宜主社稷。黄门侍郎崔悛作色道："必欲推立贤明，当今莫若高王！广陵本为逆胡所立，怎得尚称天子？若从儁言，是我军到此，也不得为义举了！"好一只高家狗。欢乃留朗居河阳，自率数千骑入洛都。

魏主恭出宫宣慰，由欢指示军士露刃四逼，竟将魏主恭拥入崇训寺中，把他锢住。自己仗剑入宫，拟往杀尔朱二后。

小子前曾叙过，魏主攸，纳尔朱荣女为后，魏主恭复纳尔朱兆女为后，当时宫中有大尔朱后小尔朱后的称呼。尔朱兆入洛时，尝污辱嫔御妃主，只因大尔朱后为从妹，当然不好侵犯，仍令安居。至广陵王恭入嗣，大尔朱后尚留宫内，未曾徙出。既而兆女为后，与大尔朱后有姑侄谊，彼此素来熟识，更兼亲上加亲，格外和好，不愿相离。偏偏高欢发难，把尔朱氏扫得精光，死的死，逃的逃，单剩姑母侄女，在宫彷徨，相对唏嘘。总叙数语，贯串前后。不料魏主恭又被劫去，累得这位小尔朱后越加惊骇，忙至大尔朱后宫寝中，泣叙悲怀，不胜凄惋。大尔朱后亦触动愁肠，潸然泪下。

正在彼此呜咽的时候，忽有宫人奔入道："不好了！不好了！高王来了！"这语未毕，小尔朱后已吓作一团，面无人色。还是大尔朱后芳龄较长，究竟有些阅历，反收了泪珠儿，端坐榻上。才经片刻，果见高欢仗剑进来。大尔朱后不待开口，便正色诘问道："你莫非是贺六浑么？我父一手提拔，使汝富贵，汝奈何恩将仇报，杀死我伯叔兄弟？今又来此，难道尚欲杀我姑侄不成！"欢见她柳眉耸翠，杏靥敛红，秀丽中现出一种威厉气象，不由得可畏可慕。旁顾小尔朱后，又是颤动娇躯，别具一种可怜情状。当下把一腔怒气，化为乌有，唯对着大尔朱后道："下官怎敢忘德！当与卿等共图富贵。"不呼后而呼卿，意在言中。语毕，仍呼宫人等好生侍奉，不得违慢。随即趋出，派兵保护宫禁，不得损及一草一木，违令处死。

当下与将佐议及废立事宜，将佐等不发一言，欢独说道："孝文帝为一代贤君，怎可无后！现只有汝南王悦，尚在江南，不如遣人迎还，使承大业。"将佐等唯唯如命，乃即派使南下迎悦。舍近就远，究为何意，看官试阅下文。

斛斯椿私语贺拔胜道："今天下事在尔我两人，若不先制人，将为人制。现在高欢初至，正好趁势下手，除绝后患。"胜劝阻道："彼正立功当世，如欲加害，未免不祥。"椿尚未以为然。嗣与胜同宿数宵，胜再三谏止，椿乃不行。

那高欢借迎悦为名,乐得安居洛都,颐指气使,享受一两月的尊荣。就中有一段欢娱情事,也得称愿,真是心满意足,任所欲为。**天未厌乱,故淫人得以逞志。**原来欢本好色,前娶娄氏为妻,却是聪明伶俐,才貌双全,所以伉俪情深,事必与议,女子好时无十年,免不得华色渐衰,未餍欢欲。欢又屡出从军,做了一个旷夫,见有姿色妇女,当然垂涎。不过位置未高,尚是矜持礼法,沽名钓誉。到了战败尔朱,攻入邺城,威望已经远播,遂不顾名义,渐露骄淫。相州长史游京之有女甚艳,为欢所闻,即欲纳为妾媵,京之不允,欢令军士入京之家,硬将京之女抢来,迫令侍寝。一介弱女,如何抗拒?只得委身听命,供他受用。京之活活气死。

及欢自邺入洛,本意是欲斩草除根,杀毙尔朱二后,嗣见二后容貌,统是可人,便将杀心变作淫心。每日着人问候,加意奉承,后来渐渐入彀,索性留宿宫中。大尔朱后原没甚气节,既做了肃宗诩的妃嫔,复改醮庄宗子攸,册为皇后,此时何不可转耦高欢?而且高欢见了大尔朱后,把平时雄纠纠的气象,一齐销熔,口口声声,自称下官,我我卿卿,誓不薄幸。大尔朱后随遇而安,就甘心将玉骨冰肌赠与老奴。小尔朱后也是个水性杨花,便跟了这位姑母娘娘,一淘儿追欢取乐。再经高欢是个伟男子,龙马精神,一夕能御数女,兼收并蓄,游刃有余,于是大小尔朱后,又俱做了高王爷的并头莲。**尔朱氏真是出丑。**高欢一箭双雕,快乐可知。

光阴似箭,倏忽兼旬,汝南王悦已自江南至洛。欢又不愿推立,说他素好男色,不礼妃妾,性情狂暴,及今未悛,不堪继承大统,乃另求孝文嫡派,奉为魏主。

是时魏宗诸王,多半逃匿,独孝文孙平阳王修,为广平王怀第三子,匿居田舍,竟被访着。欢使斛斯椿往见。椿知员外散骑侍郎王思政,为修所亲,乃特邀与同行,见修行礼,说明来意。修不禁色变,问思政道:"得毋卖我否?"思政答了一个不字。修又问道:"可保得定么?"思政又道:"变态百端,未见得一定可保哩!"**确是真言。**斛斯椿在旁,却为欢表诚,谓无他意。修支吾不决,椿即返报高欢。

欢便遣四百骑迎修入都,相见帐下,涕泣陈情。修自言寡德,欢再拜固请,修亦答拜。当下进汤沐,出御服,请修装束停当,彻夜严警。诘旦命百官入谒,由斛斯椿奉表劝进。修令思政取表,瞧阅一周,顾语思政道:"今日不得不称朕了!"欢又遣人至河阳,迫元朗作禅位书,持入示修。一面筑坛东郭,出郊祭天。还御太极殿,受群臣朝贺。

礼毕升阊阖门，下诏大赦，改元太昌。命高欢为大丞相天柱大将军太师，世袭定州刺史。欢子澄加侍中开府仪同三司。从前尔朱党中的侍中司马子如，与广州刺史韩贤，与欢有旧，所以子如虽已出刺南岐州，仍由欢召回，委充大行台尚书，参军国事，韩贤任职如故。余如尔朱氏所除官爵，一概削夺。另派前御史中尉樊子鹄，兼尚书左仆射，为东南道大行台，与徐州刺史杜德，往追尔朱仲远。仲远已窜往梁境，寻即病死，乃命樊杜等移攻谯城。

谯郡曾为魏所据，梁主衍特遣降王元树，乘魏内乱，占夺谯郡。树为魏咸阳王禧第三子，因父罪奔梁，受封邺王。此时踞住谯城，屡扰魏境，魏因遣樊、杜二将往攻。元树坚守不下，樊子鹄使金紫光禄大夫张安期，入城游说，勖以无忘祖国，树乃愿弃城南还。安期返报子鹄，子鹄佯为允诺，诱令出城，杀白马为盟。誓言未毕，那杜德竟麾兵围树，把树擒送洛阳，迫令自尽。子鹄等便即班师。已而杜德忽发狂病，喧呼"元树打我"，至死犹不绝口，身上俱成青黑色。子鹄亦不得善终，冤冤相报，不为无因。**劝人莫做亏心事。**

高欢因谯郡已平，拟即还镇，但尚虑贺拔岳雄踞关中，未免为患，乃请调岳为冀州刺史。魏主修当即颁敕，敕使入关，与岳相见。岳即欲单骑入朝，右丞薛孝通问岳道："公何故轻往洛都？"岳答道："我不畏天子，但畏高王！"孝通道："高王率鲜卑兵数千，破尔朱军百万，威势烜赫，原是难敌，但人心究未尽服。尔朱兆虽已败走，尚在并州，余众不下万人，高王方内抚群雄，外抗劲敌，自顾不暇，有什么工夫来争关中！公倚山为城，凭河为带，进可控山东，退可封函谷，奈何反甘为人制呢？"岳蘧然起座，握孝通手道："君言甚是！我决不南行了。"遂遣还敕使，并逊辞为启，复奏朝廷。

高欢亦无可如何，便整装还邺。先挈大小尔朱后出宫，派兵载归，并访得任城王妃冯氏，城阳王妃李氏，青年孀居，都生得国色天姿，不同凡艳，当下遣兵劫至，不管从与不从，一并带回邺中。**也好算得惠及怨女。**魏主修亲自饯行，出城至乾脯山，三樽御酒，一鞭斜阳，这大丞相天柱大将军太师高王毕饮辞行，向东北去讫，魏主修也即还宫。

过了旬日，邺中解到尔朱度律及尔朱天光二犯，由魏主命即正法，骈戮市曹。于是尔朱子弟，只剩一尔朱兆，由晋阳遁至秀容，负嵎自固。高欢一再声讨，师出复正，直至次年正月，潜遣参军窦泰，带领精骑，日夜行三百里，直抵秀容，欢复率大军继进。兆正在庭中宴会，突闻欢军驰至，仓皇惊走，当被窦泰追杀一阵，众皆溃散。兆只挈数骑遁去，爬过赤洪岭，窜入穷谷，见前后统是峭壁，几乎无路可奔。兆下马长啸数声，拔剑杀死乘马，解带悬树，自缢林中。部将慕容绍宗收众降欢，欢厚待绍宗，并厚葬兆尸。并州告平，尔朱军皆尽。唯尔朱荣子文畅、文略，由欢挈归，仍给厚俸。看官，你道高欢果真不忘旧德？无非顾着大小尔朱面上，所以格外周全呢。小子有诗叹道：

> 甘将玉体事仇雠，国母居然愿抱裯。
> 虽是保家由二女，洛波难洗尔朱羞！

欢既平兆，上书告捷。魏主当然优奖，欢反表辞天柱大将军名号。是否得邀俞允，容待下回说明。

尔朱氏以二十万众夹击邺城，高欢以三万人御之。众寡悬殊，欢似有败而无胜，乃韩陵一战，胜负之数，反不如人所料，此非欢之能灭尔朱，实尔朱之自取覆亡也。天道喜谦而恶盈，如尔朱氏之所为，骄盈极矣，虽欲不败，乌得而不败！智如曹操，犹熸于赤壁；强如苻坚，犹覆于彭城，况如尔朱氏者，而能不同就败亡耶？唯欢之骄恣，不亚尔朱，尔朱立晔而复废晔，欢亦立朗而复废朗。晔、朗俱无过可指，忽立忽废，其道何在？借曰疏远，则推立之始，胡不审慎若是！且入洛以后，举大小尔朱后而尽烝之，二后虽亦无耻，为尔朱家增一丑秽，然欢尝臣事二主，奈何敢宣淫宫掖耶？去一尔朱，又生一尔朱，是又关于元魏之气运，非仅在二族之兴亡已也。

第二十回

梁太子因忧去世
贺拔岳被赚丧身

　　却说魏主修接阅欢表，见他词意诚恳，坚请辞去天柱名号，料知欢借鉴尔朱，不愿有此称呼，因即优诏允许。唯魏主恭尚幽居崇训寺，朗自河阳入都，受封为安定王。嗣主修势不相容，先议除恭，次议除朗。恭在寺中赋诗云："朱门久可患，紫极非情玩，颠覆立可待，一年一易换，时运正如此，唯有修真观！"这诗一传，益触时忌。即由魏主修派遣心腹，导恭入门下外省，逼令服毒自尽，时年三十五，葬用殊礼。过了旬月，安定王朗亦被鸩死，年只二十。既而又将东海王晔、汝南王悦，一并加害。总道是嫌疑尽去，当可高枕无忧，哪知当时的大患，不在宗室，却在强藩！平白地残害同宗，究竟有什么好处？*为魏主修下一定评。*史家称恭为前废帝，朗为后废帝，独晔为尔朱氏所立，称帝不过三月，所以不入帝纪。至西魏摈斥高欢，连元朗亦被削去，但追谥恭为节闵帝，所以后人作北魏世系图，仅列前废帝恭，未及后废帝朗。*梳栉详明。*

　　事已叙过。且说魏主修已经定位，所有宗室诸王渐次还朝，诣阙进谒。淮阳王欣，赵郡王谌，俱系献文帝弘孙，为魏主修从叔。欣系广陵王羽子，谌系赵郡王干子。南阳王宝炬，*京兆王谕子。*清河王亶，*清河王怿子。*俱系孝文帝宏孙，为魏主修从兄弟。魏主修授欣为太师，谌为太保，宝炬为太尉，亶为骠骑大将军，兼官司徒，侍

141

中长孙稚为太傅。追谥魏主子攸为孝庄帝，葬宣武皇后胡氏，就是从前两次临朝的胡太后。胡太后被尔朱荣沉死，遗尸收殡双灵寺中，至此乃得安葬，仍用后礼，加谥曰灵。补叙胡太后葬谥，笔不渗漏。又追尊皇考广平王怀为武穆帝，皇太妃冯氏为武穆后，皇姊李氏为皇太妃。迎丞相欢女高氏为皇后，遣使纳币。

高欢时已徙居晋阳，特建大丞相府，坐镇西北。朝使到了晋阳，由欢迎见，彼此乃是故交，握手言欢，很是亲昵。看官道来使为谁？原来就是李元忠。元忠曾随欢入洛，留任太常卿，此次充纳币使，正是魏主修因事择人。欢从容与宴，述及旧事，元忠连饮数巨觥，酒鬼作冰上人，恰合身分。方笑语道："昔日与王起义，却是轰轰烈烈，很有趣味，近来寂寞得很，无人过问，倒弄得郁郁寡欢了！"欢亦大笑，指示旁座道："此人逼我起兵。"元忠戏言道："若不令我为侍中，当别求起义的地方。"欢亦戏应道："起义原无止境，但虑如此老翁，不可再遇！"元忠道："正为此老翁不可多得，所以不去。"说着，起座拊欢须，大笑不已。欢亦知他意诚，殷勤款待。元忠复坐下酬饮，直至夜静更阑，方才罢席。一住数日，大宴小宴，几不胜计，乃迎欢女至洛阳，诹吉行册后礼。仪文隆备，龙凤呈祥，不消细说。

小子因魏乱迭起，梁尚太平，所以连叙魏事，几把梁朝情事，搁起不提。此处不得不将梁廷要事，约略叙入。却是要紧。

梁主衍篡齐据国，已过了三十年，改元约有数次。天监十九年，改元普通；普通八年，改元大通；大通二年，又改元为中大通。中大通元年以前，事已略见上文，就是图洛纳颢，功败垂成。陈庆之狼狈奔还，也是中大通元年事。陈庆之为南朝骁将，败归后不闻加谴，仍得任右卫将军。平时尝语散骑常侍朱异道："我前谓大江以北，必无异人，哪知到了洛阳，衣冠文物，几非江东可及，才知北朝实未可轻图呢！"异正以经术邀宠，入参机密，梁祸始自朱异，故特别提出。既闻庆之言论，便即转告梁主，梁主乃稍戢雄心，不复北略。

是年冬季，妖贼僧强，起乱北徐州，自称天子，土豪蔡伯龙纠众响应，竟将北徐州城占去。还亏庆之出镇北兖州，就近讨贼，擒斩僧强、蔡伯龙，克日肃清。先是庆之在洛，曾与萧赞通书，劝令回国，赞即梁主次子豫章王综，降魏后得任职司徒，且尚魏主子攸姊寿阳公主。时方出镇齐州，故庆之致书相劝，赞复答庆之，颇愿南归。嗣因庆之之奔归，遂不果行。及尔朱发难，齐州归附尔朱兆，赞走死阳平。梁人窃赞柩归南，梁主衍尚葬以子礼。不意假子去世，真子也接踵而亡。而且还是一位贤明仁孝的储君，竟致不禄，害得梁主衍晚年哭子，几乎丧明。

梁主长子名统，即位初年，便立为太子。见前文。统幼年聪叡，三岁受《孝经》《论语》，五岁能遍诵五经，十余岁尽通经义。又善评诗文，每出游宴，祖道赋诗，动辄数十韵，随口吟成，不劳思索。天监十四年，始行冠礼，梁主使省录朝政，辨析诈谬，秋毫必睹，但徐令改正，未尝纠弹一人。平断刑狱，往往全宥，士民交称为仁慈，更且宽和容众，喜怒不形，好引才俊，不蓄声伎。每遇霪雨积雪，必遣左右巡行闾巷，赈济贫寒。平居在东宫坐起，面常西向，不敢乱尊。入朝必在五鼓以前，守待殿外，毫无倦容。至普通七年，生母丁贵嫔有疾，亟入宫侍奉，夜不解带。贵嫔薨逝，水浆不入口，腰带十围，减削过半。梁主屡遣使戒谕，劝进饮食，统稍食饘粥，日止数合，不尝兼味。至葬后始进麦粥一升。唯贵嫔葬后，有一道士操堪舆术，谓将来不利长子，宜预先厌禳，乃为蜡鹅及诸物，埋藏墓侧。

宫监鲍邈之初得太子亲信，后忽见疏，进蜜白梁主，谓太子有厌祷事。梁主遣人发掘，果得鹅物，免不得惊疑交集，便欲付有司穷治。幸经右光禄大夫徐勉固谏，乃止诛道士，不问太子。道士欲为太子厌祷，何不先自禳灾，乃致轻生若此！太子虽幸得无事，但终身引为惭恨，闷闷不乐。到了中大通三年，竟生就一种绝症，病不能兴。唯尚恐乃父增忧，奉敕慰问，尚力疾书启，不假人手。既而疾笃，左右欲入白梁主，尚摇手戒止道："奈何使至尊知我如此。"是仅得谓之小孝。未几即殁，年才三十一。梁主亲幸东宫，临哭尽哀，殓用衮冕，谥曰昭明。司徒左长史王筠，奉敕为哀册文，词甚悱恻，由小子节录如下：

式载明两，实唯少阳，既称上嗣，且曰元良。仪天比峻，俪景腾光，奉祀延福，守器传芳。睿哲应期，旦暮斯在，外弘庄肃，内含和恺。识洞机深，量苞瀛海，立德不器，至功弗宰。宽绰居心，温恭成性，循时孝友，率由严敬。咸有种德，惠和齐圣，三善递宣，万国同庆。轩纬掩精，阴羲弛极，缠哀在疚，殷忧衔恤。孺泣无时，蔬饘不溢，禫遵逾月，哀号未毕。实唯监抚，亦嗣郊禋，问安肃肃，视膳恂恂。金华玉藻，玄驷班轮，隆家干国，主祭安民。光奉成务，万机是理，矜慎庶狱，勤恤关市。诚存隐恻，容无愠喜，殷勤博施，绸缪恩纪。义初敬业，离经断句。莫爵崇师，卑躬待傅，宁资导习，匪劳审谕，博约是司，时敏斯务。辩究空微，思探几赜，驰神图纬，研精爻画。沉吟典礼，优游方册，屡饫膏腴，含咀肴核。括囊流略，包举艺文，遍该湘素，殚极邱坟，卷帙充积，儒墨区分，瞻河阐训，望鲁扬芬。吟咏性灵，岂唯薄技！属词婉约，缘情绮靡。字无点窜，笔不停纸，壮思泉流，清章云委。总览时才，网罗英茂，学穷优洽，辞归繁富。或擅谈丛，或称文圃。四友推德，七子惭秀。望苑招贤，华池爱客，托乘同舟，连舆接席。摛文掞藻，飞觞泛醁，恩隆置醴，赏逾赐璧。徽风遐被，盛业日新，神器非重，德辅易遵。泽流兆庶，福降百神，四方慕义，天下归仁。云物告征，祲沴骞象，星埋恒耀，山颓朽坏。灵仪上宾，德音长往，具僚无荫，咨承安仰。呜呼哀哉！皇情悼愍，切心缠痛，胤嗣长号，跗萼增恸。慕结亲游，悲动岷众，忧若殄邦，惧同折栋。呜呼哀哉！首夏司开，麦秋纪节，容卫徒警，菁华委绝。书帏空张，谈筵罢设，虚馈憀憀，孤灯翳翳。呜呼哀哉！简辰请日，筮合龟贞，幽埏凤启，玄宫献成。式校齐列，文物增明，昔游漳滏，宾从无声，今归郊郭，徒御相惊。呜呼哀哉！背绛阙以远徂，辒青门而徐转，指驰道而诇前，望国都而不践。陵修阪之威夷，遡平原之幽缅，骥踟蹰以酸嘶，挽凄怆而流泫。呜呼哀哉！混哀音于箫籁，变愁容于天日，虽夏木之森阴，返寒林之萧瑟。既将反而复疑，如有求而遂失，谓天地其无心，遽永潜于容质。呜呼哀哉！即玄宫之溟漠，安神寝之清闷，传声华于懋典，观德业于徽谥。悬忠贞于日月，播鸿名于天地，唯小臣之纪言，实含毫而无愧。呜呼哀哉！

　　自昭明太子薨逝，朝野惋愕，京师士女，奔走宫门，号泣满路。就是四方氓庶，亦闻讣含哀。梁朝有此贤储贰，偏不永年，这也未始非关系气数哩。太子遗有文集二十卷，古今典诰文言正序十卷，文章英华二十卷，文选三十卷，传诵后世，推为词宗。太子有数男，长男名欢，已封华容公，梁主欲立为太孙，历久未决。嗣竟立第三子晋王纲为太子，时议多以为未顺。侍郎周宏正尝为纲主簿，上笺谏纲，劝纲为宋目夷、曹子臧。俱春秋列国时人。纲不能从。孰不乐为嗣君？无怪萧纲。已而梁主因人言未息，特进封欢为豫章王，欢弟誉为河东王，誉弟詧为岳阳王，这且待后再表。

　　且说魏主修既纳欢女为后，欢权势益隆，仿佛当年尔朱荣。斛斯椿在都辅政，受职侍中，本来是有意图欢，至是与南阳王宝炬，将军元毗、王思政等，屡加谮构，劝魏主预先戒备。中书舍人元士弼，又劾欢受诏不敬，魏主惩尔朱覆辙，也觉动疑，遂用斛斯椿计，添置阁内都督部曲，约数百员，统由四方骁勇，募集充选。一面密结关西大行台贺拔岳，倚为外援。又封贺拔胜为荆州刺史，佯示疏忌，实建屏藩。

时高乾已入任侍中，兼官司空，因父丧解职，不预朝政。魏主修欲引为己用，尝召乾入华林园，特别赐宴。宴罢与语道："司空累世忠良，今日复建殊勋，虽与朕名为君臣，义同兄弟，愿申立盟约，历久不渝！"乾莫明其妙，但答言道："臣以身许国，何敢有贰！"魏主修定欲与盟，乾不便固辞，共申盟约。当时亦未尝报欢。

嗣闻元士弼、王思政等往来关西，情迹可疑，乃致书晋阳，密陈时事。欢得书后，即召乾至并州，面谈一切。乾因劝欢逼魏禅位，欢用袖掩乾口道："幸勿妄言！今当令司空复为侍中便了！"欢此时尚无歹意。乾辞欢回洛，欢为乾表，请许乾复任，魏主不允。

乾知祸变将作，自愿外调，再作书告欢，乞代求徐州刺史。欢再为陈请，魏主乃授乾为骠骑将军，出刺徐州。乾尚未发，魏主闻乾漏泄机关，即传诏与欢道："乾邕即高乾子。与朕私有盟约，今乃反复两端，令人不解！"欢未闻乾谈及盟事，也疑乾暗中播弄，离间君臣，遂将乾前时密书，遣使呈入。魏主便召乾对责，乾勃然道："陛下自有异图，乃斥臣为反复，欲加臣罪，何患无辞！臣死有知，尚幸无负庄帝！"魏主竟敕令赐死，又遥敕东徐州刺史潘绍业，往杀乾弟敖曹。敖曹方镇守冀州，闻乾死耗，急遣壮士伏住要路，得将绍业拘住，搜出诏敕，遂率十余骑奔晋阳。欢抱敖曹首大哭道："天子枉害司空，可悲可叹！"汝亦未尝无功。乃留敖曹居幕下，优待如初。敖曹次兄仲密，方为光州刺史，亦由间道奔晋阳。

仲密名慎，因字著名，就是敖曹本名，也只是一昂字。高氏兄弟三人，唯仲密颇通文史。乾与敖曹素来好勇，敖曹尤为粗悍，少就外傅，便不遵师训，专事驰骋。尝言："男儿当横行天下，自取富贵；若徒端坐读书，做一个老博士，有何益处！"乃父次同道："此儿不灭吾族，当光大吾门。"嗣与兄乾四出劫掠，骚扰闾里。乾求博陵崔圣念女为妻，崔氏因乾强暴无行，当然不许。敖曹即引乾往劫，硬将崔女牵回，置诸村外，且促乾道："何不行礼？"乾遂胁崔女交拜，野合而归。实是强盗出身。既而乾颇改行，且系前中书令高允族侄，因得入仕。

欢自乾被戮后，才知为魏主所卖，悔恨交生，乃与魏主有隙。魏主修方信任贺拔岳，屡遣心腹入关，嘱令谋欢。岳尝使行台郎冯景往晋阳，欢与景设盟，约与岳为兄弟。景归语岳，谓欢奸诈有余，不宜轻信。府司马宇文泰，自请至晋阳侦欢。欢见泰状貌非常，欲留为己用。惺惺惜惺惺。泰固求复命，欢乃遣还。泰料欢必后悔，兼程西行，驰抵关前，后面果有急足追至。他亟纵辔入关，关内守卒如林，那追来的晋阳急骑，只好回马自去。

泰入语岳道："高欢已欲篡魏，所惮唯公兄弟，侯莫陈悦等皆非所虑。公但先时密备，图欢不难，今费也头代北别部，后遂为姓。骑士，不下万人，夏州刺史斛拔弥俄突，有胜兵三千余名，灵州刺史曹泥，河西流民纥豆陵伊利，各拥部众，未有所属，公若移军近陇，威爱两施，即可收辑数部，作为爪牙。又西抚氐羌，北控沙塞，还军长安，匡辅魏室，一高欢不足畏了！"岳闻言大喜，遂遣泰往诣洛阳，密陈情状。魏主面加泰为武卫将军，仍令返报如约。寻即授岳都督雍、华等二十州军事，兼雍州刺史，并割心前血赐岳。岳因西出平凉，借牧马为名，招抚各部。斛拔弥俄突、纥豆陵伊利，及费也头、万俟受洛干、铁勒斛律沙门等，相继归附，唯曹泥不服。

众推宇文泰出镇夏州。岳沉吟道："宇文左丞乃我左右手，怎可遣往？"继思外此乏才，乃表请用泰为夏州刺史。魏廷自然依议。泰奉敕赴夏州。

这消息传到晋阳，高欢即遣长史侯景，劝谕纥豆陵伊利，伊利不从。欢得景归报，即引兵袭击伊利，把他擒归。魏主闻信驰诏责欢道："伊利不侵不叛，为国纯臣，王无端袭取，且未尝预报朝廷，究出何意？"欢含糊答复，唯力图贺拔岳。且恐秦州刺史侯莫陈悦，与岳连合，更觉可忧。右丞翟嵩入请道："何不用反间计？嵩愿为王效力，管教他自相屠灭呢。"欢改忧为喜，立遣嵩赴秦州，凭着三寸利舌，一说便妥。嵩驰还晋阳，报知高欢，安坐观变。

贺拔岳因曹泥不服，正拟往讨，特使都督赵贵至夏州，商决行止。泰说道："曹泥孤城远阻，未足为忧；侯莫陈悦贪诈无信，不可不防！"哪知岳误会泰言，反邀悦会师高平，一同讨泥。悦欣然前来，与岳叙宴，两下里很似投契，实是一真一假，心志不同。悦且愿作前驱，先至河曲立营，俟岳引兵继进，便邀他入帐，坐议军事。谈论未毕，悦伪称腹痛，托辞如厕，岳毫不觉察。忽有一人趋至岳后，拔刀斫岳，那"砉"的一声，岳已身首分离，倒毙座下。看官欲知何人下手？乃是悦婿元洪景。

洪景既将岳杀毙，复出谕岳众，只说是奉旨诛岳，不及他人。岳众尚无异言，悦却未敢招纳,自率部众还水洛城。岳尸被悦取去,由赵贵诣悦请尸,方许收葬。岳众散走平凉,未得统帅,赵贵道:"宇文夏州,英略盖世,远近归心,若迎为军帅,无不济事了!"都督杜朔周应声赞成,遂由朔周驰至夏州,请泰还统岳军。泰与将佐共议去留,大中大夫韩褒倡言道:"这乃天授,何必多疑!"泰点首道:"我意也是这般。悦既敢害我元帅,不乘势直据平凉,反退屯水洛,可知他无能为了。天下事难得易失,我当速往!"开口便胜悦一筹。当下与诸将共盟讨悦。察得都督元进,阴怀异谋,便叱出斩首。立率帐下轻骑,驰赴平凉,收集岳众,为岳举哀。将士悲喜交集,无不如命。小子有诗咏道:

> 一波未了一波生,大陆龙蛇竞战争。
> 优胜无非由劣败,枭雄多向乱邦鸣!

泰至平凉,便拟为岳复仇。欲知发兵情形,待至下回再表。

于魏事杂沓间,忽插入梁太子病殁事,非为时序起见,实因太子贤孝,不得不特别表明,阐扬潜德耳。录入王筠哀文,亦本此意。否则储君之殁亦多矣,作者尝随事带叙,固非皆另成片段也。高欢之恃宠怙权,固失臣道;然衅隙之生,始之者为斛斯椿,成之者实魏主修,贺拔岳之死,亦半由魏主致之。侯莫陈悦,一庸才耳,而岳且死于其手。岳不能拒悦,亦安能敌欢耶!魏主修之联岳,拒欢,亦徒促其死已耳,吾于魏主修无讥焉。

第二十一回

违君命晋阳兴甲
谒行在关右迎銮

却说宇文泰到了平凉，一经招抚，众心已定，即令杜朔周引兵据弹筝峡。朔周沿途宣抚，士民悦附，泰很加器重，令复本姓，改名为达。原来朔周旧姓赫连，曾祖库多汗避难改姓，至是乃仍得复原。高欢闻贺拔岳已死，亟令侯景往抚岳众，偏被宇文泰走了先着。行至安定，两下相遇，泰语景道："贺拔公虽死，宇文泰犹存，卿来此何为？"景失色道："我身似箭，随人所射！"泰乃遣还。及泰至平凉，欢复使劳泰，并令散骑常侍张华原，义宁太守王基偕行。泰不肯受命，且欲劫留华原。华原不屈，乃俱使还晋阳。王基归见高欢，请速出兵击泰，欢笑道："卿不见贺拔、侯莫陈悦么？我自有计除他。"太轻觑宇文了。

魏主正遣将军元毗收还贺拔岳部军，并召侯莫陈悦，悦不肯应召。泰与元毗相见，请朝廷暂留岳众，即托毗赍还表文。略谓：臣岳惨遭非命，臣泰为众所推，权掌军事；今高欢已驱众至河东，侯莫陈悦尚屯水洛，岳众多是西人，顾恋乡邑，且必欲逼令赴阙，恐欢与悦前后邀击，势且立尽，不如少赐停缓，徐令东行。巧言如簧。魏主乃命泰为大都督，使统岳兵，并遣卫将军李虎，西行佐泰。虎本在贺拔岳麾下，岳死，乃奔诣荆州，至贺拔胜处告哀，劝胜往收岳众，胜不肯行。虎还至阌乡，为高欢部将所获，解送洛阳，魏主反拜为卫将军，使往就泰。泰与虎叙谈，已知朝廷意向，乃贻侯莫陈悦书，内言"贺拔公为国立功，尝荐君为陇右行台，君背德负盟，反党附国贼，共危社稷，岂非大谬！今我与君俱受诏还阙，进退唯君是视。君若下陇东趋，我亦自北道还朝，倘或首鼠两端，我即为贺拔公复仇，指日相见"云云。

悦置诸不理，泰即进拔原州，留兄子导居守，自引兵上陇，秋毫无犯，百姓大悦。出木峡关，时适春季，北道尚寒，雪深二尺。泰引军速进，为悦所闻，但留万人守水洛，自己退守略阳。泰至水洛，守兵即降。再趋略阳，悦又退保上邽，召南秦州刺史李弼，与同拒泰。弼本悦妻妹夫，曾致书与悦道："贺拔无罪，公乃加害，又不抚纳遗众。今宇文夏州前来，声言为主复仇，理直气壮，恐不可敌。公宜解兵谢过，否则难免噬脐！"悦不肯从，乃弼至上邽，料知悦必败亡，便遣人诣泰，愿为内应。谏悦不从，便即图悦，亦未免对不住姨夫。泰依约逼城，弼即开门迎泰。悦惊窜南山，欲往灵州依曹泥，偏泰将贺拔颖率军追来。悦手下不过数十骑，如何抵敌？没奈何投缳毕命。

泰入上邽，收悦府库财物，尽犒士卒，不取纤毫。左右窃一银瓮，由泰察出，立即加罪，命将银瓮剖赐将士。无非笼络人心。即命李弼镇原州，部将拔也恶蚝镇南秦州，可朱浑镇渭州，赵贵行秦州事，征幽、泾、岐、东、秦各州粟米，赡给军糈。氐酋杨绍先前已逃归武兴，仍然称王，闻泰并有关中，忙上表称藩，且送妻孥为质。高欢闻泰军甚盛，复用甘言厚币向泰结欢，泰仍然拒绝，且封欢书上达魏主，一面使雍州刺史梁御入据长安。魏主封泰为关西大都督，略阳县公，承制封拜。泰因命都督寇洛为泾州刺史，调李弼为秦州刺史，起前略阳太守张献，为南岐州刺史，练兵储粟，东向图欢。

从前欢入洛阳，曾留封隆之孙腾等在朝辅政，隆之为侍中，腾为仆射。适魏主妹平原公主丧夫守寡，颇有姿色，腾与隆之并省丧妻，争欲娶公主为继室，魏主令妹自择，平原公主愿适隆之，乃许隆之尚主。想是隆之年轻貌秀。腾且妒且忿，屡思中伤。可巧隆之有密书致欢，谓斛斯椿等擅权，必构乱祸。欢未知隆之与腾有隙，尝与腾书，述及隆之关白，请并防斛斯椿。腾正欲加害隆之，竟向椿告发，椿即转白魏主。隆之闻密书被泄，恐不免祸，逃归乡里。公主曾带去否？欢召隆之诣晋阳。嗣腾带仗入省，擅杀御史，亦惧罪奔欢。

欢使大都督邸珍，潜至徐州，胁逼守吏华山王鸷缴出管钥。魏主亦将欢党建州刺史韩贤，济州刺史蔡儁，免去官职，作为报复。又增置勋府庶子骑官各数百人，欲伐晋阳。因即下诏戒严，佯称将南下征梁。大发河南诸州兵，与斛斯椿出阅洛水，部署戎行。

越日颁诏晋阳，令欢守密，内言"宇文泰、贺拔胜等颇有异志，所以朕托辞南伐，潜为防备，王亦宜共为声援，此诏读讫，请付丙丁"等语。欢亦复奏云"闻荆、雍将有逆谋，臣今潜勒兵马三万，自河东渡往，又遣恒州刺史库狄干等统兵四万，自来达津出发，领军将军娄昭等，率兵五万，南讨荆州，冀州刺史尉景将山东兵七万、突骑五万，东讨江左，现皆部勒成军，伏听处分"等语。

魏主览奏，料欢已猜透秘谋，乃再行颁敕，谕止欢军。欢复上表云："臣为嬖佞所间，致动主疑，若臣果负陛下，使身受天殃，子孙殄绝。陛下能垂信赤心，愿赐酌量，亟废黜佞臣一二人！"魏主不答，但遣大都督源子恭守阳湖，汝阳王元暹守石济，又令仪同三司贾显智为济州刺史，率豫州刺史斛斯元寿等赴镇。元寿为斛斯椿弟，与贾同往，是恐他为欢所诱，特加监束的意思。偏前刺史蔡儁不肯受代，拒绝显智，显智逗留长寿津，据实奏闻。魏主愈怒，乃使中书舍人温子升撰敕赐欢，大略说是：

朕不劳尺寸，坐为天子，所谓生我者父母，贵我者高王，今若相安无事，则使身及子孙，宜如王誓。近虑宇文为乱，贺拔应之，故京邑戒严，并欲王遥为声援。今观其所为，尚无异迹。东南不宾，为日已久，我国乱离甫定，不堪再事穷兵。朕本暗昧，不知佞人为谁？高乾之死，岂独朕意！王忽对昂言乾枉死，且闻库狄干语王云：本欲取懦弱者为主，无庸立此长君，使其不可驾驭，今但作十五日行，自可废之。此论出自王间勋人，岂属佞人之口？且封隆之孙腾，逋逃晋阳，王若事君尽诚，何不斩送二首？王虽启云西去，而四道俱进，南渡洛阳，东临江左，闻者宁能不疑？王若举旗南指，纵无马匹只轮，犹欲奋空拳而争死，纵令还为王杀，幽辱斋粉，了无遗憾！本望君臣一体，若合符契，不图今日分疏至此，言之增怅，唯王图之！

敕书颁去，欢亦不答。一报还一报。中军将军王思政入白魏主道："高欢心术，昭然可知。洛阳非用武地，不如往就宇文泰，再复旧京，无虑不胜！"欢不可恃，岂泰果可恃乎？魏主因遣柳庆西往，与泰陈述上旨，泰愿奉迎车驾，遣庆复命。会东郡太守裴侠应征诣洛，王思政与商西巡事宜。侠答道："宇文泰雄踞秦关，所谓已操戈矛，怎肯轻授人柄？今车驾往投，恐也似避汤入火呢？"言之有理。思政道："如君言，今将何往？"侠皱眉道："东出图欢，祸在眉睫，西巡依泰，患在将来；且至关右，再作良图。"暂济眉急，也是无策。思政也以为然，乃荐侠为中郎将。魏主意欲西行，尚未决议，忽闻高欢派遣骑兵，出屯建兴，并添河东及济州兵，拥诸和籴粟入邺城，将逼魏主迁邺。魏主益觉惊惶，复颁敕谕欢道：

> 王若厌伏人情，杜绝物议，唯有归河东之兵，罢建兴之戍，送相州之粟，追济州之军，使蔡儁受代，邸珍出徐，止戈散马，各事家业。脱须粮廪，别遣转输，则谗人结舌，疑悔不生，王可高枕太原，朕亦垂拱京洛矣。王若马首南向，问鼎轻重，朕虽不武，为宗庙社稷计，欲止不能。决在于王，非朕能定，为山止篑，甚为王惜之！

看官，试想这时候的高大丞相，已与魏主修势不两立，怎肯降心受诏，如敕施行？当下作书答复，极陈斛斯椿、宇文泰罪状，谓将代主除奸。魏主亦下敕罪欢，命宇文泰为关西大行台，且愿将爱妹妻泰，令泰遣骑奉迎。一面敕贺拔胜引兵入洛，同敌高欢。

欢已召弟定州刺史高琛守晋阳，长史崔暹为辅，自引大军南向，用高敖曹为先锋，星夜前进，声言率兵赴阙，但诛斛斯椿，不及他人。宇文泰亦传檄讨欢，自将大军屯高平，命前队出驻弘农。两虎争雄，俱由斛斯椿一人所致。独贺拔胜出屯汝水，作壁上观。此子唯狡猾一事，尚算胜人。魏主也下诏亲征，督军十万至河桥，令斛斯椿为前驱，列营北邙山。

椿请率精骑二千，乘夜渡河，掩欢不备，魏主称善，偏黄门侍郎杨宽进言道："高欢不臣，人所共知，斛斯椿心亦难测；若渡河有功，恐灭一高欢，又生一高欢了。"魏主即命椿停行。当信不信，不当信而信，安得不败！椿叹道："近日荧惑入南斗，天象告警，今上信左右谗间，不用我计，这真所谓天道了！"遂驰书报泰。泰亦顾语僚佐道："高欢远道急驰，数日行八九百里，这是兵家所忌，正当出奇掩击，主上不能渡河决战，但知沿河据守，试想黄河万里，防不胜防，一处疏虞，令彼得渡，大事去了！"说着，亟命赵贵自蒲坂渡河，直趋并州，又遣都督李贤率轻骑千名，往洛扈驾。

魏主使斛斯椿守虎牢，令行台长孙稚，大都督元斌之为副，行台长孙子彦守陕州，贾显智、斛斯元寿守滑台，总道是扼要居守，欢军不能飞渡。哪知才阅两日，滑台军司元玄驰至河桥，报称显智怯退，速请济师。魏主亟遣大都督侯几绍赴援。未几又接到警报，绍已阵亡，显智降欢，欢已从滑台渡河了。魏主当然着忙，急向群臣问计，或请奔梁，呆话。或请南依贺拔胜，也靠不住。或请西就关中，下策。或请守洛口死战，不能。纷纷聚讼，整日不决。忽见元斌之踉跄奔还，喘声报告道："高欢来了！"吓得魏主修不知所措，匆匆还洛。但挈妃主数人，及从妹明月西奔。不及高后，隐伏下文。

南阳王宝炬，清河王亶，广阳王湛，扈跸随行，沙门惠臻，负玺持千牛刀相从。途次遣人至虎牢，飞召椿还。椿及长孙稚，方与欢将窦泰相持，闻召却归，奔至瀍西，得见魏主，方知为元斌之所卖。斌之与椿争权，潜归绐主，诡言高欢已至，以致魏主骇奔。椿益加叹息，只好随主西行。椿弟元寿，因滑台失守，已为乱军所杀。长孙稚在虎牢，独力难支，也即奔赴行在。就是长孙子彦，闻滑台、虎牢均已失败，也弃陕西走。子彦即长孙稚冢男。长孙父子尚得重逢，斛斯兄弟不能再见，这也是有幸有不幸呢！百忙中有此骈句，亦可谓好整以暇。

清河王亶，广阳王湛，竟从半途逃归，仍还洛阳。唯武卫将军独孤信却单骑追及魏主，奉驾西进。魏主叹道："将军辞父母，抛妻孥，竟来从朕。古人有言：世乱识忠臣。朕始知非虚语了！"比诸清河、广阳两王，应该优奖。嗣是西向奔驰，途次糗浆乏绝，唯饮涧水。到了湖城，有村民献上麦饭壶浆，聊解饥渴，魏主命免该村徭役十年。再行至崤西，方与泰所遣李贤相遇，奉驾同归。及入潼关，大都督毛鸿宾迎献酒食，从行各员才得一饱了。

高欢长驱入洛，使娄昭、高敖曹等，往追魏主，不及乃还。欢乃召集百官，启口诘问道："为臣奉主，理应匡救危乱，若处不谏争，出不陪从，无事时希宠徼荣，有事时委主逃窜，臣节何在？请诸君自陈！"你好算得尽臣节么？众莫敢对，独尚书左仆射辛雄道："主上与近臣图事，雄等不得预闻。及乘舆西幸，若即追往，恐迹同佞党，所以留待大王，今又以不从蒙责，是转使雄等进退俱无从逃罪了。"未免遁辞。

欢叱道："卿等备位大臣，理应尽忠报国，群佞用事，卿等曾有一言谏诤么？国事至此，罪将何归？"说至此，即指示左右，拿下辛雄，及仪同三司叱列延庆，兼吏部崔孝芬，都官尚书刘廞，兼度支尚书杨机，散骑常侍元士弼一并处死。曾自记前言否？推司徒清河王亶为大司马，承制决事，居尚书省。孝芬子中郎猷出避家难，间道入关。

宇文泰使赵贵、梁御，引兵二千，出迎魏主。魏主循河西上，与赵、梁二人相遇，指河示御道："此水东流，朕乃西上，若得复见洛阳，亲谒陵庙，统是卿等的功劳哩！"言已涕下。莫非自取。泰备仪卫接驾，行至东阳驿，得见魏主，免冠伏谒道："臣不能式遏寇虐，使乘舆播迁，实为有罪！"魏主忙亲为扶起，且慰劳道："朕实不德，负乘致寇，今日相见，自觉厚颜！此后当以社稷委卿，愿卿勉力！"

泰山呼万岁，方才起身。将士等亦齐呼万岁。随即导魏主修入长安，即以雍州廨舍为行宫，颁诏大赦。进泰为大将军雍州刺史，兼尚书令，取决军国大事。又命行台尚书毛遐、周惠达为左右尚书，分掌机要。二尚书勠力办公，积粮储，治器械，简士马，利赖一时。魏主即将爱妹冯翊长公主，嫁泰为妻，借践旧约。公主曾适开府张欢。欢性贪残，遇主无礼，魏主将欢杀死，因把公主改嫁与泰。后来生子名觉，就是北周的孝闵帝，这且待后再表。

先是荧惑入南斗，去而复还，留止六旬，江南北有童谣云："荧惑入南斗，天子下殿走。"梁主衍恐灾及己身，特跣足下殿，为禳灾计。及闻魏主西奔，不禁赧颜道："北虏亦应天象么？"当时传为笑柄。不知修德禳灾，乃徒跣足下殿，岂非丑态！

自魏主入关，贺拔胜尚在汝南，未决进止。从前胜出发时，掾吏卢柔曾进三策，上策是席卷赴都，仗义讨欢，中策是拒欢联泰，观衅乃动；下策是举州归梁，苟全性命，胜俱不用。至欢已入洛，胜再与僚佐会议，意在南归，行台左丞崔士谦进议道："今帝室颠覆，主上蒙尘，公宜倍道兼行，往朝行在，然后与宇文行台同心勠力，倡举大义，天下闻风，自当响应；若舍此遽还，恐人人懈体，一失事机，悔无及了！"胜乃使长史元颖行荆州事，居守南阳，自率部众西进。

行次淅阳，探得前途消息，高欢已攻克潼关，擒住守将毛鸿宾，进屯华阴，当下毛骨森竖，踉跄奔回。哪知欢已遣行台侯景等攻荆州，荆民邓诞，袭执元颖，送往侯景，害得胜无路可归，不得不与侯景争锋。偏偏众情涣散，各无斗志，一遇景军，便即弃甲曳兵，四处奔窜。胜无计可施，只得依了当日卢柔的下策，奔往梁朝。其名曰胜，实则善败。

侯景驰入荆州，向欢告捷。欢自晋阳至洛，由洛至华阴，连上四十启，奏达魏主，不得一答，乃拟另立新主。返至洛阳，再遣使奉表魏主云"陛下若远赐一诏，许还京洛，臣当率领文武，清宫以待；若返正无日，宗社不能无主，臣宁负陛下，不负社稷"等语。魏主仍然不报，欢乃召集百僚耆老，议立新君。

清河王亶已视帝座为己有，出入警跸。偏大众开议，由欢首倡，谓嗣主应继承明帝，不应昭穆失序，因语亶道："今欲立王，不如立王的世子，较为顺次。"语未说完，但听得在座诸人，同声赞成，亶只好俯首趋出，由愧生愤，由愤生忧，竟尔轻骑南奔。子得为帝，便是大喜，何必狂奔如此？欢遣人追还，遂于永熙三年孟冬，立清河王世子善见为帝，年才十一。改永熙三年为天平元年，于是魏分为二，高氏所立为魏主，史家称为东魏，宇文氏所奉的魏主，便叫作西魏了。小子有诗叹道：

世乱都从主暗来，江山分裂魏风颓。

北方从此无宁宇，虎斗龙争剧可哀！

魏既分裂，东西并峙，成为敌国，高欢遂定议迁都。究竟迁往何处？下回再当说明。

尔朱氏亡而高欢兴，高欢兴而宇文泰又起，一雄得势，而一雄继之，要之皆乱世之雄，欲其乃心魏室，始终不渝，是责莽、懿为伊、周，固世所罕有事也。但魏主修之得立为帝，实出高欢，欢虽雄鸷，而出镇晋阳，纳女为后，君臣之间，初无芥蒂，魏主修乃误信斛斯椿言，始倚贺拔岳，继依宇文泰，卒至激成欢怒，引兵向洛。斛斯椿乘夜渡河之计，又复不从，前何信椿，后何疑椿！愚而多疑，安能处变，有徒为二雄之傀儡已耳！天下本无事，庸人自扰之。此二语实可为魏主修之定评。

第二十二回

饮宫中魏主遭鸩毒
陷泽畔窦泰死战场

　　却说高欢还洛，另立新君善见。善见尚在冲年，当然不能亲政，一切黜陟大权，全握欢手。欢请授赵郡王谌为大司马，咸阳王坦为太尉，仪同三司高盛为司徒，高敖曹为司空，以下文武百官，各有定职，规模粗具，再议西侵。忽闻宇文泰进攻潼关，杀毙守将薛瑜，虏去戍卒七千人，欢不禁彷徨，遂把迁都的计议，重复提起，即欲实行。当下入朝申谕，谓洛阳西逼关中，南近梁境，在在可虞，不如迁邺为是。嗣主善见，有何主意？王公大臣等，势难与抗，只得依议迁都。欢只限期三日，即奉驾启程，四十万户，狼狈就道，百官无从备马，多半乘驴东行。至车驾已到邺中，留仆射司马子如、高隆之，侍中高岳、孙腾，在邺辅政，改相州刺史为司州牧，魏郡太守为魏尹，司州改作洛州，命尚书令元弼为洛州刺史，镇守洛阳，欢仍还原镇。当时有童谣云："可怜青雀子，飞去邺城里，羽翮垂欲成，化作鹦鹉子。"时人指青雀为清河王，鹦鹉为高欢，这也无庸评断了。洛阳遂为战争地。

　　且说魏主修在洛阳时，性颇渔色，有从妹三人，不准他适，留侍宫中。最爱宠的就是明月，本与南阳王宝炬同产，受封平原公主，次为清河王亶妹，亦封安德公主。还有一个名叫蒺藜，史家未详为何王儿女，也照例封为公主。这三公主留居宫掖，公然与魏主相奸，差不多与妃嫔相似，所以高欢女虽入宫为后，未蒙垂爱，绿衣黄裳，已成惯例。魏主修尝设内宴，使明月侍坐首席，诸宫人因羡生慕，即席赋诗，或咏鲍照乐府云："朱门九重门九闱，愿随明月入君怀！"魏主也不以为意，唯视明月如掌中珠，爱不忍离，就是弃洛西奔，把高皇后撇置宫中，独有明月不肯舍去，挈领入关。

宇文泰因魏主淫及从妹渎伦伤化，暗令元氏诸王诱出明月，置诸死地。及魏主闻报，已是玉殒香消，不得重生。看官，试想魏主所爱，只此一人，平白地为宇文泰所害，如何不悲！如何不愤！恨不得杀泰报仇！*又弄错了。*有时弯弓，有时推案，无非注意宇文泰。泰亦心不自安。

未几已是残腊，有高车别部阿至罗遣使入朝，魏主幸逍遥园，宴待外使，顾语侍臣道："此处仿佛华林园，使人触景生悲。"已而宴毕，命取所乘波斯骦马，驾载还宫。偏该马不受羁勒，跳跃异常，魏主命南阳王笼辔扳鞍，马亦不服，一蹶而死。魏主乃另易他马，还至宫门，马又惊跃，未肯遽进，连下鞭扑，方才驰入。近侍潘弥颇通术数，晨间曾启奏魏主，谓今日不可不慎，防有急兵。魏主记着，还宫后语潘弥道："今日幸无他事。"弥答道："须过夜半，方称大吉。"魏主似信非信。晚餐时多饮数杯，聊解忧闷，不意过了片刻，胸腹搅痛，竟不可当，连忙卧倒床上，痛益难耐，辗转呼号，神疲力尽，未几即殁，目瞪舌伸。侍臣料是遇毒，想由宇文泰主使，不敢发言。可怜魏主修在位，不满三年，年仅二十五岁。泰命将魏主棺殓，移殡草堂佛寺中，谥曰孝武，直至十年以后，方得安葬云陵。*弑主事不问可知。*

先时已有歌谣云："狐非狐，貉非貉，焦梨狗子啮断索。"至魏主遇弑，人方谓谣言有验。魏本索发，故称为索，焦梨狗子，就指宇文泰。泰小字叫作黑獭，籍隶武川，相传为系出炎帝。远祖葛乌兔，始为鲜卑酋长。数传至普回，得一玉玺，篆文有"皇帝玺"三字，惊为天授。鲜卑呼天为宇，君为文，因号宇文国，并以为氏。普回子莫那，徙居辽西，九传为前燕所灭，遗胤陵由燕奔魏，遂居武川。陵曾孙名肱，肱妻王氏生泰时，有黑气如盖，下覆儿身，所以取名黑獭，非狐非貉，便是暗寓黑獭的意义。*宇文泰家世，前未叙及，故就此带过。*

泰既毒死魏主修，遂率王公大臣，推立南阳王宝炬。宝炬为孝文帝孙，京兆王愉子，官拜太宰，录尚书事。宝炬循例三让，然后允诺。时已岁暮，遂于次年元旦，即位长安，大赦改年，纪元大统。追尊皇考愉为文景皇帝，皇妣杨氏为皇后。立妃乙弗

歳暮行

景彩風度改日至眷遷
換渺渺頁霜鶴皎皎帶雲
雁長河夜闌千層冰如玉
岸泉泉故老容憭憭愁歳
暮

鮑照

清代三十六诗仙图卷之鲍照

氏为正宫，世子钦为太子。进宇文泰为大丞相，封安定郡公，都督中外诸军，录尚书事，斛斯椿为太保，广平王赞为司徒，广陵王欣为太傅，万俟寿乐干为司空。遣都督独孤信招抚荆州，东魏令恒农太守田八能，候途邀击，为信所败。信直抵荆州，复击破东魏刺史辛纂，纂败遁入城，门未及阖，被信前驱杨忠，追入斩纂，遂据荆州。既而东魏复遣侯景、高敖曹等攻荆州城。信因众寡不敌，复与杨忠奔梁，荆州又入东魏。

会渭州刺史可朱浑元，潜与欢通，率部众三千户，奔往晋阳。高欢始闻魏主修遇弑事，因启请素服举哀。太学博士潘崇和，谓君以无礼待臣，不必素服，商民不哭桀，周臣不服纣，便是此意。国子博士卫既隆、李同轨等，但主张高后守制，谓高后未绝永熙，应为服素，东魏主乃命依议。

高后尚在青年，不耐守寡，勉强为故主素服，暗中却另思择配。适彭城王韶为司州牧，温文尔雅，年貌翩翩，韶为彭城王劭子，被高后瞧入眼波，惹动情思，屡与乃父谈及。高欢爱女情深，料她有意求合，遂召入彭城王韶，愿将嫠女嫁与为妃。韶见高家势盛，乐得借此攀援，遂满口称谢。欢遂令嫠女改服盛装，配韶为妇，并将洛阳宫中的珍宝，赠作妆奁。就中有珍器二具，最称奇美，一是成对的玉钵，晶洁无瑕，雕工尤妙，用水贮入，虽经倒置，亦不渗漏；一是玛瑙榼，能容三升，凑缝中用玉嵌入，好似生成一般。相传为西域神工所制，献入魏廷，传为秘宝。余物不可胜计，韶既娶国母为妻室，复得了许多珍品，真是喜出望外，欣感莫名。那高氏女亦幸获佳偶，深慰渴念，鱼水谐欢，无容絮叙。只是伦纪上说不过去。

那高欢亦愈老愈淫，自载归尔朱两后后，左拥右抱，非常欢昵。大尔朱后生子名潋，小尔朱后生子名潜，俱为欢所钟爱。他如冯娘、李娘，由洛阳取归，均被欢奸占为妾；还有韩娘、王娘、穆娘等，随时纳入，亦随时侍寝。王娘有子名浚，穆娘有子名淹，浚、淹未长，两母已亡。及迁都邺城，复得一广平王妃郑氏，芳名叫作大车，丰容盛鬋，妖冶绝伦，欢复据为己有，宠冠后庭。郑氏产得一男，取名为润。

东魏天平二年，欢因稽胡刘蠡升据云阳谷，僭称皇帝，屡为边患，乃督军出征，兼程掩击，破灭蠡升，斩首而归。到了晋阳，忽得侍婢密报，说是世子高澄，与郑大车有暧昧情事，欢因澄年才十四，未必遽敢淫烝，反斥侍婢妄言。嗣又经二婢为证，方勃然大怒，召澄入室，加杖百下，幽禁别室。澄系正妃娄氏所生，欢得发迹，半由娄氏为助，所以情好甚笃。娄氏连生六男二女，俱获长成，自欢广纳妾媵，把爱情移到美姬身上，不免与娄妃相疏。**负心汉。**偏又长子澄奸案发觉，恨子及母，竟与娄妃隔绝不通，且欲立大尔朱氏子洸为嫡嗣，将澄废黜。**何不并锢郑氏？**

澄很是焦急，忙向司马子如处求救，子如在邺辅政，得澄密书，即至晋阳谒欢。欢与子如向系旧交，无论国事家事，彼此从不讳言，而且妻妾俱得相见，不必趋避。此次子如到来，明明是为高澄母子说情，他却佯作不知，唯与欢谈论国事，直至无语可说，始请谒见娄妃，欢乃述及澄奸庶母，娄妃失察情状，子如微笑道："孽子消难，亦奸子如妾，家丑不宜外扬，只可代为掩饰。**亏得老脸说出家丑。**况娄妃是王结发妇，常把母家财物助王，王在怀朔镇时，触怒镇帅，受杖伤背，妃昼夜看护，目不交睫，后避葛贼，同走并州，沿途劳顿，日暮履穿，妃又亲燃马粪，代为制靴，此等恩义，怎可忘却？今日女嫁男婚，相安已久，更不宜为一妇人，自伤和气。况婢言亦未必可信呢！"欢答道："君言未尝无理，但事果属实，究难轻恕！"子如道："待子如鞫问情伪，再作计较。"欢即许诺。子如趋至别室，令释澄候质。澄既得见子如，尚未开口，子如便诘责道："男儿何故畏威，甘心自诬？"**好一个问官。**澄闻子如言，自然抵赖，且称三婢挟嫌诬告。子如召入数婢，厉声威吓，不令诉辩。三婢料不敢抗，统皆自缢。子如即报欢道："果系刁婢妄言，已情虚自尽了！"欢乃大悦，亟召娄妃母子进见，父子夫妻，相对泣下，嗣是和好如初。欢命设盛筵，款待子如，自起斟酒道："全我父子，皆出君力！"子如也避席称谢。这一席宴饮，自傍晚到了夜半，方才停撤，彼此散寝。次日子如辞行，欢赠子如黄金百三十斤，澄亦馈他良马五十匹，子如乐得叨惠，取金及马，驰还邺城。

澄自是不敢亲近郑大车，大车安然无恙，仍得欢宠眷，始终不衰。但如此重案，化作冰消，后庭侍姬，渐渐放纵起来。欢弟赵郡公琛，留居晋阳，总掌相府政事，他常出入帷闼，见小尔朱氏楚楚动人，竟引起邪心，随时挑逗。小尔朱氏也爱他弱冠年华，丰神韶秀，竟伺欢外出时，邀琛入室，私与交欢。婢媪等惩着前辙，莫敢告发，一任她送暖偷香，消受温柔滋味。但天下事若要不知，除非莫为。欢本老奸巨猾，阴为伺察，稍有所闻，即设法赚他二人，果然奸夫淫妇，中了欢计。一夕正续旧欢，偏被欢破门突入，当场捉出一对露水夫妻，当时怒极欲狂，即取过大杖，猛力击琛，接连数十百下，打得琛皮开肉烂，僵卧地上。再欲殴挞小尔朱氏，那小尔朱氏早长跪膝前，凭着那一双泪眼，两道愁眉，娇滴滴地吐着珠喉，向欢乞怜，竟把欢的铁石心肠，渐渐熔化。结果是说出数语道："你欲求生，立刻离开此地，免我动手！"小尔朱氏无可奈何，只好磕头拜谢，草草整装，听欢发落。欢将她逐出灵州，置诸不齿。琛自被曳出户，因受伤甚重，延挨了一两日，便即毕命，年只二十有三。色之害人大矣哉。欢讣告邺中，但说是暴病身亡，东魏主善见，不得不追赐官阶，即赠琛为太尉尚书令，予谥曰贞。贞字不知如何解法？后来又加给太师，进爵为王。那小尔朱氏至灵州后，寂寞无依，孤苦了一两年，遇着一个范阳人卢景璋，娶为继室，竟随他过活去了。还算幸事。

唯东西魏已经分峙，北方各镇，东投西奔，忙个不了。关内都督赵刚，举东荆州归附西魏。宇文泰命为光禄大夫。刚劝泰召还贺拔胜等，泰甚以为是，即遣刚南下请求。刚至梁州，与刺史杜怀瑶相识，因托他移书建康。梁主衍尝优待降将，得书以后，召贺拔胜等入朝，令他自陈行止。胜等俱愿北返，梁主乃亲饯南苑，厚礼遣归。贺拔胜与独孤信、杨忠三人，同时返至长安，各得就职。泰爱忠勇，且留置帐下。胜感梁主恩礼，凡鸟兽南向，概不复射，借示报答的意思。西魏主宝炬，喜胜北还，特加隆眷，累擢胜至太师，胜乃与宇文泰部勒三军，专谋东略。时斛斯椿已死，宇文泰专政，进位柱国大将军，用李虎、元欣、李弼、独孤信、赵贵、于谨、侯莫陈崇七人为辅。进行台郎中苏绰为左丞，绰博闻强记，熟谙掌故，尝与泰终夜叙谈，娓娓不倦。泰目为奇士，一切机密，辄令参预。绰始作文案程式，朱出墨入，及计帐户籍诸法，推行一时，秩然不紊。后人多遵为定制，用备钩稽，这也好算一个吏治家了。特别钩元。

那东魏大丞相高欢，令世子澄入邺辅政，副以左丞崔暹，澄年方十五，用法严峻，威震中外。澄弟名洋，亦得封太原公，貌似不飏，内独明决。欢尝令诸子治理乱丝，试察智愚。诸子多脚忙手乱，不堪纷扰，洋独抽刀断丝，顾语兄弟道："乱即当斩，何必费心！"后来狂暴，已见端倪。欢因此儿有识，宠爱逾恒。嗣是邺城有澄，晋阳有洋，欢以为内顾无忧，尽可与西魏争衡。

适梁遣镇北将军元庆和侵入东魏，乃遣高敖曹率三万人趋项城，窦泰率三万人趋城父，侯景率三万人趋彭城，控御东南。元庆和闻报退还，侯景进陷楚州，掳去刺史桓和，且乘胜至淮上，梁都督陈庆之，发兵邀击，杀败景军。景抛弃辎重，仓皇北遁。

欢方锐图西魏，不暇南顾，遂想了一条远交近攻的计策，遣使南下，与梁修和。梁主衍亦得休便休，许与通好，敕庆之班师。于是欢调回各军，自率轻骑万人，径袭西魏夏州。沿途但食干粮，不遑火食，及抵夏州城下，正值夜半，见城上无人守御，便令军士缚稍为梯，猱升而上，顿时攻破全城，擒住刺史斛拔俄弥突，带回晋阳。并将部落五千户，悉数迁归，留都督张琼镇守。会闻灵州曹泥，为西魏将士所围，因复调兵往援，拔出曹泥，也令他徙至晋阳。可巧西魏传诏，数欢二十罪，指日东征。欢不禁大怒，亦斥宇文泰、斛斯椿为逆徒，谓当分命诸将，刻日西讨。两下里互相指斥，各说得我是人非，有道有理。欢欲先发制人，因高敖曹、窦泰等，已皆北归，遂令敖曹移攻上洛，窦泰出逼潼关，自率军赴蒲坂，命筑浮桥三座，拟即渡河。

西魏大行台宇文泰督兵出拒，进次广阳，既探悉欢军行踪，便语诸将道："贼犄我三面，浮桥待渡，这无非虚张声势，牵缀我军，使窦泰得乘虚西入呢！**欢计被泰喝破。**窦泰尝为欢前驱，屡战屡胜，必有骄心，我不如径袭窦泰，泰军一破，欢不战自走了。"将佐齐声道："舍近袭远，恐非良图；如欲往击窦泰，何不分兵前往！"泰笑语道："欢虽做桥，未能径渡，不过五日，我已可破灭窦泰呢。"乃扬言欲保陇右，退还长安，潜行东出。

诸将犹有异议。泰有从子名深，幼即好兵，尝叠石为营，折草为旗，与群儿布列行阵，井井有条，此时为直事郎中，屡预军谋。泰因向深问计，令他先陈意见。深答道："窦泰为高欢骁将，与欢东西分出，我若至蒲坂攻欢，欢扼我前，窦泰袭我后，岂不是表里受敌么？今若简选轻锐，潜击窦泰，彼性躁急，必来决战，欢不及往援，我就可一鼓擒窦了。窦既受擒，欢势自沮，回军击欢，定可决胜。"泰欣然道："我原作这般想，汝与我同心，我计决了。"遂衔夜东发。

又行了一昼夜，已抵小关，窦泰猝闻敌至，自恃骁勇，渡河直前。宇文泰列营牧泽，用四面埋伏计，引诱窦泰。窦泰不知厉害，怒马当先，陷入重围，泽中泥淖相间，铁骑不得驰突，再加士卒垂尽，身上亦中了数箭，料知无法脱围，便拔出佩剑，自刎而亡。窦泰为高欢姨夫，战无不从，此次由邺出发，曾有惠化尼云："窦行台，去不回！"至是果验。小子有诗叹道：

> 将军一去不回头，拼死前驱未肯休。

牧泽陷围溅颈血，半由好勇半无谋！

窦泰既死，被西魏军枭了首级，送往长安。高欢尚在蒲坂，闻报大恸，几乎晕倒。欲知他后来处置，但看下回自知。

魏主修猜忌高欢，以致蒙尘出走，西入关中，幸宇文泰迎入雍州，尚有容身之所。为惩前毖后计，宜勇于改过，推诚待下，则以秦关之固，宇文之力，东向而待高欢，未始不可有为。奈何身为雄狐，效禽兽行，为一女子而怨及功臣，卒被毒毙，甚矣哉魏主修之淫且愚也！夫天下之好淫者，祸不及身，必及子孙，魏主修之死，死于淫，固已。高欢淫占多人，虽若无恙，然生前有子弟之烝报，死后有子孙之荒耽，有恶因必有恶果，高氏宁能幸免乎？且弄兵不戢，忽东忽西，骁勇如窦泰，终堕黑獭计中，陷死牧泽；泰虽寡谋，要不得谓非高欢害之也。泰妻为欢妃娄氏妹，夫死妻寡，惨及一门，欢岂不可以已乎！

第二十三回

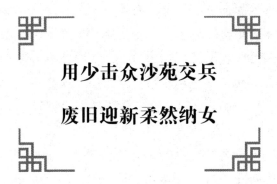

用少击众沙苑交兵
废旧迎新柔然纳女

　　却说高欢闻窦泰死耗，不胜悲悼，自思泰既陷没，大违初愿，遂撤去浮桥，退回晋阳。宇文泰亦还军长安。唯高敖曹尚未得闻，引军急进，直抵上洛城下。洛郡人泉岳及弟猛略，与顺阳人杜窋等，欲翻城出应敖曹。洛州刺史泉企，探悉阴谋，捕戮泉岳兄弟，独杜窋得缒城出走，奔归敖曹。敖曹猛力扑城，城上矢石交下，连中敖曹三矢。敖曹晕坠马下，良久复苏，复上马督攻。泉企固守旬余，二子元礼、仲遵，皆有勇力，随父拒敌，日夕不懈。会仲遵被流矢伤目，不能再战，城遂失陷，企与二子皆被擒。及企见敖曹，大声呼道："我系力屈，本心原不服哩！"敖曹也不去杀他，系诸幕下，即用杜窋为刺史。

　　休兵数日，拟进攻蓝田关。忽来了晋阳使人，传述欢令道："窦泰战殁，人心摇动，宜收军即还；万一路险贼盛，但求自脱罢了。"敖曹不忍弃众，令部曲先行，自己断后，徐徐引退。西魏军却不敢追蹑，任他自归。泉企子元礼，由敖曹带还。仲遵伤重不能行，仍使在洛州城。企在途中，私诫元礼道："我余生无几，死不足畏，汝兄弟二人，才器足以立功，须自觅生机，勿因我已东去，遂亏臣节！"*此君颇似王陵母。*元礼乃伺隙逃还，与仲遵阴结豪右，袭杀杜窋，西魏遂授元礼为洛州刺史，准令世袭，企竟病死邺中。

高欢欲为窦泰报仇，大阅兵马，再拟出师，适宇文泰出拔恒农，把东魏陕州刺史李徽伯掳去，欢即发兵二十万，由壶口趋蒲津，使高敖曹率兵三万出河南。时关中大饥，人自相食，宇文泰部下不满万人，留屯恒农就食，已阅五旬，探报谓欢将渡河，乃引兵入关。高敖曹进围恒农，城中有备，一时攻打不下。欢长史薛琡语欢道："西人连年饥馑，故冒死来陕州，欲取仓粟，今敖曹已围陕城，粟不得出，但宜置兵诸道，勿与野战，待他麦秋无收，民自饥死，宝炬、黑獭，无虑不降，今且不必渡河！"侯景时亦从军，也进谏道："今日举兵西来，关系极大，倘或不胜，猝难收集，不如分作二军，相继进行，前军得胜，后军方进，前军若败，后军亦可往援，这乃是万全之计。"欢不肯依议，竟从蒲津济河。

华州刺史王罴首当冲要，宇文泰致书相勉，罴答复道："卧貉子怎得轻过？"及欢至冯翊城，呼罴问道："何不早降？"罴戎服登陴，朗声传语道："此城是王罴冢，死生在此，汝等何人善战，请来一决雌雄！"欢知不可攻，乃移驻信原。

宇文泰因欢军入境，亦驰诣渭南，征调诸州兵马，急切未能召集，泰不堪久待，便欲进兵击欢，诸将以寡不敌众，请俟欢西进，再观形势。泰正色道："欢若得至长安，人情必且大震，今乘他远来，兜头迎击，彼衰我锐，何患不胜！"遂下令军中，就渭水架设浮桥，即日渡渭，直抵沙苑，与东魏军相隔，只六十里。

诸将虽不敢违令，各有惧色，独宇文深称贺，并语泰道："高欢镇抚河北，甚得众心，若据境自守，却是难图；今悬军渡河，非众所欲，彼无非为窦泰战死，挟恨前来，这就是叫作忿兵，忿兵必败。今愿假深一节，发王罴兵，截欢走路，前犄后角，使无遗类，怎得不贺？"深有此智，不愧为宇文家儿。泰乃遣颍昌公达奚武往觇欢军。武只率三骑潜往，改作东魏军装，日暮去营数百步，下马潜听，得敌军号，夜间上马历营，与巡夜相似。欢毫不备防，所有军中情状，俱被武窥悉，还营报泰。泰正思进逼欢营，忽由侦骑报到，欢兵且至，泰又召集将佐，商议对敌的方法。仪同三司李弼献策道："彼众我寡，不可平地列阵，此东十里有渭曲，请先行据守为佳。"泰亦称善，便徙至渭曲，背水列营，令李弼为右拒，赵贵为左拒，将士皆埋伏苇中，闻鼓乃起。待至日暮，欢军乃至，望见西魏营内，偃旗息鼓，毫无声响，营旁苇深土泞，不堪进逼。欢亦防有伏兵，拟纵火焚苇，偏侯景进言道："我军大举前来，应生擒黑獭，晓示百姓，若徒用火攻，就使将黑獭烧死，也是无名无望，不足示威！"欢将彭乐愤愤道："我众贼寡，百人擒一，亦尚有余，要用什么火攻计！"好好一条计策，徒被二人破坏。欢乃麾兵直进，大众争前恐后，一拥而上，无复行列。俄闻西魏营内，鼓声骤震，芦苇丛里的伏兵，执戈齐起，来杀欢军，赵贵从左冲入，李弼自右突进，把欢军裂作数截，欢军立即大乱。李弼弟㯹年少胆壮，隐身鞍甲中，跃马陷阵，伺敌不防，露首出矛，左搠右刺，应手落马。欢军争噪道："当避此小儿！"欢将彭乐使性善斗，且带着三分酒意，跃马乱闯，好像蚩尤一般。既而杀得性起，把甲胄尽行卸去，裸体驰入宇文阵内，适遇西魏征虏将军耿令贵，一枪挑来，不偏不倚，刺入乐胸。乐忙用刀格开，肠已流出，鲜血狂喷，他却大吼一声，拼死再战。旁有他将驰至，接住令贵厮杀，乐方得回马出阵，纳肠裹胸。还欲返身杀入，怎奈各军俱已败还，连让步都来不及，怎能再入敌阵？那后面亦鸣金收军，只好随众退回。宇文泰也不追赶，勒兵还营，各将都上前献功。泰见了李㯹，顾语左右道："出兵打仗，全靠胆壮，不必昂藏七尺，但看他年轻身矮，亦能杀贼哩！"语未毕，又见耿令贵入帐，甲裳尽赤。泰又说道："甲裳中有如许血迹，奋勇可知！"遂一一记功，静待犒赏。各将士散归本营，休息去讫。

那高欢奔回信原，尚欲收拾残军，再行决战，使张华原巡视各营，照簿点兵，无人出应。急忙还白道："众已散尽，各营皆空虚了！"欢尚未肯去，阜城侯斛律金在侧，便启请道："众心离散，不可复用，宜速还河东为是！"遂命左右牵马入帐，促欢上马。欢跨上马鞍，尚未纵辔，由金用鞭拂马，方才东驰。到了河滨，蓦闻后面人声马沸，震荡波流，料知有追兵到来，只好匆匆急渡。偏偏船离岸远，一时不能驶近，有许多将士情急逃生，跃马入河，俱被流水漂去。欢改乘橐驼就船，始得东渡。共计丧失甲士八万人，铠仗十有八万件。

宇文泰闻欢遁走，始督军追至河上，遥望欢已过河，乃停军不追。可巧征调各兵，陆续报到，都督李穆道："高欢已经破胆，请速渡河追去，毋令漏网。"泰叹道："穷寇莫追，兵家至言，我军已获全胜，得意不宜再往了！"乃返至战所，令每人种柳一株，留旌武功。越日凯旋渭南，奏捷论功，李弼、赵贵以下，皆进爵增邑有差。

高欢还入晋阳，忿懑异常。侯景亦愤然道："黑獭新胜而骄，必不为备，愿得精骑二万，擒归黑獭，报复前恨！"又来说大话了。欢迟疑未决，入白娄妃，娄妃道：

"果如景言，景岂尚有还理？得一黑獭，失一侯景，究有何利？"欢乃罢议。娄妃却是知人。高敖曹得欢败耗，也解恒农围，退保洛阳。

宇文泰自沙苑得胜，复欲图洛，乃遣行台王季海，与独孤信率步骑二万，径趋洛阳，又命洛州刺史李显赴三荆，贺拔胜、李弼围蒲坂。蒲坂守将，为东魏秦州刺史薛崇礼，登陴力御。别驾薛善，系崇礼族弟，密语崇礼道："高欢有逐君大罪，善与兄忝列簪缨，世荷国恩，今大军已临，尚为高氏固守，一旦城陷，函首送长安，署为逆贼，死有余愧，不如先行归款，尚得自全！"崇礼嘿然不答，善竟与族人开城，迎纳贺李等军。崇礼仓猝出走，中途被获。宇文泰闻捷驰至，赐薛善等五等封爵。善固辞不受，崇礼为善从兄，因得宥死，不复加罪。泰遂略定汾、绛二州。

独孤信行至新安，高敖曹引兵北去，只留广阳王元湛守洛阳。湛无胆略，也弃城奔邺，信遂得据金墉城。东魏颍川长史贺若统，又执住刺史田迕，举城降西魏军。梁州、荥阳、广州，望风归附。东魏行台任祥，往攻颍川，为西魏大都督宇文贵击败，任祥奔还。阳州刺史邢椿，被州将是云宝刺死，亦奔降西魏军。西魏都督韦孝宽，复攻陷东魏豫州，河南诸州郡，多半没入西魏。

东魏大行台侯景治兵虎牢，谋复河南诸州，韦孝宽等未免胆怯，又弃城遁去。侯景出兵四略，夺还南汾、颍、豫、广四州，遂邀同高敖曹，进围金墉。高欢亦率军继进，独孤信飞报长安，请即济师。西魏主宝炬，正因洛阳得手，拟谒园陵，凑巧洛使告急，遂命尚书左仆射周惠达，辅太子钦守长安，自与宇文泰督军东行，令李弼、达奚武为前驱，直达穀城。

日暮下寨，李弼登高遥望，遥见群鸟向西北飞来，便道："天色已晚，鸟应归栖，今尚西翔，必有贼军前来，不可不防！"遂偕达奚武移屯孝水，遣人哨探，并令军士取薪为备。约过片刻，果有探马入报，敌军来了！弼即命部众曳薪扬尘，鼓噪前进，敌骑不过千人，未测弼军多寡，当即返奔。弼麾军追上，斫毙敌将一人，一将逃免，余众尽得俘获，解送恒农。看官道敌将为谁？一将叫作莫多娄贷文，已经被杀，一将就是可朱浑元，竟得逃脱。叙笔矫变。原来侯景闻西魏军至，拟整兵待着，偏莫多娄贷文，不受景命，邀同可朱浑元，率千骑来袭西魏军，刚被李弼侦觉，一场追击，贷文丧命，元得幸还。

李弼待泰同进，共至瀍东，侯景撤围引去。泰率轻骑追至河上，景回马布阵，北据河桥，南倚邙山，与泰对仗。两军交锋，才及数合，景见泰执旗指挥，便拔箭射去，正中泰坐马。马负创惊逸，不可羁勒，泰随马奔去，约经里许，竟为所掀，坠落地上。侯景瞧着，骤马追来，泰身旁并无他人，只有都督李穆，紧紧随着。穆见侯景来追，手下约有百余骑，孤身如何抵挡？眉头一皱，计上心来，佯用马鞭扶泰背上，厉声叱道："笼东军士，笼东系披靡之意。尔主何在？乃尚留此，不急上马，更待何时？"好似曹阿瞒的急智。景听得此言，还疑自己看错，停马不追。穆即以己马授泰，与泰俱走，回入大营，调军再进。

侯景方才回营，总道泰军已去，不致复来，哪知西魏兵如潮涌至，不及列阵，竟被蹂躏。景拨马遁去，部兵四散，独高敖曹自恃勇悍，尚建着麾盖，与泰角战。泰尽锐围攻，杀得敖曹部下，七倒八歪。敖曹仗着长槊，突出重围，单骑走投河阳南城。守将高永乐为欢从子，与敖曹有宿嫌，闭门不纳。敖曹潜匿桥下，追骑趋至，见有金带浮出，竟向桥下攒射。敖曹自知不免，始奋首与语道："来！来！好给汝开国公！"说着，那头颅已被人斫去。强盗结果，应该如此。

高欢得报，如丧肝胆，召责永乐，加杖二百下。追赠敖曹太师，兼大司马太尉。一面督率大军，自往争洛。两下相遇，彼此阵势绵亘，首尾远隔，从旦至未，战至数十百合，氛雾四塞，莫能相知。西魏左右翼独孤信、赵贵等，战并不利，又未知君相所在，弄得茫无头绪，弃军奔还。此外各军，当然溃散。宇文泰尚在营中，亦觉保守不住，毁去营寨，奉主西归，留仪同三司长孙子彦，守金墉城。西魏将军王思政，尚与东魏军猛斗，举槊横击，一举辄踣敌数人。既而陷入敌阵，左右尽死，思政亦受创晕仆。他平时出战，尝着破衣敝甲，敌人疑是末弁，由他倒地，不暇枭首。还有他将蔡祐，率亲兵数十人，下马步斗，齐声大呼，击毙东魏兵甚多。东魏兵四面绕集，围至数十重，祐弯弓持满，盘旋四射，发无不中，敌不敢近。突有壮士数名，身穿厚甲，手执长刀，跃马径入，去祐骑仅三十步。祐随身只有一矢，左右劝祐速射，祐从容道："我等性命，在此一矢，怎可虚发！"道言未绝，那来兵相距不远，方把弓弦一扯，飕的一声，正中来兵头目，流血坠下，余人却退。祐乘势突出，徐徐引还，东魏兵不敢追逼，也收军回营。思政部将雷五安，失去主将，复至战场寻觅尸首，可巧思政已苏，即割衣裹创，扶他上马，驰还恒农。宇文泰已入恒农城，检阅大将，尚少王思政、蔡祐二人，正在着急，见祐引军回来。祐字承先，泰即呼道："承先得还，我无忧了！"再问及战斗情形，祐毫不言功。*最难得者在此，可为孟之反第二。*经部下替祐述明，泰益惊叹道："承先有功不伐，真算是难得了！"未几思政亦到，见他创痕累累，黯然泣下。*笼络将士。*因授思政为东道行台，留镇恒农，自奉宝炬还长安。不料长安变乱，留守周惠连，偕太子钦出奔渭北，关中大扰。这变乱的原因，是由留守兵少，前所虏东魏士卒，拥戴故将赵青雀，伺隙据城。又有雍州刁民于伏德等，亦劫咸阳太守慕容思庆，同时作乱。西魏主宝炬，留驻阌乡，由宇文泰入关讨贼。泰因士马疲敝，不愿速进，且谓青雀等乌合，不足为患，散骑常侍陆通进谏道："蜂虿有毒，不宜轻视！今军虽疲乏，精锐尚多，加以明公声威，麾军压贼，立可荡平；若养痈贻患，转非良策。"泰即依议，整军西入，父老见泰回师，且悲且喜，士女亦交相庆贺。华州刺史宇文导，系泰从子，继王罴后任，起兵袭咸阳，斩思庆，擒伏德，渡渭会泰，同攻青雀。青雀败死，泰遣使至阌乡报捷，迎驾入长安。泰出屯华州。东魏丞相高欢，进攻金墉，长孙子彦毁去城中室庐，开门潜道，欢入城巡视，遍地已成瓦砾，索性将城砦毁去，但使洛州刺史王元轨镇辖，自返晋阳。

是年冬季，西魏复遣将军是云宝，掩入洛阳，王元轨弃城东走，广州亦为西魏将赵刚所陷，襄、广以西，复为西魏有。

是时柔然复强，头兵可汗阿那瓌，雄踞朔方。*见前文。*起初尚向魏称臣，及魏已分裂，遂把臣字削去，通使东西，居中取利，先向东魏求婚，东魏许将宗女兰陵公主，嫁与为妻。柔然遂帮助东魏，侵扰西魏。宇文泰方有事东方，不遑北顾，也只好设法羁縻，饵以女色。*无非晦气几个宗女。*乃使中书舍人库狄峙，北赴柔然，与议和亲，头兵可汗有弟塔寒，未曾婚娶，因向西魏求妇，西魏封舍人元翌女为化政公主，遣嫁了去。

但东西两魏，虽都用着美人计，笼络柔然，究竟东魏宗女，配与可汗，西魏宗女，不过一个可汗的弟妇，两边权势，相形见绌。宇文泰特劝主子宝炬，纳头兵女为妃，再向柔然议婚。偏头兵可汗，定欲纳女为后，方肯如约。泰不得已为废后计，请宝炬割爱从权。*以女易女，却还值得，只难为了乙弗后。*看官，试想宝炬已纳乙弗氏为后，生男育女，已有数人，就是太子钦亦乙弗后所出。后父瑗曾为兖州刺史，母为淮阳长公主，乃是孝文帝第四女，本来是阀阅名媛，更兼容德兼全，仁而且俭。此次顾全大局，不得不游居别宫，后且自愿为尼，削发参禅。乃令扶风王元孚至柔然迎女。

柔然送女南来，有车七百乘，马万匹，橐驼千头。行次黑盐池，遇着卤簿仪仗，来迎新后。孚请柔然女正位南面，柔然女答道："我未见汝主，尚是柔然女儿，汝国以南面为尊，我国却尚东面，各守国俗便了。"于是西魏仪仗，尽皆南向，柔然营幕，仍然东向。及迎入长安，即行册后礼。后号郁久闾氏，年才十四，容貌端严，颇饶才识，只有一种大病，便是一个妒字。她因废后乙弗氏尚在都中，常有违言。西魏主宝炬，取悦新后，特遣次子戊为秦州刺史，奉母乙弗氏赴镇。母子入宫辞行，与宝炬相见，并皆泣下。宝炬本无芥蒂，为势所迫，勉强出此，此时触起旧情，也泪下不止。且密嘱乙弗氏在外蓄发，再图后会。乙弗氏母子，乃拜辞而去。小子有诗叹道：

> 废后原来事不经，况兼妇德足仪型。
> 如何迎入侏离女，诀别妻孥泣帝庭！

光阴易过，倏忽经年，那柔然竟来犯边。究竟为着何因，待小子下回再表。

沙苑之役，为东西魏第一次大战。高欢发兵二十万，渡河而西，当时已目无关中，几视黑獭如囊中物，卒之渭曲交兵，遭人暗算，曹操之败于赤壁，符坚之败于淝水，高欢之败于沙苑，皆恃众不整，出以轻心故耳。厥后河东、河南，没入西魏，莫多娄贷文以轻战而死，高敖曹以轻敌而亡，轻躁者之不可行军，固如此哉！洛阳再战，宇文失利，一则因屡败而惧；一则因屡胜而骄，甚矣用兵之不可不慎也。若夫两国相争，结邻为助，而柔然适得博渔人之利，智如黑獭，且劝宝炬废旧迎新，纳侏离之女，逐上国之母，毋乃悖甚！况女德无极，妇怨无终，和亲岂果足恃耶！识者于此，当亦以轻率讥之矣。

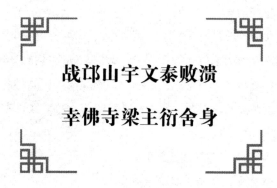

第二十四回

战邙山宇文泰败溃
幸佛寺梁主衍舍身

　　却说西魏立柔然女郁久闾氏为后，是大统四年间事。越年废后乙弗氏，随子戊出居秦州。又越年二月，柔然入犯，举国南来，直抵夏州。西魏主宝炬，免不得遣使诘问，究为何事兴兵？柔然主头兵可汗，谓"一国不能有二后，西魏故后尚存，将来仍拟复封，我女总要被黜，所以兴师问罪"云云。看官，试想柔然远居塞外，如何晓得魏宫中情事？这无非是郁久闾氏，闻知乙弗氏临别，由西魏主嘱她蓄发，所以暗中怀妒，通报柔然，叫他兴兵内逼，好把故后除去，免贻后患。西魏主宝炬，接得去使还报，踌躇了好多时，便叹息道："岂有百万番兵，为一女子大举？但朕若不肯割爱，自招寇患，亦有何面目自见诸将帅呢！"*外人要你杀妻，你便将爱妻杀却，若叫你自杀，你将奈何？* 乃遣中常侍曹宠，赍手敕赴秦州，令乙弗氏自尽。

　　乙弗氏洒泪，泣语曹宠道："愿至尊享千万岁，天下康宁。我死无恨！"说着，召次子武都王戊至前，嘱他后事。且令传语皇太子，善事阿父，勿念生母，语多凄怆，惨不忍闻。左右皆垂涕失声，莫能仰视。时乙弗氏已蓄发鬒鬒，因复召僧供佛，再向佛像前落发，始入室服毒，引被自覆而殁，年三十一。

　　当下凿麦积崖为龛，殓棺告窆，枢将入穴，有二丛云先入龛中。一灭一出，人皆诧为异事，后来号为寂陵。曹宠还都复命，西魏主又遣人报告柔然，头兵可汗乃引兵退去。

是年郁久闾氏怀妊将产，居瑶华殿，辄闻狗吠声，心甚不安。继而临盆坐蓐，胞久不下，医巫相继召集，或为诊治，或为祈祷，郁久闾氏唯双睁凤目，满口谵言，忽言有盛饰妇人入室，忽言妇人立在床边，用物击我，医巫皆无所见，都吓得毛骨森竖，齿牙皆震。好容易产下一儿，那郁久闾氏已两目一翻，呜呼哀哉，年只十六。当时宫禁内外，统说是故后为祟，因致产亡。容或有之。西魏主宝炬，命将遗骸安葬少陵原，不消细述。

东魏接连改元，始因南兖州获得巨象，称为祯祥。及改年元象，越年册立高欢次女为皇后，营立新宫，复改元兴和。禁民间立寺，改停年格，命百官就麟趾阁议定新制，号为麟趾格，颁敕施行。命侯景为吏部尚书，兼尚书仆射，出任河南大行台，随机防御。

适北豫州刺史高仲密，阴谋外叛。高欢遣将奚寿兴代掌军事，仲密竟执住寿兴，通款西魏，以虎牢为贽仪。原来仲密为高敖曹次兄，见前。本来是忠事东魏，官拜御史中尉，遇事敢言，颇有直声。嗣因与妻室反目，将妻休弃，遂致与妻舅崔暹有嫌。所选御史，均被暹排去，免不得怏怏失望，怨及朝廷。暹为高澄心腹，与澄同在邺中，澄为大丞相世子，姊入为后，又娶东魏主妹冯翊公主为妻，真是元勋贵戚，权焰熏天。崔暹倚作党援，当然是指挥如意，他妹被仲密休弃后，即由澄出为媒介，别嫁显宦，格外备仪。仲密亦娶一继妻李氏，美艳工文，澄借贺喜为名，亲往审视，果然是丰姿绰约，比众不同。嗣是暗地垂涎，伺仲密外出时，竟驰至高宅，挑诱李氏。李氏拒绝不从，澄竟用出强暴手段，硬胁李氏入室，为强奸计。当由高氏家人，飞报仲密，仲密踉跄归家，澄乃自去。李氏衣裳破裂，泣告仲密，仲密怀恨益深，遂乞请外调，出为北豫州刺史，挈眷赴镇，潜通西魏。可巧高欢激变，索性明目张胆，背东归西。仲密无故弃妻，惹出许多祸祟，这也自贻伊戚，不能尽咎他人。

高欢闻仲密叛去，事出崔暹，即召暹赴晋阳，将加死罪。如何不知子恶？暹忙向高澄乞怜，澄匿暹府中，浼人说欢，一再请免，欢乃宥暹不问。嗣闻西魏授仲密为侍中司徒，并由宇文泰督率诸军，来收虎牢，且进围河桥南城，欢因发兵十万，亲至河北，御宇文泰。泰退军瀍上，令军士驾舟，纵火上流，欲毁河桥。东魏将斛律金，使行台郎中张亮，用小艇百余艘，阻截敌船，用链横河，系以长锁，钉住两岸，敌人不得近桥，桥始获全。欢渡河据邙山，依险立营，数日不进。泰在瀍曲留住辎重，乘夜袭欢，侦骑驰报欢营，欢笑道："贼距我四十里，贪夜前来，必患饥渴，我正好以逸待劳呢。"乃整阵待着。候至黎明，泰军果然驰到。欢将彭乐，不俟泰军列阵，便率数千精骑，冲将过去。泰军见欢有备，已是惊惶，更遇着骁勇善战的彭乐，执着一杆长刀，左右乱劈，但见头颅滚滚，飞掷空中，不由得旁观股栗，纷纷逃回。泰亦只好退走。

欢军见彭乐得胜，统上前力追，杀死泰军无数。彭乐且一马当先，追至瀍上，踹入泰营，泰弃营再遁。西魏侍中大都督临洮王元柬，蜀郡王元荣宗，江夏王元升，巨鹿王元阐，谯郡王元亮，詹事赵善等，仓猝不及遁逃，俱被掳去。泰正策马西奔，忽背后有人大呼道："黑獭休走！"泰急返顾，见一敌将威风凛凛，杀气腾腾，禁不住一身冷汗，勉强按定了神，徐声与语道："汝非大将彭乐么？从泰口中呼出彭乐，笔势好不平。一个伟男子，可惜太呆，试想今日无我，明日岂尚有汝么？何不急速还营，收取金宝！"彭乐闻言，也觉有理，遂停住不赶，泰得脱去。

乐还入泰营，得泰金带一囊，携去归营。诸将各收军还报，载归甲仗，不可胜计。欢升帐记功，已有人报乐纵泰。及乐入帐复命，且行且呼道："黑獭漏刃遁去，但已是破胆了！"欢不禁怒起，勃然离座道："汝敢来欺我吗？"乐本已心虚，慌忙伏地，欢亲摔乐头，三举三下，拔出佩剑，置诸乐颈，责他私纵黑獭，并前日沙苑一役轻战致败的罪状。乐嗫嚅道："愿乞五千骑士，再为王擒取黑獭！"欢益怒叱道："汝纵他使去，尚说好擒取么？"说至此，又取剑欲斫，将下未下，共计三次。诸将已窥透欢意，均上前乞情，黑压压地跪满座下。欢乃还座，令左右取绢三千匹，压乐背上，乐兀自负住，不闻气喘。欢又道："有力不忠，也是徒然！今日饶汝，汝应自知前愆，效力赎罪！"乐连声遵令，欢因命将绢卸下，仍赐与乐，不没前驱的功劳。好权术。乐拜谢而退。

越日复与宇文泰交战，泰自将中军，领军若干惠若干系复姓。为右军，两路夹击欢军，欢军败绩，所有步卒，悉为泰军所擒。欢落荒东走，随员只有七人，后面追兵大至，都督尉兴庆奋然道："王速去！兴庆腰佩百箭，尚足杀敌百人。"欢乃留兴庆拒战，纵辔急奔。兴庆独截追兵，矢尽而死。

泰料欢东奔不远，更召健卒三千人，令执短兵，用贺拔胜为统将，再往追欢。胜与欢本来相识，执槊当先，竟得追及。欢见胜到来，驱马急奔，胜率十三骑力赶，驰至数里，槊已及欢马尾，便大呼道："贺六浑！今日在贺拔破胡手中，誓必杀汝！"胜字破胡，故自称表字。欢吓得胆落，坠落马下。胜正挺槊刺欢，不防坐马一蹶，也将胜掀落尘埃。原来东魏将军段韶正来救欢，见欢命在须臾，忙弯弓射胜，正中胜马，因此胜亦仆地。及胜跃起，韶已驰至，扶欢上马，向东逸去。胜易马再追，复有东魏河州刺史刘洪徽，引兵拦阻，连射二矢，毙胜从骑二人。胜知不能得欢，便即长叹道："今日不执弓矢，岂非天意！"泰遇彭乐，欢遇贺拔胜，终得脱免，不可谓非天意。乃引骑西还。

唯东魏骑兵尚能再战，将军耿令贵整众复出，突入敌阵，锋刃乱下，杀伤相继。西魏将士不防有此回马兵，多半懈怠，怎禁得令贵冲入，似虎似狼？霎时间旗靡辙乱。西魏将赵贵等禁遏不住，也俱回奔。宇文泰亲自出拒，交战数合，那东魏兵陆续攒集，气势甚锐，弄得泰亦无法拦阻，没奈何策马返奔。东魏兵鼓勇追蹑，幸亏西魏将独孤信、于谨等收集散卒，从后绕出，大呼杀贼，追兵也彷徨惊顾，倒退下去，西魏各军，才得保全。若干惠且建旗鸣角，徐徐引还。

泰走入关中，屯兵渭上，欢进至陕城。泰使达奚武拒守，东魏行台郎中封子绘白欢道："混一东西，正在今日。昔魏太祖平汉中，不乘胜取巴蜀，失在迟疑，后悔无及。愿大王不以为疑！"欢点首称善，集诸将会议进止。诸将多说野无青草，人马疲瘦，不可远追。欢乃收军东归，但令侯景等收复虎牢。

时高仲密亦随泰入关，家属尚在虎牢城内。留偏将魏光居守。宇文泰遣谍赍书，送给魏光，令他固守待援。中途为侯景所获，搜得书札，改易数字，叫他速去。乃复将书发还，纵谍入城。光见书即贲夜遁走。景麾军入城，捕得仲密妻子，解送邺都。高澄得报，不禁喜出望外，忙盛服出城，往迎仲密后妻赵氏。待了半日，方见心上人儿，被军士押至，花容惨淡，云鬓蓬松，越觉可怜可爱，当即令军士释缚，载以良马，导入都中私第，召集婢媪，替赵氏沐浴梳妆。到了黄昏，饮过交杯酒，搂入合欢床，绝处逢生的赵美人，身不由主，只得任他所为。从此仲密妻变作高澄妾，又另是一番天地了。千古艰难唯一死，伤心岂独息夫人！

高欢因高乾有义勋，高敖曹死王事，家属皆免连坐。尚有仲密幼弟季式，曾行晋州事，镇守永安，至是先诣晋阳请罪，欢亦相待如初。唯高澄借父威势，得升任大将军，领中书监，移门下机事，总归中书，文武赏罚，皆由澄主张。*想是肉战的功劳。*侍中孙腾自恃为高澄父执，不肯敬澄。澄叱左右牵腾至阶，筑以刀环，使立门下。定州刺史库狄干，为澄姑夫，自定州入谒，立门下三日，始得相见。尚书令司马子如，太师咸阳王坦，为澄心腹崔暹所劾，说他贪黩无厌，并削官爵。高欢反与邺中诸贵书，略言儿年寖长，公等不宜撄锋，即如咸阳王司马令两人，皆我故交，同时获罪，我尚不得相救，他人更不必论了。*纵容儿子，一至于此。*自是公卿以下，无不惮澄。澄又授崔暹为御史中尉，宋游道为尚书左丞。二人俱系高澄鹰犬，所有弹章，无不照行，或黜或死，几难胜数。澄威权几过乃父，东魏主善见，简直是个木偶，毫无能力，徒拥虚名罢了。*为北齐篡位张本。*

西魏丞相宇文泰自邙山败后，方惮东略，并且太师贺拔胜悔恨致疾，又复去世，国中失一大将，愈觉灰心。胜弟岳早被杀关中，兄允留官洛阳，为高欢所忌，闭置一室，竟致饿死。胜诸子亦多为欢所杀。胜既悔失欢，又痛覆家，因此不得永年。临死时，自写遗书致宇文泰，书中略云"胜万里杖策，归身阙廷，每望与公扫除捕寇，不幸殒毙，微志不伸，死若有知，尚当魂飞贼庭，借报恩遇"等语。泰览书流涕，表请赠胜为太宰，录尚书事，予谥贞献。贺拔氏三弟兄从此皆亡。后来贺拔岳子纬，纳宇文泰女为妻，受封霍国公，得承宗祀，事且慢表。*前段了过高仲密兄弟，此段了过贺拔胜兄弟，两人关系较大，故特表明始末。*

且说梁主衍中大通七年，复改元大同，江南无事，坐享承平。虽与北方屡有交涉，但北魏正东分西裂，无暇顾及江淮，且东魏与梁修和，边境安宁，更觉得囊弓戢矢，四静烽烟。梁主衍政躬多暇，竟欲皈依佛教，为参禅计。特在都下筑一同泰寺，供设莲座，宝相巍峨，殿宇弘敞，他即亲幸寺中，设四部无遮大会，居然披服缁衣，趺坐蒲圃，扮做一个老和尚，自号三宝奴，叫作舍身为僧。尤可笑的是公卿以下，酿钱一亿，纳入寺中，替梁主赎身还宫。*这种法制，好似从平康里中采来。*既而又舍身同泰寺，仍然戴毗卢帽，穿黄袈裟，亲升法座，为四部众讲涅槃经，说得天花乱坠，有条有理。其实统是佛学皮毛，未得大乘真谛。*就使识得真谛，亦与治道无关。*讲毕以后，拟在寺中居住，不复还宫，再经群臣出钱奉赎，表请返驾。第一、二表还不肯从，三表乃许。*做出什么鬼态！*

南印度僧菩提达摩，得悉梁朝重佛，从海路航至广州。梁主闻有高僧到来，亟

梁武帝舍身佛寺

命地方有司，护送入都，召见内殿，赐他旁坐，且婉问道："朕欲多造佛寺，写经度僧，可有功德否？"达摩答道："没有什么功德，参禅不在形迹，须由静生智，由智生明，从空寂中体会出来，方有功德可言！"梁主复道："朕在华林园中，总集许多经典，高僧前来，可能为朕逐日讲解，指误觉迷否？"达摩微笑道："佛学在心不在口，一落言论，仍非上乘，所以明心见性，自能成佛，不在区区经论呢。"确有至理。梁主被他两番驳斥，反弄得哑口无言。达摩便起身告辞，梁主亦不挽留，由他自去。他乃渡江北行，至嵩山少林寺中，面壁十年，方才入寂，是为中国禅宗第一祖。弟子慧可承受衣钵，这却是佛学真传。

那梁主衍但尊俗僧慧约为师，亲自受戒，并令太子王公以下，亦皆师事慧约，受戒至五万人。究竟佛学弘旨，无一了解，徒然开口谈经，闭口坐禅，有何益处？况且梁主是身为天子，一日万几，怎得无端佞佛，反将政事搁起？为这一误，遂使朝纲废弛，宵小弄权。贤相周舍、徐勉等，又相继逝世。侍中朱异，尚书令何敬容，表里用事。敬容还有些朴实，异才足济奸，辩能惑主，任官三十年，广纳贿赂，蒙蔽宫廷，所有园宅玩好，饮膳声色，均极华备。性又甚吝，不肯施舍，厨下珍馐腐烂，每月弃十余车。梁主衍却非常宠眷，言听计从，于是赏罚无章，隐生乱祸。并因梁主好佛，上行下效，士大夫争向空谈，不习武事。

丹阳处士陶弘景少年好学，有志养生，齐高帝萧道成尝召为诸王侍读，虽应命入都，仍然谢绝交游，不愿与闻朝事，旋即上表辞禄，归隐茅山。梁主衍早与相识，即位后通问不绝，大事必谈，且劝令出山。弘景颇为献替，唯终不就征，当时号为山中宰相。梁主每得复书，辄焚香虔受，遥申敬礼。太子纲未为储贰时，曾出督南徐州，想望风采，延弘景至后堂，谈论数日，才许辞去。弘景年八十，得辟谷导引诸术，尚有壮容，又越五年乃殁。弥留时尚口占一诗道："夷甫即晋王衍。任散诞，平叔善论空。平叔即晋何晏字。岂悟昭阳殿，遂作单于宫！"时人谓弘景此诗，明明是讥讽时事，且为侯景乱梁的预谶。可惜梁廷不悟，卒致大乱，梁主衍闻弘景丧讣，特赠中散大夫，谥曰贞白先生。前述达摩，此述陶弘景，奇人高士，亦必阐扬，是作者本意。

大同八年，安城郡民刘敬躬妖言惑众，逐去郡吏萧说，据郡造反。攻庐陵，陷豫章，党徒多至数万，进逼新淦、柴桑。是由梁廷佞佛，感召出来。梁主第七子湘东王绎，方出为江州刺史，亟遣中兵参军曹子郢，府司马王僧辩，引兵往讨。南方久弛兵革，甲士窳惰，幸僧辩颇有智计，刘敬躬众皆乌合，因此一鼓荡平。

交州刺史武林侯萧谘，梁主从侄。苛暴失民心，郡民李贲纠众为乱。谘不能御，由梁廷派遣高州刺史孙冏、新州刺史卢子雄，会师往援。适值春瘴方起，众皆溃归，谘诬奏冏与子雄，通贼逗留，并皆赐死。子雄弟子略，为兄复仇，举兵攻谘，谘奔广州。高要太守陈霸先，召集精甲三千，克日出讨，大破子略，子略走死。霸先因功进直阁将军。梁廷召谘还都，改任杨瞟为交州刺史，霸先署府司马，进征李贲。贲方自称越帝，创置百官，屯兵苏历江口，阻遏官军。瞟推霸先为先锋，直逼苏历江，拔去城栅，所向摧陷。贲走嘉宁城，转奔典撤湖，俱被霸先攻入。再窜入屈獠洞中，由霸先谕令缚送，屈獠斩贲以献，传首建康，交州乃平。嗣是霸先威名，震耀南方。

霸先系吴兴人，字兴国，小字法生，自云为汉太邱长陈实后裔，少有大志，不事生产，及长乃涉猎史籍，好读兵书，身长七尺五寸，日角龙颜，垂手过膝。梁主闻他状貌过人，特令图形以进，并因更造建功，除拜西江督护，兼高要太守，都督七郡军事。陈霸先、王僧辩俱为后来重要人物，唯霸先后为陈祖，故叙述处详略不同。小子有诗叹道：

　　　　盛衰倚伏本无常，佞佛容奸即兆亡。
　　　　乱世偃文只尚武，但能平贼便称强。

欲知后事如何，且看下回再叙。

沙苑败而高欢不复西行，邙山败而宇文泰不复东出，分据之势，自是遂定。要之欢、泰两人，智力相埒，故忽胜忽败，变幻靡常。唯欢性好色，纵子淫暴，邙山之战，实自高澄酿成之。其得战胜宇文，实出一时之侥幸，或者由宇文助叛，名义未正，故有此挫失，俾高氏得以幸胜耳。梁主衍安据江南，不乘两魏相争之际，修明政治，渐图混一，乃迷信释教，舍身佛寺，一任朱异擅权，紊乱朝纪，何其愦愦乃尔！夫梁主衍手造邦家，未始非一英武主，其所由误入歧途，攻乎异端者，得毋鉴沈约之死，获罪齐和，自省亦未免多疚，乃欲借佛教以图忏悔耶！然而愚甚！然而谬甚！

第二十五回

责贺琛梁廷草敕
防侯景高氏留言

却说梁主信佛，太子纲独信道教，尝在玄圃中讲论老庄。学士吴孜每入圃听讲，尚书令何敬容道："昔西晋丧乱，祸源在祖尚玄虚，今东宫复蹈此辙，恐江南亦将致寇了。"这语颇为太子所闻，很滋不悦。后来敬容妾弟费慧明，充导仓丞，夜盗官米，为禁司所执，交领军府惩办。敬容贻书领军将军，代为乞免。领军将军河东王萧誉，为太子纲犹子，当然与太子叙谈，太子即嘱令封书奏闻，梁主大怒，立将何敬容除名。敬容既去，朱异权势益专，更得引用私人，搅乱朝政。散骑常侍贺琛不忍缄默，因上书论事，略云：

窃闻慈父不爱无益之子，明君不畜无益之臣，臣荷拔擢之恩，曾不能效一职，献一言，此所以当食废飧，中宵叹息也。今特谨陈时事，具列于后，倘蒙听览，试加省鉴，如不允合，乞亮赣愚。其一事曰：今北边稽服，戈甲解息，正是生聚教训之时，而天下户口减落，关外弥甚。郡不堪州之控总，县不堪郡之衰削，更相呼扰，莫得治其政术，唯以应赴征敛为事。小民辗转流离，或依于大姓，或聚于屯封，盖不获已而窜亡，非乐之也。国家于关外，赋税盖微，乃至年常租课，动致逋积，而民失安居，宁非牧守之过欤？东境户口空虚，皆由使命烦数，驾困邑宰，则拱手听其渔猎。

桀黠长吏，又因之而为贪残。虽年降复业之诏，屡下蠲赋之恩，而民终不得反其居也。其二事曰：天下宰守，所以皆尚贪残，罕有廉白者，实由风俗侈靡使然。夫食方丈于前，所甘一味，今之燕喜，相竞夸豪，积果如山岳，列肴同绮绣，露台之产，不周一燕之资，加以歌姬盛畜，舞女盈庭，竞尚奢淫，不问品制，凡为吏牧民者，竞事剥削，虽致资巨亿，而罢归以后，不支数年。率皆尽于燕饮之物，歌讴之具。所费等于邱山，为欢止在俄顷，乃更追恨向所取之少，今所费之多，如复傅翼，增其搏噬，一何悖哉！其余淫侈，日见滋甚，欲使人守廉隅，吏尚清白，安可得耶！今宜严为禁制，导之以节俭，贬黜雕饰，纠奏浮华，使众皆知变其耳目，改其好恶。盖论至治者必以淳素为先，正雕流之弊，莫有过于俭朴者也。其三事曰：圣躬荷负苍生以为任，弘济四海以为心，不惮胼胝之劳，不辞癯瘦之苦，岂止日昃忘饥，夜分废寝？至于百司，莫不奏事，上息责下之嫌，下无逼上之咎，斯实道迈百王，事绝千载。但斗筲之人，藻棁之子，既得伏奏帷扆，便欲诡竞求进，不论国之大体，但务吹毛求疵，运莝瓶之智，侥分外之求，以深刻为能，以绳逐为务，迹虽似于奉公，事更成其威福，长弊增奸，实由于此。所愿责其公平之效，黜其邪愿之心，则上安下谧，无侥幸之患矣！其四事曰：曩昔征伐北境，帑藏空虚，今天下无事，而犹日不暇给者，何也？去国弊则省其事而息其费，事省则民养，费息则财聚。止五年之中，尚能无事，必能使国丰民阜，若积以岁月，成效愈巨，斯乃范蠡灭吴之术，管仲霸齐之由。今应内省职掌，各简所部，或十省其五，成三除其一，至国容戎备，在昔应多，在今宜少，凡四方屯传邸治，或旧有，或无益，有所宜除除之，有所宜减减之，兴造有非急者，征求有可缓者，皆宜停省，以蓄财而息民，蓄其财者，正所以大用之也，息其民者，正所以大役之也。若扰其民而欲求生聚，耗其财而徒务赋敛，则奸诈盗窃，日出不已，何以语富强，图远大乎？伏思自普通以来，二十余年，刑役荐起，民力雕流，今魏氏和亲，疆场无警，不于此时大息四民，使之殷阜，减省国费，使之储峙，一旦异境有虞，关河可扫，则国弊而民疲，事至方图，恐无及矣！臣心所谓危，罔知忌讳，谨昧死上闻！

梁主衍览书，不禁大怒，立召侍臣至前，口授教书，令他照录，大旨是诘责贺琛，令他据实指陈，不得徒托空言。第一事谓牧守贪残，应指出某官某吏，以便黜逐。第二事谓风俗侈靡，不便一一严禁，自增苛扰。朕常思本身作则，绝房室三十余年，不饮酒，不好音，雕饰各物，从未入宫。宗庙牲牢，久未宰杀，朝廷会同，只备蔬菜，且未尝奏乐。朕三更即起理事，每至日昃，日常一食，昔腰十围，今裁二尺，勤俭如许，不得谓非淳素。舍本逐末，无益于事。第三事谓百司干进，谁为诡竞？谁为吹毛求疵？谁为深刻绳逐？若不令奏事，专委一人，与秦二世宠信赵高，汉元后付托王莽，亦复何异？第四事谓省事息费，究竟何事宜省？何事宜息？国容戎备，如何减省？屯传邸治，如何裁并？何处兴造非急，何处征求可缓？宜条具以闻，不得空作漫语，徒沽直名。这道敕文，颁给贺琛，琛不禁畏缩，未敢复奏，但申表谢过罢了。原来是银样镶枪头。

大同十二年三月，梁主衍又幸同泰寺，讲三慧经，差不多过了一月，方才罢讲。再设法会，大赦天下，改元中大同。是夜同泰寺竟肇火灾，毁去浮图，梁主叹道："这便佛经上叫作魔劫呢！"浮图成灾，并非魔劫，似你这般佞佛，却是要堕入魔劫了！遂令重造浮图十二层，格外崇闳，需工甚巨，经年未成。梁主衍年逾八十，虽精神尚可支持，终究是老态龙钟，不胜繁颐。再加平时览诵佛经，时思修寂，尤觉得耄期倦勤，厌闻政治。

是时储嗣虽定，诸子未免不平，因为梁主不立嫡孙，但立庶子，大家资格相等，没一个不觊觎神器，猜忌东宫。邵陵王纶，系梁主第六子，性最浮躁，喜怒无常，车服尝僭拟乘舆，游行无度。梁主屡戒不悛，曾将他锢置狱中，免官削爵，已而仍复旧封，命为扬州刺史，纵肆如故。遣人就市购物，不给价值，商民怨声载道，甚至罢市。府丞何智通具状上闻，纶竟遣人刺杀智通。梁主乃将纶召回，锁禁第舍，免为庶人。过了数月，又赐复封爵，何溺爱乃尔！授丹阳尹。纶恃宠生骄，妄思夺储，太子纲当然嫉视，请出纶为南徐州刺史，有诏依议。还有梁主第五子庐陵王续，出镇荆州，第七子湘东王绎，出镇江州，第八子武陵王纪，出镇益州，皆权侔人主，威福自专。唯次子豫章王综，已死北朝，四子南康王绩，长孙豫章王欢，俱已去世，免为东宫敌手。但太子纲终不自安，常挑选精卒，为自卫计。

梁主衍未察暗潮，反因舍嫡立庶的情由，未免内愧，所以待遇昭明太子诸男，不亚诸子。河东王誉得为湘州刺史，岳阳王詧，亦授雍州刺史。詧见梁主年老，朝多秕政，也不免隐蓄雄心，豫先戒备。自思襄阳形胜，为梁业开基地，正好作为根据，遂聚财下士，招募健卒数千人，环列帐下。一面究心政事，拊循士民，辖境称治。未几庐陵王续，病殁任所，调江东王绎继任。绎喜得要地，入阁欢跃，靴履为穿。

梁主怎知诸子用意？总道是孝子贤孙，不复加忧，整日里念佛诵经，蹉跎岁月。中大同二年，又复舍身同泰寺，群臣出金奉赎，如前二次故例。满望佛光普照，天子万年，哪知祸为福倚，福为祸伏，平白地得了河南，收降了一个东魏叛臣，遂闹得翻天覆地，大好江南，要变做铜驼荆棘了。直呼下文。

且说东魏大丞相高欢，自邙山战后，按兵不动，休养了两三年。东魏主善见复改元武定。嗣闻柔然与西魏连兵，将来犯境，乃亟令高欢为备。欢仍执前策，决与柔然续行修好，遣行台郎中杜弼为使，北诣柔然，申议和亲，愿为世子澄求婚。澄已有妻有妾，还要求什么婚！头兵可汗道："高王若须自娶，愿将爱女遣嫁。"还要悖谬。杜弼归报高欢，欢年已五十，自思死多活少，不堪再偶柔然公主，因此犹豫未决。何必犹豫，将来替汝效劳，大有人在。事为娄妃所闻，遂白欢道："为国家计，不妨从权，王无庸多疑！"欢半晌才道："我娶番女，岂不要委屈贤妃？"娄妃道："国事为大，家事为轻，枉尺直寻，何惜一妾！"欢一笑而罢。已而世子澄与太傅尉景，俱劝欢迎纳柔然公主，欢乃使慕容俨为纳采使，迎女南来。

欢出迎下馆，但见柔然仆从，无论男女，统皆控骑而至，就是这位新嫁娘，亦坐下一匹红鬃马，身服行装，腰佩弓矢，落落大方，毫无羞涩态度。最后随着一位番官，也是雄赳赳的少年，与新嫁娘面庞相似。欢又惊又喜，问明慕容俨，乃知送亲的随员，便是女弟秃突佳。当下彼此接见，问讯已毕，始引还晋阳城。欢妾大尔朱氏等，也出城相迎，一拥而归。柔然公主素善骑射，在途见鹇鸟飞翔，便在佩囊中取出弓矢，一发即中，鹇随箭落。大尔朱氏亦不禁技痒，由从人手中取过了弓箭，亦斜射飞鸟，应弦而落。既有此技，何不前时射死高欢，为主复仇！欢大喜道："我得此二妇，并能击贼，岂非快事！"说着，便纵辔入城。

到了府舍，与柔然公主行结婚礼，娄妃果避出正室，令柔然公主安居。欢感激异常，寻至别室，得见娄妃，不由得五体投地，向妻拜谢。娄妃慌忙答礼，且笑且语道："男儿膝下有千金，奈何向妾下跪！况番国公主，有所察觉，反觉不美，王尽管自去，与新人作交颈欢，不必多来顾妾了！"欢乃起身去讫。是夕老夫少妻，共效于飞，不必絮述，唯大尔朱氏器量褊窄，未及娄妃的大度，她情愿出家为尼。欢特为建筑佛寺，俾她静修。

秃突佳传述父命，谓待见外孙，然后返国，因此留居晋阳。看官！试想这高欢年经半百，精力渐衰，况他是好酒渔色，宠妾盈庭，平时已耗尽脂膏，怎能枯杨生稊，一索得男！柔然公主望儿心急，每夕嬲欢不休，累得欢形容憔悴，疾病缠身。有时入宿射堂，暂期休养，偏秃突佳硬来逼迫，定要欢去陪伴乃姊，欢稍稍推诿，秃突佳即发恶言。可怜欢无从摆脱，没奈何往就公主，力疾从事，蛾眉伐性，实觉难支。欢乃想出一法，只说要出攻西魏，督军经行。*肉战不如兵战。*

先是西魏并州刺史王思政居守恒农，兼镇玉璧，嗣受调为荆州刺史，举韦孝宽为代。孝宽莅任后，闻高欢率军西来，即至玉璧扼守。欢至玉璧城下，昼夜围攻，孝宽随机抵御，无懈可乘。城中无水，仰给汾河，欢堵住水道，并就城南筑起土山，拟乘高扒城。城上有二楼，孝宽缚木相接，高出土山，居上临下，使不得逞。欢愤语守兵道："虽尔缚楼至天，我自有法取尔。"因凿地为十道，穿入城中。孝宽四面掘堑，令战士屯守堑上，见有地道穿入，便塞柴投火，用皮排吹，地道变成火窟，掘地诸人，悉数焦烂。欢又改用攻车撞城，孝宽缝布为幔，悬空遮护，车不能坏。欢命兵士各执竹竿，上缚松麻，灌油加火，一面焚布，一面烧楼，孝宽用长钩钩竿，钩上有刃，得割松麻，竿仍无用。欢再穿地为二十道，中施梁柱，纵火延烧，柱折城崩。孝宽积木以待，见有崩陷，立即竖栅，欢军仍不得入。城外攻具已穷，城内守备，却还有余。孝宽更夜出奇兵，夺据土山。

欢知不能拔，乃使参军祖珽，呼孝宽道："君独守孤城，终难瓦全，不如早降为是！"孝宽厉声答道："我城池严固，兵多粮足，足支数年，且孝宽是关西男子，怎肯自做降将军！"珽复语守卒道："韦城主受彼荣禄，或当与城存亡，汝等军民，何苦随死？"守卒俱摇首不答。珽复射入赏格，谓能斩城主出降，拜太尉，封郡公，赏帛万匹。孝宽手题书背，返射城外，谓能斩高欢，准此赏格。欢苦攻至五十日，始终不能得手，士卒战死病死，约计七万人，共为一冢。大众多垂头丧气，欢亦旧病复作，入夜有大星坠欢营中，营兵大哗，乃解围引还。*欢悉众攻一孤城，终不能下，所谓强弩之末，势不能穿鲁缟。*

当时远近讹传，谓欢已被孝宽射死。西魏又申行敕令道："劲弩一发，凶身自殒。"欢也有所闻，勉坐厅上，引见诸贵。大司马斛律金为敕勒部人，欢使作敕勒

韦孝宽

歌，歌云："敕勒川，阴山下，天似穹庐，笼罩四野。天苍苍，夜茫茫，风吹草低见牛羊。"斛律金为首倡，欢依声作和，语带呜咽，甚至泪下。**死机已兆。**自此病益沉重，好容易延过残冬，次年为武定五年，元旦日食，欢已不能起床，慨然叹道："日食恐应在我身，我死亦无恨了！"**日食乃天道之常，干卿甚事！**遂命次子高洋，往镇邺郡，召世子澄返晋阳。

澄入问父疾，欢嘱他后事，澄独以河南为忧。欢说道："汝非忧侯景叛乱么？"澄应声称是。欢又道："我已早为汝算定了，景在河南十四年，飞扬跋扈，只我尚能驾驭，汝等原不能制景。我死后，且秘不发丧，库狄干、斛律金，性皆道直，终不负汝。可朱浑元、刘丰生，远来投我，当无异心。韩轨少戆，不宜苛求。彭乐轻躁，应加防护。将来能敌侯景，只有慕容绍宗一人，我未尝授彼大官，特留以待汝，汝宜厚加殊礼，委彼经略，侯景虽狡，想亦无能为了。"说至此，喉中有痰壅起，喘不成声，好一歇始觉稍平，乃复嘱澄道："段孝先**即段韶字。**忠亮仁厚，智勇兼全，如有军旅大事，尽可与他商议，当不致误。"是夕遂殁，年五十二。

澄遵遗命，不发丧讣，但诡为欢书，召景诣晋阳。景右足偏短，骑射非长，独多谋算，诸将如高敖曹、彭乐等，皆为景所轻视。尝向欢陈请，愿得兵三万，横行天下，要须济江缚取萧衍老公，令作太平寺主，欢因使景统兵十万，专制河南。景又尝藐视高澄，私语司马子如道："高王尚在，我未敢有异心，若高王已没，却不愿与鲜卑小儿共事。"子如忙用手掩住景口，令勿多言。景复与欢约，谓自己握兵在外，须防诈谋，此后赐书，请加微点，欢从景言，书中必加点以做暗号。高澄却未知此约，作书召景，并不加点，景遂辞不就征。且密遣人至晋阳，侦欢病状。

旋接密报，晋阳事尽归高澄主持，料知欢必不起，乃决意叛去，通书西魏，愿举河南降附。西魏授景为太傅，领河南大行台，封上谷公。景遂诱执豫州刺史高元成，襄州刺史李密，广州刺史暴显等，潜遣兵士二百人，夜袭西兖州，被刺史邢子才探悉，一律掩获，因移檄东方诸州，各令严防。高澄即派司空韩轨，督兵讨景。

景恐关、陕一路，为轨所断，不如南向投梁，较无阻碍，乃遣郎中丁和，奉表至梁。内言"臣景与高澄有隙，愿举函谷以东，瑕邱以西，如豫、广、颍、荆、襄、兖、南兖、济、东豫、洛阳、北荆、北扬等十三州内附，所有青、徐数州，但须折简，即可使服。齐、宋一平，徐事燕、赵，混一天下，便在此举"云云。**忽降西魏，**

忽附南朝，景之狡猾已可想见。

梁主衍接阅景表，因召群臣廷议，尚书仆射谢举进谏道："近来与东魏通和，边境无事，若纳彼叛臣，臣窃以为未可！"梁主怫然道："机会难得，怎得胶柱鼓瑟？"群臣多赞成举议，请勿纳景。独有一人鼓掌道："天与不取，反受其咎；况陛下吉梦征祥，臣曾料是混一的预兆，今言果验，奈何勿纳！"梁主亦欣然道："诚如卿言，朕所以拟纳侯景呢。"小子有诗叹道：

> 竖牛入梦叔孙亡，故事曾从经传详。
>
> 尽说春秋成答问，如何迷幻自招殃！梁武曾作春秋答问，见《梁书本纪》。

究竟梁主曾梦何事？与梁主详梦，及劝纳侯景，又为何人？俟小子下回再详。

贺琛上书言事，胪陈四则，未尝无理。梁主衍护短矜长，颁敕诘责，昏耄情形，已可概见。然读其敕文，犹令琛指实具陈，琛少振即馁，仍作寒蝉，主不明，则臣不能伸其直，于琛何尤焉！唯梁主信佛过甚，教子无方，琛上书时，亦未闻提及，舍本逐末，皮相虚谈，绳以国家大体，琛固未足知此也。高欢年已五十，尚娶蠕蠕公主，老犹渔色，不死何为？玉璧之围，五旬不下，虽由韦孝宽之善守，亦由高欢之精神不济，未能振作军心。将帅疲敝，而望士卒之振奋，不可得也。及归死晋阳，犹能智料侯景，以慕容绍宗为嘱，工心计于生前，贻智谋于身后，此其所以为乱世之雄也欤！

第二十六回

悍高澄殴禁东魏主
智慕容计擒萧渊明

却说梁主衍太清元年正月，曾得一梦，梦见中原牧守，并举地来降，盈庭称庆，醒寤后尚觉得意。诘旦召入中书舍人朱异，详述梦境，且语异道："我平生少梦，若有梦必验。"异便即献谀道："这便是宇内混一的预兆哩。"至是侯景来归，群臣皆主张拒绝，就中有一人反对，援梦相证，请即纳景，便是曲意迎合的朱舍人。是梁朝祸魁。

梁主听了异言，即优待来使丁和，令居客馆俟命。越宿复召异入语道："我国家固若金瓯，无一伤缺，今忽受景地，倘自致纷纭，悔将无及！"异答道："圣明御宇，南北归仰，今侯景来降，为北方的先导，若一见拒，反绝人望，愿陛下勿再疑！"仍是揣摩迎合。梁主乃授景为大将军，封河南王，都督河南北诸军事。令丁和赍敕还报，续遣司州刺史羊鸦仁，兖州刺史桓和，仁州刺史湛海珍等，发兵三万，同趋悬瓠，接应侯景。

平西将军谘议周弘正素善占候，数年前即语人道："国家将有兵变。"及闻朝廷纳景，不禁长吁道："乱阶在此了！"

东魏高澄已派韩轨督兵讨景，复恐诸州有变，自出巡抚，乘便入邺都谒主。东魏主善见特赐盛宴，澄酒酣起舞，欢跃异常，好似乃父未死时情状。及宴毕出宫，闻韩轨调兵未齐，不能遽发，因另遣将军元柱等率兵数万，往袭侯景。哪知景已有备，设伏待柱。柱等遇伏中计，大败而还。景因梁军未至，亦退保颍川。

既而韩轨督军趋集，围颍川城，景见他兵势甚盛，阴有畏心，再遣使至西魏求救，愿割东荆、北兖、鲁阳、长社四城为赂。西魏尚书仆射于谨道："景奸诈难测，不必遣兵。"荆州刺史王思政谓不若乘机进取，乃率荆州兵万余人，出鲁阳关，向阳翟进发。宇文泰时镇华州，承制加景大将军，兼尚书令，遣太尉李弼，仪同三司赵贵，率兵万人，援颍川。韩轨闻西魏军至，引兵还邺。

景又因通款西魏，恐被梁主诘责，特遣参军柳昕，上表朝廷，只说是王师未至，不得不乞援西魏，暂救目前。一面欲诱执李弼、赵贵，讨好梁廷。赵贵正虑景有诈，不愿见景，且闻东魏退兵，乐得与弼引归。唯王思政带兵入颍川，景畏他兵盛，不敢生谋，唯托词略地，出屯悬瓠，向西魏乞师。宇文泰再调同轨戍将韦法保等，往助侯景，且令召景入朝。景待遇法保，佯表谦恭，法保长史裴宽，密白法保道："景外示隆礼，内实藏奸，宽料他必不入关，公能设伏杀景，最为上策，否则当时时防备，愿勿信他诳诱，自贻后悔！"法保遂不敢信景，亦不敢图景，竟辞别还镇。王思政亦料景多诈，分布诸军，据景州镇。景乃决意归梁，致书报宇文泰道："我耻与高澄雁行，怎能比肩大弟！"泰乃召还前后所遣各军，示与景绝，且将授景各职，移给王思政。思政固辞，经泰再四敦谕，但受都督河南军事职衔。

梁司州刺史羊鸦仁，得引兵入悬瓠城，梁主命改悬瓠为豫州，寿春为南豫州，合肥为司州，即授鸦仁为司、豫二州刺史，镇守悬瓠。西阳太守羊思达为殷州刺史，镇守项城。

已而梁廷下诏，大举伐东魏，拟选鄱阳王萧范为元帅。*范即恢子，系梁主侄。*朱异忌范英武，忙入阻道："鄱阳王雄豪盖世，颇得人死力，但所至残暴。恐未足吊民。"梁主踌躇良久，乃答说道："会理何如？"异对道："陛下得人了！"适贞阳侯萧渊明，亦上表请行，乃遣渊明、会理两人，分督诸将，陆续北赴。渊明系梁主兄懿子，本无将略，会理为梁主孙，即南康王绩子，袭封王爵，庸懦骄倨，在途常不礼渊明。渊明致书朱异，请调还会理，异乃申请召还。*梁主溺爱儿孙，故不察智愚，一味乱用。*时当盛夏，天气酷暑，军士不便就道，只好徐徐进行，所以沿途逗留，缓期出境。*盛暑行军，并非赴急，这也是违悖天道。*

东魏高澄自邺下还晋阳，方为父欢发丧。东魏主举哀东堂，追赠欢为相国，进爵齐王，备九锡殊礼，谥曰献武。且亲临送葬，命高澄为大丞相，都督中外诸军，录尚书事，袭爵勃海王，澄表辞大丞相职衔，有诏依议。澄弟洋为京畿大都督，仍至邺都辅政。柔然世子秃突佳，尚在晋阳，因高欢已殁，始欲还国。澄因柔然公主适在盛年，不愿令她守寡，意欲替父效劳。好在柔然国俗，子妻后母，数见不鲜，他即援以为例，与秃突佳面商。秃突佳转告乃姊，乃姊入偶高欢，虽已逾年，历时不过数月，正在懊恨得很，蓦闻此信，倒也忧喜兼并。况澄年才逾冠，又生得仪表雄伟，弓马精通，与公主是一对佳偶，移花接木，乐得随缘，便即应允下去。秃突佳转告高澄，澄喜如所愿，便即趋入正室，与公主略迹表情，两下里同会巫山，男贪女爱，不问可知。后来产了一女，毋庸细表。<small>这也可谓之世袭。</small>唯秃突佳急欲北还，由澄厚赠赆仪，出城钱别，自回柔然去了。<small>了过秃突佳，并了过蠕蠕公主。</small>

那东魏主善见，多力善射，又好文学，时人谓有孝文风烈。高欢在日，尚敬事善见，事无大小，必先上闻，可否听命。有时入朝侍宴，亦必俯伏上寿，或随主行香，执炉步从，鞠躬屏气，承望颜色。所以群下奉主，莫敢不恭。及澄既当国，与乃父大不相同，尝使黄门侍郎崔季舒，伺察深宫动静。善见未免不平，一经季舒报告，澄顿时怒起，立驰入邺，愤愤上朝。善见看他满面怒容，料知他怀恨在胸，只好盛筵相待。澄斟着大觞，强主饮尽，善见辞不能饮，澄勃然道："臣澄劝陛下酒，陛下如何却臣？"善见忍耐不住，拂袖起座道："从古无不亡的国家，朕连饮酒都不能自主，何用求生？"澄亦怒叱道："朕、朕！狗脚朕！"随呼季舒道："可殴他三拳！"<small>亏他说出。</small>季舒恃澄威势，竟举拳相饷，连击三下，澄乃趋出。

越日复遣季舒入谢，善见亦只好优容，反赐季舒绢百匹。<small>真是买打。</small>及季舒退后，随口咏谢灵运诗道："韩亡子房奋，秦帝鲁连耻。本自江海人，忠义动君子！"侍讲荀济闻诗知意，乃与祠部郎中元瑾，华山王大器，淮南王宣洪，济北王徽等，谋诛高澄。诈称在宫中做土山，隐开地道，通至北城千秋门，达澄寓所，拟募勇士从地道刺澄。<small>计亦太愚。</small>

偏门吏日夕巡逻，听得地下有发掘声，忙向澄报闻。澄使人掘视，下面有地道通入宫中，越气得神色咆哮。当下勒兵入宫，见了主子善见，竟不行礼，昂然就座，怒目视主道："陛下何意欲反？"善见听了，也觉无名火高起三丈，骤声答道："从古只闻臣反君，未闻君反臣，王自欲反，奈何责我！"澄又道："臣父子功存社稷，何负陛下！陛下想亦不欲害臣，或系左右嫔妃等从中谗构，所以致此。"善见复答道："我不害王，王亦必害我，我身且不能顾，何惜妃嫔？必欲弑逆，迟速唯王！"口齿亦健。澄觉得语言太重，乃下座叩头，号泣谢罪。善见不得已扶他起坐，亦勉强慰谕，更设席与宴。澄借酒浇闷，饮至酣醉，夜久始出。

越日使人追究地道情事，知由荀济等所为，乃捕济等付有司。济少居江东，博学能文，与梁主衍为布衣旧交，梁主篡齐，济心不服，常语人道："我若得志，当就盾鼻上磨墨草檄。"梁主闻言，很觉不平。嗣后上书规谏，以信佛筑寺为戒，词多激切。梁主怒不可遏，便欲斩济。舍人朱异令济逃生，济因奔往东魏。高欢颇加爱重，但虑他锋芒太露，不加大任。及高澄入邺辅政，欲用济为侍讲，欢叹道："我欲全济，故不用济。"澄固请乃许。至此谋泄被捕，侍中杨遵彦问济道："荀侍讲年力已衰，何苦乃尔！"济答辩道："正因年纪衰颓，功名不立，所以上挟天子，下诛权臣！"澄颇追忆父言，欲宥济死，特亲加审讯道："荀公，汝何为造反？"济抗声道："奉诏诛高澄，怎得谓反！"澄当然加怒，立命就烹。有司见济老病，用鹿车载至东市，纵火焚死，余如华山王大器以下，一并被焚，遂将东魏主善见软禁含章堂，派心腹人临守，限制出入。谘议温子升方为高欢作碑文，澄疑他与济通谋，俟碑文告成，即牵往晋阳，饿毙狱中，弃尸道旁，籍没家口。澄也自归晋阳。

适值彭城急报，杂沓前来，略言梁军来攻，请速发援兵。澄乃遣大都督高岳，往救彭城。拟令金门郡公潘乐为副，行台丞陈元康道："乐才不如慕容绍宗，况系先王遗命，何不遵行！"澄因命绍宗为东南道行台，与乐偕行。侯景在悬瓠治兵，方拟进攻谯城，闻绍宗督军南来，叩鞍有惧色，且皇然道："谁教鲜卑儿，使绍宗来？难道高王尚未死么？"死高欢能料生侯景。遂遣人至萧渊明军，请勿轻视绍宗，如或得胜，逐北切勿过二里。

渊明在途数月，始抵彭城，梁廷复遣侍中羊侃，赍敕示渊明，令就泗水筑堰，截流灌城，俟得城后，再进军与侯景相应。渊明乃驻军寒山，距彭城约十八里，令羊侃监工筑堰，两旬告成。侃劝渊明乘水进攻，渊明正在狐疑，适接侯景来书，心下更忐忑不定。俄有探骑来报，慕容绍宗已率众十万，至橐驼岘，来援彭城了。羊侃在旁进言道："敌军远来，不免劳乏，请急击勿失！"渊明不答。翌晨又劝渊明出战，仍然不从。侃知渊明必败，索性自率一军，出屯堰上。

又越日，绍宗率众进逼，自引前驱万人，攻梁左营。营将为潼州刺史郭凤，急忙抵御，矢如雨集。渊明正饮酒过醉，卧不能起，帐下叠报左营受敌，尚是鼾睡无闻。**糊涂虫。**好容易把他唤醒，他才发出军令，叫诸将出救郭凤，诸将皆不敢发。独北兖州刺史胡贵孙鼓勇出营，往扑东魏军，劲气直达，所向无前，斩首二百级。绍宗见来军轻悍，麾众使退。当有探卒报知渊明。渊明闻贵孙得胜，顿时胆大起来，便上马督军，驰往战场。望将过去，果然东魏军弃甲曳兵，向北乱窜，一时情急徼功，竟把侯景书中要语，撇诸脑后，并力追赶。约追了三五里，不意后面有敌兵杀到，冲散梁军，前面又由绍宗麾兵杀转，首尾夹攻。梁军本无斗志，不过乘兴前来，蓦见前后皆敌，统吓得东逃西窜，抱头狂奔。渊明亦叫苦不迭，策马乱撞，被东魏兵围裹拢来，你牵我扯，把他硬拖下马，活擒了去。胡贵孙也杀得力疲，身中数创，也被擒住，他将被虏，不可胜计，丧失士卒数万名。唯羊侃结阵徐退，不失一人。看官不必细问，便可知渊明各军，是陷入绍宗的诱敌计了！**找足一笔。**

梁主衍方昼寝殿中，由宦官张僧胤入报，谓朱异有急事启闻。梁主慌忙起床，出殿见异，异才说出"寒山失律"四字，惊得梁主身子发幌，几乎堕落座下。**老头儿禁不起吓了。**僧胤急从旁扶住，方叹息道："我莫非再为晋家么？"异亦嘿然而退。已而复闻潼州失守，郭凤遁归，嗣见风声鹤唳，触处生惊，忽又传到东魏檄文。略云：

皇家垂统，光配彼天，唯彼吴越，独阻声教，元首怀止戈之心，上宰薄兵车之命，遂解絷南冠，谕以好睦，虽嘉谋长算，爱自我始，罢战息民，彼获甚利。侯景竖子，自生猜贰，远托关陇，凭依奸伪，逆主定君臣之分，伪相结兄弟之亲，岂曰无恩？终成难养。俄而易虑，亲寻干戈，蚨暴恶盈，侧首无托，以金陵逋逃之薮，江南流寓之地，甘辞卑礼，委赞图存，诡言浮说，抑可知矣。而伪朝大小，幸灾忘义，主荒于上，臣蔽于下，连结奸恶，断绝邻好，征兵保境，纵盗侵国。盖物无定方，事无定势，或乘利而受害，或因得而更失。是以吴侵齐境，遂得勾践之师；赵纳韩地，终有长平之役。矧乃鞭挞疲民，侵轶徐部，筑垒壅川，舍舟徼利，是以援枹秉麾之将，拔巨投石之士，含怒作色，如赴私仇。彼连营拥众，依山傍水，举螳螂之斧，被蛣蜣之甲，当穷辙以待轮，坐积薪而候燎。及锋刃暂交，埃尘且接，已亡戟弃戈，土崩瓦解，掬指舟中，衿甲鼓下，同宗异姓，缧绁相望，曲直既殊，强弱不等。获一人而失一国，见黄雀而忘深阱，智者所不为，仁者所不向，诚既往之难逮，犹将来之可追。侯景以鄙俚之夫，遭风云之会，位班三事，邑启万家，揣身量分，久当止足；而周章向背，离披不已，夫岂徒然，意亦可见。彼乃授之以利器，诲之以慢藏，使其势得容奸，时堪乘便。今见南风不竞，天亡有征，老贼奸谋，将复作矣。然御坚强者难为功，摧枯朽者易为力，窃计江南军帅，虽非孙吴猛将，燕赵精兵，犹是久涉行阵，曾习军旅，岂同剽轻之师，不比危脆之众，拒此则作气不足，攻彼则为势有余。若及此不图，以恶为善，终恐尾大于身，踵粗于股，屈强不掉，很戾难驯。呼之则反速而衅小，不征则叛迟而祸大。会应遥望廷尉，不肓为臣，自据淮南，亦欲称帝，但恐楚国亡猿，祸延林木。城门失火，殃及池鱼，横使江淮士子，荆扬人物，死亡矢石之下，夭折雾露之中。彼梁主操行无闻，轻险有素，射雀论功，荡舟称力，年既老矣，耄又及之，政散民流，礼崩乐坏，加以用舍乖方，废立失所，矫情动俗，饰智惊愚，毒螫满怀，妄敦戒素，躁竞盈胸，谬治清净，灾异降于上，怨讟兴于下，人人厌苦，家家思乱。履霜有渐，坚冰且至，传险躁之风俗，任轻薄之子孙，朋党路开，兵权在外，必将祸生骨肉，衅起腹心，强弩冲城，长戈指阙。徒探雀鷇，无救府藏之虚，空请熊蹯，讵延晷刻之命？外崩中溃，今实其时，鹬蚌相持，我乘其敝。方使精骑追风，精甲辉日，四七并列，百万为群，以转石之形，为破竹之势，当使钟山渡江，青盖入洛，荆棘生于建业之宫，麋鹿游于姑苏之馆。但恐革车之所辖轹，剑骑之所蹂践，杞梓于焉倾折，竹箭以此摧残。若吴之王孙，蜀之公子，归款军门，委命下吏，当即授客卿之秩，特加骠骑之号。凡百君子，勉求多福，檄到如约，决不食言！

　　这篇檄文，系是东魏军司杜弼手笔，后来梁室祸败，多如弼言。怎奈梁主不悟，反因渊明被擒，愈欲倚重侯景。景遣行台左丞王伟，驰赴建康，奏称东魏主为高澄所幽，元氏子弟，多避难南朝，请择立一人为主，镇抚河北云云。梁主令太子舍人元贞为咸阳王，拨兵护送，使还北方。贞系魏咸阳王元禧孙，梁降王元树子，树被东魏擒戮，贞留梁为太子舍人，至是由梁主诏敕，许他渡江即位，称为魏主。

　　那东魏将慕容绍宗已乘胜进攻侯景，景退保涡阳。绍宗长驱而进，与景交锋，景令部众被短甲，执短刀，驰入绍宗阵内，但斫人胫马足，不少仰视，东魏军纷纷倒地，连绍宗坐下的马足，也被砍断，把绍宗掀落马下。亏得绍宗身材伶俐，急忙跳起，方得易马返奔。东魏仪同三司刘丰生也受伤遁去。显州刺史张遵业，为景所擒。

绍宗等奔回谯城，神将斛律光、张恃显等因绍宗失律至败，互生讥议。绍宗道："我曾经百战，未见如侯景狡悍，汝等不服，尽可再试。看汝胜负何如！"光与恃显，乃引军再攻侯景，到了涡水，被侯景一阵乱射，恃显落马被擒，光狼狈走还。绍宗微哂道："今果如何！怎得咎我！"光惶恐谢罪。

越日恃显由侯景纵还，再约与绍宗决战。绍宗下令各军，不准妄动，深沟固垒，为持久计。这一着却是抵制侯景的上计。小子有诗叹道：

> 善战何如用善谋？凭城固垒且深沟。
>
> 跛奴纵有兼人技，末着终还逊一筹。

侯景与绍宗相持数月，粮食将尽，不能再持，绍宗乃下令出兵，突击侯景。欲知战时情状，待至下回表明。

语有之：其父行劫，其子必且杀人。高欢逐君为逆，改立少主，而每事上闻，恪恭将事者，岂果真心出此，毋乃由缘饰虚文，掩人耳目欤？及其子高澄当国，敢殴君主，且从而幽禁之，彼直视主上如犬马，而尚有下座叩头，号泣谢罪之伪态，狡黠如父，而凶悍过于父，是非所谓父行劫，子且杀人耶！高欢能防景于身后，而梁主衍不能察景于生前。杜弼谓年既老矣，耄又及之，正不啻一梁主写照。且误用从子渊明，自覆全军，昏耄之征，一至于此，无怪其终困死台城也。

第二十七回

纵叛贼朱异误国
却强寇羊侃守城

　　却说慕容绍宗固守谯城，自冬经春，未尝出战。是年为梁太清二年，东魏武定六年。侯景求战不得，攻城又不克，营中粮食将尽，正在愁烦。忽报城中发出铁骑五千，由绍宗亲自督领，前来攻营。景急上马出寨，见敌骑甚是踊跃，士饱马腾，勇气百倍，不由得畏忌起来。旁顾部众，亦俱带惧容，他即想了一计，出言诳众道："汝等家属，已为高澄所杀，若要报仇，全仗此战。"部众不禁切齿，向敌大呼道："可恨高澄！歼我父母妻孥，我等当与汝拼命！"慕容绍宗听得此言，急从马上立着，遥应景军道："汝等休信跛奴诳言，现在汝等家属，并皆完好，若去逆归顺，官勋如旧！"景众尚未肯信，绍宗免冠散发，向北斗设誓。于是景众信为真情，一声呐喊，哄然散去。景将暴显等统挈领部曲，奔降绍宗。侯景自知不佳，忙招众退还，偏众情已经北向，多半掉头不顾，那绍宗又麾骑杀来。此时穷极无法，唯有向南逃走。好容易渡过涡水，手下已经散尽，只剩得心腹数人，自硖石渡淮。散卒稍集，得步骑八百人，昼夜兼行，闻后面尚有追兵，乃遣人走语绍宗道："景欲就擒，公尚有何用？"绍宗乃收军不追。这是绍宗误处，然若景得受擒，梁亦何致遘乱。景奔至寿春，监南豫州事韦黯闭城不纳。景遣寿阳人徐思玉入城说黯，黯乃开门迎景。景入据寿春，上表告败，自求贬削。梁廷闻景败耗，未知确实消息，或云景与将士尽没，上下皆以为忧。时何敬容起为太子詹事,入侍东宫,太子纲语敬容道:"侯景生死未卜,近有人传说,谓景已得免。"敬容道:"景若遂死,还是朝廷幸福。"太子惊问原因?敬容道:"景反复叛臣,终当乱国。"太子尚将信将疑,嗣由梁主接得景表,喜景未死,即命景为南豫州牧,本官如故。光禄大夫萧介上书切谏道:

> 窃闻侯景以涡阳败绩,只马归命。陛下不悔前祸,复敕容纳。臣闻凶人之性不移,天下之恶一也。昔吕布杀丁原以事董卓,终诛董而为贼;刘牢反王恭以归晋,还背晋以构妖。何者?狼子野心,终无驯狎之性;养虎之喻,必见饥噬之祸。侯景以凶狡之才,荷高欢卵翼之遇,位忝右司,任居方伯,然而高欢坟土未干,即遭反噬。逆力不逮,乃复逃死关西;宇文不容,故复投身于我陛下。前者所以不逆细流,正欲比属国降胡以讨匈奴,冀获一战之效耳。属国汉官名,疑指汉班超事。今既亡师失地,直是境上之匹夫。陛下爱匹夫而弃与国,臣窃不取也!若国家犹待其更鸣之晨,岁暮之效,臣窃思侯景必非岁暮之臣,弃乡国如脱屣,背君亲如遗芥,岂知远慕圣德,为江淮之纯臣乎?事迹显然,无可致惑。臣老朽疾侵,不应干预朝政;但楚囊将死,有城郢之忠,卫鱼临亡,亦有尸谏之道。臣忝为宗室遗老,不敢不言,唯陛下垂察!

梁主阅书,恰也叹为忠言,但终不能用。那豫州刺史羊鸦仁,闻景军败溃,弃悬瓠城,走还义阳。殷州刺史羊思迁亦弃项城走还,河南诸州又尽入东魏。梁主衍怒责鸦仁等,鸦仁乃启申后期,屯军淮上。何不责景?

东魏大将军高澄既复河西,乃遣书梁廷,复求通好,一面优待萧渊明,和颜与语道:"先王与梁主和好,已十余年,今一朝失信,致此纷扰,料非梁主本心,当是侯景煽动所致。卿可遣人启闻。若梁主不忘旧好,我岂敢违先王遗意?所有俘虏诸人,并即遣归;就是侯景家属,亦当同遣。"言甘必苦。渊明大喜,立遣从人奉启梁廷,备述澄言。梁主衍前得澄书,尚不欲许和,及得渊明奏启,即召群臣商议。朱异首先开口道:"静寇息民,不若许和。"又是他来迎合。御史中丞张绾等亦随声附和。独司农卿傅歧道:"高澄方得胜仗,何必求和?这无非是反间计,欲令侯景自疑,景意不安,必图祸乱,他好从中取利呢!"数语喝破。偏朱异等固请宜和,梁主亦厌用兵,乃赐渊明书,令来使夏侯僧辩赍还。

僧辩还过寿阳，为侯景所遮留，索书启视，内云"高大将军既待汝不薄，当别遣行人，重修睦谊"云云。景不免懊怅，虽然遣去僧辩，心下很是不欢，遂上梁主书道："高澄忌贾在狄，恶会在秦，*春秋晋灵公时，贾季奔狄，士会奔秦，晋人患之。*求盟请和，欲除彼患，若臣死有益，万殒无辞，唯恐千载，有秽良史。"又致书朱异，并赂金三百两，托他挽回。异将金收纳，所有景上梁主书，却阻使不通。*好一个贪利法门。*

梁主遣使赴晋阳，吊高欢丧，并与澄申议和约。侯景又上书道："臣与高氏衅隙已深，仰凭威灵，期雪仇耻，今陛下复与高氏连和，使臣何地自处？乞申后战，宣扬皇威。"梁主复谕道："朕与公大义已定，岂有忽纳忽弃的道理？今高氏有使求和，朕亦更思偃武，所以暂与修好，公但宁静自居，不劳多虑。"景更申请战期，梁主仍把前言敷衍，叫他不必渎陈。景乃诈为邺中书，求以贞阳侯易景。梁主不知真伪，即欲答允，司农卿傅岐已升任中书舍人，朱异兼官中领军，两人入朝计事。傅岐道："侯景因穷来归，既已收纳，不必再弃；况景系百战余生，难道肯束手受缚么？"异独抗声道："景战败势蹙，但教一使传诏，便好就絷了。"*谚谓得人钱财，替人消灾，异贪而且凶，令人发指！*梁主竟用异言，复书有"贞阳旦至，侯景夕返"二语。景得复报，出书示左右道："我原知吴老公是薄心肠呢。"

从前侯景归梁，曾由行台左丞王伟献议，此次伟复进言道："今坐听亦死，举大事亦死，唯王裁察！"景始为反计，编寿春居民为兵，百姓子女，悉令配给将士，且屡向梁廷需索，并因妻孥陷没东魏，求与王、谢二家结婚。梁主复答道："王、谢门高，不便择配，可就朱、张以下，访求佳偶。"景闻言生恨道："会当使吴儿女配奴。"又表求锦万匹，为军人制袍，异但给以青布，景益愤愤。梁廷又遣建康令谢挺，散骑常侍徐陵，往聘东魏。景得知消息，反谋益甚。

咸阳王元贞见景有异志，累请还朝。景与语道："河北事虽不能成，江南在我掌握，何不忍耐一二年？"贞闻言益惧，逃回建康，据实上闻。梁主但命贞为始兴内史，并不问景。

时临贺王萧正德，*履历见前文。*得任左卫将军，贪暴日甚，阴聚死士，潜谋不轨。正德前曾奔魏，与侯景有一面交，且与徐思玉素有交谊。景令思玉为司马，使他往见正德，赍笺以进，略言"天子年尊，奸臣乱国，大王位当储贰，中被废黜，海内俱代为不平。景虽不敏，实思自效，愿王允副苍生，鉴景诚款"云云。正德大喜，立写复书，令思玉带还。景启书审视，内云："朝廷事如公所言，仆亦存心多日，志与公同。今仆为内应，公做外援，何事不济？事贵从速，幸勿缓图！"癞虾蟆想吃天鹅肉了。景遂部署兵马，指日发难。

鄱阳王萧范，即恢子，系梁主侄。方为合州刺史，居守合肥，已知景谋，密遣人报达梁廷。主也觉动疑，偏朱异谓景众皆散，必无反理。还要误人。梁主乃报范道："景孤危寄命，譬如婴儿仰人乳哺，何能为反？汝且勿忧。"范又上书道："不早剪扑，祸及君臣。朝廷若不欲发兵，臣范愿自率部众，往讨侯景。"梁主仍然不许，朱异且语范使道："鄱阳王太属多心，难道不许朝廷容纳一客么？"范得去使返报，大为愤闷。再请黜异讨景，均被异阻住，匿不上闻。

既而羊鸦仁执送景使，谓"景邀臣同反，所以执使献阙，请朝廷从速预防"。异反嚣然道："景手下只数百人，有何能为？"竟将景使释还。景益无忌惮，遂举兵叛梁，也公然移檄四方，但言中"领军朱异，少府卿徐驎，太子右卫率陆验，制局监周石珍，蟠踞宫廷，荧惑主聪，所以兴师入朝，志清君侧"云云。原来驎、验、石珍，并奸佞骄贪，为世所嫉，号为三蠹，故景托词除奸，耸动众听。当下出攻马头，执住戍将曹璆等。警报飞达梁廷，梁主反抬须笑道："景何能为？我一折篇，便足答景了！"谈何容易！遂命合州刺史鄱阳王范为南道都督，北徐州刺史封山侯萧正表为北道都督，司州刺史柳仲礼为西道都督，散骑常侍裴之高为东道都督，特简侍中邵陵王纶为统帅，持节督军，会讨侯景。另悬赏格，谓斩景立功，得封三千户公，除授州刺史。

景闻台军已发，更向王伟问计，伟答道："邵陵若至，彼众我寡，必为所困，不如决志东向，直掩建康，临贺内应，大王外攻，天下可立定了！兵贵神速，请即进兵！"景乃留外弟王显贵守寿阳，伪称游猎，径袭谯州。助防董绍开城出降，刺史萧泰竟为所获。泰系范弟，贪虐百姓，所以人无斗志，遇寇即降。转攻历阳，太守庄铁，复举城降景，劝景速趋建康。景即命铁为前导。引兵临江，江上镇戍，连番报警。尚书羊侃，入朝献策，请急发二千人往据采石，截住贼景。一面遣邵陵王袭取寿阳，使景进退无路，方可就擒。却是要着。朱异又出阻道："景必不渡江，何必发兵！"朱异昏愦，梁主何亦如此糊涂！侃出叹道："这遭要败事了！"梁主再授临贺王正德为平北将军，都督京师诸军事，出屯丹阳郡。正德遣大船数十艘，诈称载获，实是装运粮械，接济侯景。景大喜道："我得济事了！"遂从横江渡采石，部下不过八千人，马止数百匹，分兵袭入姑孰，直趋慈湖。

梁廷闻侯景渡江，统惊惶得了不得，太子纲戎服入觐，禀受方略。梁主支吾道："这是汝事，何必更问！今将内外军一概付汝，汝可便宜行事！"大事已去，乃一概推与儿子，真变作萧娘了。太子乃出留中书省，指挥军事，命扬州刺史宣城王大器，系太子纲子。都督城内诸军事，尚书羊侃为副，分派各将士守城，敛集各寺库公藏钱，聚置德阳堂，充作军需。何奈人情惶骇，莫肯应募，再加临贺王正德叛情，自梁主以下，无一察悉，反令他屯守朱雀门。这朱雀门是建康要户，乃使叛党把守，还有什么好处？

侯景到了板桥，尚未知都城虚实，特派徐思玉入都，求见梁主。梁主当即召见，思玉入朝俯伏，诈称背景，请间白事。梁主命左右退去，舍人高善宝在旁，大声叱道："思玉方从贼中来，情伪难测，怎可使他独在殿上？"朱异侍坐道："徐思玉岂是刺客么？"还似做梦。梁主闻善宝言，却也迟疑，善宝令思玉直陈无隐。思玉乃出景奏启，内言异等弄权，臣景愿带甲入朝，肃清君侧。梁主阅毕，递示朱异，异且览且惭，赧然不答。

梁主乃遣中书舍人贺季，主书郭宝亮，随思玉赴景营，宣敕慰抚，景还算北面受敕。季问景道："今日此举，究属何名？"景直答道："无非想做皇帝呢！"直捷得妙。王伟趋进道："朱异等乱政，所以兴师除奸，皇帝一语，尚是戏言。"景复道："萧老公可做皇帝，难道我不配做皇帝么？"说着，即将贺季拘住，但令宝亮还报。

是时梁主建国，已四十七年，境内无事，公卿士大夫罕见甲兵，宿将又俱凋谢，后进少年多在边戍，或随邵陵王军前。全仗羊侃一人，指挥军旅，威爱两施，都下还勉强支住。景率众至朱雀桁南，正德已与密通音问。东宫学士庾信，率宫中文武三千余人，立营桁北，拟开桁冲击，借挫贼锋，正德不从。俄而景众大至，信始开桁迎敌，甫出一舲，见景军俱戴铁面，不禁骇退。信方含甘蔗，突有一飞矢射来，拂过信手，将蔗撞落。信亦魂胆飞扬，弃军遁还。正德遂派游军沈子睦，开桁渡景，正德率众出迎，至张侯桥相遇。马上交揖，并辔入朱雀门。景望阙下拜，佯作唏嘘。先是童谣有云："青丝白马寿阳来。"景欲应谣，特跨白马，用青丝为辔，乘胜犯阙。

羊 侃

都中恟惧异常，羊侃诈称得邵陵王书，揭示大众，谓已与西昌侯萧渊藻引兵入援，众心少安。唯石头白下石头城俱戍，已皆奔散。景得进围台城，鸣鼓吹角，喧声动地，纵火毁大司马东西华诸门，羊侃亲自督守，使凿门上为窍，喷水灭火。太子纲亦自捧银鞍，赏赐将士，将士始奋，逾城洒水，火才得灭。景又令众执长柄大斧，奋斫东掖门，羊侃又令凿门为孔，用槊戳出，刺死二人，景众乃退。景党宋子仙入据东宫，掠得东宫妓数百人，分给军士。范桃棒入据同泰寺，寺中蓄积被掠一空。景复作木驴数百攻城，城上投下大石，木驴多碎。景更作尖顶木驴，石不能破。侃使作雉尾炬，灌渍膏油，且燃且掷，尖驴又被焚尽。既而景又作登城车，高约十余丈，欲临射城中，侃笑说道："车高堑虚，彼来必倒，但教安坐看他啰！"及敌车推至堑中，果然尽覆。景屡次失败，乃但筑长围，断绝内外。又射入启文"请诛朱异等人"。侃亦射出赏格，购募景首。

两下里相持数日，朱异请出兵击贼，梁主召问羊侃，侃答言不可。异一再固请，总是他来作梗。竟使千余人出战，侃子鹭亦执殳从军。景麾众来争，城中兵未及交锋，已先吓退。鹭单骑断后，因被捉去，景令推鹭至城下，招侃出降。侃愤然道："我倾宗报主，犹恨不足，岂顾一子，生杀任便！"景乃将鹭牵归。越数日又复牵来，侃语鹭道："我道汝已早死，哪知汝尚在世么？"说着，即引弓注射。景忙令牵鹭回营，因乃父忠义可风，倒也不敢杀他，留住营中。

太清二年十一月，景奉正德为帝，刑白马为盟，就太极殿前，祭祀蚩尤，正德被服衮冕，在仪贤堂登位，景率众朝谒，齐呼万岁。正德也下伪诏，略言普通以来，奸邪乱政，主上久病，社稷将危，河南王景释位来朝，猥奉朕躬，绍兹宝位，可大赦改元正平，立世子见理为皇太子，授景为丞相，以女妻景。并出私家宝货，悉助军资。

景立营阙前，护卫正德，实是监守。分兵二千人攻东府，三日乃克。杀死守将南浦侯萧推，且诈言梁主已死，令官民改奉新帝正朔。都中得此讹传，也觉疑信参半，太子纲请梁主巡城，梁主亲御大司马门，城上闻警跸声，并鼓噪流涕，于是谣言始息。

南津校尉江子一，当侯景济江时，曾率舟师拒景，舟师皆溃。子一奔还，梁主面责子一，子一拜谢道："臣以身许国，常恐不得死所，今所部皆弃臣遁去，臣只一人，怎能击贼？若贼敢犯阙，臣誓当碎首报君，自赎前罪！"梁主乃赦罪不问。至是与弟左丞子四、东宫主帅子五，领百余人出城，直抵景营。景发兵围攻，子一引槊四刺，杀贼数十人，贼众攒集，斫断子一左肩，乃倒毙地上。子四中槊，洞胸而死。子五伤股驰还，方至堑上，一恸径绝。小子有诗赞道：

> 舍身报国赎前愆，战死疆场剧可怜！
> 兄弟三人同毕命，义碑好把姓名镌。

侯景围都城月余，城中日望外援，忽有临川太守陈昕夜缒入城。究竟为着何事？待至下回再叙。

　　劝纳侯景者为朱异，激叛侯景者亦朱异，纵容侯景者又为朱异，吾不知朱异何心，必欲覆梁？并不知梁主何心，必欲信异？景之智力，并无大过人处，渡江时众不满万，设用萧范、羊侃之言，俱足制贼。叛王正德，前已奔魏，心术之坏，不问可知，废黜不用，绝景内线，景亦不至遽敢犯阙。乃一误再误，既不逆击叛首，反且委任叛党。梁主固昏耄无知，太子纲亦一庸才耳。古人有言：小人之使为国家，菑害并至，虽有善者，亦无如何。观羊侃之纳谋不用，又复率众守城，随宜却贼，实一梁朝社稷臣，然硕果仅存，内外无继，一善士其如梁何哉！

第二十八回

援建康韦粲捐躯
陷台城梁武用计

却说临川太守陈昕，前曾出戍采石，为景所擒，景囚诸帐下，令党徒范桃棒监守。昕诱劝桃棒归梁，使率所部袭杀王伟、宋子仙等，桃棒颇也动心，纵昕出囚，令他缒城入报，愿为外援。梁主大喜，敕镌银券赐桃棒，俟侯景平定，即封桃棒为河南王。独太子纲疑他有诈，不肯轻信。<small>小心过甚，亦觉误事。</small>昕出城还报桃棒，桃棒又使昕入启，请开城纳降。太子纲终以为疑，不肯开门。俄而桃棒事泄，为景所杀。昕尚未知桃棒遇害，仍出城赴侯景营，景把昕拘住，逼令射书城中，诈称桃棒来降，好乘势入城。昕不肯从，反痛詈侯景，也被杀死。<small>不没昕忠。</small>

景乃射书入城，招降罪奴。朱异家有奴仆，缒城降景，景即授他仪同三司，奴乘良马，着锦袍，往来城下，且行且诟道："朱异，朱异，汝做官至四五十年，才得一中领军，我方降侯王，便已仪同三司了。"于是群奴陆续偷出，趋降景营，共计千数。景一一厚抚，配入军伍。<small>奴隶何知忠义？统皆感激私恩，愿为效死。</small>

景初至建康，军令颇严，不许侵扰，及攻城不下，人心渐散，仰食石头、常平诸仓，又将告罄，不得已纵兵掠民，无论金帛菽粟，并尽情劫夺。百姓流离荡析，无从得食，甚至升米万钱，多半饿死沟壑。正德太子见理镇守东府，素性贪险，夜与群盗出掠大桁，中矢竟死。

梁荆州刺史湘东王绎移檄湘州刺史河东王誉，雍州刺史岳阳王詧，江州刺史当阳公大心，大器弟。郢州刺史南平王恪，梁主侄，即萧伟子。使发兵勤王，自督兵三万人，由江陵出发，向东进行。就是邵陵王纶，前曾督师出都，行至钟离，闻侯景已渡采石，乃还军入援。渡江遇风，人马溺毙不少。纶率步骑三万，从京口西上。前谯川刺史赵伯超，在纶麾下，因即献议道："若从黄城大路进行，恐与贼遇，不如径指钟山，突据广漠门，出贼不意，围城当可立解了！"纶依伯超言，由黄城进兵，夜行失道，迂回二十余里，诘旦始立营蒋山。景正分兵至江，防遏纶军，不意纶军猝至，也觉惶骇，遂送所掠妇女玉帛，贮石头城，更分兵三路攻纶。纶击破景军，景退至覆舟山北，招集败军，倚山列营。纶进逼玄武湖，与景对垒，相持不战。

到了日暮，景收军徐退。安南侯萧骏，懿孙。疑景怯走，即率壮士追赶，不料景麾众还攻，骏不能敌，败奔纶营。赵伯超见景众杀来，望尘先遁，诸军俱相顾惊溃，纶率余兵千人，奔入天保寺。景纵火烧寺，纶复遁往朱方。时值隆冬，冰雪盈途，士卒四处窜散，多半冻毙。西丰公大春，大器弟。及前司马庄邱慧，军将霍俊，不及逃避，均为所擒，辎重亦被景夺去。邵陵一路败退。

景将大春等推至城下，胁令绐城中守卒，只说邵陵王已死军中。偏霍俊不肯从景，朗声呼道："邵陵王稍稍失利，已全军还京口，城中但坚守待着，援兵即至。"说至此，景众用刀击俊背，俊辞色益厉。景尚怜他忠义，不忍加害，那伪皇帝萧正德，独不肯放松，竟将俊杀死。比强盗更凶。

是日晚间，鄱阳王范遣世子嗣与裴之高，及建安太守赵凤举，各将兵入援，驻营蔡洲。封山侯萧正表本受命为北道都督，偏与景暗中勾通，受伪封为南郡王，兼南兖州刺史，正表系正德弟，无怪他与兄同逆。统军万人，立栅欧阳，佯言将入援都城，实是阻截上流援军；一面诱广陵令刘询，使烧城为应。询转告南兖州刺史南康王会理，会理使询领步骑千人，夜袭正表，攻入欧阳营栅。正表败走钟离，询取得正表军粮，返就会理，再行部署，为勤王计。

侯景闻正表败还，恐援军四集，索性大举攻城，就台城东西两面，高筑土山，临城攻扑，城中亦随筑土山，与他相持。会大雨倾盆，城内土山骤崩，景乘隙登城，与守卒城上鏖斗，两边死了多人，景众不退。羊侃忙令兵士争抛火炬，乱烧景众，又在城内筑垒为防，景众乃退。侃因连日忧劳，竟至遘疾，疾且日剧，旋即告终。城中所恃唯侃，侃既谢世，人心益震。幸有材官吴景，素有巧思，善制守具，随宜抵御。右卫将军柳津，潜凿地道，出挖城外土山，景未及预防，土山猝倒，贼众压死甚多。嗣是弃去土山，自焚攻具，另决玄武湖水，灌入台城，阙前皆为洪流，势甚岌岌。

适衡州刺史韦粲募兵五千，兼道赴援。司州刺史柳仲礼亦率步骑万余人至横江，与粲相会。裴之高亦自蔡洲渡江，接应仲礼。粲正推仲礼为大都督，偏之高自命先进，负气不服。粲单舸至之高营，当面谯让道："今两宫危迫，猾寇滔天，唯柳司州久镇边疆，名足骇贼，所以粲等奉为主帅。公为梁臣，应以灭贼为期，不宜意气用事，必欲立异，咎将归公，公亦何苦受人唾骂呢！"之高乃垂涕致谢，便决推仲礼统军，集众十万，沿淮列栅，与景争锋。景亦在淮水北岸，列栅自固，且因之高弟侄子孙俱在东府，令部众搜捕至营，驱列阵前，后面摆着刀锯鼎镬，遥呼之高道："裴公不降，即烹他弟侄子孙！"之高从容自若，反令弓弩手注射己子。再发不中，景乃撤回。

仲礼入韦粲营，部分众军择地据守，令粲往扼青塘。粲说道："青塘当石头城要冲，贼必来争，粲义无可诿，但恐所部寡弱，奈何！"仲礼道："青塘要地，非兄不可，若嫌兵少，当拨军相助。"乃使直阁将军刘叔胤助粲。时已年暮，粲不敢逗留，便即启行。太清三年元旦，大雾漫天，不辨南北，粲军迷路迂行，及到青塘，夜已过半，立栅未就，景即率锐卒掩入，刘叔胤遁去，粲将郑逸战败，自相蹴踏，全营大乱。左右牵粲避贼，粲兀立不动，叱子弟力战，究竟寡不敌众，血战未几，粲弟助、警、构，从弟昂及子尼，陆续殉难，粲亦身受重伤，呕血毕命。*一门忠义，足表千秋。*

仲礼方徙营大桁，早起就食，闻粲死耗，投箸起座，披甲上马。麾众至青塘，掩击景军。景军败退，仲礼挺槊追景，相去咫尺。忽来了贼将支伯仁，从旁面骤斫一刀，适中仲礼左肩，仲礼慌忙闪避，已是不及，马又倒退数步，陷入淖中。贼众环刺仲礼，亏得仲礼骑将郭山石，力救仲礼，杀退贼众，仲礼才得走归，经此一战，景不敢复渡南岸，仲礼亦索然气馁，不敢再言战事了。*血气之勇，不足济事，仲礼各军，又复退却。*

邵陵王纶，再会同东扬州刺史临城公大连等，进驻桁南，亦推仲礼为大都督，湘东王世子方，及假节总督王僧辩，并至都下。台城被困多日，内外不通，就是援军音信，也无从递入。城中官民，共诟朱异，异惭愤成疾，因即致死。*大是幸事。*梁主还很加痛惜，特赠异为尚书右仆射，大众益视为恨事。太子纲迁居永福省，募人献计，使达援军音问。有小吏羊车儿进策，请作纸鸢系敕，顺风遥放，冀达众军，太子恰也依议。偏纸鸢放出城外，被贼射下，仍不得达。已而鄱阳王世子嗣，募人送启入城，部吏李朗，想出一条苦肉计，先受鞭扑，佯为得罪，往降景营，因得伺隙入城，城中方知援兵四集，鼓噪一时。也欠镇定。梁主授朗为直阁将军，赐金遣还。朗乘夜出城，从钟山后绕道归营，宵行昼伏，积日乃达。于是鄱阳世子嗣，湘东世子方，征集各军，相继渡淮，攻毁东府前栅，景众少退。

各援军立营青溪，再拟进攻。可巧高州刺史李迁仕，天门太守樊文皎，引兵五千人来援。文皎骁勇善斗，与迁仕驱兵独进，所向披靡，及抵菰首桥东，景将宋子仙用埋伏计，诱文皎陷入伏中，四面围集，毕竟双手不敌四拳，任你文皎如何勇力，怎禁得悍贼环攻？战了半日，力竭身亡。迁仕逃命要紧，管不及文皎生死，便即遁回。各军闻文皎战死，又复夺气，再加柳仲礼自惩前辙，不肯再进，待遇各将，又傲慢不情。邵陵王纶每日候门，常被拒绝，坐是彼此离心，不愿再进。数路援军，并皆失势。

那侯景却也戒惧，更因士卒饥馁，无从掠食，未免加忧。王伟又献策道："今台城不可猝拔，援军日盛，我军乏食，何弗佯与求和，为缓兵计？俟他内外懈怠，一举攻入，方可得志。"景连声称善，遂遣将任约、于子悦二人，至城下跪伏，拜表求和，请赐还原镇。太子纲以城中穷困，入白梁主，劝许和议，梁主勃然道："和不如死！"此语尚有见地。太子固请道："都城久困，援军怯战，不如暂且许和，再作后图。"梁主踌躇多时，方嗫嚅道："随汝自谋，勿令取笑千载！"太子乃承制许和。景乞割江右四州地，并求宣城王大器出送，然后退兵。中领军傅岐固争道："怎有贼起兵犯阙，尚与许和？这不过欲却援军，借此给我，戎狄兽心，必不可信！且宣城王系皇室冢孙，国脉所关，岂可轻出！"诚然！诚然！梁主乃命大器弟石城公大款为侍中，出质景营，并敕诸军不得复进。敕文中有"善兵不战，止戈为武"两语。堕贼狡计，还想虚词粉饰。授侯景为大丞相，都督江西四州诸军事，领豫州牧，仍封河南王。设坛西华门外，遣仆射王克，吏部郎萧瑳，与景将任约、于子悦、王伟等，登坛为盟。又令右卫将军柳津，出西华门，与侯景遥遥相对，歃血为誓。一方面是专望解围，情真语挚，一方面是但知行诈，口是心非。

两下里盟誓既毕，总道景遵约撤兵，哪知他仍然围住，托词无船，不能还渡。嗣又遣大款还台，复求宣城王出送，种种刁难，无非是设词迟宕。会南康王会理等至马邛州，景复表请勒归会理。太子纲不得不从，饬会理退屯江潭苑。已而复称永安侯萧确，及直阁将军赵威方，截臣归路，请即召入以便西还。有诏授确为广州刺史，威方为盱眙太守，即日入觐。确为邵陵王纶次子，固辞不入。邵陵王纶泣语确道："围城既久，主上忧危，不得已从景所请，遣归贼众，汝宜遵敕入朝，奈何拒命？"确亦泣语道："侯景虽云欲去，仍然长围不解，情迹可知。召确入城，究属何益？"未几由朝使出城，一再征确，确尚不肯入。纶不禁怒起，喝令斩确，确乃流涕入城。

城中粮食将尽，御厨中蔬菜亦绝，梁主时常蔬食，至是乃食鸡子。纶献入鸡子数百枚，由梁主亲自检点，唏嘘不已。湘东王绎，驻兵武城，河东王誉，驻军青草湖，桂阳王慥，驻军西峡口，慥系萧懿子。皆观望不前。湘东参军萧贲屡请进兵，为绎所恨。及得梁主和诏，贲仍执前议，竟被杀死。侯景闻援师已怠，并将东府米运入石头，遂有意败盟。伪皇帝正德及左丞王伟，更从旁怂恿，景乃决计背约，胪陈梁主十失，上启梁廷。略云：

陛下与高氏通和，岁逾一纪，舟车往复，相望道路，必将分灾恤患，同休等戚，宁可纳臣一介之服，贪臣汝、颍之地，便绝好河北，檄誓高澄。聘使未归，陷之虎口，扬兵击鼓，侵逼彭宋，天下宁有万乘之主，见利忘义若此！其失一也！第一条即使梁主愧死。臣与高澄既有仇憾，义不同国，归身有道，陛下授以上将，任以专征。臣受命不辞，实思报效，方欲荡涤夷氛，一匡宇内，乃陛下始信终疑，欲分臣功，使臣击河北，自举徐方。遣庸懦之贞阳，任骄贪之胡、赵，才见旗鼓，鸟散鱼溃，慕容绍宗，席卷涡阳，诸镇靡不弃甲，疾雷不及掩耳，散地不可固全，使臣狼狈失据，妻子为戮，斯实陛下负臣之深。其失二也。梁主任将非人，反令叛贼借口。臣退保淮南，方欲收合余烬，赴申后战，封韩山即寒山。之尸，雪涡阳之耻，陛下丧其精魄，无复守气，便信贞阳谬启，复请通和。臣屡表谏阻，终不见从，反覆若此，童子犹且羞之，况在人君！其失三也。畏懦逗留，军有常法，贞阳精甲数万，不能拒抗敌国，反受囚执，以帝之犹子，而面缚虏庭，实宜绝其属籍，以衅征鼓，陛下曾不追责，悯其苟存，欲以微臣相贸易，人君之道，可如是乎？其失四也。悬瓠大藩，古称汝颍，臣举州内附，而羊鸦仁无故弃之，弃之者不闻加罪，得之者未见加功。其失五也。臣涡阳退缩，非战之罪，实由陛下君臣，相与见误，乃还寿春，曾无悔色，祗奉朝廷。鸦仁自知弃州，内怀惭惧，遂启臣欲反；欲反当有形迹，何所征验？诬陷乃尔。陛下曾无辨究，默然信纳，岂有诬人莫大之罪，而可比肩事主者乎？其失六也。此条实含血喷人。赵伯超拔自无能，任居方伯，唯渔猎百姓，行货权幸。朱异之徒，积受金贝，遂拟胡、赵为关、张，胡指贵孙，上文胡赵同此。诬掩天听，谓为真实。韩山之役，女妓自随，才闻敌鼓，与妾俱逝，不待贞阳，故只轮莫返。论其此罪，应诛九族，而纳贿中人，还处州任。伯超无罪，臣功何论？赏罚无章，何以为国？其失七也。臣御下素严，无所侵物，关市征税，咸悉停原，寿阳之民，无不慰悦。乃裴之悌等助成在彼，惮臣检制，无故遁归，又启臣欲反。陛下不责其违命离镇，反受其浸润之谮，处臣如此，使何地自安？其失八也。此条未见上文，借景启中补入。臣虽才愧古人，颇无遗策，及委赞陛下，罄竭忠规，每有陈奏，恒被抑遏。朱异专断军旅，周石珍总尸兵仗，陆验、徐骏，典司谷帛，皆明言求货，非赂不行。臣无贿于中，故常遭抑责。其失九也。鄱阳之镇合肥，与臣邻接，臣推以皇枝，每相祗敬。而嗣王无端疑忌，臣有使命，必加弹射，或声言臣反，或启臣纤介，招携当须以礼，忠烈何以堪此！其失十也。此条又是诬罔。其余条目，且不胜陈。臣心直辞戆，有忤龙鳞，遂发严诏，便见讨袭。昔重华纯孝，犹逃凶父之杖；赵盾忠贤，不讨杀君之贼，臣何亲何罪，而能坐受歼夷？韩信雄桀，亡项霸汉，末为女子所烹，方悔蒯通之说。臣每览书传，心窃笑之，岂容遵彼覆车，而快陛下佞臣之手哉！是以兴晋阳之甲，乱长江而并济，愿得升赤墀，践文石，口陈枉直，指画臧否，诛君侧之恶臣，清国朝之秕政，然后还守藩翰，以保臣节，实臣之至愿也。谨此启闻。

看官，你想梁主衍见了此启，怎得不惭愤交并？便于三月朔日，就太极殿前设坛，祷告天地，说是侯景背盟，不可不讨。恐天地亦不肯多管。一面举烽征军，再拟交兵。先是闭城拒贼，城中男女共十余万，士卒约二万余人，被围既久，十死八九，乘城不满四千人，类皆羸饿。蓦闻侯景负约，当然大惧，唯日望外援。柳仲礼专聚妓妾，置酒作乐，不许诸将出战，乃父即右卫将军柳津，登城呼仲礼道："汝君父日坐围城，汝尚不肯竭力，试想百岁以后，将目汝为何如人？"仲礼面色如常，毫不介意。邵陵王纶亦顿兵不战。安南侯萧骏向纶进言道："城危至此，尚坐视不救，倘有不测，殿下有何颜再立人世？今宜分军为三道，出贼不意，当可却贼！"纶终不听。

南康王会理与羊鸦仁、赵伯超等，进营东府城北，约在夜间渡军。鸦仁违约不至，景已令宋子仙攻击会理。会理营尚未就，军士惊乱，伯超先遁，会理支持不住，便即退走，战死溺死，约五千人。景聚首城下，指示守军，城中益惧。景督兵攻城，昼夜不息。邵陵世子坚，屯太阳门，终日蒱饮，不恤吏士。书佐董勋华、白昙朗等，夜引景众登城。永安侯确，力战不能却，乃排闼入宫，报知梁主道："城被陷了！"梁主衍尚安卧不动，喟然叹道："我得我失，亦复何恨！"复顾语确道："速去语汝父，勿以二宫为念！"确方欲趋出，又由梁主申命，使确慰劳外军。确奉命去讫。

俄而景左丞王伟入殿奉谒，拜呈景启，无非说是奸佞所蔽，因领众入朝，惊动圣躬，特诣阙谢罪。梁主便问道："侯景何在？汝可为我召来！"伟乃出来报景，景竟引甲士五百人，昂然入见。既至殿前，望见仪卫森严，也不禁三分胆怯，因跪就殿阶，叩首如仪。典仪引就三公座上，梁主正容语景道："卿在军日久，曾劳苦否？"景不敢仰视，汗涔涔下。贼胆心虚。梁主又道："卿何州人，乃敢至此？妻子尚在北方么？"景仍不敢对，景将任约在侧，代景答道："臣景妻子，皆为高氏所屠，只有一身归服陛下。"梁主复道："卿既忠事我朝，应即约束军士，不得骚扰。"景应诺而出，复至永福省谒见太子，太子亦无惧容。侍卫统皆骇散，唯中庶子徐摛，通事舍人殷不害在侧。摛朗声道："侯王来，当礼谒东宫！"景乃下拜。太子与言，景亦不能答。

既而退出，自语同党道："我尝跨鞍对阵，矢刃交下，了无惧意；今见萧公，使人自慑，岂非天威难犯？我不便再见两宫了！"随即纵兵入宫，胁逐两宫侍卫，劫掠乘舆服御，及宫女若干人。又收朝士王侯，送永福省，使王伟守武德殿，于子悦屯太极殿东堂，矫诏大赦，自加大都督中外诸军，录尚书事。小子有诗叹道：

> 乱贼猖狂反许和，痴心还望戢干戈。
> 推原祸始由贪利，后悔难追可奈何！

嗣又遣石城公大款，赍着敕文，解散援军。欲知援军是否遵敕，请看官续阅下回。

台城被困，各军之入援者，大都庸懦无能，才不足而志亦不专。邵陵一败而即溃，湘东一奋而即衰，目睹君父之危难，且偷生畏死，未肯赴义，遑问他人！独韦粲战死青塘，樊文皎战死菰首桥，功虽未成，忠则过之。而韦粲之死事尤烈。柳仲礼、裴之高，皆经粲激励而来，之高虽为国忘家，卒未闻有血战之役，仲礼鼓勇追贼，亦颇壮往，乃以左肩之受伤，遂致怯战，以视粲之视死如归，甘与子弟同殉，其相去为何如耶！若侯景之称戈犯阙，明明为一叛贼，与贼许和，敕止援军，是延贼入门，又自绝其外援也。梁主亦知和不如死，乃胸无主宰，始明终昧，卒致堕入贼计，台城陷而正容语景，果何益耶？我得我失，死复何恨？徒付诸一叹而已，而梁亡矣。

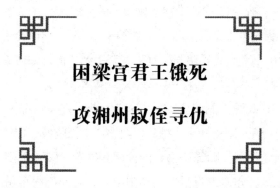

第二十九回

困梁宫君王饿死
攻湘州叔侄寻仇

　　却说侯景伪传敕命，解散援军，邵陵王纶等，大开军事会议，推柳仲礼主决。纶语仲礼道：“今日事悉委将军，请将军酌定进止。”仲礼熟视不答，裴之高、王僧辩齐声道：“将军拥众百万，坐致宫阙沦没，居心何忍！现只好竭力决战，何必多疑！”仲礼竟无一言，诸军遂陆续散归。邵陵王纶，亦奔往会稽。仲礼及羊鸦仁、王僧辩、赵伯超等，并开营降景。僧辩既已主战，奈何降贼！军士莫不愤惋。仲礼入城，先往谒景，然后入见梁主。梁主绝不与言，退省乃父，柳津不禁大恸道：“汝非我子，何劳相见！”景遣仲礼归司州，僧辩归竟陵。

　　先是伪皇帝萧正德，与景私约，入城后不得全二宫。及景已入城，正德亦引众随至，挥刀欲入宫中，偏宫门被景军守住，不准放入。正德正要喧嚷，哪知景已传示敕书，令他为侍中大司马。他恨景负约，又平白地将皇帝革去，仍降做梁朝臣子，叫他如何不愤，如何不悔？当下易去帝服，进见梁主，且拜且泣。梁主口述古语道：“啜其泣矣，何嗟及矣！”见《诗经》。正德垂涕而出，懊丧欲绝。景却格外防范，不使与闻朝事。一面嘱前临江太守董绍先，使赍敕文，往召南兖州刺史南康王会理。绍先带去兵士，不满二百人，并且连日饥疲，面有菜色。会理拥有州兵，士饱马腾，僚佐说会理道：“景已陷京邑，欲先除诸藩，然后篡位，今若四方拒绝，立当溃败。王不如诛死绍先，发兵固守，倘虑兵力不足，尽可与魏连和，静观内变，奈何举全州土地，轻资贼手呢？"会理道："诸君心事，与我不同，天子年尊，受制贼虏，今有敕召我入朝，臣子怎得违背？且远处江北，事业难成，不若身赴京都，就近图贼，成功与否，听诸天命。我志已决定了！"有兵有马，尚不能讨贼，难道赤手空拳还得成事么？遂开城迎入绍先。绍先悉收文武部曲，铠仗金帛，但遣会理单骑还都。及会理诣阙，由景授官侍中，兼中书令。会理暗思匡复，怎奈手无寸柄，如何成谋？只得过一日，算一日，徐俟机会罢了。

那湘东王绎出驻武城，始终不前。应前回。世子方等自都下驰归，才知台城失守，索性退还江陵。信州刺史桂阳王慥，自西峡口入江陵城，拟待绎回议军情，方还信州。适有雍州刺史张缵，贻绎密书，内称河东欲袭江陵，岳阳亦与同谋，不可不防。嗣又由裨将朱荣，亦遣人走报，谓桂阳留此，无非与河东岳阳，里应外合。为这种种谗构，遂使君父大仇，置诸不顾，徒惹出一场叔侄的争端来了。回应五十七回文字。雍州刺史岳阳王詧，与湘州刺史河东王誉，统是昭明太子遗胤。詧隐蓄异志，待乱图功，梁主早有所闻，特令张缵往代。缵本刺湘州，自河东王誉入湘，缵轻誉少年，迎候多疏，为誉所恨，因留缵不遣。缵轻舟夜遁，欲赴雍州，又恐詧不受代，左思右想，只有湘东王绎，尚是故交，不如径赴江陵，劝绎除灭誉詧。可巧绎出屯武城，留缵助守。当时兵马倥偬，也无暇进陈私意，及援军还镇，乐得乘隙进谗，自快宿忿。朱荣与缵同党，更欲剪除桂阳。绎向来多疑好猜，闻谗即信，便匆匆返至江陵。

桂阳王慥莫名其妙，上前相迎，片语未完，即由绎麾动左右，把慥拿下。慥问得何罪？绎责他勾通誉、詧，不容慥辩明冤诬，自拔佩剑，把他头颅砍去。死得冤苦。且遣人至汉口，说通戍将刘方贵，使袭襄阳，方贵系岳阳王詧府司马，本来受詧差遣，引兵勤王，旋因湘东各军，多半逗留，方贵亦勒兵不进。此次与绎连谋，将拟倒戈，忽由詧传令召还。方贵疑秘谋已泄，遂据住樊域，不受詧命。詧发兵往讨方贵，方贵出战被杀。樊城当然归詧。那湘东王绎尚未得信，赠缵厚资，令赴雍州。缵至大隄，始闻方贵战死情状，彼时不便折回，只好赍敕赴任。

詧已得悉侯景入都，国家无主，哪里还肯受代？暂令缵寓居城西白马寺，并令偏将杜岸绐缵道："看岳阳情势，不容使君，何勿且往西山，权时避祸。"缵信为真言，与岸结盟，自着妇人衣，乘青布舆，逃入西山。訾讨缵有名，即使岸引兵追蹑，把缵擒归。缵情愿割发为僧，改名法缵，訾含糊答应，但仍遣兵监守，不令他适。嗣是与绎有仇，专务私斗，把国家事全然不睬，反使侯景得独揽朝纲，任意横行。

梁主衍受制侯景，非常懊怅。景荐宋子仙为司空，梁主道："调和阴阳，须有特长，此种人物，怎得轻用！"景又欲使徒党二人为便殿主帅，亦不见许。太子纲虑景衔恨，入宫泣陈，梁主叱道："谁使汝来？若社稷有灵，终当克复；否则虽朝夕哭泣，亦属何益！"太子乃惶遽出宫。景擅使部众入直省中。或驱马佩刀，出入宫廷。梁主偶有所见，不免叱问，直阁将军周石珍，随口答道："这是侯丞相的甲士。"梁主瞋目道："什么丞相！但叫侯景罢了。"口中倔强，亦属无益。

景备闻消息，当然挟嫌，遂遣私党监视御膳，一切饮食，格外克损。梁主有所需索，辄不令进。自思衰年结局，弄到这般地步，哪得不悲从中来，终日怏怏，郁极成病，遂至卧床不起，辗转呻吟。太子纲随时入省，无非是以泪洗面，没法可施。并因正妃王氏，甫经病殁，悼亡未毕，禁不住再遭父危。最可恨的是叛贼侯景，还不肯令御医入治，但祝梁主早崩。就是太子出入，亦尝派人侦察，不使自由。太子益生疑惧，特致湘东王绎密书，以幼子大圜相托，且自剪爪发，一并寄去。湘东王绎方与二侄为难，也不过虚与周旋，敷衍了事。太清三年五月上浣，梁主大渐，口中觉苦，索蜜不得，自呼荷荷，声嘶力竭，痰喘交作，竟尔去世，享八十六岁。统计在位四十八年，改元七次。天监、普通、大通、中大通、大同、中大同、太清。

侯景秘不发丧，迁殡昭阳殿，但迎太子入永福省，使照常入朝。且使党羽王伟、陈庆等陪伴太子，名为侍侧，实是监督。太子只吞声饮泣，不敢悲号。殿外文武，尚未知有大丧，直至五月下旬，景见内外无事，方才讣闻。把梓宫迁入太极殿中，奉太子纲即皇帝位，颁诏大赦。景屯朝堂，分兵守卫，并请嗣主覃恩，凡北人陷没南方，充作奴仆，概令释放。嗣主纲不得不从，他却从中收录，引为己用。未几有诏命传出，追谥故妃王氏为简皇后，立宣城王大器为皇太子，封诸子大心为寻阳王，大款为江陵王，大临为南海王，大连为南郡王，大春为安陆王，大成为山阳王，大封为宜都王。简文首政，即以赠妻封子为急务，其志可知。命南康王会理为司空，兼尚书令。会理懦弱，虽是有心讨贼，究竟不能制侯景。萧正德为景所卖，密诏鄱阳王范，令带兵入除首恶，偏传书人为景所获，立召正德对质，正德无言可答，被景驱入别室，将他绞死。*死已晚矣。*

景遣于子悦略吴郡，太守袁君正，举郡降景，唯新城戍将戴僧遏，不肯从令。景又遣来亮入宛陵，宣城太守杨白华，诱亮入城，拿下处斩。御史中丞沈浚避难东归，与吴兴太守张嵊，会同讨景。景令李贤明攻宣城，侯子鉴入吴郡。特派仪同三司宋子仙，经略东南，又授仪同三司郭元建为尚书仆射，领北道行台，总江北诸军事。

永安侯萧确*见前回。*材勇过人，自入都后，景爱他膂力，尝引置左右。邵陵王纶，顾念私恩，屡遣密使往召，*前时何故逼令入都?* 确语来使道："侯景轻佻，一夫可制，我尝欲手刃此贼，但苦无闲可乘，卿为我还启家王，勿以确为念!"来使自去还报。确日伺景隙，辄思下手。可巧景召确同游钟山，确借射鸟为名，拈弓搭矢，向景射去，不料用力过猛，弓弦陡绝，那箭干抛至侯景马前，突然自落。景知确存心不善，即挥动左右，将确拿住。确怒叱道："我不能杀汝，汝即可杀我，我岂从贼为逆么?"说着，项下已着了一刀，陨首毕命。

南徐州刺史萧渊藻因入援无功，又闻景将萧邕出据京口，迫令解职，顿时气愤填胸，疾病交作。或劝他出奔江北，渊藻叹道："我位居台铉，受眷特隆，既不能诛剪逆贼，正当同死，怎可投身异类，苟延残喘呢!"嗣是累日不食，竟致丧生。*确与渊藻尽忠梁室，故特别表明。*

鄱阳王范闻建康失守，复拟整军入卫，僚佐进谏道："今东魏已据寿阳，若大王移足，虏骑必进窥合肥，前贼未平，后城失守，岂非失计!不如待四方兵集，再议兴师，进不失勤王，退可固根本，方算得两全了。"范闻言也觉踌躇，果然东魏遣西兖州刺史李伯穆进逼合肥，又使魏收致书与范，勒让合州。范方谋讨侯景，不得已将合州割让，又使二子勤广往质东魏，乞师图逆。自引战士二万人，出屯濡须，檄召上游各军，一同进援，偏上游无一到来，东魏亦不闻出师，害得范进退彷徨，更兼粮食告罄，没奈何溯流西上。到了枞阳，景发兵出屯姑孰，范将裴子悌率众降景，范势益孤。幸江州刺史寻阳王大心，贻书邀范，范乃趋诣江州，寓居溢城，尚向各镇通书，协图匡复。

湘东王绎因自称奉得密诏，得假黄钺，大都督中外诸军事，承制封拜，集众讨景。一面征兵湘州，遣使督促军需。*明是挑衅。*湘州刺史河东王誉，已与湘东王有隙，自然不肯受命。绎即遣少子方矩，往代誉任，并令世子方等发兵护送。行至麻溪，被誉率众邀击，一场鏖斗，方等败死。方矩慌忙逃还，侥幸得了性命。

绎闻方等败没，毫无戚容。看官道是何因？原来方等生母徐妃，与绎不睦，绎眇一目，妃尝为半面妆，居室俟绎，绎瞧见妃容，知她有意嘲笑，盛怒而出，所以累年不入妃房。妃妒而且淫，见有无宠的妾媵，始与接坐。或察知有娠，往往手刃致毙。平居无事，辄往寺院中焚香。荆州瑶光寺中，有一智远道人，面目伟皙，为妃所爱，竟引与私通。嗣又见湘东幕僚暨季江，才貌翩翩，丰神楚楚，遂使心腹侍婢，导他入房，密与交欢。一对露水夫妻，比伉俪还要狎呢。季江尝自叹道："柏直狗，虽老犹能猎，萧溧阳马，虽老犹骏，徐娘虽老，犹尚多情。"那徐妃得了季江，起初原是卿卿我我，欢好无间，连智远道人的旧情，也撇置脑后。后来复得见僚佐贺徽，面庞儿还要俊俏，又不免惹动情魔，想与同梦，**然是情敌。**屡次遣婢勾引，徽却尚知顾忌，不肯应命。徐妃想出一法，自往普贤尼寺，设词召徽，徽只好前往。甫入禅林，即有二三侍女，引入密室，妃已卸妆相待。一见徽面，好似珍宝一般，相偎相倚，并入欢帏。待至云收雨散，起床整衣，特书白角枕为诗，互相倡和。诗中所述，无非是中菁私情，言之可丑，小子也不愿录述了。绎闻妃淫行，怒不可遏，便将她生平秽史，牓示大阁，且因此与方等有嫌。**徒扬家丑。**

方等战死，绎毫不介意，置诸度外。会绎宠妃王氏生子，产后病逝，绎疑为徐妃下毒，逼令自尽，妃投井溺死。绎令将尸舁还徐氏，呼为出妻，槀葬江陵瓦官寺侧，才算泄恨。又遣竟陵太守王僧辩，与信州刺史鲍泉，出兵攻誉，限令即日就道。僧辩请略宽期限，绎召僧辩入问，声色俱厉。且拔剑斫伤僧辩，牵系狱中，但令鲍泉往攻。

泉至湘州，誉出兵迎战，为泉所败，乃退保长沙，并向雍州乞援。岳阳王詧，即留参军蔡大宝守襄阳，自率骑卒二万，径攻江陵，遥救湘州。湘东王绎，很是惊慌，急召僚佐会议，大众俱不知所答。适僧辩母为子谢罪，自陈无训，绎乃给他良药，疗治僧辩，且遣左右至狱中问计。僧辩侃侃直陈，有条有理，经绎闻知，忙释令出狱，面加慰劳，使为城中都督。**急时抱佛脚。**

詧至江陵，设十三营，环攻江陵城。偏天公不肯做美，连宵大雨，平地水深四尺，累得詧军拖泥带水，锐气尽衰。新兴太守杜崱，随詧攻城，绎与崱素有交谊，招使归降，崱遂与兄岌、岸，弟幼安及兄子龛，入城降绎。岸愿率五百骑袭襄阳，得绎允诺，遂昼夜兼行，距襄阳才三十里，城中始觉。蔡大宝亟奉詧母龚氏，登城拒守，一面遣人报詧，詧慌忙退回，抛弃粮械金帛，不可胜计。张缵病足，詧常加监束，载缵从军，及仓猝奔还，恐为追兵所夺，把缵杀死，弃尸江中。杜岸闻詧还援，亦奔往广平，依兄南阳太守杜嶷。詧使将军薛晖，追岸至广平城下，乘势围攻。嶷不能守，弃城遁走，岸为晖所获，送往襄阳。詧见了杜岸，好似杀父大仇，先用乱鞭击面，使无完肤，再把他舌头拔去，肢解四体，烹诸鼎镬。又劚发杜氏祖墓，焚骨扬灰，用头颅为漆椀。*杜岸叛詧，不为无罪，但如此处置，抑何残忍！*

湘东王绎既欲攻誉，又欲攻詧，特使王僧辩赴长沙，逮回鲍泉，因他日久无功，意欲加诛，还是僧辩替他转圜，令泉申启具谢，始得免罪。自是攻誉一路，专属僧辩，别遣司州刺史柳仲礼，出镇竟陵，为图詧计。詧恐不能自存，乃向西魏求救，愿为附庸。西魏丞相宇文泰，欲乘势经略江汉，乐得允许，即遣使至襄阳议约。詧专务防绎，也顾不得什么妻孥，即命正妃王氏，与世子寮，入质西魏，乞即济师。宇文泰便遣开府仪同三司杨忠，都督三荆等十五州诸军事，镇守穰城。

适柳仲礼率众趋襄阳，杨忠遂与行台仆射长孙俭，同击仲礼，且分兵攻下义阳、随郡，收降义阳太守马伯符，拘住随郡太守桓和，再进军围安陆。柳仲礼引兵还援，西魏将士，统请杨忠急攻安陆，休待仲礼还师。忠笑语道："攻守势殊，未易猝拔，若旷日劳兵，表里受敌，更属非计。我闻南人多习水军，不习野战，仲礼兵马将至，我正好出他不意，用奇兵邀击，彼怠我奋，一举可克。既克仲礼，安陆不攻自下，诸城可传檄自定了。"诸将士方才拜服。忠即选精骑二千，衔枚夜进，行至漴头，择地伏着，专待仲礼到来。仲礼毫不防备，匆匆驰归，一入伏中，魏兵齐起，仲礼部下，不战已乱，最厉害的是遍设陷坑，无从顾避，但只听得跌蹋声、铙钩声、铁索声，不到数时，已将仲礼部众，一齐捆住。仲礼叫苦不迭，蓦觉马足不稳，也坠入坑中，被西魏兵手到擒来，缚住手足，似扛猪的抬将去了。*早知如此，何不拼死拒景？还好挣些名节。*

安陆守将马岫，闻仲礼被擒，便开门出降。竟陵守将王叔孙，也知保守不住，同做了降将军，于是汉东土地，尽入西魏。杨忠乘胜至石城，进逼江陵，湘东王绎急得不知所为。还是舍人庾恪愿往说忠，为绎解忧。绎即令驰赴敌营。恪不慌不忙，至西魏营中，进见杨忠道："湘东为叔，岳阳为侄，贵国助侄攻叔，如何能服天下？"忠答道：“汝言未尝无理，但我军前来，是征讨不服，与叔侄无关。若湘东果愿投诚，我即便退去了。”恪如言回报，绎乃遣舍人王孝祀，送子方略往质，卑辞求和。忠许与通好，当由绎亲出歃血，加载盟书。略云：

魏以石城为封，梁以安陆为界，请同附庸，并送质子，贸迁有无，永敦邻谊。有渝此盟，明神殛之！

盟毕，绎仍然还城，忠亦退去，江陵解严。绎得专心攻誉，发兵助攻长沙。誉向邵陵王纶处乞师。纶颇思往救，因恐兵粮不足，未敢轻率从事，乃寄书湘东王绎，劝他休兵。大致说是：

天时地利，不及人和，况乎手足股肱，岂可相害！今社稷危耻，创巨痛深，唯应剖心尝胆，泣血枕戈，其余小忿，或宜容贳。若外难未除，家祸仍构，料今访古，未或不亡。夫征战之理，唯求克胜，至于骨肉之战，愈胜愈酷，捷则非功，败则有丧，劳兵损义，亏失多矣。侯景之军，所以未窥江外者，良为藩屏盘固，宗镇强密，弟若陷洞庭，不戢兵刃，雍州疑迫，何以自安？必引进魏军以求形援，弟若不安，家国去矣。必希解湘州之围，存社稷之计，顾全大局，毋俟踌躇！

书去后，得绎复音，申陈誉恶，罪在不赦。纶掷书地上，慷慨流涕道：“天下事一败至此！湘州若亡，我亦将葬身无地了！”已而河东王誉，守不住长沙城，意欲溃围出走，偏部将慕容华引僧辩入城。誉不及奔逃，竟为僧辩所执，誉语僧辩道：“勿即杀我，愿一见七官！绎为梁主衍第七子，向呼七官。指出诌贼，死且无恨！”僧辩不许，把誉处斩，函首送江陵。湘东王绎还首归葬，进僧辩为左卫将军，兼侍中镇西长史。

先是誉将败时，引镜照面，不见头颅。又夜见长人据屋，两手垂地，恍惚中被他抓住，嗷脐暴痛，狂呼求救，始由左右入视，他已倒在地上，不省人事。好容易把他救醒，长人早已不知去向。未几复见白狗如驴，窜出城外，亦无下落。誉已自知不祥，至是终为僧辩所杀。小子有诗叹道：

叔侄如何不并容，兵戈构怨及同宗？

湘东推刃河东毙，首祸心肠亦太凶！

绎既攻克长沙，乃为梁主衍发丧，传檄讨景。欲知后事如何？试看下回便知。

湘东邵陵，皇子也，河东岳阳，皇孙也，子视父难，竟养寇不讨，遑问皇孙！梁主衍有此胤嗣，无或乎受制逆贼，终致饿死也。唯当时之最乏孝思者，莫若湘东。湘东初移檄入援，河东岳阳，并皆听命，乃出屯武城，逗留不进，发起者犹且如此，安能责及他人！且河东岳阳，与湘东无纤芥嫌，乃以憸人之谮构，遽致骨肉之纷争，君父之危，可以不顾，叔侄之衅，必欲相残，试问湘东何心，乃倒行逆施若是乎！邵陵始勇终怯，不为无辜；然贻书湘东，词多痛切，彼犹知为大局计，湘东视之，有愧多矣。河东杀方，衅由湘东，而河东之因是陷戮，吾且为彼呼冤；若桂阳王慥之被害，则正冤之尤冤者耳。

第三十回

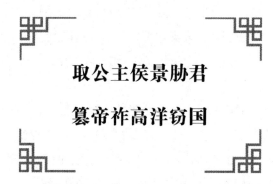

取公主侯景胁君
篡帝祚高洋窃国

却说湘东王绎为梁主衍开丧，已是隔年，时梁主梓宫，已奉葬修陵，追尊为武皇帝，庙号高祖。嗣主纲改元大宝，颁诏国中，独绎仍称太清四年，刻檀为高祖像，供设厅堂，每事必先启像前，然后施行。**搗什么鬼？**一面移檄远近，申讨侯景。景将侯子鉴已陷入吴兴，太守张嵊，并前御史中丞沈浚，俱被执送建康。景颇悯二人忠义，好言劝慰。嵊慨然道："我忝任专城，目睹朝廷倾危，不能匡复，还求什么生活，不如速死为幸！"景尚欲宥他一子，嵊复道："我一门已登鬼箓，不愿向尔贼乞恩！"景不禁怒起，遂并杀张嵊父子。沈浚亦不为所屈，同时殉节。

还有宋子仙受了景命，南略钱塘，新城戍将戴僧遏，战败出降，子仙引兵渡浙江，进攻会稽，邵陵王纶，奔往鄱阳。东扬州刺史南郡王大连，居守会稽城，朝夕酣饮，不恤士卒。司马留异，凶狡残暴，为众所嫉，大连却委以兵事。及子仙兵至，异毫不防守，即将城池献与子仙。大连醉卧室中，由左右异入床舆，从后门出走，欲奔鄱阳。行至信安，被追骑掩至，把他拘去。骑将不是别人，就是司马留异。异将大连械送入都，大连还醉眼朦胧，昏头磕脑，途中过了一夜，方才惊寤。及抵建康，向景下拜，景因令释缚，授为轻车将军，行扬州事。自是三吴尽为景有。**三吴即吴郡、吴兴、会稽。**

独前广陵太守祖皓，从士人来嶷言，纠合勇士百余人，袭破广陵，斩景党南兖州刺史董绍先，见前回。推前太子舍人萧勔为刺史，传檄拒景。景遣郭元建攻皓，皓婴城固守，元建不能拔。景又令侯子鉴率舟师八千，从水道进攻，自督步兵一万，从陆路进攻，两军直指广陵，日夕猛扑。皓苦守三日，终为所乘，犹复巷战达旦，力竭被擒。景缚皓城头，麾众攒射，矢集如猬，然后车裂以殉。城中无论少长，概令活埋。来嶷满门屠戮，独一子逃免，后仕陈朝。萧勔降景免死，带还建康，留子鉴镇守广陵。

景凯旋入都，梁主纲特赐盛宴，饮至半酣，景离座跪请，乞赐溧阳公主为妻。溧阳公主，系梁主纲爱女，年才十四，生得娇小玲珑，动人怜爱。景瞧在眼中，早已垂涎，此时当面乞求，不由梁主不从。他即胁梁主当夕遣嫁，饮毕载归。可怜妙年帝女，失身贼手，徒供他连宵受用，淫恣不休。妒花风雨便相摧。

未几已届上巳，景请梁主纲至乐游苑，禊宴三日。及梁主还驾，复与溧阳公主送入宫中，夫妇共据御床，南面并坐，令群臣分列两旁，张乐侍宴，梁主亦无可如何。既而景复请梁主幸西州，梁主乘坐素辇，侍卫四百余人，景率铁骑数千，翊卫左右。既至行宫，无非是酒醴具陈，笙簧迭奏。梁主闻声生感，不觉泪下，因恐景见泪生疑，命他起舞。景舞了一回，谓独舞无趣，亦请梁主起座对舞。梁主勉强应允，两下舞讫。君臣对舞，成何体统？兴阑席散，梁主掖景至床，唏嘘叹道："我念丞相！"景答道："陛下如不念臣，臣何得至此！"说毕趋退，越宿乃归。

是年江南连年旱蝗，江、扬尤甚，百姓流亡，共入山谷江湖，采取草根木实，聊充饥腹，草木垂尽，饿莩满野。就是富室豪家，亦皆乏食，鸠形鹄面，坐怀金玉，俯伏床帷，奄奄待毙。千里绝烟，人迹罕见，白骨成堆，高如邱陇，景绝不轸念，反在石头城设立大碓，凡兵民犯法，辄令捣毙。又尝戒诸将道："破栅平城，立屠毋赦，使天下知我威名！"诸将得此号令，每遇战胜，专务焚掠，杀人如草芥，人或偶语，刑及外族，故百姓虽惮景威，始终不肯乐附。景却命部下将帅，悉称行台，归附诸官，悉称开府，余如亲信军吏，号为左右厢公，勇力兼人，号为库直都督。但江南一带，叛附靡常，淮南更不遑顾及，坐使敌人入境，囊括全淮。这敌人属诸何国？就是与梁通好的东魏。

东魏大将军高澄视萧渊明为奇货，嘱令通书梁廷，离间侯景，明明是使景叛梁，坐收厚利的秘计。景发难后，梁北徐州刺史萧正表，先举州降东魏，由澄收纳，东徐、北青二州，亦相继至东魏通诚，东魏不费一矢，坐得数州。澄又遣高岳及慕容绍宗、刘丰生等，往攻颍川，颍川为西魏土地，西魏令王思政扼守，无隙可乘。刘丰生乃决洧灌城，城多崩陷。王思政身当矢石，与士卒同劳苦，悬釜炊食，各无二心。慕容绍宗，募得弓弩手数百，乘着大舰，凭城迭射，守卒多死，城几陷没，绍宗与丰生又亲至舰中，督兵登城，不料暴风大至，船被漂流。绍宗、丰生的坐船，向城撞去，城上守兵将，用长钩牵船，矢石雨下，二将皆被击毙。高岳忙收拾败军，退至十里外安营，不敢再进，但将败状报知高澄。

澄用散骑陈元康议，自往督攻，再命设堰，三成三决。顿时恼了澄意，把负土填堰的兵役，亦推入堰间，尸土相并，方得塞住。水势灌入城中，竟致暴涨，城坍坏数十丈，思政抢堵不遑，只好引众上土山，誓死固守。澄下令军中，谓能生致王大将军，应即封侯，若有损伤，立斩无赦。将士踊跃登山，思政虽竭力拦阻，究竟顾此失彼，无可奈何，因涕泣谕众道：“我力屈计穷，只有一死报国！汝等去留任便。”说着，仰天大恸，复西向再拜，拔剑在手，意欲自刎。何不即死？都督骆训道：“公尝面谕训等，谓汝赍我头出降，不但可得富贵，且可保全阖城百姓。今高相既有此令，公为百姓计，何勿从权相屈，且作后图！”思政尚未肯从，训等夺下手剑，不得引决。适东魏营中，来了通直散骑赵彦深，传达澄命，延请思政，乘势握思政手，一同下山，驰入营中。澄下座相迎，邀令旁坐，不复令拜。思政感澄厚待，乃即投诚。澄改颍川为郑州，顾语左右道：“我不喜得颍川，独喜得王思政。”西阁祭酒卢潜道：“思政不能死节，何足重轻！”应该奚落。澄笑答道：“我有卢潜，是更得一王思政了。”

自颍川没入东魏，西魏将赵贵等皆奉宇文泰军令，退兵还国。澄亦率军东归，乘便朝邺，东魏主善见，进澄为相国，封齐王，赞拜不名，入朝不趋，剑履上殿，仍都督中外诸军事。澄让封不许，乃归晋阳。看官阅过前文，当知高澄好色，胜过乃父。高欢一死，他便将柔然公主，恣意淫烝。嗣复令黄门侍郎崔季舒，物色娇娃，充入后房，朝欢暮乐，成为常事。

次弟太原公洋，娶妻甚美，高出长妯，澄暗加艳羡，且甚不平。洋貌为朴诚，口尝慎默，有时为妻李氏购办服玩，稍得佳件，澄即令逼取，李氏或悉不肯与，洋笑语道："此物并非难求，兄既需索，何必过吝呢！"澄闻李氏言，也不觉惶愧起来，未便径取，洋即持还，也不加谦。澄因目为痴物，常语亲属道："此人亦得富贵，相书究作何解？"从此不复忌洋。但见了弟妇，往往有调笑情事，洋亦假作不知，相安无语。

一日澄出外游猎，途次遇着一个绝色丽姝，即召她至前，问明履历，系是魏高阳王斌庶妹，名叫玉仪。斌系高阳王雍子，雍遇害河阴，家室化离，玉仪避居民间，不肯守贞，徒然借色衔人，流为歌妓。后来斌得袭封，屏诸不齿，玉仪辗转入孙腾家，颇得见宠，偏玉仪放浪形骸，已成习惯，免不得鬼鬼祟祟，暧昧不明。孙腾又把她放逐，遂致飘萍逐梗，随处栖身。此次得遇高澄，询明巅末，便载令归第，即夕同寝，荡妇得遇淫夫，仿佛似媚猪一般，曲尽绸缪，备极狎亵，引得高澄喜出望外。诘旦起来，出厅视事，见崔季舒在侧，便顾语道："尔向来为我求色，不如我自得一姝，只恨崔暹卖直，必来谏我；我亦当设法对待，免他多言！"及暹入白事，澄故作怒容，不假词色。暹当然解意，除陈明公事外，不加一词。澄即为玉仪奏请，乞为加封，魏主封玉仪为琅琊公主。玉仪倍加感激，竭力承欢，澄亦越加爱宠。唯尚恐崔暹进规。一日暹复入白事，袖中忽堕下一纸。为澄所见，令左右拾起，乃是一张名刺，便问暹怀此何用？暹悚然道："愿得达琅琊公主。"澄大喜道："卿亦愿见公主么？"遂起握暹臂，入见玉仪。暹执礼甚恭，玉仪却从容谈笑，毫不拘束。确是一荡妇状态。澄越加欣慰。及暹辞归，为季舒所闻，不禁叹息道："暹尝在大将军前，说我诌佞，应该处死，哪知他诌佞过我呢！"看官听说！季舒本与暹同宗，季舒为叔，暹为侄，叔侄宗旨，本来不同。此次暹惧失澄意，也变态逢迎，怪不得季舒揶揄呢。

澄得暹赞成，益无顾忌。玉仪有一同产姊静仪，面貌与玉仪相似，也是放诞风流，宜嗔宜笑，曾嫁黄门郎崔括为妻，因玉仪得澄殊宠，暇辄过访，留宿府中。澄得陇望蜀，意欲勾通静仪，做成一对并头莲，好在玉仪并不妒忌，反从旁撮合，使偿澄愿，澄亦为静仪乞封公主。好称做难姊难妹。还有黄门郎崔括，贪恋利禄，情愿戴着绿头巾，纵妻宣淫，绝不过问。澄见括知情识意，时加厚赐，连崔括的父母，也得了许多布帛，许多金银。崔家幸有此佳妇，好博这般缠头费。

澄既得了两仪，朝朝暮暮，缱绻情深，兴至时辄私语道："我若得为天子，当立卿二人为左右皇后。"两仪当然拜谢。澄因欲篡位，想出一法，假国本为名，诣邺谒主，面请册立皇太子，隐探主衷。东魏主善见还道澄是好意，遂立皇子长仁为太子。哪知澄是巧为尝试，实欲善见推位让国，令己受禅，偏偏弄假成真，册了皇储，大与本意相反；遂与散骑常侍陈元康，吏部尚书杨愔，黄门侍郎崔季舒，密谋篡立事宜。

适有膳奴兰京，入请进食，澄拍案叱退，元康等问为何因？澄答道："昨夜梦此奴斫我，我便思除彼，还要他来进食么？"过了片刻，兰京复捧盘趋进，就案陈食。澄大怒道："我不愿汝造食，汝为甚事复来胡闹！"京将盘放下，从盘底抽出快刀，向澄劈将过去，且厉声道："我来杀汝！"言未已，外面复跑入数人，俱手执刀械，来助兰京。澄见不可敌，离座返走，急不择路，足被绊伤，没奈何走匿床下。京率众追入，杨愔遁去，崔季舒窜避厕中，唯陈元康独力挡贼，与贼争刃，胸中被刺，肠出血流，晕倒地上。京众去床斫澄，乱刀齐下，就使生铁铸成，也被斫碎，还有什么不死？年只二十九岁。*柔然、琅琊两公主，闻之不知作何状？*

看官道兰京何故杀澄？京为梁徐州刺史兰钦子，被澄擒去，令充膳奴。钦作书贻澄，愿出重资赎还，澄不肯许。京又自请乞免，澄杖京百下，且呵叱道："汝若再赎，便当杀汝。"京遂私结同党，潜谋作乱。可巧澄入邺下，寓居城北东柏堂，地甚僻静，澄约琅琊公主等，往来欢会，所以喜静恶喧。此时与心腹密议，复屏去左右，所以兰京得乘隙下手。

澄弟太原公洋，在邺城东双堂，闻变出门，调兵立集，即趋至东柏堂讨贼，捉得一个不留，醢成肉酱。复从容出语道："恶奴为逆，大将军受伤，尚无大苦，可保生命。"说着，即指麾左右，舁澄尸入床舆，用衣盖着，托言尚生，令赴私第，并扶起陈元康，也用卧舆舁入第中。元康痛绝复苏，手书别母，并口占数语，令功曹参军祖珽代书，奏陈后事，入夜乃殁。洋俱密为棺殓，秘不发丧，召大将军督护唐邕，部分将士，镇遏四方。邕支配部署，须臾毕事，洋叹为奇材，深加器重，留太尉高岳，太保高隆之，开府司马子如，尚书杨愔守邺，自率甲士入朝，辞归晋阳。

魏主善见得澄死信，方语左右道："大将军今死，似有天意，威权当复归帝室了。"言未已，洋已入谒，随从甲士，约八千人，随登殿阶，约二百余人，皆攘袂握刃，如临大敌。洋面奏道："臣有家事，须诣晋阳一行。"东魏主尚未对答，洋已再拜而起，掉头竟去。善见不觉失色，以目送洋，且垂涕自语道："此人又似不相容，朕不知死在何日了！"*一蟹不如一蟹。*

洋返至晋阳。晋阳旧臣宿将，素来轻洋，洋大会文武，谈论风生，英采飚发，与从前判若两人，顿令四座皆惊，不敢藐视。洋且钩考政令，见有不便推行的条件，酌量改革，不少延误，众益知洋有隐德，至此始彰。

越年，为东魏武定八年，洋见内外悦服，方为乃兄发丧。东魏主善见亦至太极殿东堂举哀，赗帛八万匹，赠齐王玺绂辒辌车，黄屋左纛，羽葆鼓吹，并备九锡礼，谥曰文襄。进高洋为丞相，都督中外诸军，录尚书事，袭封齐王。洋用渤海人高德政为记室，言无不从，金紫光禄大夫徐之才，北平太守宋景业，皆善图谶，谓太岁在午，应该革命，遂托德政为先容，劝洋受禅。洋当然心动，但一时未便承认。当时有童谣云："一束藁，两头燃，河边羖劢飞上天。"之才等依谣解释，说是藁燃两头，便成"高"字；河边羖劢，就是水边羊，隐寓洋名；飞上天即龙飞预兆，因力劝洋乘机禅位。童谣如此，恐即由之才等唆使。

洋入告生母娄太妃，太妃道："汝父如龙，汝兄如虎，尚且终身北面，汝有何功德，乃敢觊觎天位呢！"说得洋哑口无言，出告之才。之才道："正为未及父兄，故宜早升天位；如或迟延，人且生心。况谶文有云：'羊饮盟津，角拄天。'盟津是水，羊饮水就是王名，角拄天就是即尊，证以童谣，与谶相合，请王勿疑！"又加一层附会。洋尚有疑意，铸像卜兆，一制即成，乃决计篡位，特使仪同三司段韶，往问肆州刺史斛律金，金独言未可，自至晋阳谏洋，且请谒见娄太妃。洋乃请母出厅，与诸贵再开会议，太妃面谕道："我儿懦直，必无此心，想由高德政辈，贪功乐祸，教儿为此呢。"金因劝洋谴黜德政，并说宋景业首陈符命，应置死刑。洋默然不答，金亦辞去。

洋因人心不一，复令高德政诣邺，察公卿意，自率将士东行，作为后盾。司马子如出迎辽阳，阻洋入都。长史杜弼，亦叩马谏诤，洋乃折回，居常闷闷不乐。徐之才、宋景业又多方怂恿，洋令景业筮易，得乾之鼎，亟向洋称贺道："乾为君象，鼎为五月卦，王正可仲夏受禅。"洋欣然大悦，再发晋阳，便心腹陈山提，驰驿赍书，密报杨愔。愔愿为效力，即召太常卿邢邵，撰列受禅仪注，秘书监魏收，草定九锡、禅让、劝进诸文，并引东魏宗室诸王，入居北宫东斋，不准外人出入。才阅二日，即迫东魏主下诏，进洋位相国，总百揆，备九锡礼。及洋入邺城，召役夫办集筑具，即日筑受禅台。太保高隆之见洋，谓用此何为？洋作色道："我自有事，何劳君问！难道不畏灭族么？"隆之惶恐申谢，便即趋出。司马子如等知洋意已决，不敢多言。毕竟是贪生畏死。于是作圜邱，备法物，建台设坛。安排停当，乃遣司空潘乐，侍中张亮，黄门郎赵彦深等，入宫启闻。

东魏主善见御昭阳殿，召见潘乐等人，张亮首先开口道："五行递运，有始有终，齐王圣德钦明，万方归仰，愿陛下远法尧舜，禅位齐王。"善见敛容道："此事推挹已久，谨当逊避。"侍中杨愔，当即趋入，袖出草诏，逼令署印。善见只好照署，且颤声道："朕居何处？"愔答道："北城别有馆宇，尽可徙居。"善见乃起身下座，步就东廊，口咏范蔚宗《后汉书·赞》云："献生不辰，身播国屯，终我四百，永作虞宾。"随即入宫与后妃诀别，阖宫皆哭。李嫔诵陈思王 即魏曹植。诗云："王其爱玉体，俱享黄发期！"直阁将军赵道德，用犊车一乘，载着善见，送出云龙门。王公百僚拜辞，高隆之洒泪告别。徒效儿女子态，何益故君？善见遂徙居北城，杨愔遣彭城王元韶等，奉玺与洋，洋即于次日即位南郊，柴燎告天，登台南面，受群臣朝贺。礼毕还宫，大赦改元，称为天保元年，国号齐。史家怕与萧齐相混，特叫作北齐。小子有诗叹道：

> 君不君兮臣不臣，衰朝无复顾彝伦。
> 莫言勋戚堪长恃，篡弑多闻出帝姻。

高洋篡位以后，所有开国情事，待至下回表明。

侯景初欲择配王、谢，梁武以为未合，令求诸朱、张以下，不谓发难入都，毙梁武，立太子纲，玩二君于股掌之上，致使十四龄之溧阳公主，以身供贼，迫受淫污，谁为为之，纵贼至此！嗣主纲且抱景至床，谓"我念丞相"。夫与其忍辱以偷生，曷若杀贼而拼死，况不死者之未必终生乎！东魏主善见，庸弱相似，高澄淫侈，图篡未成，身死奴手。东魏谓似有天意，吾亦云然。高洋以韬晦闻，乃大权在手，悍过乃兄，逼主出宫，骤然南面。天不相澄而独相洋，令人不解！阅此回，窃不禁有骚首问天之感矣。

第三十一回

陈霸先举兵讨逆
王僧辩却贼奏功

却说高洋篡位，改国号齐，追尊祖树为文穆皇帝，祖妣韩氏为文穆皇后，父欢为献武皇帝，庙号高祖，兄澄为文襄皇帝，庙号世宗。奉母娄太妃为皇太后，降东魏诸臣封爵有差。唯效力高氏诸臣，不在此例。封宗室高岳等十人为王，功臣库狄干等七人，亦授王爵。皇弟浚为永安王，淹为平阳王，浟为彭城王，演为常山王，涣为上党王，淯为襄城王，湛为长广王，湝为任城王，湜为高阳王，济为博陵王，凝为新平王，润为冯翊王，洽为汉阳王。澄与洋本同母兄弟，就是演、湛、淯、济，亦系娄太妃所出，余九人出自他姬，不必絮述。洋降封故主善见为中山王，故后高氏为中山王妃，兼称太原长公主，免令称臣，派官监束。有时亦邀中山王入宴，或令随从出入。太原公主尝与偕行，饮食起居，随时护视，故善见尚得苟延。

洋拟立正妃李氏为后，李氏为赵郡李希宗女，高隆之、高德正两人，谓李系汉妇，不宜尊为国母，独杨愔请依汉、魏故事，不改元妃。洋从愔言，竟立李氏为后。后子殷为太子，并尊文襄王妃为文襄皇后，居静德宫。文襄王子孝琬，得受封河间王，孝琬弟孝瑜，亦受封河南王。命太师库狄干为太宰，司徒彭乐为太尉，司空潘乐为司徒，仪同三司司马子如为司空，高隆之录尚书事，弟淹为尚书令，元绍为尚书左仆射，段韶为尚书右仆射。既而段韶去职，进杨愔为右仆射。初政清明，简静宽和，

224

任人以才，驭下以法，内外肃然，却是有些新朝气象。

西魏大丞相宇文泰闻高洋篡位，假义兴师，由恒农筑桥渡河，进军建州。高洋亲自督兵，出次东城，泰闻洋军容严盛，不禁叹息道："高欢乃有此儿，虽死犹不死了！"会天雨不止，畜产皆死，乃引军西还。嗣是洛阳、平阳诸守吏，皆降北齐，洋又南略梁境，夺去南青州及山阳郡，并淮阴、司州，两河、两淮，悉为齐有，好算是一个东方霸国了。北齐盛时，无过于此。

梁主纲受制侯景，事无大小，统须由景主张，又不敢通书藩镇，饬令勤王，只有日夕涕洟，听天由命。鄱阳王范寓居溢城，本来是有心匡复，应前回。嗣因寄身江州，无从展足，乃改变方针，欲将江州据为己有，特升晋熙县为晋州，令世子嗣为刺史，渐渐地拓权略地，所有郡县名称，多半更张。江州刺史寻阳王大心，政令所行，不出郡门，乃与范生嫌，使部将徐嗣徽率兵二千，筑垒稽亭，遏绝市籴。范众无从得食，多半饿死，范且忧且愤，疽发背上，竟致病殁。范尚有志操，可惜度量不足，徒致身死名裂。

世子嗣尚在晋州，为侯景将任约所袭，也致败亡。约进击江州，大心迎战亦败，举州降约。徐嗣徽奔往江陵，投归湘东王绎麾下，鄱阳将侯瑱，居守豫章，亦被景将于庆攻入，力屈请降。邵陵王纶自鄱阳避入郢州。是时有一乱世枭雄，崛起海南，独起兵讨贼，拥众北行。这人为谁？就是西江督护陈霸先。

先是广州刺史元景仲，得侯景书，密与联络，景仲遂欲起应。独霸先不从，集兵南海，击死景仲，别迎定州刺史萧勃镇广州。勃系梁武从侄，乃父便是吴平侯萧景。莅镇以后，适有前高州刺史兰裕，煽诱始兴等十郡，共攻衡州。监衡州事欧阳颀，向勃乞援，勃使霸先往救，一战即捷，擒斩兰裕，勃乃令霸先为始兴太守。霸先结交豪杰，得郡人侯安都、张偲等数千人，遂遣统将杜僧明、胡颖出屯岭上，檄讨侯景。勃反遣使劝阻，霸先慨语来使道："仆荷国恩，常图报效，前闻侯景渡江，即欲往援，适值元兰构衅，梗我中道，因果不行。今外变已靖，内讧未平，君辱臣死，怎敢受命！君侯体重宗支，任系方岳，理应泣血枕戈，偕仆就道，奈何反谕仆中止呢！"枭雄举事之初，统是名正言顺。遂遣还勃使，派人由间道至江陵，愿受湘东王绎节度，绎授霸先为交州刺史，封南野县伯。会南康土豪蔡路养，起兵据郡，萧勃令谭世远为曲江令，与路养相结，同遏霸先。萧勃想无心肝，否则何至出此？霸先遂进讨南康，至大庾岭，杜僧明引军来会，与蔡路养交战南野。杜僧明策马先驱，横槊刺敌，路养亦持刃相迎，战至数合，敌不住僧明勇力，拖刀败走。僧明跃马追赶，不防路养妻侄萧摩诃，从斜刺里驰马出来，拦住僧明。僧明见他年尚垂髫，视为无能，即用槊猛刺过去，偏摩诃狡猾得很，把身一闪，致僧明一槊落空。僧明将槊抽回，那摩诃的长槊已至胸前，慌忙策马一跃，槊头正中马眼。马负痛掀倒，僧明亦堕落地上。幸亏霸先驰救，杀退摩诃，扶起僧明。僧明愤激得很，仍欲再战，霸先即将自己乘马，让与僧明。僧明上马复进，霸先亦易马麾兵，奋勇杀入，路养大败，脱身遁去。萧摩诃投降，霸先得收复南康，修理崎头古城，引兵居守。

高州刺史李迁仕，曾与兰裕交好，至是欲为友复仇，拟袭南康，并召高凉刺史冯宝，入州计事。冯宝为北燕遗裔，曾祖业浮海奔宋，留居新会，世为罗州刺史，及宝始徙任高凉，娶妻冼氏，智勇兼优，威服部众。宝奉召欲往，冼氏谏阻道："刺史无故，不应召太守，想是迁仕欲反，胁君同行，愿君勿往，徐观后变！"宝乃托病不赴，果然迁仕出兵，使军将杜平虏往袭南康。霸先已经探悉，使部将周文育出拒，胜负未分。冼氏闻知消息，又语冯宝道："杜平虏与官军相争，不能骤还，迁仕在州，实无能为。君可致书迁仕，谓病尚未瘳，特遣妇参见，并输军资，彼必心喜，不加戒备。妾率千人步担杂物，声言输送，一入州城，便可破迁仕了。"宝依计行事，冼氏整装随发，行至高州城下，迁仕果然无备，开城纳入。哪知担中统是甲仗，由冼氏一声暗号，大众各穿甲持械，攻入州署，迁仕仓皇窜逸，逾垣脱身，得往宁都。杜平虏亦被文育杀败，走回城下，仰见城门紧闭，上面坐着一位女将军，俯首娇呼道："平虏休来！我已驱除叛贼了。"平虏料不肯纳，绕城遁去。及文育驰至，冼氏乃开城出迎，说明情由，文育大喜。冼氏欲往谒霸先，当由文育派兵为导，到了赣石，得与霸先相见。霸先厚加慰劳，且赐金帛。冼氏不受，辞归高凉，复语冯宝道："陈都督不是常人，将来不但平贼，且必乘时立业，不可限量，君宜厚加资助，图保终身！"宝乃拨送粮械，接济霸先，霸先当然申谢。*此段力写冼氏，以旌女豪。*一面再遣杜僧明等往攻迁仕，迁仕拒守数月，终被僧明杀入，擒还南康，结果性命。

霸先自南康出发，进兵江州。赣石旧有二十四滩，行旅视为畏途，至此水涨数丈，巨石皆没，一任航行。霸先行次西昌，有龙出现水滨，五采鲜曜，时人目为异征。湘东王绎即授霸先为江州刺史。霸先请发兵相会，绎却无暇顾应，尚欲有事郢州。看官道是何因？原来邵陵王纶至郢州后，由刺史南平王恪、梁武侄，即萧伟子。推纶为假黄钺都督承制。纶大修铠仗，拟讨侯景，偏湘东王绎不肯相容，竟使王僧辩、鲍泉率领舟师，潜往袭击。至鹦鹉洲，纶已察觉，特使人致书僧辩，略云："将军前年为人杀侄，今年复为人攻兄，借此求荣，恐为天下所不齿，请将军自思！"僧辩将原书报绎，绎仍令进军。纶闻僧辩复进，乃集众西园，挥涕与语道："我本无他，志在灭贼，湘东疑我争帝，发兵来攻，今日欲守，奈乏粮储，欲战且取笑千载，看来只好避往下流罢！"麾下壮士，争请出战，纶仍不从，即与世子瓒登舟北去。

郢州刺史南平王恪，迎僧辩入郢州城，僧辩送恪诣江陵，向绎报捷。绎遣世子方诸为郢州刺史，方诸年仅十五，因为绎宠妃王氏所生，格外钟爱，特令出镇江夏，即郢州治。用鲍泉为辅，控遏下游。邵陵王纶，北至武昌，稍收散卒，屯齐昌城，遣使向北齐乞降，齐封纶为梁王。绎固无兄，纶亦无父，背国降虏，同归于尽。纶乃移营马栅，将引齐军共攻南阳。侯景部将任约，方由江州西上，进寇西阳武昌，闻纶在马栅立营，使偏将叱罗通，带领数百精骑，潜往袭纶。纶猝不及防，溃走汝南。汝南为西魏属地，城主李素系纶故吏，开门迎纶，纶乃修城池，集士卒，将图安陆。西魏安州刺史马岫，报知宇文泰，泰遣将军杨忠攻汝南，适天寒雨雪，不便攻扑，纶与李素，乘城协守，魏兵多死。相持数旬，天气通温，杨忠督兵猛攻，李素中箭身亡，城遂被陷。纶拼命巷战，为忠所杀，投尸江岸。岳阳王詧，时已称臣西魏，受封梁王，在襄阳建台置吏，特遣人致书杨忠，愿收纶尸埋葬。忠即允诺，当由襄阳使人，取尸棺殓，面色尚如生时，因载回襄阳，择地营葬去了。梁武家儿又弱一个。

宁州刺史徐文盛，受湘东王绎命令，募兵得数万人，东下讨贼。行次贝矶，正值景将任约，据有西阳、武昌，拥着艨艟大舰，逆流前来。文盛纵兵迎战，击破约军，阵斩叱罗通等，约走西阳，侯景方自称汉王，进位相国，又加号宇宙大将军，都督六合诸军事。梁主纲毫不预闻，及见文牍上载此名号，方惊叹道："将军乃有宇宙的称呼么？"景令王克为太师，宋子仙为太保，元罗为太傅，郭元建为太尉，张化仁为司徒，任约为司空，王伟为尚书左仆射，索超世为尚书右仆射。所有军国大权，仍归侯景掌中。会因任约兵败，乃引军自出，驻扎晋熙。南康王会理，因侯景出戍，都城空虚，遂与左卫将军柳敬礼，即仲礼弟。西乡侯萧劝，东乡侯萧勔，皆萧景子。密谋起兵，诛灭景党。王伟是景第一心腹，会理等暗中规画，想把他先开头刀，不意建安侯萧贲，正德弟正立子。与始兴王萧憺孙子邕，竟将会理等密谋，通报王伟。伟先发制人，立率党羽，收捕会理，与会理弟通理、久理，还有萧劝、萧勔、柳敬礼等，一古脑儿拘入狱中，飞使报景，乞请处置。景并不多说，只回答一个杀字，可怜会理等人，骈首就刑。那丧尽天良的萧贲、萧子邕，得景赐姓，改萧为侯，且受景封爵为王。萧氏得此坏子孙，直把那远祖萧何丞相的面目都剥光了！比正德还要弗如。

武林侯萧谘，鄱阳王范弟。姿禀文弱，不为景忌，尝得出入宫廷，侍谈主侧。自会理等谋泄被害，遂为贼党注目。谘因事至广莫门外，突然遇盗，把他杀死，这明明是景党所遣，伪为盗装，了结谘命。真也是一个斩草除根的绝计。景尝与梁主纲登重云殿，礼佛设誓道："自今君臣，两无猜贰，臣不得负陛下，陛下亦不得负臣！"至此景疑梁主与会理通谋，所以杀谘。梁主纲亦自知不久，见舍人殷不害在侧，指殿与语道："庞涓当死此下！"不害亦叹息而出。

唯侯景闻内变已平，遂由晋熙趋宣城。宣城守将杨白华，拒守经年，已累得粮尽力疲。偏侯景亲自到来，眼见得不能支撑，景又致书招降，许令不死，白华只好出迎。宣城虽下，三吴又义兵迭起，新吴有余孝顷，会稽有张彪，俱严辞讨景，羽檄交驰。景不得已还至建康，遣将堵御，怎奈顾东失西，图近忽远，任约屯兵西阳，屡次失利，武昌被徐文盛夺去，告急书络绎不绝。景只得再自出师，倍道至西阳，与徐文盛夹江筑垒，准备厮杀。文盛闭营不动，侯景渡江来攻，他始麾舟逆击。令旗一飐，数百号小舟，如箭驶至，攒攻侯景。景慌忙迎敌，正杀得难解难分，那文盛一箭射来，本意是欲射侯景，偏右丞库狄式和，立在前面，做了侯景的替死鬼，堕水丧命。景不禁胆寒，引舟急退，逃还营中，只晦气了若干将士。自经此一战，景知文盛难敌，拔营复退，遣宋子仙、任约等掩袭郢州。

郢州刺史萧方诸但知嬉戏，未谙军旅，行郢州事鲍泉，又是个酒囊饭袋，专供方诸戏弄，有时伏床作马，背负方诸，有时卧地作牛，口引方诸，镇日里游戏作乐，毫不设备。某日大风急雨，天色晦冥，有守卒登城遥望，隐约见有许多贼骑，卷斾前来，忙下城报泉道："贼骑来了！"泉怡然道："徐文盛方杀败贼众，何因得至？汝休得谎报！"说着又有走报如前，泉尚未信。直至探报迭至，方令闭城，那贼骑已经趋入，守卒逃避一空。泉不闻声响，还与方诸戏狎。方诸踞坐泉腹，用五色彩线，替泉辫髯，忽有一将排闼径入，持刀欲斫，方诸眼快，忙跪伏地下，叩头求免。确是一个小儿态。泉望将过去，正是贼帅宋子仙，急向床下一缩，匍匐进去。**老头儿更不济事**。宋子仙早已瞧着，顺手去扯泉须，泉痛不可耐，只好爬出，须与彩线，已半被拔落。当由子仙召入部众，将两人捆送景营。景闻郢州得手，竟顺风张帆，越过文盛军营，直入江夏。文盛大惊，溃归江陵。

湘东王绎已命王僧辩为大都督，率诸军至巴陵。途次闻郢州失守，乃即在巴陵驻军，飞使报绎。绎复书道："贼既乘胜，必将西下，卿不劳远击，但散守住巴邱，以逸待劳，无虑不胜！"又语僚佐道："景若率水陆两路，直指江陵，最是上策；否则据夏首，积兵粮，尚不失为中策；倘徒力攻巴陵，乃真是下策了。巴陵城小势固，僧辩自能坚守，景攻城不拔，野无所掠，待暑疫迭起，食尽兵疲，还有什么不破呢！"想是湘东应做数年皇帝，所以福至心灵。乃命罗州刺史徐嗣徽，武州刺史杜崱，各引兵往助僧辩。

侯景使丁和守夏首，任约趋江陵，自督宋子仙等攻巴陵。景颇三策并用，但注重巴陵，已落下计。僧辩乘城固守，偃旗息鼓，静若无人，景遣轻骑至城下，问城中何人主守？僧辩令守卒回答道："守将为王领军。"城下复仰问道："何不速降？"僧辩复令守卒应声道："汝军但向荆州，此城不足为碍。"骑兵返报侯景，景颇以为疑。宜州刺史王琳，从僧辩屯巴陵。乃兄王珣，前曾驻守江夏，投降景军，景乃把珣两手反剪，推至城下，使招琳降。琳厉声道："兄受命拒贼，不能死难，尚敢来哄我么？"言已，弯弓欲射。珣赧颜趋退，景即督士卒百道攻城。但听城中梆声一响，旗鼓张皇，矢石如雨点般飞下，伤死景众无数，景只好却退。僧辩又迭出奇兵，与景角斗。景身被甲胄，在城下督战；僧辩却宽袍大袖，乘舆巡城，一些儿不露惊惶，反令守卒鼓吹奏乐。景不禁叹服，屡战无功。湘东王绎令武猛将军胡僧祐，出援僧辩，且面谕道："贼若水战，但用大舰迎击，必然大胜；若止步战，可鼓棹自往巴邱，不烦与他交锋了。"僧祐奉令至湘浦，与景将任约相遇，佯为畏约，避就他路。约驱众急追，直抵羊口，遥呼僧祐道："吴儿何不早降？走将何往？"僧祐不应，潜引兵至赤沙亭，适信州刺史陆法和，引兵来会，法和有异术，能预料吉凶，当侯景围台城时，尝语人道："景亦胜亦不胜。"至此闻任约进逼江陵，自请会击。湘东王绎乃令他接应僧祐。法和与僧祐定计，伏兵待约。约自恃屡胜，驰入穽中，那时伏兵骤起，左有僧珣，右有法和，两军围裹拢来，随你任约勇力过人，到此也似虎落陷坑，无从逞威，被法和军活擒了去；余众多死。景在巴陵城下，众多病疫，又兼粮食告罄，正思退军，蓦闻任约被擒，且惊且惧，便即焚营夜遁，用丁和为郢州刺史，留宋子仙守郢城，别将支化仁守鲁山。法和送约至江陵，自请还镇，并语绎道："侯景将平，不必多虑，唯蜀贼将至，不可不防！"绎乃遣屯峡口，任约亦愿归诚，绎因许赦免。更命王僧辩、胡僧祐等引兵东下。僧辩先攻鲁山，擒住支化仁，进薄郢州，攻克外郭，斩首千级。宋子仙退据金城，僧辩四面筑垒，环攻不休。子仙惶急得很，情愿献还郢城，乞放开一网，俾得生还。贼党也有此时。僧辩假意允许，撤去一面围兵，给船百艘，令他载归。一面命别将杜龛，领着精兵千人，攀堞齐上，鼓噪奄进。子仙开城驾舟，与丁和飞桨遁逃。驰至白杨浦，天色将晚。子仙拟拢舟近岸，不防芦苇中闪出一军，为首一员大将，装束与天魔相似，大声喝道："逆贼休走！周铁虎等候多时了！"小子有诗为证，诗云：

> 悍贼横行已数年，到头毕竟有谁怜？
> 一声惊响心先碎，乱党从来少瓦全。

究竟宋子仙等能否逃生，且至下回再叙。

陈霸先起兵讨贼，为陈氏开基之始。彼本安居岭南，独能仗义执言，纠众兴师，当其出南海，越大庾，转战无前，所向披靡，元景仲、兰裕、蔡路养、李迁仕等，非死即遁，未闻有敢与久持者，何其锐也！冯夫人冼氏，谓非常人，诚哉其然。唯冼氏为一妇人，乃能鉴别枭雄，已非凡品，且为冯宝设谋，智赚迁仕，有此巾帼，不亚须眉，宜本回之力为旌扬，不肯苟略。王僧辩之从容拒景，智勇不在霸先下，瑜、亮并生，同辅一主，设非后日之互启猜嫌，各思擅柄，宁非亦萧氏之周召耶！故本回提出二人，作为纲领，所以表贼景之平，实由二人为首倡云。

第三十二回

弑梁主大憝行凶
甯侯贼庶支承统

却说宋子仙等行至白杨浦，兜头遇着一将，率兵拦住，叫作周铁虎。铁虎本在河东王誉麾下，誉败死后，铁虎为僧辩所擒。僧辩因他骁勇绝伦，屡摧将士，特下令就烹，铁虎大呼道："侯景未灭，奈何烹壮士！"僧辩暗暗称奇，乃许释缚，收为部将。至是特令他往截子仙，子仙已经胆怯，不得已与他交锋，战了数合，被铁虎卖个破绽，把他擒住。丁和本是无能，见子仙受擒，吓作一团，当由铁虎麾动左右，牵令下马，一同捆缚。余众或死或降。铁虎回营献俘，僧辩即解二俘往江陵。湘东王绎，亲加审讯，问明方诸、鲍泉下落，才知方诸由侯王带去，鲍泉已被丁和捶死，投尸黄鹤矶，于是绎怒不可遏，即将二俘斩首，并命王僧辩进兵江州，与陈霸先会师。

时侯景返至建康，猛将多死，自恐不能久存，因欲篡梁称帝，暂娱目前。王伟希旨进言道："从古移鼎，必须废立，既示我威，且绝彼民望，幸勿再延！"景乃使前寿光殿学士谢昊，代草诏书，略言"弟侄争立，星辰失次，皆由朕非正绪，召乱致灾，宜禅位豫章王栋"云云。既要篡位，何必再立豫章？

诏既草就，遂遣党徒吕季略赍入，逼梁主纲署印。一面即着卫尉卿彭隽等，带兵入宫，拥梁主至永福省，派兵监守，杀太子大器，寻阳王大心，西阳王大钧，建平王大球，义安王大昕皆梁主纲子。及宗室王侯二十余人。大器风度端凝，未尝屈事贼党，或劝他稍贬气节，大器道："贼不杀我，抗礼无伤；若要见杀，百拜何益！"景西出时，曾挟大器俱行，为质军中。及自巴陵败归，步伍错乱，大器坐船在后，左右劝他乘隙北往，免受贼制。大器道："国家丧亡，本不图生，今若逃匿，不是避贼，乃是叛父了！"*此语未免愚孝*。景因他器宇深沉，防为后患，故先行下手。临死时颜色不变，且从容道："久已待死，已恨过迟。"贼党取衣带上前，大器道："此物何能即死？不如用系帐绳罢。"贼党乃将绳取下，套大器颈，一绞即已断气。后来湘东正位，追谥为哀太子，这且不必细表。

且说侯景既废去梁主纲，降封为晋安王，遣人迎立豫章王栋。栋系昭明太子长孙，父即豫章王欢。欢已去世，栋闲居第中，廪饩甚薄，方与妃张氏灌园锄葵，忽见法驾来迎，大惊失措，没奈何涕泣升舆。将入宫中，忽有回风，从地涌起，吹去华盖，飞出端门，都人已目为不祥。侯景等拥栋至武德殿，被服衮冕，即位受朝，改大宝二年为天正元年。太尉郭元建自秦郡驰还，向景进言道："主上系先帝太子，奈何见废？"景答道："王伟劝我早绝民望，所以举行。"元建道："我挟天子令诸侯，尚惧不济；况无端废立，更失人心，祸且不远了！"景犹豫未决。更有溧阳公主，顾念父恩，亦劝景迎父复位。景素爱公主，又因元建谏诤，即欲迎还故君，令新主栋为太孙。王伟闻信，亟入见景道："废立大事，难道可朝令暮改么？"景乃罢议。伟又劝景尽杀梁主纲子，景因遣使四出，一至吴郡杀南海王大临，一至姑孰杀南郡王大连，一至会稽杀安陆王大春，一至京口杀高唐王大壮。又将太子妃赐郭元建，元建道："岂有皇太子妃，为人做妾么？"*还算有些天良*。景亦不便强迫，乃搁过不提。

唯王伟凶恶得很，复劝景弑故主纲。景因遣彭隽、王修纂与伟同至永福省，尚说是奉觞上寿。纲笑道："寿酒么？想是要祝我归天了！"遂嘱陈肴馔，兼使鼓乐，饮得酩酊大醉，入卧床中。伟使隽携入土囊，压纲身上，再令修纂就土囊上坐，一个醉天子，当然是气绝身僵，时年四十九岁，在位只有二年。纲字世缵，被幽时题壁自序云：有梁正士兰陵萧世缵，立身行道，始终如一，风雨如晦，鸡鸣不已，弗欺暗室，何况三光！数至于此，命也如何！又作连珠二首，词极凄怆。平素著述颇多，不可殚纪。王伟见故主已殁，便撤户扉为棺，迁殡城北酒库中，然后欣然复命。*想与梁主有宿世冤仇，故狠毒至此*。景为故主纲拟谥，称为明皇帝，庙号高宗。越年由王僧辩等入都，奉葬庄陵，追崇为简文皇帝，庙号太宗。

新主栋即位后，尊先祖昭明太子统为昭明皇帝，先考豫章王欢为安皇帝，进东道行台刘神茂为司空，余官如故。神茂闻侯景败归，阴谋反正，至司空命下，即誓众绝景，谓系受国厚恩，理应为国讨贼等语。乃据住东阳，遥应江陵。江陵大将王僧辩，复自郢州东下，收降豫章守将侯瑱，直入湓城，与陈霸先会师屯邸，得霸先接济粮米三十万石，军势大震。再引兵拔晋熙，下寻阳，所向无前，贼众尽靡。

侯景急欲称帝，自加九锡，置丞相以下百官。嗣建天子旌旗，出警入跸。未几逼栋禅位，僭号汉帝，升坛受贺。坛前忽有兔跃起，一跃即杳，天空有白虹贯日，众皆惊讶。景还登太极前殿，改天正元年为太始元年，封萧栋为淮阴王，幽锢监省。栋弟桥橰，亦并禁密室。王伟请立七庙，景问道："什么叫作七庙？"伟答道："天子祭七世祖考，所以应立七庙。"景默然不答，伟又问七世名讳，景乃说道："前代祖名，我不复记，但记我父名标，死在朔州，去此甚远，就是阴灵未泯，怎得到此来噉血食呢？"左右不禁暗笑。*我说他一生狡猾，唯此数语，尚本天真。*有一侯景旧将，记得景祖名乙羽周，余皆无考。王伟捏造名号，推汉司徒侯霸为始祖，晋征士侯瑾为七世祖，祖周为大丞相，父标为元皇帝。遣赵伯超为东道行台，往戍钱塘。令中军都督李庆绪，右厢都督谢答仁，左厢都督李遵等，出击刘神茂。神茂连战皆败，部将王晔郦通出降谢答仁，神茂亦穷蹙乞降。答仁送神茂至建康，景命特制大锉碓，自足至头，寸寸锉碎。还有神茂部将元颙、李占等，临阵被擒，亦截去手足，绑示大众，辗转呼号，经日乃毙。都人恨景残忍，愈觉离心。景又深居禁中，荒耽酒色，非故旧不得进见，部将亦多怨望。

那王僧辩、陈霸先两军，受湘东王号令，于次年二月初旬，会讨侯景，舳舻数百里。两统帅至白茅湾，筑坛歃血，共读誓文。大旨在协力讨贼，永无二心，大众闻言，统皆踊跃听命。僧辩即使侯瑱率师，袭击南陵、鹊头二戍，再战皆克，遂顺流东进。侯景已遣侯子鉴带着水兵，出屯淝水，郭元建带着陆兵，进趋小岘。子鉴正攻入合肥外城，闻西师将至，退保姑孰。景又遣将史安和、宋长贵等，往助子鉴，且自赴姑孰巡视垒栅，面谕子鉴道："西人善长水战，勿可轻与争锋，若得马步一交，定可得胜。汝但坚守待变便了。"言讫还都。子鉴依命办理，舍舟登陆，闭营不出。王僧辩等到了芜湖，探得侯子鉴立营岸上，却也不敢轻进，逗留至十余日。当有人通报侯景，谓西军将遁，急击勿失。景方下一伪诏，赦湘东王绎、王僧辩等罪状，部众笑为无益。乃令子鉴整备水战，子鉴复由陆登舟。僧辩得报，即率舟师趋姑孰。子鉴发步骑万余人，上岸挑战，另用鹪舠千艘，分载战士，为追逐计。鹪舠音鸟了（现读音为 zhōu dāo），系是长船，两旁着楫，往来如飞。僧辩不与步战，且麾小船退后，但留大舰夹泊两岸。子鉴部下，疑他怯战，便各驶船前追，僧辩待他过去，然后鼓动大舰，断他归路，复扬旗指挥小船，四面截击，鼓噪大呼，杀得贼船东沉西没，无路可奔。子鉴弃甲改装，夺路逃脱。败报为侯景所闻，景不禁大惧，涕下满面，引衾蜷卧，良久方起，叹道："我误杀乃公！"当下使石头戍将张宾，用海艟缒沉淮中，堵塞淮口，再沿淮筑城，自石头城至朱雀桁，楼堞相接，亘十余里，拒遏西师。也是呆人呆想。

王僧辩督领诸将，乘潮入淮，见前面守备严整，也觉踌躇，因向陈霸先问计。霸先道："前柳仲礼拥兵数十万，隔水久驻，贼登高俯瞩，一望无余，故能覆我师徒。今欲围攻石头，须速渡北岸，诸将若不能当锋，霸先愿先去立栅，请公无虑！"僧辩大喜。霸先遂往石头西面落星山，择地筑栅。僧辩亦进军招提寺北。侯景亲出抵御，有众万余人，铁骑八百余匹，列阵西州西隅。霸先道："我众贼寡，应分贼兵势，休使他聚精蓄锐，向我致死。"乃命诸将分道置兵，张皇声势。

景意欲速战，纵骑进攻，冲入西军偏将王僧志营，僧志少却。霸先遣将军徐度，率弓弩手三千，绕出景后，更番迭射，景后队多伤，只好引退。霸先与王琳、杜龛等，麾动铁骑，突入景阵，僧辩又率大军继进，仿佛泰山压卵一般，教侯景如何抵挡？没奈何退入栅中。石头城守将卢晖，见西军势胜，景已败还，料知景必危亡，便开门出降。僧辩入据石头城，霸先尚在城外，与景相持。景尚督众死战，自率百余骑，弃槊执刀，硬行冲突，再进再却，众遂大溃。诸军逐北至西明门，景返至阙下，召王伟叱责道："尔迫我为帝，今日何如？"伟不能答。景即欲出走，伟执辔谏阻道："从古岂有叛天子！现在宫中卫士，尚足一战，去此意欲何往？"景喟然道："我从前败贺拔胜，破葛荣，扬名河北，渡江入台城，降柳仲礼如反掌，今日是天亡我了！"恶贯满盈，应该至此。乃用皮囊盛二婴儿，系在江东所生，俱属襁褓，分挂鞍后，与亲党百余骑，东走入吴。侯子鉴、王伟等奔朱方。

僧辩命杜龛、杜崱等入据台城，军士剽掠居民，不加禁止，可怜男女裸体，号泣盈途。僧辩不得善终，已兆于此。是夕军役失火，焚去太极殿及东西堂，所有宝器羽仪辇辂，一古脑儿付与祝融。僧辩命侯瑱等率精甲五千，驰追侯景，自率诸将诣阙，王克、元罗等偕台内旧臣，恭迎道旁，僧辩笑语王克道："君等服事虏主，想亦甚劳！"克等惭不能对。僧辩又问玺绶何在？克嗫嚅道："已被持去。"僧辩叹道："我王氏百世卿族，一朝坠地无遗了！"当下迎故主纲梓宫入殿，率百官哭踊如仪，然后报捷江陵，奉表劝进，且迎都建康。湘东王绎，复称缓议。不可无此做作。

从前绎遣僧辩东行，僧辩道："平贼以后，嗣君万福，究应如何行礼？"绎直答道："六门以内，自极兵威。"太觉忍心。僧辩又道："讨贼事由臣负责，若命臣为成济，见前注。臣不敢为！请另用他人！"绎乃密嘱宣猛将军朱买臣，使他便宜处置。此朱买臣非汉会稽太守之朱买臣。及西师入都，萧栋及二弟桥、嵺，得从密室出走，途次遇着杜崱，替他释去锁械，桥、嵺相语道："今日始得免横死了。"栋蹙眉道："倚伏难知，我尚耽忧。"言未已，朱买臣已经趋至，呼萧栋兄弟下船，出酒劝饮，灌得三人醉如烂泥，令左右把他扛出，但听得扑通扑通好几声，俱到水晶宫挂号去了。买臣虽奉主命，手段亦觉太辣。

僧辩使陈霸先赴广陵，招降郭元建、侯子鉴等，子监恐不相容，与元建投奔北齐。独王伟与子鉴相失，俘归建康。僧辩问道："卿为贼相，不能死主，还想求活草间么？"伟答道："兴废乃是天命；若汉帝早从伟言，明公岂有今日！"僧辩冷笑数声，送往江陵，归湘东王取决。

唯侯景南走钱塘，赵伯超闭门不纳，再北趋松江，被侯瑱追及，景尚有船二百艘，众数千人，瑱麾众进击，擒住彭隽、田迁、房世贵等。景与腹心数十人，单舸飞奔，推堕二子入水，拟东航入海。瑱遣副将焦僧度追景，景手下有库直都督羊鹍，为景妻兄，曾随景东走，见景穷蹙无归，不觉心变，乘景昼寝，却令舟子转舵，驶向京口。景睡醒起望，前面已是胡豆洲，距京口不过数十里，顿时大骇，召鹍入问，鹍拔刀指景道："我等为王效力，已有数年，今王已无成，乞借头颅，博取富贵！"景未及答，刀锋已近身旁，慌忙避入船中，用佩刀抉船底，意欲凿船逃生，鹍取过一槊，用力猛刺，直穿景背。景猛叫一声，立即倒毙。景将索超世在别船，鹍诈传景命，召至船中，把他拘住，连人带尸，献与南徐州制史徐嗣徽。嗣徽诛死超世，用盐纳景腹中，送往建康。僧辩枭景首级，传入江陵，尸身陈列市曹，士民争往脔食，并骨俱尽。溧阳公主，尚在都中，因父兄遇害，恨景亦深，也欲烹食景肉。众将景阳物割下，畀与公主，公主亦囫囵吞入，嚼尽无余。上下倒置，太要朵颐。赵伯超、谢答仁等，皆乞降琪军，琪一并送至建康。僧辩只斩一房世贵，余皆解往江陵。

湘东王绎得侯景首，悬市三日，用漆烫过，藏诸武库。遣南平王萧恪为扬州刺史，进王僧辩为司徒，镇卫将军，封长宁公，陈霸先为征虏将军，开府仪同三司，封长城县侯。一面审讯俘囚，十杀七八，只赦任约、谢答仁。王伟在狱中，曾上五百言诗，绎爱他文才，欲加赦宥，或谓伟前日曾作檄文，词意甚佳。此人必与伟有仇。绎即命检视，檄文中有联语云："项羽重瞳，尚有乌江之败；湘东一目，宁为赤县所归！"绎不禁大怒，命牵伟出狱，拔舌钉柱，剐腹脔肉，然后致死。侯景叛逆，皆伟主议，虽置伟极刑，不足蔽辜，但湘东为私意杀伟，转难服众。

伟既伏诛，乃下令大赦。南平王恪等统上书劝进，绎尚未遽许，但已遣人求玺。这玺绶曾由侯景带去，景嘱侍中兼平原太守赵思贤掌管，且预语道："若我死，宜沉玺入江，勿使吴儿再得此物！"玺有何用？岂吴儿不得此玺，便不能为帝吗？思贤唯唯受命。及景为羊鹍所杀，思贤持玺潜逃，从京口渡江，中途遇盗，投弃草间。奔至广陵详告郭元建，元建使人寻取，果然得玺，献与北齐行台辛术。术转献齐廷，传国玺遂为高氏所有了。

齐主高洋使散骑常侍曹文皎，南下聘问。湘东王绎亦遣散骑常侍柳晖报聘。两下方玉帛修仪，不意高洋纳郭元建言，竟令司空潘乐出兵，偕元建围梁秦郡。行台辛术，谓信使往来不绝，不宜无端动兵，高洋不从。陈霸先方出镇京口，先遣徐度、杜瑱等陆续赴援，寻且自往秦郡，击退齐兵，斩首万余级，然后班师。王僧辩再会公卿百官，奉表江陵，请绎嗣位，绎乃准如所请，即位江陵，颁行诏书。略云：

夫树之以君，司牧黔首，帝尧之心，岂贵黄屋？诚弗获已而临莅之。朕皇考高祖武皇帝，明并日月，功格区宇，应天从民，唯睿作圣。太宗简文皇帝，地侔启诵。方符文景，羁寇凭陵，时难孔棘。朕大拯横流，克复宗社。群公卿士，百辟庶僚，咸以皇灵眷命，归运所及，天命不可以久淹，宸极不可以久旷，粤若前载，宪章令范，畏天之威，算隆宝历，用集神器于予一人。昔虞、夏、商、周，年无嘉号，汉、魏、晋、宋，因循以久，朕虽云拨乱，且非创业，思得上系宗祧，下惠亿兆，可改太清六年为承圣元年。绎尚奉太清年号。逋租宿负，并许弘贷；孝子义孙，可悉赐爵；长徒锁士，特加原宥；禁锢夺劳，一皆旷荡。与民更始，令众周知！

即位这一日，不升正殿，但在偏殿中召集百僚，草草行礼，算是权宜办法。越数日，追尊生母阮修容为文宣太后，立王子方矩为皇太子，改名元良。方智为晋安王，方略为始安王。当时江陵以东，但以长江为限，江北地俱入北齐，江陵以西，仅至峡口。西蜀一带，有益州刺史武陵王纪据守，不服湘东命令；岭南也由萧勃自主，阳奉阴违。绎虽称帝，权力有限，不过千里以内，尊为梁主罢了。小子有诗叹道：

> 国难君危两不知，痴心但望嗣皇基；
> 江陵侥幸登君位，蜗角偷安得几时！

梁主绎即位时，湘州长史陆纳，已经起叛。欲问他出自何因，容至下回分解。

侯景之乱，成之者为王伟，败之者亦王伟。伟之恶实浮于景，不过景为渠魁，罪归于主，故后世多嫉景而略伟耳。试阅本回之弑纲废栋，及屠戮大临、大连等人，何一非伟导成之？自篡弑之恶，大暴于天下，而景之始鸣得意者，终变而为大失意，众矢集的，不亡何待！脔割之遭，虽为恶贯满盈所致，顾景非王伟，恶不至此，误杀乃公之悔，顾何及哉！湘东王绎尚欲曲宥伟罪，及见湘东一目之文，始有拔舌剁腹之罚。满腔私意，无自服人，此所以即位未几，而仍致败亡也欤！

第三十三回

杀季弟特遣猛将军
鸩故主兼及亲生女

　　却说湘州刺史王琳，曾偕僧辩入都平景，功居第一。他本家居会稽，以行伍起家，姊妹皆入湘东王宫，琳因侍王左右，得邀荣宠，平时常倾身下士，所得赏赐，不入私囊，尽给兵吏，麾下约有万人，多系江淮群盗，乐为彼用，自平乱有功，恃宠纵虐。僧辩不能禁，密表请诛，绎但调琳为湘州刺史。琳恐及祸，使长史陆纳率部众赴州，自诣江陵陈谢。临行时，与约相语道：“我若不返，汝将何往？”纳等齐声请死，乃洒泪而行，既至江陵，一入殿中，即被卫军拿住，下吏论罪，另授皇子始安王方略，代镇湘州，用廷尉黄罗汉为长史，使与太舟卿<small>太舟官名</small>张载，同至巴陵，抚驭琳军。陆纳及士卒并哭，不肯受命，载素性悍戾，又得主眷，遂厉声喝阻。<small>不管死活。</small>才及半语，已由纳麾动士卒，一拥而上，把载绑缚起来，并将罗汉拘住。唯方略为王琳甥，纵使归报。梁主绎续遣宦官陈旻，往谕纳众。纳反将张载牵出，刳腹抽肠，系诸马足，策马使行，肠尽气绝，及剖心焚骨，率众欢舞。唯黄罗汉向来清谨，得免惨祸。<small>究竟悍吏不及清官。</small>纳遂引兵据住湘州。梁主绎复令宜丰侯萧循<small>萧谘弟。</small>为湘州刺史，一面征王僧辩督师会讨，循至巴陵，驻节以待，忽得纳请降书，求送妻子，循微笑道：“这明是诈降计，今夜必来袭我了！”因将麾下千人，分头埋伏，自己兀坐胡床，开垒待着。延至夜半，纳果用轻舸载兵，飞驰而至，遥见垒门大启，上面坐着一人，端居不动。纳未免惊诧，便令兵士鼓噪直前。将逼垒门，那上坐的仍然如故。当时疑为草人，正思用槊入刺，不防两旁突起伏兵，大刀阔斧，奋勇杀来，纳知是中计，忙勒兵倒退，已被杀伤多人，慌忙下舟南遁。最后一舰，不及开驶，眼见为循军夺去。纳垂头丧气，走保长沙，王僧辩亦至，与循相会，共逼长沙城下。纳复率众迎战，僧辩亲执旗鼓，循亦躬冒矢石，东西并进，大破纳众，纳入城拒守，由僧辩等进兵环攻，连旬不下。梁主绎特遣送王琳至长沙，令谕纳众，纳众在城上罗拜，且泣语道："朝廷若肯赦王郎，乞许彼入城，纳等情愿待罪。"僧辩尚未肯许，仍将王琳送回江陵。

适武陵王纪自西蜀发兵，来窥江陵，信州刺史陆法和，屯兵峡口，与纪相持，并遣人至江陵乞援，梁主绎欲调长沙兵往助，不得已赦琳前罪，仍遣为湘州刺史。琳复至长沙，纳众迎降，湘州告平，乃更调琳拒蜀。看官欲知武陵王纪，何故与江陵为难？说来又是一种情由。纪系梁武第八子，少得父宠，大同三年，受命为益州刺史。纪因道远固辞，梁武密嘱道："天下方乱，唯益州可免，故特处汝，汝宜勉行为是。"纪乃涕泣赴镇。及侯景入都，曾得朝廷密敕，加位侍中，假黄钺都督征讨诸军事，促令入卫。纪尝令世子圆照，领兵三万，受湘东王绎节度，会兵讨景。绎命圆照屯白帝城，未许东下，至梁武饿死，纪将督兵自行，又为绎所劝阻。纪次子圆正，方任西阳太守，绎署为平南将军，诱令入谢，把他囚住，荆、益衅端，从此始开。纪颇有武略，居蜀十七年，南开宁州、越巂，西通资陵、吐谷浑，内劝农桑，外通商贾，财用丰饶，器甲殷积，因与江陵生隙，遂从长史刘孝胜言，僭号蜀中，改元天正，与萧栋同一年号。时已有人顾名思义，谓天为二人，正为一止，已各寓一年即止的预兆。这也未免牵强。司马王僧略，参军徐怦，谓不应称帝，并皆切谏，纪不但不从，且把他并置死刑。梁主绎承圣二年，纪遂率军东下，留益州刺史萧捴守成都，行次西陵，军容甚盛，唯峡口设有二城，为陆法和所增筑，取名七胜城，锁江断峡，使纪军不得飞越。但乞江陵速发援师，梁主绎很怀忧惧，特贻书西魏，书中引着左氏传文，有"子纠亲也，请君讨之"二语。西魏大丞相宇文泰道："取蜀制梁，在此一举。"诸将俱以为未可，唯大将军尉迟迥，为宇文泰甥，力言可克，且禀泰道："蜀与中国隔绝，百有余年，自恃险远，不虞我至，若用铁骑倍道进兵，径袭成都，蜀自不战可破了。"泰乃托词援梁，即遣尉迟迥出散关，引军入蜀。进至涪水，潼州刺史杨乾运，举州请降，迥分兵守潼州，径袭成都。纪方锐意东下，接得成都急报，乃遣梁州刺史谯淹还援，偏又为尉迟迥所破。败报复至西陵，纪欲返救根本，独世子圆照，及益州长史刘孝胜，力言不可，纪乃舍西图东。诸将各有异言，纪竟下令道："敢谏者死！"自投死路，还要吓人。遂命将军侯睿，率众七千，遍筑营垒，与陆法和相拒。梁主绎释出任约，令为晋安王司马，使领禁兵，往助陆法和。继又用谢答仁为步兵校尉，遣令再往，且致书与纪，劝他还蜀，专制一方。纪不肯从，答书如家人礼，并未称臣，绎复致书道：

> 吾年为一日之长，属有平乱之功，膺此乐推，事归当璧，倘遣使乎？良所希也。如曰不然，于此投笔，兄肥弟瘦，无复相见之期，让枣推梨，永罢欢愉之日。心乎爱矣！书不尽言。

纪得书不答，满望旗开得胜，直指江陵，怎奈屡战无功，师老财匮。又闻西魏军围攻成都，孤危愤懑，不知所为，乃遣度支尚书乐奉业，诣江陵求和。奉业反入白梁主道："蜀军乏粮，士卒多死，危亡可立待呢。"梁主绎因拒绝和议；纪亦无法。将士多半思归，各有二心，更因纪吝啬不情，平时尝熔金成饼，饼百为篚，篚以百计，银比金约五六倍，锦罽缯彩，不可胜数，每战但悬示将士，并未分赏。宁州刺史陈智祖，请犒军励士，纪不肯从，智祖竟至哭死。或欲向纪申请，纪又辞疾不见，因此众心益离。守财奴怎思济事！巴东民符升等，斩峡口城主公孙晃，出降王琳，谢答仁、任约，合攻侯睿，连破三垒，于是两岸十四城俱降。梁游击将军樊猛，出兵截纪归路，纪不获退兵，只好顺流再进。猛趁势追击，纪众大溃，赴水溺死，约八千余人。再由猛联舟为阵，把纪众困在垓心，一面飞章奏捷。梁主绎密敕复报道："与纪生还，不得言功！"杀害骨肉，已成惯技。猛乃督兵环攻纪船，纪在舟中绕床而走，不知所为。蓦见猛一跃过舟，挺槊来刺，自知命在须臾，急取金囊掷猛，且顾语道："此物赠卿，愿送我一见七官。"注见前。猛叱道："天子如何得见？我杀足下，金将何往？"说着，手起槊落，把纪戳倒，又加一槊，立即毙命。金钱本可买命，至此时也属无济了。

纪有幼子圆满，亦遭杀死。陆法和收捕圆照兄弟三人，送入江陵，梁主绎削纪属籍，改姓饕餮氏。刘孝胜亦被擒至，拘系狱中，嗣得释出。纪次子圆正在狱，由绎使人传语道："西军已败，汝父已不知存亡了。"<u>这二语是逼他自裁。</u>圆正但号呼世子，哭不绝声。绎乃使与圆照相见，圆正顾圆照道："兄奈何自残骨肉？徒使痛酷至此！"圆照唯自悔前误，付诸长叹罢了。既而两人并囚狱中，连日不得一餐，甚至啮臂啖血，历旬有二日乃死。远近统代为悲悼，咎绎不仁，那西蜀已被西魏军取去。成都守将萧㧑举州外附，尉迟迥使民复业，唯收奴婢及储积，犒赏将士，不私一钱。西魏命迥为益州刺史，自剑阁以南，均归迥承制黜陟，迥申明赏罚，互用恩威，抚辑州民，招徕异族，华夷相率翕服，安帖无哗，从此西蜀版图，归入西魏，后事容待缓表。

且说梁主绎既除季弟，便欲还都建康，将军宗懔、黄罗汉，皆系楚人，不愿东迁。领军将军胡僧祐，御史中丞刘毅，亦与宗、黄同意，极力谏阻，绎乃召朝臣会议，多至五百人，仍然聚讼未决。绎复下令道："劝吾迁都可左袒；否则右袒。"一时左袒的人，竟至过半。武昌太守朱买臣进言道："建康旧都，山陵所在，荆镇边疆，非帝王所居地，愿陛下勿疑，免致后悔！臣家在荆州，岂不愿陛下居此？但恐是臣富贵，并非陛下富贵呢。"<u>买臣此语，不为无见。</u>梁主再使术士杜景豪卜易，未得迁都吉兆，因答言未吉。及趋退后，私语亲友道："此兆恐为鬼贼所留呢。"嗣是梁主因建康凋残，江陵全盛，卒从僧祐等言，但令王僧辩还镇建康，陈霸先还镇京口。会齐遣郭元建治军合肥，将袭建康，梁命南豫州刺史侯瑱，迎战东关，击退齐师。

时齐主高洋，已鸩死故主善见，并善见二子，谥为魏孝静皇帝，葬诸邺城西隅。故后高氏，已降为中山王妃，与善见情好颇笃，善见被幽，高氏随时护视。洋欲行弑，特召高氏入宴，至宴毕退还，善见已死。妃当然哀号，葬毕入宫，为洋所迫，令她转嫁杨愔，愔毫不推辞，竟礼迎而去。<u>乐得受赐。</u>洋复发中山王墓，把故主善见遗棺，投入漳水，并将所有元魏神主，焚毁殆尽。彭城公元韶，曾纳孝武后高氏为妃，特邀异宠。开府仪同三司美阳公元晖业，位望隆重，从齐主洋在晋阳，尝至宫门外骂韶道："汝不及汉朝老妪，负玺畀人，何不当时击碎？我出此言，自知必死，看汝能生得几时！"<u>谓汉元后投玺缺角，韶何故奉玺入齐！</u>果然齐主闻言，召入晖业，一刀了事。韶文弱似妇女，由齐主令剃须髯，施粉黛，着妇人衣，随从出入。尝语左右道："我用彭城为嫔御。"韶亦不以为羞，旅进旅退，委蛇过去。

齐主洋又亲征突厥，并救柔然。自柔然与高氏结婚，往来通好，连年无事。高洋篡魏，柔然主头兵可汗亦遣使入贺，洋亦答使报聘。偏有突厥起自西域，为柔然患。相传突厥系平凉杂胡，姓阿史那氏，集成部落，后被邻部破灭，只剩一个十龄小儿，刖足断臂，委弃草泽中，有牝狼衔肉相饲，乃得生长，竟与牝狼交合，俨若夫妇。邻部酋长，复派兵捕杀遗儿，唯牝狼窜至高昌国西北，匿居深岩。狼已有孕，一产十男，十男渐长，分出穴中，掠民为妻，嗣是生育日蕃，得五百家，聚居金山南面，服属柔然，世为铁工。金山形似兜鍪，番俗呼兜鍪为突厥，因以为号。传至大叶护，种类渐强。既而伊利嗣世，强悍过人，募众击铁勒部，收降五万余家，遂自称土门可汗。遣人向柔然求婚，头兵可汗不允，且叱为锻奴，使人斥责。伊利怒斩来使，率众袭柔然，柔然与战不利，由伊利乘胜进击，围住柔然营帐。头兵可汗屡战屡败，愤恚自杀，有子菴罗辰，及头兵从弟登注俟利等，突围奔齐。伊利可汗亦得胜回国，柔然余众，拥立登注次子铁伐为主。铁伐为契丹所杀，齐因送还登注，入主柔然。登注也不得善终，众复推立登注子库提。适伊利弟木杆俟斤，承袭兄业，状貌奇异，面阔尺余，颜似赭石，眼若琉璃，素性刚暴多智，锐意拓地，便起兵再击柔然。柔然酋长库提，哪里是他对手？没奈何举族奔齐。齐主高洋督军北巡，迎纳柔然部众，唯废去库提，改立菴罗辰为可汗，令居马邑川，赐给廪饩缯帛。当下往御突厥，突厥主木杆可汗，闻齐天子亲自出马，前来征剿，也带着三分惧意，便致书请降。齐主洋亦得休便休，但饬令每岁朝贡，定约而还。**突厥事始此。**越年为齐天保五年，齐主洋复自击山胡，大破番众，男子过十三岁，一律腰斩，妇女及幼弱充赏，遂得平石楼山。山本绝险，终魏世不得制服，经齐主一鼓荡平，远近胡人，始不敢抗命。齐主洋乃志得气盈，渐成狂暴。有都督战伤将死，医治难疗，素性刳挖五脏，令九人分食，骨肉俱尽。此后视人如畜，刲割烹炙，几成为常事了。

北齐事暂且按下，西魏事应当叙入。自宇文泰当国以后，权势日盛，西魏主宝炬拱手受教，不能有为。泰初用苏绰为度支尚书，百度草创，损益咸宜。绰又尝以国家为己任，荐贤拔能，务期称职，每与公卿谈论，自昼达夜，事无巨细，若指诸掌，因此积劳成疾，遂至谢世。泰痛悼不置，当绰柩归葬时，由泰亲送出城，酹酒为奠道："尔知我心，我知尔意，方欲共平天下，奈何舍我遽去！"说至此，举声大恸，酒卮竟堕落地上，尚未觉着，直至枢已去远，方怏怏退回。未几又仿古时寓兵于农遗意，创作府兵，平时仍然务农，到了农隙，讲阅战阵，马畜粮械，由民自备，唯将租、庸、调三项，尽行蠲免。输粟为租，输帛为调，力役为庸。每府归一郎将统率，百府得百郎将，分属二十四军，每军归一开府主持，合两开府置一大将军，合两将军置一柱国，共计柱国六人，最高统帅，称为持节都督，宇文泰即手握都督重权。看官试想，国家治内控外，莫如兵力，泰既膺此重任，简直是把西魏版图，运诸掌上，那主子宝炬，还有什么权威？但教画诺允行，不违泰意，便算是明哲保身了。府兵制度，向称良法，故特别提及。

宝炬在位十七年，病终乾安殿，年四十有五。太子钦入嗣帝位，尊父为文皇帝，母乙弗氏为文皇后，合葬永陵。越年虽然改元，不立年号，册妃宇文氏为皇后，就是宇文泰女。尚书元烈，系西魏宗室，密谋诛泰，谋泄被杀。钦由是怨泰，屡思拔去眼中钉。临淮王元育，广平王元赞，统说宇文氏根深蒂固，不能动摇，否则必将及祸，钦不以为然。两王再涕泣固争，仍然不省。泰诸子皆幼，兄子章武公导，中山公护，又皆出镇，唯用诸婿为腹心。清河公李基，义成公李晖，常山公于翼，并取泰女为妇，故各为武卫将军，分掌禁兵。钦有所谋，无非与二三幸臣，日夕私议，怎得中用？且反为宇文氏所探知。泰遂将钦废去，徙置雍州，改立钦弟齐王廓，且逼廓复姓拓跋氏。魏初统国三十六，大姓九十九，后多灭绝。泰封有功诸将为三十六国，次为九十九姓，所领士卒，亦改从统将姓氏。是何意见？

过了三月，复由泰密遣心腹，赍毒酒至雍州，鸩死故主元钦，史家称为废帝。钦后宇文氏，自愿殉夫，也饮鸩而亡。后幼有风神，尝在座侧置列女图，有志效法，泰辄语人道："每见此女，良慰人意。"及嫁为钦妃，志操雅正，内助称贤，钦亦格外爱重。至钦嗣父祚，不置嫔御，仍与后伉俪甚欢。钦被废徙，后亦随往，可怜一对好夫妻，生同室，死同穴，魂魄相随，仍做地下鸳鸯去了。小子有诗叹道：

殉夫殉国两全贞，烈妇由来不惜生。
拼死愿随故主去，好教彤史永留名！

宇文泰既弑故主，复讽淮安王育上表，请如古制，降爵为公，于是西魏宗室诸王，皆降为公爵，眼见得拓跋就衰，宇文益盛，要将西魏篡取了去。欲知后事，试阅下回。

　　武陵王纪出镇益州，梁武谓可以免祸，其为爱子计，固至密矣。贼景入都，纪尝遣子入援，中道为湘东所阻，乃逗留不进，是其咎当归诸湘东，于武陵犹可恕也。湘东平贼，因即正位，略心原迹，尚属名正言顺。武陵本为季弟，绳以兄友弟恭之义，应当赞助湘东，光复旧物。否则据境自守，专制一方，犹不失为中计，奈何僭号称帝？挟忿兴师，一误于刘孝胜，再误于世子圆照，卒致身死峡口，地为魏有，可恨亦可悲也！或谓武陵之死，由湘东激之使然，斯亦未尝无见。但湘东当乱离之余，究竟不遑西顾，纪之冒昧东进，正不啻飞蛾扑火，自取其灾耳。宇文泰既弑孝武，复弑废帝，两弑君主，凶逆与高氏相同。独高欢二女，并为帝后，厥后长女嫁元韶，次女适杨愔，降尊就卑，不耻再醮。而宇文女乃独能为夫殉节，有光名教，乃父闻之，其亦知愧否耶！